作　者　像

董晓萍，北京师范大学文学院教授。1989年在北京师范大学获博士学位。自1994年起，先后在美国衣阿华大学、芬兰约恩苏大学、英国牛津大学、法国远东学院、法国高等社会科学研究院做博士后、高级访问学者和从事合作研究。国际民俗学会会员。北京师范大学中国民间文化研究所所长、北京师范大学跨文化研究院院长、教育部国家人文社科重点研究基地北京师范大学民俗典籍文字研究中心副主任。主要研究方向为理论民俗学、民间文艺学、数字民俗学和跨文化学。

主要著作有《华北民间文化》《乡村戏曲表演与中国现代民众》《田野民俗志》《说话的文化》《不灌而治》《全球化与民俗保护》《现代民俗学讲演录》《现代民间文艺学讲演录》《北京民间水治》《数字钟敬文工作站》《民俗学科建设报告书》《中国民俗文化软实力发展战略专论》《民俗非遗保护研究》和《穿越文化层》等。

［法］金丝燕　董晓萍主编
"跨文化研究"丛书（第三辑）

跨文化民俗体裁学

——新疆史诗故事群研究

董晓萍　著

中国大百科全书出版社

2018年

图书在版编目（CIP）数据

跨文化民俗体裁学：新疆史诗故事群研究／董晓
萍著．—北京：中国大百科全书出版社，2017.11
（跨文化研究丛书）
ISBN 978-7-5202-0194-0

Ⅰ．①跨… Ⅱ．①董… Ⅲ．①柯尔克孜族—史诗—诗
歌研究—新疆 Ⅳ．①I207.22

中国版本图书馆 CIP 数据核字（2017）第 268679 号

项目统筹　郭银星
责任编辑　李　静
封面设计　程　然
责任印制　魏　婷
出版发行　中国大百科全书出版社
地　　址　北京市阜成门北大街 17 号　　邮政编码　100037
电　　话　010-88390969
网　　址　http://www.ecph.com.cn
印　　刷　北京汇瑞嘉合文化发展有限公司
开　　本　787 毫米 × 1092 毫米　　1/32
印　　张　18.5
字　　数　270 千字
印　　次　2018 年 1 月第 1 版　2018 年 1 月第 1 次印刷
书　　号　ISBN 978-7-5202-0194-0
定　　价　68.00 元

本书如有印装质量问题，可与出版社联系调换

教育部人文社会科学重点研究基地重大项目

"跨文化学理论与方法论"

（项目批准号：16JJD750006）

综合性研究成果

教育部人文社会科学重点研究基地

北京师范大学民俗典籍文字研究中心

资 助 出 版

总　序

　　本丛书属于教育部十三五规划"教育部人文社会科学重点研究基地重大项目",由教育部人文社会科学重点研究基地北京师范大学民俗典籍文字研究中心承担执行。

　　跨文化学发端于北京大学,学科奠基人是乐黛云先生,乐先生同时也是我国比较文学专业的开创者,以往我国跨文化研究的成果也大都集中于这个领域。在法国,由新一代汉学家金丝燕教授领衔,已经开展跨文化研究多年。北京师范大学跨文化学学科建设之不同,在于将跨文化学由原来的比较文学研究向以中国文化为母体的多元文化研究全面推进,让这一世界前沿学说在中国本土扎根更牢,同时也让中国文化研究成果通过跨文化的桥梁与世界对话。这种学科的转向是经过长期准备的。

　　北京师范大学近年连续举办了"跨文化学研究生国

际课程班"一级平台教学课程，乐黛云先生、法国著名汉学家汪德迈先生、中国传统语言文字学家王宁先生和民俗学家董晓萍教授等联袂教学，将跨文化研究向传统语言文字学和民俗学等以使用中国思想材料为主的学科推进，促进多元文化研究与跨文化学建设的整体关联理论付诸实践。令人欣喜的是，此观点得到了加盟此项目的海外汉学家的一致响应，因此，这套丛书的性质，也可以说，是在这批中外教授的共同努力下，在他们以跨文化为视野，在从中外不同角度研究中国文化的学术成就中，在经过中外师生对话的教学实践后，所精心提炼的一部分研究成果。

与开拓跨文化学学科一道，我们同步进行了跨文化学研究生的培养工作，此项工作得到了北京师范大学研究生院的大力支持。我们希望通过这种双向推进，为跨文化学理论和方法论的建设积跬步之力，也为中外高校跨文化学研究生的高级人才培养履行社会责任，希望这套丛书的出版能够帮助我们接近这个目标。

"跨文化研究"丛书编辑委员会

2016 年 10 月 27 日

目　录

绪　论

　　本书首次设定"史诗故事群"的概念，拟由新疆《玛纳斯》史诗故事群切入，尝试开展跨文化民俗体裁学的探索研究。

　　跨文化民俗体裁学的含义，是指在跨文化的视野下开展多元民俗叙事文本研究。它的理论基础是民俗体裁学和民间叙事学，但主要是民俗体裁学。它的主旨是将民俗学长期研究的体裁概念，由科学的概念转为多元文化交流的概念。

　　跨文化民俗体裁学的研究方向，是建设经验科学与理论科学二元结构的民俗学。它强调整体研究，但也要求为具有唯一性和独特性的民俗文化研究留有一席之地；它推进多元民俗叙事的理念，但也对以往拥有跨文化传统的民众群体实践和历史文本进行重新梳理和价值评估，在本国优秀文化遗产的基础上重新建设。它对前人不大提到的，今天却要特别强调的优秀民俗文化参与跨文化建设的必要性予以阐述，因为它是特质的，也是包容的；是自我的，也是利他的；是亲民的，也是对话的。当今世界跨文化是大趋势，跨文化民俗体裁学建设势在必行，关于这方面的讨论也应该落实，而不是书生空论。

本书不研究史诗学，当然也不是任何史诗都适合做跨文化民俗体裁学的研究，但十分幸运的是，我国已有新疆《玛纳斯》史诗故事群这样一笔活态的民俗叙事历史遗产存在，具备开展本书研究的可能性。

一、背景与问题

20 世纪的民俗学，在我国，主要研究本国民俗。在民俗叙事研究部分，以往按照民间文学作品的通常划分，对神话、传说、故事、史诗、谚语、谜语、说唱、小戏等进行分门别类的研究。每类作品既有丰富的蕴藏，也有代表作，同时还有涵盖总体民间文学作品的民间文艺学研究体系。但在前人研究的时代背景和自我文化建设目标下，所有民间文学作品均以口头文本为主，所有分类也都是在本国范围内进行。前人也曾吸收和借鉴外国先进学说，但从事以我为主的理论阐释。在这种氛围中，国内民间分类作品的代表作就显得十分重要，被视为原典或祖本，有的还成为国际上所说的"原型"文本。前人并非不关心异文，钟敬文就做过多种异文比较研究，但如果不是跨文化，异文研究的实力就抵不过原型研究。

跨文化民俗体裁学之不同，在于面向提倡文化多样性的世界思潮，将原典与异文研究打通，重点对以往缺乏研究的异文进行补课。它以自我文化和他者文化均存在大量异文为基本事实，指出异文对于表达文化自觉、文化间距和文化交流的重要价值。20 世纪 80 年代在国际同行中兴起的民俗体裁学已经为此开辟先路。

民俗体裁学的这种性质，使它必然与跨文化学相遇。20 世纪后期，全球政治、经济强弱分化，技术革命风暴迭起，世界现代文化格局发生了变化，国际民俗学界的前沿研究已经卸掉代替全世界讲故事的沉重包袱，选择具体社会条件下的异文研究，轻装上阵。❶ 在我国，20

---

❶ Lauri Honko, *Genre analysis in folkloristics and comparative religion.*in *Temenos* 3. 1968，p.50.

世纪 80 年代末，钟敬文在北京大学举办的一次国际会议上，提出了异文对于建立民族主体文化特质的作用❶。跨文化研究作为一种专门学科，不是民俗学的长项，好在乐黛云已经开辟新说❷，可资借鉴。

---

❶ 钟敬文 20 世纪 80 年代在北京大学举办的一次中日比较民间文学研究的国际会议上，曾发表长篇论文谈到，故事的差异性比相似性更能反映本国文化的特质。会后此文经整理，以《中日民间故事比较泛说》为题发表。钟敬文的观点是："中日两国这种类型故事虽然很相似，但如上文所述，也各有这样那样的差异之处。而这些差异，则往往是民族文化、民族心理的特点的显示（或暗示）。"参见钟敬文《中日民间故事比较泛说》，收入钟敬文《民间文艺学及其历史》，董晓萍编，济南：山东教育出版社，1998，第 176-208 页，重点参看第 207 页。

❷ 关于在中外文化对话背景下对"间距"概念的认识和在中国文化传统与现代人文科学理论发展的环境中对这个概念的使用与解释，乐黛云的观点是："在跨文化对话中，差距之外，'间距'或'之间'也是很重要的概念。差异建立在分辨（distinction）的基础上，它需要一个共同的前提，间距则来自距离（distance）。""用间距的观念来研究中欧的跨文化对话，就必须一会儿顺着这一种思想而一会儿又顺着那一种思想，以便使它们面对面地互相反思，不让它们任何一方稳定下来。如果我们要从侧面捕捉并注视那些从正面（直接）看不到的经验，那些因此沉积在我们的未思里的东西，这种蟹行或侧行正是唯一可行之道。""我想用弗朗索瓦·于连的话来结束我的发言。他说：'我不主张汇合所有文化，也不主张在一切文化当中进行筛选，从中选取最小的共同点，作为众文化之间的共同基础。'联合国教科文组织近几年来在这方面已经做了很多的努力，但是毫无成果——我们应该反省这个失败。因为，正如共同之处只能通过间距才发挥作用，文化的本性在趋向同质化的同时也不停地异质化；在趋向统一性的同时也不断地多元化；在趋向融合与顺应的同时

　　在我国民俗学的学科内部，对跨文化民俗体裁学的建设，也有迫切需求。民俗学的田野作业已经证明，曾经备受推崇的文化内部民俗叙事分类观，在多元文化的交汇中，逐渐显现为泡影。就在民俗学者风风火火、精雕细刻地研究民间作品分类之际，一出学术门墙会发现，所谓的分类竟然是理想化的假说。而在某些民众文化集团内部，并不存在分类的概念。神话、传说等故事只是当地人特定的生活方式和社会组织的途径。民众按照自己的原则选择自己需要的作品，讲述它们，表演它们，生活在自己的幸福指数中。他们没有分类的意识，也没有分类的必要。当今多元文化都在繁荣发展，民俗学对一元民俗研究的评价已不能抛开多元文化建设进行。我们要充分肯定前人的成就，但也要看到，在前人时代中，在当时并不存在多元文化平等对话的条件下，所创建的

　　（接上页）也不停地标示自身的特色。去认同而再认同；在趋向自我提升到主流文化的同时也不断地让异议发挥作用。这就是为何文化肯定是复数的，中国文化与欧洲文化不过是典范例子，我们今天要一起思索这两种文化的'面对面'。"参见乐黛云《跨文化研究方法论初探》，北京：中国大百科全书出版社，2016，第10-12、15-16页。作者另注：此部分已暂将法文移开，以集中说明乐黛云的看法，读者对原文中的法文对译内容，可从以上标示的原著引文页中查询。

各国民俗叙事分类学说，放到今天的多元文化环境中，已有使用的局限性。

从现代体验与社会应用角度看，劳里·航克（Lauri Honko）有一句话说得好，现代民俗的研究者和使用者，未必是为了民俗本身，而是通过民俗进行文化交流 ❶。

《玛纳斯》是享誉中外的民间叙事巨制，前人的研究已经很多。但本书的研究目标不是进行一元民俗背景下的《玛纳斯》研究，而是研究跨文化的《玛纳斯》史诗故事群。本书从民俗体裁学的角度重新建立理论框架和资料系统，解释《玛纳斯》史诗故事群的多层文本，阐释它的内涵、形式和成为跨文化历史遗产的途径。

《玛纳斯》史诗的主人是柯尔克孜族人民，它同时也是一部多民族共享和多国文化交流的叙事作品。它的民族起源说很早就被《元史》记录，进入国家正史。它的几个区别于西方史诗学所关注的核心类型和母题系列，早在我国先秦汉魏典籍的记载中，包括《列子》《搜神记》和《大唐西域记》等，都有史存。从那时起到现

❶ Lauri Honko, *Folkloristic Theories of Genre*, in Anna-Leena Siikala, ed.*Study in Oral Narrative*, Gummerus kirjapaino oy Jyvaskyla, 1989, p.13.

在，它的这些历史性部分已成为少见的书面文献与口头传统的胶合文本。新疆又是连接中国与欧亚大陆的门户，它在这里诞生和发展，还具有内聚外吸的先天优势，引来了新疆各族人民对它的分享和参与再创造。另外，德国、俄罗斯、法国、英国、伊朗、日本等外国学者很早就对它做过搜集和研究。它的最早记录本出现在公元16世纪的波斯，大体相当于中国的清朝时期，清朝的经学家吴任臣就做过对它的个别史料的疏证工作，放在今天这叫"隔空对话"，又叫"对面不相识"。现在它有13个国家语言的译本，将来也许还会增加。《玛纳斯》在古今中外文化交流中跨来跨去，脚步始终没有停歇。我国有三大史诗《格萨尔王传》《江格尔》和《玛纳斯》，论篇幅和分量，《玛纳斯》都不是三者之最，但它的跨文化元素却是最多的，它近年被联合国教科文组织评为世界非物质文化遗产，可谓实至名归。

本书要提出的是另外一个问题。在学术界，《玛纳斯》出名很早，不过围绕它产生的中外唱本资料和研究资料却给出了另外的结论，即在以往一元民俗研究背景下研究形成的"史诗"的概念有漏洞，分类的方法有缺陷，研究的结论也需要推敲。这也是本书选择它的一个理由。《玛纳斯》是中国史诗，虽有跨文化的基础，但在叙事内容和形式上是与西方史诗有差别的，这就需要给予仔细地分辨和研究。从前，西方史诗的研究使用两分法，将史诗划分为创世史诗与英雄史诗。其中，创世史诗以大神创世的宇宙起源解释为主，英雄史诗以社会现实生活叙事为主。但用两分法分析《玛纳斯》，却不能不削足适履。《玛纳斯》是一种三分世界的叙事全本，这里的所谓三分，包括天庭世界、地上世界和地下世界。这种史诗中的英雄，不是自天而降，而是地上世界的人间家庭向上天求助所得。英雄建功立业的主要场所，也不是天庭世界，而是地上世界和地下世界。围绕英雄产生的各种神迹异行，也不都在天上发生，而在地上和地下运行。英雄和英雄团队充满了亲民的情义，始终将周围世界的自然物、动植物和手工打造物视为可以亲和的共同体。背叛和出卖的事也时有发生，但同时也有惩罚和锄灭，结局则是广交朋友，互相支撑，英雄回家，家国团结。

中西史诗文本中都有这三个世界，但从史诗学上说，以往西方宗教说的势力大，致使宗教神创世说发达，对天庭世界的研究突出；地下世界叙事被归入动物故事、世俗爱情故事和妖魔鬼怪故事，不得入神坛。而宗教学理论和宗教教义的本质就是这样，教主只能有一个，排除其他英雄百神。中国是非宗教国家，儒释道文化兼容包罗、博大精深，处于中华文明史宏大框架下的《玛纳斯》把三个世界的文本都保留下来了，而且在这部中国史诗中，地上世界和地下世界的叙事还远远超过了天庭世界的叙事，这也是中西史诗之间很不一样的地方。当然，中国史诗对天庭世界的叙事少，并不等于没有。它按照民俗思维的逻辑，已转化为连接地上与地下世界的通道的故事。在史诗故事中，还有表示通道的专用词语，如"地洞""地缝"和"水道"等。水下的"国家"就是"龙池"或"龙宫"。地下世界还有普罗普说的"别的国家"，这些都在中国历史典籍和口头传说中有连续记载，中国人对它们的了解达到家喻户晓的程度。我在北京师范大学教书，所面对的青年学生出生于电子设备时代，不喜欢读线装书，但你说"龙宫"，他们就问"柳毅传书"，这就是他们的文化出身给他们的教育。过去中国史诗学的研究套用西方史诗学理论，这一类的故事就被剪裁了，然后学者再用神话、传说、故事、民歌、说唱、谚语和谜语等不同分类的作品研究去处理这种资料，故事与史诗就失去了联系。然而，在《玛纳斯》史诗故事群中，天庭世界、地上世界和地下世界的故事都在，三个世界还都与史诗保持着血缘联系，这也是本书选择它的理由。

二、对象与限定

据以往史诗学和民俗学者的研究，《玛纳斯》产生于公元 11 至 12 世纪，共 8 部、23 万行，描写玛纳斯家族的勇士率领柯尔克孜族人民抵御外辱、获得胜利、建设和平家园的历史故事。史诗故事囊括了柯尔克孜族的民族起源、神话传说、生产生活、信仰仪式、社会文化交往，是全面记录本民族历史和传递现实生活样貌的叙事宝库。❶ 柯尔克孜族人民 90% 以上聚居于新疆的克孜勒苏柯尔克孜自治州，而这里也是唐代高僧玄奘去往印度取经的必经之地，同时是中西亚和欧洲丝路交流的沧桑古道。在邻国吉尔吉斯斯坦、乌兹别克斯坦、哈萨克斯坦、阿富

---

❶ 钟敬文主编《民间文学概论》(第二版)，《第十一章 史诗与民间叙事诗》，北京：高等教育出版社，2010，第 204-214 页。

汗和巴基斯坦的北部地区，也都有《玛纳斯》在流传。新疆《玛纳斯》史诗故事群之于新疆，生于斯、长于斯，又与周围的跨国文化交相辉映，称之为跨文化的叙事体裁"群"毫不为过。

　　本书的研究资料从研究目标出发，将对中国历史典籍、口头文本、佛典文献和考古出土文物做综合考察，重点补充了史诗传承地塔里木盆地西南沿线大片散落的和遍布南北疆的英雄故事，使用了在那里保存的中印相似故事、高僧记录本和南疆出土毛毯绘画中的故事，将这些地理上相距不远、历史上丝路毗连，只因为有的沉睡地下、有的时过境迁、有的活跃地上而不为人说等原因被分学科对待，实际上却是一个多层文化故事圈，恢复其原有的叙事系统，打破原有民间文学分类界限，也打破以口头文本介质为主的藩篱，从民俗叙事本身的类型、母题和主题组合出发，阐释其圣俗交融、天地人对话的特征。本书也与西方 AT 对话，以解释用民俗体裁学研究中国史诗的好处。过去这种研究较少，但在本书中是重中之重。

　　本书探索民俗体裁学在我国的适用性。目前国际上民俗体裁学的发展势头方兴未艾，在这种趋势中，很多前人的研究受到了批评。但在中国开展民俗体裁学的研究要厘清自身的一些学术史问题。仅就本书中会用到的"文化间距"的概念而言，就有讨论的必要。我国是一个多民族多地区的统一国家，在国家文化内部存在着这样或那样的文化间距。在我国某些地区或某些范围内，文化间距比较明显；但在有的地区或某些范围内，文化间距就不明显；在有的地区和有的范围内，文化间距还十分模糊，叙事类融汇，内外元素聚合，自成一体。民俗体裁学重视文化间距的研究，但也不能把文化间距变成分水岭。《玛纳斯》史诗故事群的研究已告诉我们，它所经历的口头、书面、内部社会与跨文化交流的互动，都是在保持本民族文化特质的前提下进行的，当然这也可能会消弭一些文化间距，但终不失其文化本色。我们还会使用"文化自觉"等概念，总结这些宝贵的历史经验。民俗体裁学重视对这种多元背景下的基本问题的研究，特别要强调"文化间距"和"文化自觉"和谐共存对于保护文化传统的价值。

三、学术小史

在近年国际民俗学的研究中，已将20世纪公认有成就的民俗学学派都归入"经典民俗学"（Classical Folkloristics）的范畴，包括阿尔奈（Antti Aarne）和劳里·航克（Lauri Honko）的一部分芬兰学派成果，以赫德尔（Johann Gottfried von Herder）和格林兄弟（Brother Grimm）为代表的德国学派成果，以史禄国（Y. M. Sokolov）、普罗普（Vladimir Propp）和麦列金斯基（Eleasar Meletinsky）为代表的俄罗斯学派成果。❶ 他们的民俗学研究以本土民俗文本为主，强调科学研究的态度与方法，取得了一系列成就。

经典民俗学在学科任务上将民俗文本的含义归于文学，这种分类同时也是一种价值取向，有欧洲一元文化中心论的背景。以 AT 为例，全世界的故事叙事文本都要以欧洲为中心，整理、归并和发展。各国故事文本的含义千差万别、参差不齐，但都要按照欧洲的模式直线进

❶ 这部分的研究曾得到芬兰、法国、俄罗斯、爱沙尼亚和拉脱维亚等多国学者的帮助，他们有：芬兰赫尔辛基大学 Lotte Tarkka 教授、芬兰科学院 Frog 教授、爱沙尼亚塔尔图大学 Ülo Valk 教授、俄罗斯彼得堡大学 Yuri Berezkin 教授、波兰热舒夫大学 Leszek Gardela 副教授、法国阿尔多瓦大学金丝燕教授和法国国家图书馆 Romain Lifebver 博士。特别感谢 Ülo Valk 教授在查阅、搜集和研究欧洲民俗学资料方面给予我的支持，感谢 Liilia 女士协助复制各种学术资料。

化，按照 AT 实现标准化，做到整齐划一。

近年国际民俗学界兴起了回顾方法论（retrospective methodology）的思潮，采用这个视角的民俗学者都是倾向于民俗体裁学和民间叙事学的学者。他们仍以本土民俗研究为主线，但也批评经典民俗学的不足。他们以扎实的研究发展了三个研究分支：（1）在特征上，将理论民俗学与经验民俗学统一起来，开辟民俗体裁学；（2）在领域上，强调民俗学从文本研究向社会研究、文化研究和思想对话研究转型，发展民间叙事学；（3）在应用上，将民俗学的学术评价转为价值评价，赋予当代民俗学以国家优秀主体文化研究的理论定位，发展民俗价值学。

芬兰学者依然活跃。与早期芬兰学派相比，当代的后芬兰学派有了变化，当年芬兰学派引以为傲的故事分类法，已经被他们转型为民俗体裁学和民间叙事学继续发展，其价值取向是民俗文本的社会观，其核心观点是"口头叙事文本是社会互动进程的产物，在各自的社会活动中生产与再生产" ❶。此点对在全球化下提倡文化多样性研

---

❶ Anna-Leena Siikala, *Changing Interpretations of Oral Narrative*, in Anna-Leena Siikala, ed.. *Study in Oral Narrative*, *Gummerus kirjapaino oy Jyvaskyla*, 1989, pp. 189-199.

究尤为重要，换成本书要讲的问题就是，故事文本不是在AT模式中传承和发展，而是在多元文化社会中发展，并始终在跨文化交流。民俗体裁学和民间叙事学自20世纪80年代提出以来，响应者众，已经为民俗学的理论建设提速。

这种讨论涉及两个问题：一是文本的含义。此指文本的指向是什么？是文学，还是社会？当代国际民俗学认为，文本的含义取决于社会。这个界定与提倡多元文化价值观密切相关。按照这种民俗学价值观，AT就不是唯一标准，欧洲的一元文化就不能统领人类的所有文化。民俗叙事学的起源与发展都不存在单轨进化和直接进化的问题，而是各有各路，但始终都在进行跨文化的交流和对话。二是文本含义的属性。此指文本的意义是怎样形成的？安娜－列娜·茜卡拉（Anna-Leena Siikala）指出，民间叙事学（folkloristic narratology）放弃经典民俗学使用的狭义的历史学、人类学和语言学的观念，不再给全世界讲故事，而是转向具体社会研究，选择"轻材料"，讨论口头故事和多介质民俗文本。❶

---

❶ Anna-Leena Siikala, *Changing Interpretations of Oral Narrative*, etc. in Lauri Honko & Anna-Leena Siikala ed.*Study in Oral Narravive*, Helsinki: Gummerus Kirjapaino oy Jyvaskyla, 1989. Forward, P6. also see Anna-Leena Siikala, *Changing Interpretations of Oral Narrative*, p.189.

即便如此，芬兰学者也认为，芬兰学派与俄罗斯的经典民俗学不同。在俄罗斯，以普罗普为代表，对经典民俗学的贡献很大，但他试图将意识形态学与历史学统一起来，更科学地解释民俗，实际上又很难做到，因为意识形态学的建设对历史文化是有选择的，对那些从历史上流传下来的民俗，往往要经过选择、淘汰或改造后才能利用，这样就对研究结论的正确性产生了影响。在后芬兰学派时期，芬兰民俗学者又遇到哪些新问题呢？梯尤·雅格（Tiiu Jaago）指出，他们在使用经典民俗学时代搜集的资料时，就碰到了一个问题，即当时收集和记录民俗资料的目标与当代民俗学研究的问题和方法不一致，尤其是在 20 世纪二三十年代搜集的民俗资料，很多都是历史回忆资料，当代民俗学的研究能直接利用这些资料吗？他的看法是，当代民俗学者可以参考这些资料，但要把握三个要素：一是靠向民俗体裁学（folkloristic theories of genre）❶，二是注意口头故事与书面故事文本的各自特殊性，三是考虑学者观念对搜集资料的影响，以

---

❶ Lauri Honko, *Folkloristic Theories of Genre*, in Lauri Honko & Anna-Leena Siikala ed.*Study in Oral Narravive*, Helsinki: Gummerus Kirjapaino oy Jyvaskyla, 1989. p.13.

及学者与讲述人的合作对资料搜集造成的影响。❶

　　在芬兰赫尔辛基大学，民俗学者劳特·塔尔卡（Lotte
Tarkka）是继安娜－列娜·茜卡拉之后的佼佼者。她对
经典民俗学的一些观点加以重新考量，而且比梯尤·雅
格说得更透彻。她没有刻意回避芬兰学派与俄罗斯经典
民俗学都受到过意识形态学的影响，甚至连两国民俗学
之间也互有影响。其实，民俗学研究只要转向社会研究，
就无法回避这种影响，刻意抹杀就是偏见。她研究的是
意识形态学与民俗学互构的问题，不过她不讲宏论，而
是从微观而核心的概念入手做分析。她指出，在经典民
俗学的研究中，主要是在神话与史诗的研究中，惯用
"想象"的概念，与此同时，经典民俗学者又大量使用图
片或照片等作插图，演绎概念的意义。这种概念与图片
相混合的阐述方法，对形成民俗学的内容和形式，乃至
对研究结论，都起到不容忽视的作用。还有，经典民俗
学以研究本土的自我民俗为主，便容易认为"想象"和
文本也都是自我的。但从回顾方法论的角度看，其实在

---

❶ Tiiu Jaago, *Gener Creation whthin memory collection*, in Aalter Lang &
Kalevi Kull ed. *Approaches to Culture Theory*, Tartu: University of Tartu
Press, 2014, pp.284-285.

自我的"想象"和文本中也有他者的因素，自我和他者的关系是不能彻底撇清的。但两者有差异，差异就在于：经典民俗学者将他者世界定义为经验主义的范畴，于是对他者的知识和理解，包括他者的地形地貌、人口人种、社会制度和故事含义等，也都放到自我的经验范畴之外去思考。主张回顾方法论的学者认为，民俗的"想象"和文本都不是纯粹自发的产物，也不会凭空设置，而是被社会化的建构、文化化的沟通和话语化的关联的。劳特·塔尔卡主张重新评价神话和史诗是"想象"研究中的概念与图片混合化的做法，其观点大致有三：（1）早期芬兰学派对"想象"的概念与插图，强调科学研究，使用书面语言写作，增强了研究结论一元化的倾向；（2）用"想象"的概念和写作语言去呈现民俗的本质，帮助神话和史诗成为一种可沟通与可表达的独立文本，在文本与事实上与民俗体裁学割裂开来；（3）对"想象"和图像的本质研究，与"怪异的想象"文本相连，提供了一个对经验化的现实世界的解释模式，而解释又与日常民俗的价值脱节。❶

---

❶ William Doty, *Mythography. The Study of Myths and Rituals*. second edition. Tuscaloosa: University of Alabama Press. 2000，p.40.

　　从民俗体裁学的发展程度看，在这类研究中，经验化的"想象"与理论化的"想象"已形成一套新工具概念，两者之间并不对立，相反可以容纳彼此、支撑多元。经典民俗学把经验化的"想象"当作自我研究的工具，并不排斥它，不过同时也引入理论化的"想象"概念，以扩大民俗学必用的"想象"概念的阐释空间，搭建"自我"和"他者"的对话式结构，这样才能产生民俗学研究的新成果。这是一种新视野，它提醒民俗学者，"他者"与"自我"有矛盾，不可同化，但可以通过建设理性互视与信息依存的多元文化共存模式，帮助民俗学者改变心态，像理性地容忍"自我"一样，理性地接受"他者"，摒弃经验化的"想象"对"自我"的无条件情感释放和对"他者"的非理智成见。

　　不过我们也要承认，关于经验化的"想象"和图片资料的研究方法，我国民俗学者已经比较熟悉。前人在传统国学和民俗文献的考论中，不乏使用这种方法。五四运动以后，我国民俗学者吸收了外国民俗学的现代科学方法，找到了中国民俗学自己的研究方法，这种工作我们现在还在做。可是，道理是知道了，又如何具体操作呢？民俗体裁学也有成果可用。近年来，已经有民俗学者对经验民俗学和理论民俗学做二元综合体的研究，指出民俗文本如何构建看不见的和看得见的精神世界。他们还将"对话"一词引入"想象"的概念，促进对民俗体裁系统做整体研究。

还有一个问题，就是如何处理"他者"世界的"想象"？劳特·塔尔卡引用弗洛格（Frog）的观点说，既然可以将经验民俗学与理论民俗学视为二元综合体，那么就要承认，在人类进入文明社会后，神话和史诗也为人类的"想象"世界和日常生活提供了一个同步平行运行的框架❶，于是"自我"的"想象"概念与本质，也可以在"他者"的"想象"概念与本质中出现。❷

外界还想了解，芬兰学派的故事分类法还有用吗？答案是肯定的，并且是多元的。在俄罗斯经典民俗学的故乡，在普罗普工作过的彼得堡大学，尤里·别列斯基（Yuri Berezkin）以长篇论文《"神话"与"故事"：重

---

❶ Frog & Karina Lukin, *Reflections on Texts and Practices in Mythology, Religion, and Research: An Introduction*, in *Retrospective Methods Network* (RMN Newsletter), Helsinki: 2015，volume 10，pp.6-32.

❷ Lotte Tarkka, *Picturing the Other world: Imagination in the Study of Oral Poetry*, in *Retrospective Methods Network* (RMN Newsletter), Helsinki: 2015，volume 10，pp.17-32.

建深层和非深层史前研究的工具》和百余幅故事类型
数字地图，提交了他的答案。❶ 他对全球多元故事类型
做数据分布分析，用数字地图呈现，再回到东欧国家故
事类型研究中来，讨论之深入与表达之迷人，不亚于普
罗普。

　　我在此简要总结他的观点。他将"神话"和"故事"
放在一起，回顾以往研究的方法论，不再纠结于文本分
析，而是重点分析文化要素。他指出，普罗普从主体内
部解释民俗，其实也可以从主体外部解释民俗。民俗学
者转到外部看民俗，才能解释民俗对人类多元文化发展
的整体意义。他吸收普罗普的方法又加以突破，将故事
类型重新分类，分为类型 A 和类型 B。其中，类型 A，
指与宇宙学和起源学相关的"想象"及其内部文化单
位；类型 B，指与主人公的历险和计谋相关的差异性文
化单位。这两种文化单位都属于"类型"。在研究方法
上，他认为，需要使用"想象"的概念，但要区分两种
"想象"，第一种是母题的情节想象（motifs-images），

---

❶ Yuri Berezkin, "*Myths*" *and* "*Tales*"：*Tools for Reconstruction of Deep and
of the Not So Deep Prehistory*, in University of Tartu's ASTR A project PER
ASPERA , Tartu: 2016, p.1.

过去也称情节单元法，但他在这里强调"想象"的意义；第二种是母题的段落想象（motifs episodes），过去使用得不多，现在大量使用，又称作段落法。段落法的含义，指对故事类型的所有情节单元做整体描述，一般在非宗教的、非祭祀的和并不被认为是"真实"的故事叙事和相关民俗事象中被大量应用，在这种情况下，借用外来情节单元比较容易，并且外借的现象也比较普遍。

他认为，任何故事类型都包括上述两种"想象"，它们也都在故事类型的叙事中发挥了很大的作用。但对于神话及一般故事的叙事来说，它们对"想象"的发挥方式是不同的。类型 A 的母题情节想象，在宗教仪式、祭祀活动和被认为是"真实"的故事叙事和民俗事象中大量分布，借用外来情节是缓慢和困难的，这与类型 B 的数据显示出不同的"想象"结果，两者的区域分布也有差别。

他还有一个观点兼方法值得我们借鉴，就是在不同的文化中寻找相似民俗单元（similar folklore units），从相似民俗单元中，寻找人类文化的交流语境。相似民俗单元的变化速度不同，互动影响的范围也不同，有时还会呈现不同的重构状态。在多元文化互动而重构民俗的历史上，类型A比类型B发生得更早一些。尤里·别列斯基的分析，是在世界各国文化与民俗变迁的关系中探索多元法，而不是像早期芬兰学派那样，搞从欧洲推及全球的一元法。

欧洲民俗学同行对尤里·别列斯基的研究展开了热烈的讨论，主要问题有：尤里·别列斯基使用回顾方法论的意义是什么？从全球推及东欧国家的故事类型研究怎样避免主观性？如何解决编写故事类型的情节单元与母题段落的差异？如何界定故事类型中的母题？等等。我们也可从尤里·别列斯基的研究阐述中发现他的答案，并归纳如下：（1）要对故事类型A和类型B先做分类，看看哪些属于宇宙学和起源学的母题，哪些属于主人公历险和计谋的母题，再做类型描述；母题段落法就是做摘要。（2）研究故事类型不是类型文本的本身，而是要对故事类型的分布做观察，从中发现相似民俗的文化单位，指出文化单位的分布状况，这有利于民俗学从一元文本研究转向社会文化研究。（3）回顾方法论研究的意义在于换一个整体性角度发现相似民俗单元为何此地有而彼地无？相似民俗单元的组合关系是什么？词义的民俗要素组合可能是稳定的，但相似民俗单元的组合可能是不稳定的，民俗学者可以通过稳定的相似民俗单元关系发现它们属于同一个文化系统。（4）避免主观性，可以通过对相似民俗单元的异文分析来解决。故事类型的母题异文数不胜数，无法控制；相似民俗单元的异文也数不胜数，不可控制。20世纪的民俗学研究，在故事学之后兴起，但发展很快。就是因为故事类型的异文非常复杂，而相似民俗单元的异文相对简单。故事类型的异文大量重复，没法研究；相似民俗单元的异文可以研究，因为它们的背后是信仰、仪式和祭祀等，从相似民俗单元切入研究是可能的。

芬兰学派有一条根在德国。德国民俗学在芬兰学派的形成中扮演了先行者的角色。芬兰赫尔辛基大学尤纳斯·阿霍拉（Joonas Ahola）提出，芬兰学派兴起于19世纪中叶，更早的时候，德国神话学兴盛于19世纪上半叶，芬兰学派的方法论使用了德国神话学的方法，故应该分析德国神话学对芬兰学派的影响。他分析了神话学者 M. A. Castrén 的书，这是一本对芬兰学派很有影响的德文专著，尤纳斯·阿霍拉的研究方法是，讨论19世纪上半叶德国神话学的理论和方法论的原则，大体如下：

19 世纪德国上半叶神话学要点与后来学者对这些要点的研究是连续的，包括：（1）赫德尔认为，本民族神话具有权威性。（2）神话是语言的艺术。（3）神话是语言的历史。（4）历史性的、比较的语言学方法。他分析这些原则是如何在芬兰学派的研究中被执行；芬兰民俗学者对德国民俗学的理论与方法论的选择怎样影响了自己的研究结果；又怎样在研究结果中反映当时意识形态的倾向，导致在芬兰出现争取国家独立和民族解放的时代思潮。他还指出，在芬兰学派方法论的形成过程中，俄罗斯经典民俗学的方法也起了作用，是俄罗斯民俗学者提出神话学与宇宙学和起源学的关系，因此不能忽略俄罗斯方法的影响，要点有二：（1）比较语言学方法。（2）比较民族志方法。❶

尤纳斯·阿霍拉对学术史非常熟悉，使用历史著作得心应手。他不回避借用第二手资料的重要性。他认为，这些都是在分析整体学术史的过程中进行的，并非偏执一词。

---

❶ Joonas Ahola, *Myth*，*Language*，*Origin: 19th Century Mythology Studies in Germany and Finland*，in University of Tartu's ASTR A project PER ASPERA, Tartu: 2016，p.2.

为什么民俗学者总是喜欢将神话和学术史放在一起讨论？看看威廉·巴斯寇姆（William Bascom）的总结可以略闻其义。他指出，从前学术界有一种误解，就是把神话、传说、故事的分类作品当作民俗学研究的核心，实际三者的概念和分类从来就没有被严格地界定，它们之间的关系也很松散。但它们被奇怪地热议多年，又乏善可陈。不妨说，民俗学理论是以神话、传说和故事的分类研究为基础发展起来的，但在当代多元民俗研究时期，仍要对经典民俗学的欠账做到心中有数，缺课就要补上。❶

芬兰和美国民俗学者都认为，目前从民俗体裁学的角度重视神话、史诗、传说、故事等研究是当代社会的选择，是当代社会与传统文化关系的呈现，它们都是在国家、民族和地方仪式中运行的文化，这种文化离不开神话、史诗、传说和故事，所以它们的学术问题从当代社会与当代民俗中来。❷

---

❶ William Bascom，*The Forms of Folklore: Prose Narratives*，in The Journal of American Folklore，1965，Vol.78，No.307，Accessed: 2016，UTC（Terms & Conditions of Use，available at http://about.jstor.org/terms），p.3.

❷ Frog，Dynamics of Authority between Mythology，Verbal Art and the People who Use Them，in University of Tartu's ASTR A project PER ASPERA，Tartu: 2016，p.5.

　　欧洲民俗学者概括当代国际民俗学发展的经验，重视民俗学与现代文化科学交叉发展的趋势并予以总结，一个突出现象是对巴赫金（Mikhail Bakhtin）对话思想的积极吸收。他们不再从民俗学看民俗学，而是从人类多元文化发展的视角看民俗学。现代文化科学研究深化了民俗学的探索，其中信仰叙事研究被频繁提到前沿平台上来，这也促进了民俗体裁学的发展。

（一）意识形态学与民俗学的对话

　　爱沙尼亚民俗学者于鲁·瓦尔克（Ülo Valk）指出，在19世纪基督教化的过程中，对"魔鬼"撒旦的"想象"占据一定意义的位置。魔鬼制度化地构建宇宙，也在宇宙与民俗间进行协调。❶ 从民俗体裁学的视角看，瓦尔克是在概括理论民俗学的"想象"的研究方法；再从俄罗斯民俗学者尤里·别列斯基的分类看，瓦尔克的魔鬼民

❶　Ülo Valk, *The Devil and the Spirit World in Nineteenth-Century Estonia: From Christianization to Folklorization*, in University of Tartu's ASTR A project PER ASPERA , Tartu: 2016, p.8. Also see Ülo Valk and Neelakshi Goswami, *Generic Resources and Social Boundaries of Magic in Assam: Fieldwork Notes from Mayong.* in Journal of Folkloristics（Folklore Research Department, Gauhati University, 2013).

俗学研究可归类于宇宙学和起源学的故事类型研究，属于尤里·别列斯基划分的类型 A。

瓦尔克提出，在基督教的书面文本中，魔鬼是天庭中的被驱逐者，邪恶的概念是固定的，但它们又怎样变成民俗中的经验化文本呢？ 他谈到，这个故事类型有很多异文，经历了下列变异过程：首先，魔鬼和他的同伴被边缘化；其次，魔鬼们连续出现在 19 世纪爱沙尼亚叙事文学中，被循环往复地讲述，本土化；再次，魔鬼故事的有些异文化转化为个人经历故事，借用了现实生活故事的情节单元，再演变为主人公冒险和计谋故事，由此进入经验化"想象"的范畴。这时再用尤里·别列斯基的分类去看，这些变来变去的故事异文，又属于类型 B。我们随着瓦尔克的分析去分析，能发现魔鬼故事从基督教化到民俗化的大量现象：魔鬼假扮愚蠢的老尼克或小精灵，住在自然界的某地点或某村庄中。魔鬼的命名、信仰与情节单元异文交错，产生了对话的结构。到了 19 世纪后半期，对话结构和知识环境发生了变化，又经启蒙主义思想运动再阐释，这个故事类型又产生了新功能，最终在民俗经验化"想象"方面获得了突出位置。爱沙尼亚许多学者的著作、报刊和民俗档案中都记载了这类故事，使之成为爱沙尼亚国家文化遗产。瓦尔克的研究得益于他从魔鬼故事类型和大量异文中找到了尤里·别列斯基所说的相似民俗单元，即信仰民俗的相似文化单位，他再运用理论化的"想象"和经验化的"想象"二元结构，建立信仰民俗体裁的研究样本。

（二）民众与精英的对话

丹尼尔·萨乌伯格（Daniel Sävborg）的研究也很有意思，他指出，使用经典民俗学的资料，要注意民众与精英的对话。❶ 他掌握了瑞典和冰岛中世纪的一些民俗史料，通过研究发现，对尤里·别列斯基的相似民俗单元的说法，也要区分。在对相似民俗单元的认识上，有时民众与精英是有区别的。他搜集到一批法庭审讯报告，据报告记载，在中世纪的瑞典，有几个农夫、士兵和渔民被告状。原告说，被告与某一自然界的精灵发生了性

---

❶ Daniel Sävborg, *Encounters with Supernatural Beings in Popular and Learned Discourse: Examples from Early Modern Sweden and Medieval Iceland*, in University of Tartu's ASTRA project PER ASPERA , Tartu: 2016，p.4.

关系。被告对此事供认不讳，还说出了精灵的名字，交代了事情的原委。法官对这桩案件审理得很认真，认定此案是真实的。中国有没有这种相似民俗单元呢？有，比如《山海经》中的人妖婚、《搜神记》中的人神婚、《酉阳杂俎》中的人兽婚、《聊斋志异》中的人鬼婚，都是。在我国现代影视节目中仍能看到，如《画皮》《天仙配》和《新白娘子传奇》中的动物精灵都能成为人类生活的伴侣。用尤里·别列斯基的分类看，这种故事类型都属于类型 B。

法庭的法官都是知识分子，他们在庭审中，在对这个案件的解释上，与几个被告的看法大为不同。被告将精灵和人同视为自然界的共存物，在瑞典和冰岛的传统民间故事中，这些精灵都生活在树中或湖水里，与人类频繁来往。对此法官的观点不同，他们将精灵视为他者世界的魔鬼，魔鬼变形后与人结合。法官与被告双方在法庭上的审与答，是两种不同文化观的对话，反映了两种不同的信仰体系。

（三）民俗内部的对话

玛利特·特万琳娜·阿尔瓦莱兹（Maarit Tevanlinna

Alvarez）带来一个南非的创世故事 ❶，这个故事属于宇宙学的内容，可归入尤里·别列斯基所说的类型 A，但故事中还有动物开口说话的叙事，应归入尤里·别列斯基的类型 B。现在我们将瓦尔克的魔鬼故事研究与玛利特·特万琳娜·阿尔瓦莱兹的创世故事研究对比，能看出，类型 A 和类型 B 都可以用来做对话研究，它们是民众内部的对话。

民众将人类与超自然的事物混在一起讲述，认为这样很好，不害怕，很安全，所以在民俗中的"魔鬼"叙事意义不同：魔鬼有时作恶，也有时行善；有时还给人类当助手，帮主人发财，摆脱邪恶和危险。有些民俗学者提出，在多元文化世界中，不同文化怎样解释超自然信仰，官方、宗教、哲学和自然科学怎样解释超自然现象，彼此之间是否相互影响？对这类问题也应该研究。

（四）地方知识的对话

马蒂亚斯·恩格尔（Matthias Egeler）的《地方景观

---

❶ Maarit Tevanlinna Alvarez，*The Meaning of the Knowing Cobra*，in University of Tartu's ASTR A project PER ASPERA，Tartu: 2016，p.5.

的记忆：以〈《爱比加·萨伽》英雄传奇〉研究为例、反思地方性知识及其问题》，考察英雄史诗信仰者的定居点，进行 GPS 定位测量，对原住民和游客进行民俗学调查。马蒂亚斯是德国慕尼黑大学的民俗学者，他的研究针对被"热游"的地方景观，考察民俗思想的地方适用性，再用民俗价值观对史诗景点做评价。

他认为，对史诗的当代地方景观研究，无论是概论式的介绍，还是构建地方景观知识的某一方面，都在强调"地方景观"的功能，是将功能作中介，植入地方景观的"含义"，展现地方景观"记忆"仓库的价值。但民俗学者只要近距离观察这类地方景观的知识介绍，看它的故事原文，而不是一味专注于故事文本分析，就能发现，民俗学者对这种地方知识的传播与游客参观史诗景点的心理是一种幽默的关系，游客对英雄史诗给予另类的阐释；民俗学者则用故事化的方法吸引观众，却丢掉了英雄史诗的核心类型。

马蒂亚斯批评经典民俗学的一种误解，就是把史诗故事的母题段落想象解释为宗教信仰资源。他指出，现代田野调查的结果恰恰相反，史诗故事的母题段落想象并没有恢复宗教资源，而是展示了地方知识的流动性。

在当代地方知识叙事文化（narrative culture）中，流动性还形成了反地方知识传承的操作。❶

　　另一个精彩的个案研究出自波兰热舒夫大学（University of Rzeszów）的青年学者列斯杰科·哥阿尔德拉（Leszek Gardela），他对经典民俗学进行了更激烈的批评。经典民俗学著作谈到斯拉夫人的丧葬仪式都会提到波兰人，认为波兰人恐惧墓穴中的死者，害怕葬姿不当会威胁生者的生存，于是就对死者施行二次葬，将死者的脸朝下，打桩、上枷、斩首、断腿、身体折叠、尸骨化灰等，让他们不能再返回生者的住地。从前学者将之解释为阶级斗争的结果，现代学者对此提出了很多问题，其中比较主要的问题是，让学者烦恼的骨葬现象，是怎样在历史岁月中烙下印记的？为什么从前学者会趋之若鹜地解释这种骨葬仪式？有没有可能在当代日常实践中发现类似的丧葬仪式，并从中找到古斯拉夫人丧葬民俗的可视化痕迹？他通过考察波兰各地的考古发掘资料发现，从前经典民俗学的研究忽略了一个细节，就是死者墓穴中有大量石头，石头

❶ Matthias Egeler, *The Memory of Landscape: Place Lore and its Problems for Retrospective Approaches on the Example of Eyrbyggja saga*, in University of Tartu's ASTR A project PER ASPERA, Tartu: 2016, p.3.

压住死者的头部、胸部和腿部的骨头。据民间解释，这是俯葬，这样做不是恐惧死者，而是恐惧死者的亡魂。俯葬能表示对死者的哀悼，还能使死者的亡魂安处于墓穴中。这些现代调查的结果与经典民俗学的解释是有差别的。他指出，波兰考古学家以往使用很少的民俗学的资料去解释丧葬仪式，结果影响了研究的结论。❶

后芬兰时期的民俗学者决不是全球化的落伍者。他们也站在当代社会的前沿，从跨文化的角度，讨论方方面面的当代民俗学问题，其中颇有代表性的是对网络民俗的研究和对民间文学的社会文化研究。

前面提到的芬兰赫尔辛基大学的民俗学者劳特·塔尔卡发表了多篇网络民俗研究的论文，被引用率较高的是其中的一篇《口头诗学的互文性、修辞学与阐释学：存档口述资料的一种个案》❷。她研究芬兰乡村和教区歌曲

---

❶ Leszek Gardela, *Vampire Burials in Medieval Poland: An Overview of Past Controversies and Recent Reevaluations*. In Lund Archaeological Review 2015, 21, pp.107-126.

❷ Lotte Tarkka, *Intertextuality, Rhetorics and the Interpretation of Oral Poetry: The Case of Archived Orality*, in Pertti J. Anttonen and Reimun Kvideland, ed. *Recent Issues in the Study of Modern Traditional Culture in the Nordic Countries.* In Nordic Frontiers, Turku: Nordic Institute of Folklore, 1993, pp.165-193.

的曲目与互联网歌曲文本的重叠率，批评对互联网中出现的民俗文本做简单化分析的倾向。她指出，在跨文化背景下把民俗现象解释简单化，就会忽略民俗作品的多重意义，导致民俗研究与多元文化发展的精神背离。她所说的简单化，就是沿用经典民俗学的做法，直接从网络民俗文本中摘取民俗体裁的初始要素，如经济地位或社会冲突等，再用民俗文化解释为现实社会应用服务。她批评说，这种做法的失误在于，"文化现实并不是存在于文本的'背后'或'周围世界'的东西，文化现实是在文本生产的过程产生的"❶。她的另一个观点是，民俗体裁的生产不仅是自我文化的生产，也可以理解为他者文化的生产。对民俗体裁的研究，应包括研究他者的文本、他者的歌手、他者的主体性和他者文化的上下文。他者民俗体裁的形式通过对话方式渗透到自我的民俗文本中，形成民俗学研究的新焦点。

---

❶ Lotte Tarkka, *Intertextuality*, *Rhetorics and the Interpretation of Oral Poetry: The Case of Archived Orality*, in Pertti J. Anttonen and Reimun Kvideland, ed. *Recent Issues in the Study of Modern Traditional Culture in the Nordic Countries*. In Nordic Frontiers, Turku: Nordic Institute of Folklore, 1993, p.168.

芬兰科学院学者弗洛格（Frog）在《在神话、口语艺术及其使用者之间的权威的动力》等论文中，谈到民俗叙事的社会研究与文化研究的方法问题。❷ 他认为，经典民俗学者自认为已经很了解前现代化社会的民俗叙事，包括神话学。他们对神话与神话学者的权威的假设经常通过一个浪漫的研究设计，或者通过一个对理想中的传统社会期待的描述，或者通过一个或更多的步骤，去寻找远离我们的出生地和祖先的身份，然后完成这种研究。但传统是变化的和连续的，传统的权威性与使用者对神话的应用也转变得很快。正因为如此，民俗体裁学的兴起能够发展民俗学的思路，帮助民俗学者研究传统的维护、变化与快速蜕变的过程。

当代国际民俗学对经典民俗学所坚持的科学研究精神是充分肯定的，但也认为，过分强调科学性的研究，会削弱民俗信仰的正当性。民俗信仰是民俗体裁不可分离的部分，民俗信仰与日常思维是平行共存的精神体系，以往学者的科学研究将民俗信仰解释为有害的迷信，解释为没有

---

❷ Frog, *Dynamics of Authority between Mythology*, *Verbal Art and the People who Use Them in University of Tartu's ASTR A project PER ASPERA*, Tartu: 2016, p.6.

价值的"想象"，或者解释为与意识形态系统有冲突的另类观念，但直至今天这些解释都充满了矛盾。民俗体裁学呼吁尊重民俗叙事的整体文本，重视社会研究、文化研究和思想对话研究，这是对经典民俗学的一元民俗方法的一种反拨。它提醒民俗学者要有主体文化的根谱，坚持根的价值，同时头脑里也要有他者文化的价值。民俗学不能只成为科学实验室和项目组玻璃窗之内的产物，这样就会失去生命力，甚至连民俗学学科也会失去存在的可能性。

批评和发展经典民俗学的一种当代思潮，但它的着眼点不是个别学派的兴衰，也不限于以往我们所说的"反思"和"反观"，而是在跨文化的视野下整体突破以往民俗学的研究方法。民俗体裁学的兴起和快速发展告诉我们，在某种文化观看来要"反思""反观"和"批评"的方法，在另一种文化观看来却未必，在多元文化平等发展的时代更未必。本书吸收民俗体裁学的理论，是看中它对待经典民俗学的整体思考、多元兼容和超越取向。

四、视角与原则

本书的视角是跨文化，这样做，难度很高，研究的结果也不一定都有说服力，但《玛纳斯》史诗故事群的文化构成、地理位置、自然环境和社会历史背景都提供了这种条件，作者愿意尝试。

跨文化视角的研究面相当广，超过了民俗学的专业范围，如果追求面面俱到，就会落得泛泛而谈、稀松平常。为了避免这种尴尬，本书从绪论开始，就将理论与资料缩紧压实，然后选择前人较少关注的、又关系到中西史诗研究的差别问题、作品分类问题和研究方法问题，进行贯通性的集中探讨。目前选择了"地下世界""会唱歌的心"和"社会文化重要性"三个专题做研究。今后如有条件，作者再做拓展研究。

研究《玛纳斯》史诗故事群要讨论一些前人遗留问题，而以往各种研究的阐释都曾为民俗体裁的分类评估提供了意义，在整个社会都需要某种或某些民俗分类作品的时候，这种或这些作品还可能产生超越作品自身的能量去发挥作用，所以后人不能随便否定前人的成绩，它们都是跨文化民俗体裁学前行的动力，但后人要用新的问题意识去对待前人的成果，并提出属于自己时代的新问题。

地下世界

本书在绪论中提到，史诗《玛纳斯》故事在天庭世界、地上世界和地下世界中展开，多种元素混合，叙事宏大，声名远播。但这类作品的划分观念不是一致的，西方史诗学界使用二分法，中国史诗学一度受到这种影响，也大都使用二分法。所谓二分法，就是将史诗分类为创世史诗和英雄史诗，研究的范围也限定在神话、传说和英雄故事作品中。按照这种二分法的框架进行研究，天庭世界和地上世界的叙事是重点，地下世界的叙事被划入动物故事等其他分类，远离史诗。

在本书中，我们要根据《玛纳斯》史诗故事的三分原貌来划分史诗，就要处理更为复杂的体裁辨识和体裁解释的问题。一个烫手的问题是，要将动物故事、爱情故事和妖怪故事都纳入史诗分析。但这样一来，就要打乱从前几乎所有的民俗分类。不是说动物故事、爱情故事和妖怪故事不能独立成篇，但从《玛纳斯》看，动物故事、爱情故事和妖怪故事都是与史诗捆绑在一起表演的，甚至英雄与故事中的动物同体异形，有时被直呼为"熊大力士"或"狮子大力士"。野兽与美女也都心甘情愿地给英雄当助手。如果学者硬要把动物、美女和妖怪从史诗中清除出去，净化英雄的神坛，那么史诗也就不成其为民众的史诗了。事实上，在史诗内部体裁互变的地方，正是民俗思维表现活跃的地方，民俗体裁学是解释民俗思维的理论学说。

用民俗体裁学的理论研究《玛纳斯》，还有助于认识宗教体系与非宗教思想对待史诗的差异。西方宗教神学一度支配西方史诗学，排斥民俗思维。在这种西方史诗学的标准文本中，英雄是从天上降落人间的，他们在完成人间伟业后，或者返回天庭，或者留在人间当神。中国是非宗教国家，纵然有佛道之学，也有外来宗教的影响，但并未出现宗教统领史诗的局面，《玛纳斯》通观三界叙事，就是一种初始的文本，这种文本在中国的思想文化传统中，在新疆的地方社会环境中，得到了很好的保存。《玛纳斯》的天庭世界叙事不突出，不等于消失。

从另一方面看，它的人间世界与地下世界的"通道"叙事反而十分丰富，而这个神奇的"通道"和地下世界的生活，同样是英雄的神性演义之所。

通往地下世界的通道叙事尤有特点。中国是内陆国家，承担通道叙事的英雄角色，是能够进入地表的"土"与"水"层以下的地下世界的传奇人物。他们就在今生今世穿越地表，毫发无损地建功立业，而不是轮回转世为新面孔，也不是前世托生的上辈人。这种通道的名称叫"地洞（地缝）"或"水道"。英雄要借助爬"神树"、登"高山"、乘"大鸟"或放"绳子"，才能成功地进入通道，然后他有一系列的神行壮举，往来于两个世界之间，象征在人间世界不可能完成的事情会在地下世界完成。在天庭世界的叙事中，英雄要从地上到达天庭，同样也要以大树或高山为梯，以大鸟为飞行器，以绳子为动力加载工具，才能达到目的，英雄的这些穿越手段并无二致。由此可见，地下世界的象征意义与天庭世界的象征意义有同等的隐喻。差异在哪里呢？在于谁是主宰者？坐在天庭世界的宝座上的主宰者，是耶稣基督教主，独一无二。地上世界和地下世界的主宰者，是英雄和英雄团队，包括野兽朋友和公主。他们合力打败妖魔鬼怪，返回地面，建设家园。总之，三分叙事的史诗故事结构是一个整体，能将民俗思维发挥得淋漓尽致，因此更值得关注。

本节以《玛纳斯》史诗故事群为例，在以往较为缺乏讨论的地下世界叙事部分为重点，展开讨论。

一、《玛纳斯》的"地下世界"叙事

"地下世界"，也叫"地下的生活""别的国家"或"别的地方"，叙事的主要内容是讲英雄在迎战敌军途中坠落地下，在地下生活多年，完成英雄伟业，再返回地面，继续战斗。

西方史诗学曾用固定模式表述英雄的传奇故事和社会关系，即奇异出生——非凡少年——求亲成婚——英雄出征——英雄回家。在这个模式里是不提地下世界的，对英雄睡觉、英雄陷落地下和英雄失败的母题要素，也都是缺失的。我国不少学者承认史诗往往有"进入地下"的类型，但不包括《玛纳斯》。国内史诗学界对《玛纳斯》的一般表述框架如下：

奇异出生。①敌方占卜师对首领说："柯尔克孜族人中将诞生英雄玛纳斯，没有人能够战胜他。他诞生后，卡勒玛克人将遭受灭顶之灾。"②卡勒玛克人首领下令对柯尔克孜孕妇全部剖腹，避免柯尔克孜男孩诞生。③玛纳斯的父亲加克普年老无子，祈求上苍让妻子怀孕。他把妻子绮依尔迪送到树林里独居，绮依尔迪怀孕，生下玛纳斯。④玛纳斯生下来是个肉球，他的叔父用金戒指将肉球划开，里面出来一个婴儿，婴儿一手握血块，预示将戎马一生；一手握油脂，预示将使柯尔克孜族人过上富足的生活。

森林广场。他在森林中长大，躲避卡勒玛克人的追杀。

超时间的成长。①他从小就显示出超凡的力量和勇气。②他十一岁时率领四十名勇士和柯尔克孜族民众战胜卡勒玛克人。③他率领四十勇士把侵略者赶出柯尔克孜的领地，柯尔克孜族获得解放。

奇异婚姻。他向仙女卡尼凯求婚，卡尼凯的父亲不同意，他答应对方提出的苛刻条件，并完成任务，包括被索要的大量马匹、羊，还要在对方门前栽一棵金树、一棵银树，挖一个牛奶池。

英雄回家。①他的妻子卡尼凯告诉他，远征胜利后立即返乡，否则必有大祸。②他忘记妻子的忠告，乐而忘返。③路边的卡勒玛克败将昆吾尔的毒斧击中他的头部，他返乡后死在妻子的怀中。

仙药。玛纳斯的妻子用神药使玛纳斯死而复生。

生命树。①玛纳斯去世后，他的妻子卡尼凯和母亲绮依尔迪带着六个月的赛麦台逃亡布哈拉。②母子途中在一棵白杨树下露宿。③卡尼凯向白杨树祈祷，白杨树流出了乳汁，他们喝下乳汁后睡着了。④卡尼凯睡醒后，孩子不见了，等她找到时，发现孩子被十二头白鹿哺乳。⑤卡尼凯不断向白杨树祈求，白杨树流出乳汁供母子果腹。❶

19世纪德国学者瓦·拉德洛夫（B.B.Ladlov）曾搜集到新疆边境地带流传的关于玛纳斯的史诗，里面就有地下世界。这部史诗说，玛纳斯在征战途中沉睡不醒，落入地下，在地下生活了7年，最后骑着大鸟离开地下，升回地面，返回家乡。他继续征战，又不幸中敌计谋，

---

❶ 这个框架是作者主要根据郎樱《中国少数民族英雄史诗〈玛纳斯〉》的研究内容编写，详见郎樱《中国少数民族英雄史诗〈玛纳斯〉》，杭州：浙江教育出版社，1995，第65-86页。

战死疆场。这部史诗的名字被译为《阿勒普玛纳什》。我国学者如何看待这部史诗？一般认为，《玛纳斯》与《阿勒普玛纳什》很像，但像不等于是。他们认为，英雄不败是"突厥史诗英雄身世的一种固定框架。柯尔克孜族史诗《玛纳斯》中的主人公——英雄玛纳斯的身世，基本上遵循突厥史诗中英雄身世的模式"❶。

但在保存民俗思维的《玛纳斯》史诗故事群中，英雄陷落的母题又必不可少，而且非英雄莫为。甚至可以说，《玛纳斯》史诗故事是由无数个生死往复，天上、人间和地下母题连缀而成的结构链。我国学者的主要依据是柯尔克孜族《玛纳斯》当代传承人居素普·玛玛依的唱本，但在他演唱的另一部柯尔克孜族神话史诗《艾尔托西图克（Er Toshtuk）》里，就有地下世界类型。

奇异出生。财主叶列曼有九个儿子，都相继失踪了。正当他发愁时，他年迈的妻子卡姆卡塔依奇迹般

---

❶ 这方面学术史的系统研究，参见郎樱《玛纳斯分析》，呼和浩特：内蒙古大学出版社，1991，第 268 页。郎樱《中国少数民族英雄史诗〈玛纳斯〉》，杭州：浙江教育出版社，1995，第 65 页。郎樱《玛纳斯论》，呼和浩特：内蒙古大学出版社，1999，第 21-23 页，345-346，347-349 页。

地怀孕了。妻子怀孕两年，孩子才出生。孩子出生时前胸长满了浓密的黑毛，所以起名叫托西图克。

超时间的成长。孩子七天就会开口说话，要吃要喝，满处奔跑。长一个月，超过普通孩子长一年。到了九岁，他已成为一个顶天立地的英雄。

杀死妖怪。他九岁娶乌鲁姆地方的首领窝鲁斯可汗之女坎杰凯。他在携妻返乡途中，妻子被妖魔劫走。他将妖魔库乌勒玛杀死，但触怒了七头女妖。女妖生活在地下，为了报复他升上地面，化作一块羊肺，漂浮在他的父亲经常经过的一条河上。

寄魂物。父亲贪心，把羊肺捞上来。羊肺化作女妖折磨父亲，父亲被迫说出儿子的寄魂物是一块磨石，藏在儿媳的衣箱里。女妖找到坎杰凯的衣箱，取出磨石。他抢过磨石，飞马而去。七头女妖紧追不舍。

地下世界。女妖追不上骑着神驹的托西图克，就施展魔法，让大地裂开，英雄托西图克陷落地下。他在地下生活了七年，结识了黑巨人、狗熊、老虎、神鹰，在这些朋友的帮助下，他杀死了七头女妖、青巨人、白巨人等各种妖魔。

　　回到人间。他在神鹰的帮助下飞升回地面，与妻子坎杰凯团聚。❶

　　居素普·玛玛依是近70年所见最长寿、也最有讲述能力的玛纳斯奇，祖居新疆柯尔克孜族聚居区的阿合奇县。对于同一位玛纳斯奇演唱的史诗，为什么学者只采用他的英雄史诗，不采用他的神话史诗呢？据当地学者介绍，《玛纳斯》绝非柯尔克孜族唯一的史诗，该民族还有40多部史诗，至今还流传20多部。❷但除了居素普·玛玛依的《玛纳斯》唱本被划为英雄史诗，其他《玛纳斯》唱本都被划为神话史诗，而在这些神话史诗中都有地下世界，可是里面的玛纳斯都不是英雄史诗《玛纳斯》中那种纯粹的英雄了，难道柯尔克孜人民崇拜的玛纳斯不是同一位英雄吗？

　　学者选择的英雄史诗《玛纳斯》，与柯尔克孜民族流传的大多数神话史诗《玛纳斯》肯定有联系，但英雄史

---

❶ 新疆师范大学人文学院柯尔克孜族青年教师古丽巴哈尔·胡吉西根据柯尔克孜语资料编写，2015年7月4日。另见曼拜特·吐尔地《柯尔克孜文学史》，乌鲁木齐：天马出版社，2005。

❷ 新疆师范大学人文学院柯尔克孜族青年教师古丽巴哈尔·胡吉西给作者的信，2014年6月14日。

诗的分类比较固定，其他史诗的分类就不那么"严整"。在《玛纳斯》三个主要流传地乌恰县、阿合奇县和特克斯县，在当地的传统口头唱本中，也都有地下世界的叙事，但到20世纪60年代前后，乌恰县和特克斯县的老一代玛纳斯奇陆续去世，他们所讲的《玛纳斯》就被划为"民间小型史诗"或"变体史诗"了。❶20世纪80年代中国民间故事集成搜集运动在新疆展开，这些神话史诗又被当作故事加以搜集。可见，即便是学者本身，对《玛纳斯》的体裁分类也不稳定。

乌恰县，位于新疆的西南端，在那里生活着一位"跨文化"的玛纳斯奇，叫艾什玛特（1880—1963）❷，他的家乡在乌恰县黑孜苇乡阿克布拉克村，与吉尔吉斯斯坦接壤。这个地点也是唐玄奘取经回新疆的南道。艾什玛特在柯尔克孜族人民心目中的地位毫不逊于居素普·玛玛依。他演唱的英雄史诗《玛纳斯》和神话史诗

---

❶ 曼拜特·吐尔地《柯尔克孜文学史》，乌鲁木齐：天马出版社，2005，第141页。

❷ 关于20世纪前叶至中叶新疆乌恰县著名玛纳斯奇艾什玛特，在不同著作中的译名不相同，有的译成"艾什玛特·买买提"，有的译成"艾什玛特·玛木别特居素普"。本书因为要多次提到他，为方便讨论起见，故暂且采用各种译法中通用的"艾什玛特"。

《艾尔托西图克》都被广为传扬，在这两种唱本中，也都有地下世界，不过在《艾尔托西图克》版本中的地下世界部分讲，英雄托西图克跌入地缝，在地下世界住了7年，最后带他离开地下世界的不是神鹰，而是大鹏鸟。这部史诗流传在柯尔克孜族、哈萨克族、塔塔尔族，以及尉犁县、洛浦县的维吾尔族人民中间，他们对英雄骑大鹏鸟飞回地上世界的说法也很多。自1869年至1965年间，大约是艾什玛特生活的时代，这个版本还有德国、俄罗斯、阿塞拜疆、吉尔吉斯斯坦和法国等多个国家、多种语言的译本，应该是比较可靠的。❶ 艾什玛特演唱的《玛纳斯》如行云流水，出神入化，民俗思想文化体系庞大，表演技艺炉火纯青，引来周边国家吉尔吉斯斯坦、

❶ ［吉尔吉斯］《艾尔托西图克》，吉尔吉斯斯坦：夏木出版社，1996。引自艾力努尔·马达尼《神话史诗〈艾尔托西图克〉变体的母题分析与现代传承》，2016年北京师范大学"跨文化学研究生国际课程班"学员论文，指导教师：古丽巴哈尔·胡吉西，第2-4，7-11页。在汉译本中，又译成《艾尔什吐克》，参见郎樱《玛纳斯论》，呼和浩特：内蒙古大学出版社，1999，第181-185页。在这里必须说明的是，郎樱在这部著作和后来参与其他柯尔克孜史诗文学的研究工作中，对"地下世界"文本做了一定的研究。但郎樱的方法是从《玛纳斯》的主体与变体的分类差异上进行研究，与本书强调的打通分类，从民俗体裁本身开展整体研究的方法有所不同。

乌兹别克斯坦和俄罗斯的无数痴迷听众，可惜他于 20 世纪 60 年代去世。到 1987 年中国民间故事集成搜集到他的家乡时，他的《玛纳斯》已大都被当作故事搜集，这时故事分类反而起到保存史诗的作用。

下面举三个乌恰县的例子。从三位讲述人的年龄和人生经历看，他们都是艾什玛特的后辈，但对前辈演唱的《玛纳斯》史诗故事的地下世界叙事依然耳熟能详。我使用这几篇乌恰县故事的原则是，尽量采用相同故事文本反复举例，以便帮助读者了解《玛纳斯》与故事体裁互换是史诗的初始形态，也是所属民族的传承人的讲述活动的常态。

第一个例子：太阳美女

（柯尔克孜族　乌恰县）

地洞。他来到地下，杀死四十大盗。他走到洞的尽头，看见金树。他两手抓住树叶，两脚踩住枝干，闭上眼睛，回到人间。他在天亮时将金树栽到王宫中。

讲述者：托乎塔森·曼别特，男，63岁，柯尔克孜族，乌恰县牧民，小学。采录者：朱玛古丽·赛依特，女，33岁，柯尔克孜族。翻译者：赛娜·艾斯别克。采录时间：1987年。采录地点：乌恰县。❶

第二个例子：狮子大力士

（柯尔克孜族　乌恰县）

地下世界。狮子大力士下到地洞里，发现一位姑娘被关在一个铁笼里，他救出她后，得知这里是七层大地之下的六只山羊城。

讲述者：木沙·依沙克，30岁，柯尔克孜族，乌恰县人，中专。采录者：吉尔夏力·朱努斯，女，22岁，柯尔克孜族。翻译者：巴赫特·阿曼别克，依斯哈别克·别先别克。采录时间：1991年。采录地点：

---

❶ 钟敬文主编《中国民间故事集成（新疆卷）》，北京：中国ISBN中心，第687-691页。

乌恰县。❶

第三个例子：熊大力士

（柯尔克孜族　乌恰县）

地洞。熊大力士找到地洞。

地下世界。熊大力士自己下去，当他脚刚着地，就从四面八方涌来成群的巨怪。熊大力士和它们激战了七天七夜。

　　讲述者：木沙·依沙克，30岁，柯尔克孜族，乌恰县人，中专。采录者：吉尔夏力·朱努斯，女，22岁，柯尔克孜族。翻译者：巴赫特·阿曼别克，依斯哈别克·别先别克。采录时间：1991年。采录地点：乌恰县。❷

---

❶ 钟敬文主编《中国民间故事集成（新疆卷）》，北京：中国 ISBN 中心，第 845-848 页。

❷ 钟敬文主编《中国民间故事集成（新疆卷）》，北京：中国 ISBN 中心，第 848-851 页。

在居素普·玛玛依的家乡阿合奇县，史诗的初始形态又保存得怎样呢？

这里的英雄史诗与神话史诗虽然被分成两类，但《玛纳斯》史诗故事始终与麻扎民俗信仰仪式保持联系。民俗叙事与民俗信仰的联系由广大信众自我选择和集体保存，讲述人和学者都是无法更动的。在阿合奇县搜集的史诗故事中，就有英雄的陵墓（《色尔哈克的陵墓》）、英雄凯旋的宴会（《掉罗勃左节》）、英雄的王冠（《白毡帽的传说》）和柯尔克孜族人的《赛鹰游戏》的故事。信仰叙事是麻扎祭祀的仪式步骤，是史诗重要社会功能的标志，也对史诗参与构建地方社会文化起到支撑作用。

以往学者否认地下世界的结论，出自严肃的科学研究态度。可是，《玛纳斯》的地下世界叙事真的是多余的吗？如果是多余的，为什么艾什玛特和居素普·玛玛依的《玛纳斯》唱本都有地下世界呢？也许在学者看来多余的叙事，在本民族民众看来并不多余，这就是民俗体裁学要顾及之处。那么又是什么原因导致学者这样决绝地否认英雄睡觉、英雄陷落和英雄失败的母题呢？而如果学者对英雄史诗和神话史诗的地下世界都可以忽略不计，那么对民俗信仰资料中出现的其他同类民俗单元，学者是否也要采取这种忽略态度呢？《玛纳斯》讲述人的唱本被分类的过程提醒我们，对这种史诗做英雄史诗和神话史诗的二元切割并不合适，而后来这部史诗成为故事资源的结果也是二分法造成的。

本书强调使用"史诗故事群"的概念，就是要恢复讲述人唱本的初始情境和初始文本的原貌。本书使用民俗体裁学的理论，也可以帮助我们整合史诗的叙事资料，重新开展综合研究。

二、AT 与 AT 的"地下世界"研究

AT 是西方学术系统创造的故事类型工具书，上面提到的西方史诗学侧重研究天庭世界和地上世界，把地下世界的叙事视为动物故事、爱情故事和妖怪故事加以排除，这在 AT 中也有反映。

AT1419E. 通往情人房间的地下通道

（Underground Passage to Paramour's House）

妻子穿过一个房间去往另一个房间与人幽会。她

使了一个计，让她的丈夫中了计，丈夫误以为隔壁房间的女子是妻子的姐姐。❶

在 1419E 的索引部分，引用了意大利、匈牙利、希腊、冰岛、罗马尼亚、印度、土耳其等 19 个不同国家的故事类型著作，这能说明，很多国家都有"地下"的概念，对此英文写作"underground"或"lower world"。土耳其的一本故事类型书出自艾伯华之手，AT 原文为"Turkish: Eberhard-Boratav，No.267-6"，这是他在完成《中国民间故事类型》后编撰的另一部故事类型工具书。❷

AT 提到"地下世界"型其实不多，而且基本都是一带而过。编者提到了英雄的助手和敌人，如鸟、马、美女和妖怪，但都是寥寥描述，看不出史诗那种气势如虹的架势，但又不乏针线绵密的缝缀。

---

❶ ［芬］安蒂・阿尔奈（Antti Aarne），*The Types of the Folktale*，FFC. 3. Translated and Enlarged by ［美］汤普森（ Stith Thompson），FFC.184，Indiana University，second revision.1961.Helsinki，Academic Science，Finland，1987，fourth printing，p.419.

❷ ［芬］安蒂・阿尔奈（Antti Aarne），*The Types of the Folktale*，FFC. 3. Translated and Enlarged by ［美］汤普森（ Stith Thompson），FFC.184，Indiana University，second revision.1961.Helsinki，Academic Science，Finland，1987，fourth printing，p.419.

再看既使用 AT 系统又译成中文，并编成中国故事类型的丁乃通《中国民间故事类型索引》（以下简称丁本），这容易带领读者对西方 AT 的不足做进一步比较说明。❶丁本中至少有 6 个类型与《玛纳斯》地下世界型高度相似，我将丁本的要点摘录于下，在丁本语焉不详处补出 AT 原文做补充对照，并在引文中标明 AT 和注释中标写出处。

第一个类型：301. 三个公主遇难

Ⅰ（e）往往从水果里直接长出来。（e¹）从大蛋里生长出来。（i）他从小就以惊人的速度成长。（j）他征服并得到一个或更多的伙伴。

Ⅴ（f）英雄自己找到出洞的路。（g）英雄由于

---

❶ ［芬］安蒂·阿尔奈（Antti Aarne），*The Types of the Folktale*，FFC. 3. Translated and Enlarged by ［美］汤普森（Stith Thompson），FFC.184, Indiana University, second revision.1961.Helsinki, Academic Science, Finland, 1987, fourth printing.［德］艾伯华（Wolfram Eberhard）《中国民间故事类型》，王燕生、周祖生译，北京：商务印书馆，1999。
［美］丁乃通（Nai-tung Ting）《中国民间故事类型索引》，郑建成、李倞、商孟可、白丁译，北京：中国民间文艺出版社，1986。

龙的帮助回到地面或（h）由另一动物或神的帮助。（i）怪树生长迅速，直到洞口，英雄爬树逃出来。（j）他死在洞里。❶

第二个类型：301A．寻找丢失的公主

仅一位公主被劫去。

补AT：在地洞（the hole of the lower world）里，从龙或其他妖怪手中救出公主。朋友成为叛徒。

芬兰、爱沙尼亚、拉脱维亚、立陶宛、匈牙利、罗马尼亚、希腊、土耳其、智利等国和美国印第安人都有这个母题。❷

---

❶　［美］丁乃通（Nai-tung Ting）《中国民间故事类型索引》，郑建成、李倞、商孟可、白丁译，北京：中国民间文艺出版社，1986，第58-59页。

❷　［美］丁乃通（Nai-tung Ting）《中国民间故事类型索引》，郑建成、李倞、商孟可、白丁译，北京：中国民间文艺出版社，1986，第59页。参见［芬］安蒂·阿尔奈（Antti Aarne），*The Types of the Folktale*，FFC.3.Translated and Enlarged by［美］汤普森（Stith Thompson），FFC.184，Indiana University，second revision.1961.Helsinki，Academic Science，Finland，1987，fourth printing，pp.92–93.

第三个类型：301B. 大汉、伙伴与失踪的公主

英雄救美女这一部分，这里即使有，也往往是偶然的。比301A更强调英雄的勇武事迹。

洞里的妖怪藏着绑架的女孩 301—301B。❶

第四个类型：650A₁. 神力勇士

在第 V 部分的坏人通常是国王。

Ⅰ（e¹）他的名字显示出他出身不凡（雷的儿子等）。（f¹）靠饮神泉的水而有力气。（g¹）他用其他非凡的办法练功夫。❷

第五个类型：AT 650A₁

在 AT 中只有奇异出生。有动物相伴，没有地下

❶ ［美］丁乃通（Nai-tung Ting）《中国民间故事类型索引》，郑建成、李倞、商孟可、白丁译，北京：中国民间文艺出版社，1986，第65页。

❷ ［美］丁乃通（Nai-tung Ting）《中国民间故事类型索引》，郑建成、李倞、商孟可、白丁译，北京：中国民间文艺出版社，1986，第221页。

世界。❶

第六个类型：AT1086. 跳入地下❷

地穴是用席盖住的。

补 AT：跳入地下（Jumping into the Ground）。❸

地洞已挖好，用树枝盖上（The hole already dug and covered with boughs）。

芬兰、爱沙尼亚、俄罗斯、西班牙、阿根廷等国家和地区都有这个母题。

---

❶ ［美］丁乃通（Nai-tung Ting）《中国民间故事类型索引》，郑建成、李倞、商孟可、白丁译，北京：中国民间文艺出版社，1986，第221页。参见［芬］安蒂·阿尔奈（Antti Aarne），*The Types of the Folktale*，FFC.3.Translated and Enlarged by ［美］汤普森（Stith Thompson），FFC. 184, Indiana University, second revision.1961.Helsinki，Academic Science，Finland，1987，fourth printing，p.275.

❷ ［美］丁乃通（Nai-tung Ting）《中国民间故事类型索引》，郑建成、李倞、商孟可、白丁译，北京：中国民间文艺出版社，1986，第336页。

❸ ［芬］安蒂·阿尔奈（Antti Aarne），*The Types of the Folktale*，FFC. 3. Translated and Enlarged by ［美］汤普森（Stith Thompson），FFC.184，Indiana University，second revision.1961.Helsinki，Academic Science，Finland，1987，fourth printing，p.357.

　　我还能找出丁本中与《玛纳斯》史诗故事群"地下世界"叙事相似的母题近百个，如"612.三片蛇叶"❶，可惜无论在 AT 中，还是在丁本中，这些作品都是四处飘散的。丁本有一种解释比 AT 更含糊其词：

　　　　这个分类索引，目的是列入每个故事类型中主要的情节成分。……通用的许多国际性故事类型名称，也包括在内。为了节省篇幅，相似的名称往往归纳在一个名目之下（例如：流氓、无赖、恶作剧者、滑头及其他类似的人，都列在"聪明"之下；驴和骡都列在"驴"之下；笨蛋、蠢汉、傻子、呆子及类似的人，列在"愚人"之下）。❷

　　丁乃通将这些主人公和动物按聪明、驴或愚人等"名目"分类是没有道理的，但把他分类到"愚人"中的

---

❶ ［美］丁乃通（Nai-tung Ting）《中国民间故事类型索引》，郑建成、李倞、商孟可、白丁译，北京：中国民间文艺出版社，1986，第 557 页。

❷ ［美］丁乃通（Nai-tung Ting）《中国民间故事类型索引》，郑建成、李倞、商孟可、白丁译，北京：中国民间文艺出版社，1986，第 557 页。

有些"呆子",放到"聪明"一类,也许更合适,而被他分类的"愚人",与 AT 中"愚蠢的妖怪"也不能对应。还有的妖怪被他以破除迷信的名义删掉了,让他换成了"蠢汉"。本书不以讨论丁本的分类为专题,这里就不去多说它了。然而丁本确实有重要贡献,这也是必须强调的。回到本小节讨论 AT 中"地下世界"类型的主旨,我们已经可以看到,AT 没有史诗故事群叙事那样文本完整和自成一体,这是将史诗与故事过度分类造成的弊病。对这种不足,从民俗体裁学的视角,站在多元民俗的立场,很容易发现。

三、新疆史诗故事群中的"地下世界"

《玛纳斯》史诗故事群中的地下世界叙事可谓丰富多彩,这里选取 15 种母题进行介绍,它们是:"奇异出生""地洞""龙马""求助""仙药""洞中救公主""洞中找金树""生命树""杀死妖怪""地洞中的绳子""公主被英雄的朋友拉出地洞后带走""杀死树下的蛇,救了树上的鸟""大鸟驮英雄回到地面""魔女住在树中央""英雄回家"。对这些母题,我还是采取相同文本反复举例的原则进行描述和分析，以再次证明：虽然学者对作品分类下足了功夫，但这些分类在民众那里并不敏感。当代民俗学者要转向民俗体裁学是不可避免的。

（一）奇异出生

《玛纳斯》史诗故事群中的英雄并非天庭世界的大神，而是出生在人间家庭的孩子。

0528. 狮子大力士

（柯尔克孜族　乌恰县）

奇异出生。富人女儿长到 19 岁时，熊驮她来到一个山洞，与她结为夫妻，生了一个儿子。

超时间的成长。儿子出生后胸前长满黑毛。6 个月时能开口说话，力量胜过熊几十倍。他推开堵在洞口的大山，将父亲压在山下，带母亲逃走。

讲述者：木沙·依沙克，30 岁，柯尔克孜族，乌恰县人，中专文化。采录者：吉尔夏力·朱努斯，女，22 岁，柯尔克孜族。翻译者：巴赫特·阿曼别克，依斯哈别克·别先别克。采录时间：1991 年。采录地点：乌恰县。❶

史诗故事对玛纳斯和他的伙伴在人间诞生和成长的描述是模式化的，里面有奇异出生、半人半兽形象、超自然能力、奇异婚姻和少年英雄出征等系列母题或亚类型。奇异出生是这个系列母题中的初始母题，一般都有很长的初始情境描述，包括孩子的父亲或母亲一方是兽王中的狮子或熊，在某个森林广场发生了故事。这种叙事与印度《五卷书》相似。

（二）地洞

在《玛纳斯》史诗故事群中，让英雄一举成名的原

---

❶ 钟敬文主编《中国民间故事集成（新疆卷）》，北京：中国 ISBN 中心，第 845-848 页。

因，除了超人力的神行壮举，还有英雄能获得大量神奇资源给予助力。为英雄提供资源的场所，不是"上天"，而是"入地"；入地的通道是"地洞"（地缝）。

0528. 狮子大力士

（柯尔克孜族　乌恰县）

地洞。狮子大力士下到地洞里。

地下世界。他尾追老太太来到一座繁华的大城市，进入一尺高墙内的院内，发现一位姑娘被关在一个铁笼里，救出她后，得知这里是七层大地之下的六只山羊城。城内有一位独眼国王，姑娘是被独眼巨怪国王从七层大地之上抢来的。狮子大力士将姑娘从洞口送上了大地，托付给两个大力士，又下到七层大地之下，再次进到那所大院时，遇到一个奴仆，得知七头女妖正是独眼国王的妻子。他找到七头女妖，把她的最后一个头也拧了下来。

讲述者：木沙·依沙克，30岁，柯尔克孜族，乌恰县人，中专文化。采录者：吉尔夏力·朱努斯，女，

22 岁，柯尔克孜族。翻译者：巴赫特·阿曼别克，依斯哈别克·别先别克。采录时间：1991 年。采录地点：乌恰县。❶

在地下世界叙事中，为英雄指引地洞入口的有两种角色，一是动植物助手；二是妖怪敌人，以女妖居多。男妖都躺在洞里称霸，做坏事，被英雄杀死。

（三）龙马

在《玛纳斯》史诗故事群中，英雄进入地下通道的另一个入口是连接地下的地表"水"，如"河边"和"湖畔"。马是需要饮水的动物，英雄可以在那里找到马。马是英雄的翅膀，《玛纳斯》中的英雄坐骑更非寻常可比。史诗故事讲，玛纳斯乘坐的是一匹龙马，叫阿克库拉，飞奔起来风驰电掣，跳跃起来腾空入云。龙生于水，玛纳斯的龙马也生于水中。

---

❶ 钟敬文主编《中国民间故事集成（新疆卷）》，北京：中国 ISBN 中心，第 845-848 页。

0637. 金头银臀的孩子

（柯尔克孜族　特克斯县）

龙马。 汗王的大老婆陷害两个孩子，让男孩去找河边的马。白须老人指点孩子制服马的办法。男孩看见河边的巨龙，巨龙到河里喝完水后就变成一匹马嘶鸣，马卧下熟睡后，孩子悄悄过去骑在了马背上，马狂跳起来，又跳进水里打滚。

讲述者：阿力腾哈孜克·车奥玛依，73 岁，柯尔克孜族，特克斯县科克铁热克柯尔克孜民族乡牧民，不识字。采录者：乌拉赞拜。翻译者：依斯哈别克·别先别克。采录时间：1989 年。采录地点：特克斯县。❶

---

❶ 钟敬文主编《中国民间故事集成（新疆卷）》，北京：中国 ISBN 中心，第 1190-1192 页。

0183.　色尔哈克的陵墓

（柯尔克孜族　阿合奇县）

埋葬奇异的战马。西热克令部队停下，将色尔哈克葬于巴什米尔克奇，宰杀英雄的坐骑铁勒哈孜勒战马，敬奉死者的亡灵。这匹战马的头骨硕大，眼里可以放进去一顶帽子，它的脊椎骨里可以松松地伸进成人的一只前臂。

讲述者：阿布都克热木·阿山，男，柯尔克孜族，阿合奇县人。采录者：沙肯·加力勒。翻译者：依斯哈别克·别克别克，巴赫特·阿曼别克。采录时间：1990 年 4 月 3 日。采录地点：阿合奇县。❶

新疆是历史上出产好马的著名产地。《玛纳斯》的龙马故事伴有隆重的麻扎信仰仪式。英雄的马匹死后得到厚葬，柯尔克孜族人民在仪式中祭奠英雄的战马。这个

---

❶ 钟敬文主编《中国民间故事集成（新疆卷）》，北京：中国 ISBN 中心，第 291-292 页。

仪式世代流传，至今不改。后面还要引用《大唐西域记》中的"龙马"故事，那是唐代高僧的实地记录，它告诉我们，这个史诗故事至迟在唐代已进入信仰叙事，那时还没有《玛纳斯》，但已有佛教的影响，有好马。

（四）求助

《玛纳斯》史诗故事群中有很多关于自然灾害、战争、疾病与社会危机等的叙事，每当这种时刻来临，英雄都要求助。求助的对象多种，有的是天神，有的是国王、老人和其他英雄勇士，有的是神树，也有的是动物朋友。一个明确的信号是，史诗故事中的"天神"不是万能的上帝，也不是唯一的救世主。

0616. 宝石

（柯尔克孜族　特克斯县）

求助。1. 求助蛇。①孤儿召唤蛇，蛇把他救出地牢。②蛇故意咬伤汗王的公主，再让他念蛇的咒语。③他治好了公主的病，汗王要将公主嫁给他。2. 求助蜜蜂。①英俊小伙极力阻拦这桩婚姻。②英俊小伙安排四个打扮相同的姑娘上街，乘坐四辆相同的马车，马匹和车夫也都一样，将公主混在其中，命他猜出，猜不出便解除婚约。③他点燃蜜蜂的须子，蜜蜂飞来，落在公主的车顶上，他让公主坐的车停下。汗王答应这门亲事。

讲述者：阿力腾哈孜克·车奥玛依，67 岁，柯尔克孜族，特克斯县科克铁热克柯尔克孜民族乡牧民，不识字。采录者：乌拉赞拜。翻译者：依斯哈别克·别先别克。采录时间：1983 年。采录地点：特克斯县。❶

0719. 永不停息的旅行者

（柯尔克孜族　特克斯县）

求助。1. 探寻生命的意义。①他自制一双铁靴、一根铁杖，独自启程。②他要寻找比自己更大度的

❶ 钟敬文主编《中国民间故事集成（新疆卷）》，北京：中国 ISBN 中心，第 1105-1109 页。

国王，发誓找不到绝不停歇。2. 求取答案。①他到达女王的国家，见到女王，女王让他去找向风中撒宝石粉的小伙，等见到小伙后，再回答他的问题。②他走到世界的东端，找到了小伙，小伙让他找出赏钱让别人打自己的老翁，等见到老翁后，再回答他的问题。③他去世界的南端，找到老翁，老翁让他找每天清晨笑着上清真寺的顶端，又悲伤地下来的老者，等见到老者后，再回答他的问题。④他来到世界的北端，找到清晨上寺顶做宣礼的老者，老者让他找遭遇灾祸，又做了最大善事原谅兄长的勇士，等见到勇士后，再回答他的问题。⑤他来到世界的西端，见到勇士，勇士回答他说，人世间男子汉都会经历各种事情，福与灾、善与恶、富与贫，一切都是安拉安排的结果。⑥他返回找到老者、老翁、小伙和女王，请他们陆续说出答案。⑦他最终明白一个道理：宽宏大量、知足、诚信、勤劳和百姓是治理国家的五件珍宝。这是他遍访求助得到的世界上最高的智慧。

讲述者：哈力恰·曼别特阿洪，女，61 岁，柯

尔克孜族，特克斯县人，不识字。采录者：吐尔干
拜·克力奇别克。翻译者：巴赫特·阿曼别克，依斯
哈别克·别先别克。采录时间：1993 年。采录地点：
特克斯县。❶

史诗故事告诉我们，自然界和人类社会关系资源和
宇宙观知识才是可依赖的资源，英雄利用这种资源，就
能获得神奇的力量，带领人民战胜各种困难生存下来。

（五）仙药

中国故事中"药"的母题很多，前人曾指出故事中
说药有道教或佛教的影响。《玛纳斯》史诗故事群也经常
提到"药"。但这种"药"不是天神的赐予，也不是道士
开的药方，它们是生长在地上和地下的植物。英雄需要
向动物朋友学习，然后才能识别这种药物。

---

❶ 新疆卷原编者注：这篇故事在新疆柯尔克孜族、哈萨克族民间都有广
泛流传。编选时，在考虑到内容、附录等情况后，选择了特克斯县柯
尔克孜族故事家哈力恰·曼别特阿洪讲述的这部作品。钟敬文主编
《中国民间故事集成（新疆卷）》，北京：中国 ISBN 中心，第 1452-
1474 页。

0529. 熊大力士

（柯尔克孜族　乌恰县）

仙药。他看见短腿的老鼠吃了一种草，立刻就好了。他也将那种草连根挖出来吃了，治好了断裂的骨头，站了起来。

讲述者：木沙·依沙克，30 岁，柯尔克孜族，乌恰县人，中专文化。采录者：吉尔夏力·朱努斯，女，22 岁，柯尔克孜族。翻译者：巴赫特·阿曼别克，依斯哈别克·别先别克。采录时间：1991 年。采录地点：乌恰县。❶

在中国其他历史经典中，辨识草药和使用草药也都是中医药学与民俗学共有的经验性知识。经验性知识可以通过听故事的途径获得，也可以通过讲故事的途径传播。

---

❶ 钟敬文主编《中国民间故事集成（新疆卷）》，北京：中国 ISBN 中心，第 848-851 页。

（六）洞中救公主

《玛纳斯》与其他史诗一样，都无一例外地有公主形象，公主也无一例外地成为英雄的助手。

0529. 熊大力士

（柯尔克孜族　乌恰县）

地下世界。熊大力士自己下去，转来转去，遇见一位姑娘，他救出姑娘。

讲述者：木沙·依沙克，30 岁，柯尔克孜族，乌恰县人，中专文化。采录者：吉尔夏力·朱努斯，女，22 岁，柯尔克孜族。翻译者：巴赫特·阿曼别克，依斯哈别克·别先别克。采录时间：1991 年。采录地点：乌恰县。❶

---

❶ 钟敬文主编《中国民间故事集成（新疆卷）》，北京：中国 ISBN 中心，第 687-691 页。

史诗故事中的英雄与公主的结合，是英雄建构家庭组织和其他社会组织的基本方式。

（七）洞中找金树

《玛纳斯》的地下世界叙事从不缺少神树。神树是神梯，供英雄上下人间世界与地下世界使用。

42. 太阳美女

（柯尔克孜族　乌恰县）

地洞。他来到地下，杀死四十大盗。他走到洞的尽头，看见金树。他两手抓住树叶，两脚踩住枝干，闭上眼睛，回到人间。

讲述者：托乎塔森·曼别特，男，63 岁，柯尔克孜族，乌恰县牧民，小学文化。采录者：朱玛古丽·赛依特，女，33 岁，柯尔克孜族。翻译者：赛娜·艾斯别克。采录时间：1987 年。采录地点：乌恰县。❶

---

❶ 钟敬文主编《中国民间故事集成（新疆卷）》，北京：中国 ISBN 中心，第 1358-1361 页。

树木承担神奇梯子的功能，一般都有固定的叙事模式，比如说，树叶是"金"的，以方便英雄识别神树与普通树的区别，英雄使用神树，要像普通人一样恪守禁忌，如"闭上眼睛"。天庭世界的神树使用，是不必设立禁忌和做出识别标志的，中国历史典籍记载的月亮神话中，如某男子砍神树，他就不用识别，也不必非闭眼不可，他只管砍就是。但《玛纳斯》中的英雄不行，他们爬"树"进入地道要遵守禁忌，他们还没有神化到菩提开悟、羽化飞升的地步。

（八）生命树

《玛纳斯》史诗故事群中还有另一种树的故事，是讲树跟人一样有生命。树可以孕育人类的生命，庇护婴儿健康地成长。这种树的角色定位是"母亲"或"妻子"。

0685. 友谊胜过生命

（柯尔克孜族　乌恰县）

生命树。白杨树跟他们一起长大。仙女的女儿来树下玩一次，白杨树就长高一截。

讲述者：哈德尔·依山拜，男，62岁，柯尔克孜族，乌恰县人，不识字。采录者：托乎托别克·库尔曼太依。翻译者：赛娜·艾斯别克。采录时间：1992年。采录地点：乌恰县。❶

柯尔克孜族青年学者古丽巴哈尔告诉我，柯尔克孜族人从未将树与人类世界分开，树崇拜在柯尔克孜族民俗信仰中非常普遍，很多圣地就是树本身。还有一个故事讲，玛纳斯将他的矛插入荒地，长出很多柳树，后来这里被称为"柳园圣地"。树的史诗故事也是有麻扎信仰仪式的，在仪式中，柯尔克孜族人虔诚地祭奠柳树。柯尔克孜族人认为这样能增加玛纳斯的神力，玛纳斯也会保护柯尔克孜族人的家庭。有信仰仪式的叙事都是在当地社会组织结构中具有支配意义的象征性叙事，关于这种母题，前面我们讲了"龙马"，现在我们讲了"生

---

❶ 钟敬文主编《中国民间故事集成（新疆卷）》，北京：中国 ISBN 中心，第 1358-1362 页。

命树"。

（九）杀死妖怪

在《玛纳斯》史诗故事群中，杀死妖怪的母题比比皆是，妖怪是由自然界的石头、木条或动物内脏等物质实体变形而成。一旦妖怪被英雄杀死，就又变回原形。妖怪侵扰英雄的目的是争夺水源、粮食、鱼类和青草，这些都是柯尔克孜族人民十分紧要的生活资源，英雄必须与之决死战斗，才能保卫资源，保障人民的生活。

0528. 狮子大力士

（柯尔克孜族　乌恰县）

杀死妖怪。七头女妖变成老太太，到山洞抢肉吃，另外两个大力士都斗不过它。狮子大力士拧下了它的 6 个脑袋，它带着一个脑袋逃走。狮子大力士追赶女妖。他下到地洞里。他发现铁笼里关着一个姑娘。姑娘是被独眼巨怪从七层大地上抢来的。他将姑娘从洞口送回大地，托付另外两个大力士照管。他回到七层大地下面，找到那个七头女妖，把它的最后一个头也拧了下来。七头女妖是独眼巨怪的妻子，他找到独眼巨怪睡觉的地方，把铁棍烧红，扎进独眼巨怪的独眼，杀死妖怪。

讲述者：木沙·依沙克，30 岁，柯尔克孜族，乌恰县人，中专文化。采录者：吉尔夏力·朱努斯，女，22 岁，柯尔克孜族。翻译者：巴赫特·阿曼别克，依斯哈别克·别先别克。采录时间：1991 年。采录地点：乌恰县。❶

本书下一节将要对照分析的西方史诗中，还有另外一种情况，就是天庭世界的大神降落人间后，有的与民俗信仰中的自然精灵汇合，变成善良的精灵，给人类的家庭当助手，这是宗教教本民俗化之后的说法。《玛纳斯》中的所有妖魔鬼怪都没有经过善恶的分化，都停留在行恶作祟的原地不动。它们深居大自然的荒野之中，随时都有可能威胁人类的生存。这类叙事在《玛纳斯》

---

❶ 钟敬文主编《中国民间故事集成（新疆卷）》，北京：中国 ISBN 中心，第 844-847 页。

中大量存在，处于精灵观念与后世现实生活叙事尚未分离的状态。史诗故事将之完整地保留下来，能让我们看到这类民俗思维的混沌叙事特征。

（十）地洞中的绳子

绳子，在《玛纳斯》的地下通道叙事是一种民俗观念文化产品，搓绳子的原材料是英雄的动物朋友或动物敌人身上的兽毛或须发。在西方史诗的天庭世界叙事中，也不乏绳子出现，那位星星丈夫把妻子娶上天庭的"花轿"就是绳子，但制绳的原材料是农作物而不是动物。用什么原材料做绳子，这要看英雄形象被讲述的地区是牧区还是农耕区，不过中西史诗中的绳子母题的本质是一样的。

0529. 熊大力士

（柯尔克孜族　乌恰县）

地洞。他们出去打猎，一个骑着戴铃铛的公山羊、胡须有七米长的矮子，跑来吃光所有的肉扬长而去。三个巨怪都不能制服它。熊大力士也没有制服它，追赶它来到地洞口。熊大力士返回，让巨怪们剪下公山羊的绒毛，加上那矮子的长胡须搓了一条毛绳。足有四十庹那么长。熊大力士领着三个巨怪来到洞口，把梧桐巨怪放进了深洞里。

　　讲述者：木沙·依沙克，30 岁，柯尔克孜族，乌恰县人，中专文化。采录者：吉尔夏力·朱努斯，女，22 岁，柯尔克孜族。翻译者：巴赫特·阿曼别克，依斯哈别克·别先别克。采录时间：1991 年。采录地点：乌恰县。❶

在《玛纳斯》史诗故事群中，绳子被赋予社会行为的角色，它要负责运送英雄和英雄的助手团队，让他们能够在地上世界和地下世界之间数度往返，完成既定任务。

（十一）公主被英雄的朋友拉出地洞后带走

公主在《玛纳斯》中都担当助手角色，这没有问题，但公主是谁的助手？是英雄的助手，还是英雄伙伴的助

---

❶ 钟敬文主编《中国民间故事集成（新疆卷）》，北京：中国 ISBN 中心，第 848-851 页。

手？这里是有故事的。

0529. 熊大力士

（柯尔克孜族 乌恰县）

把找到宝物的人留在井中。他从铁笼中救出姑娘。他送姑娘先上洞口，让洞外的三个朋友帮忙，把姑娘和地下财宝先吊上去，最后再吊自己上去。三个朋友贪图美女和财富，变了心，割断了吊绳。他被摔到洞底。

讲述者：木沙·依沙克，30岁，柯尔克孜族，乌恰县人，中专文化。采录者：吉尔夏力·朱努斯，女，22岁，柯尔克孜族。翻译者：巴赫特·阿曼别克，依斯哈别克·别先别克。采录时间：1991年。采录地点：乌恰县。❶

---

❶ 钟敬文主编《中国民间故事集成（新疆卷）》，北京：中国 ISBN 中心，第 848-851 页。

《玛纳斯》史诗故事告诉我们，英雄团队内部也有人际分层。英雄的某些伙伴在见到公主和财宝后，背叛了英雄，转变为假英雄。假英雄终究会被真英雄打败，解除与公主的关系，公主回到真英雄的身边。

（十二）杀死树下的蛇，救了树上的鸟

在《玛纳斯》史诗故事群中，蛇、树与鸟母题组合的例子很多，有一个母题被反复讲：蛇盘在树下，守着树，要吃树上的鸟。远处来了英雄，英雄杀了蛇，救了鸟。

0528. 狮子大力士

（柯尔克孜族　乌恰县）

生命树与蛇。狮子大力士赶着六只山羊朝着东方行去。他被尖叫声惊醒，他杀死盘树的巨龙，救了树冠上的雏鸟。大鹏鸟赶回致谢，将狮子大力士驮回大地。

讲述者：木沙·依沙克，30岁，柯尔克孜族，乌恰县人，中专文化。采录者：吉尔夏力·朱努斯，女，

22 岁，柯尔克孜族。翻译者：巴赫特·阿曼别克，依斯哈别克·别先别克。采录时间：1991 年。采录地点：乌恰县。❶

　　2014 年，段晴从南疆出土的毛毯绘画中找到同类母题，展开了系列研究。虽然她的重点不是这个母题，而是母题背后的新疆与中西亚历史文化交流样本，但她的工作对本书的研究仍然是有启发的。段晴认为，毛毯织成于公元 5 至 7 世纪。如果这个时间可以确认，那就意味着该母题在南疆出现的时间，要比在 11 世纪左右形成的《玛纳斯》早 6 个世纪左右，而史诗《玛纳斯》是不可能逆生长去影响毛毯的。段晴还提出，毛毯故事可能与更古老的西亚史诗《吉尔伽美什》有联系，而那部史诗中的确也有该母题。❷ 不可否认，西亚与新疆早有历史往来，但该母题是在西亚织成毛毯再带到新疆来

---

❶　钟敬文主编《中国民间故事集成（新疆卷）》，北京：中国 ISBN 中心，第 845-848 页。

❷　段晴《新疆洛浦县"山普鲁"的传说》，《西域研究》，2014 年第 4 期，第 1-5 页。段晴《新疆山普鲁古毛毯上的传说故事》，《西域研究》，2015 年第 1 期，第 38-47 页。段晴认为，蛇与生命之树的关系反映在古犹太人的信仰中。

的，还是在新疆织成毛毯又留在新疆？这还需要继续拿出证据去解释，不过这也不等于说，我们对《吉尔伽美什》中的该母题东渐新疆的可能性就想也不想。段晴在分析该母题的资料系统时还展现了地洞、地下生活和英雄在树下杀蛇救鸟的过程性框架，这也对我们认识该母题的排序有益，因为《玛纳斯》史诗故事中的该母题都是这样排序的。她使用中外书面文本、考古文本和口头文本共同工作，又能跨越三者的分类去讨论同一种叙事，这也与我们使用民俗体裁学的目标不谋而合。现在我们可以做的工作是，将公元 5 至 11 世纪已经存在该母题的文本，放到《玛纳斯》的史诗、故事与出土文物三者共有的文化含义网中去分析，不管那个毛毯是不是从西亚流动来的，它躺在新疆的河道里，就是新疆历史文化的标记。而《吉尔伽美什》中的该母题属于同类民俗思维，那么也应该有自己的文化含义网。两个文化含义网能不能互视？答案应该是"能"，因为跨文化学就强调互视。

（十三）大鸟驮英雄回到地面

《玛纳斯》中的地下世界通道不能没有大鸟，鸟是飞行器，运载英雄本人从地下世界向上方高飞，飞往地上世界。

0528. 狮子大力士

（柯尔克孜族 乌恰县）

大鸟驮英雄回到地面。狮子大力士救了树冠上的雏鸟。大鹏鸟赶回致谢，驮狮子大力士回到大地。

讲述者：木沙·依沙克，30 岁，柯尔克孜族，乌恰县人，中专。采录者：吉尔夏力·朱努斯，女，22岁，柯尔克孜族。翻译者：巴赫特·阿曼别克，依斯哈别克·别先别克。采录时间：1991 年。采录地点：乌恰县。❶

在这个母题里有一个双向报恩模式，过去学者不大注意。所谓双向报恩，是指鸟报恩与人报恩构成一个叙

---

❶ 钟敬文主编《中国民间故事集成（新疆卷）》，北京：中国 ISBN 中心，第 845-848 页。

事结构链，不过以往研究很少。单独研究鸟报恩的，有，我们也比较熟悉。史诗故事讲，人救了鸟，鸟就用免费载人飞行来表示感恩。单独研究人向鸟报恩的，少见，但史诗故事里就有。故事讲，大鸟载人连续飞行多日，飞累了，英雄就从胳膊或腿上剜肉喂它，最后大鸟到达飞行目的地。这个叙事结构链的文化性质是展示人鸟合一的生命圈观念，它的起源很古老，但也有新的意义。

（十四）魔女住在树中央

《玛纳斯》里有"魔女住在树中央"的母题。这个母题本应归入"生命树"的母题，但它又多少有些特殊性，故另立编号，放在这里。

0685. 友谊胜过生命

（柯尔克孜族　乌恰县）

魔女住在树中央。男孩在树下睡觉醒来，看见树顶上有一匹长着四十只翅膀的白马，仙女骑在马上，他发现白杨树的秘密。

　　讲述者：哈德尔·依山拜，男，62 岁，柯尔克孜族，乌恰县人，不识字。采录者：托乎托别克·库尔曼太依。翻译者：赛娜·艾斯别克。采录时间：1992年。采录地点：乌恰县。❶

　　关于树中人的母题，我国晋代嵇含《南方草木状》中已有记载，原文是："五岭之间多枫木，岁久则生瘤瘿。一夕遇暴雷骤雨，其树赘暗长三五尺，谓之枫人。越巫取之作术，有神通之验。"钟敬文 1932 年撰文，对树生人的民俗思维和功能进行了研究，指出，我国先秦至明清文献对这个母题有连续记载，包括汉刘安《淮南子》，晋郭璞《山海经》、嵇含《南方草木状》、张华《博物志》，明董斯张《广博物志》和清吴任臣《山海经广注》。这个母题与崇拜树或木的民俗信仰有关。湖南一带崇拜枫树："枫木在中国民俗学上，是一种很占有位置的植物。例如老枫化为羽人，枫人可以作咒物等传述，就是极好的明证。蚩尤的械，为这种神木前身的神话，在

<hr/>

❶　钟敬文主编《中国民间故事集成（新疆卷）》，北京：中国 ISBN 中心，第 1358-1361 页。

发生上恐怕是很古远了。邓林的起源故事，大致和枫木的相近。《海外北经》云，'夸父与日逐走，入日。渴欲得饮，饮于河渭。河渭不足，北饮大泽。未至，道渴而死。弃其杖，化为邓林。'夸父逐日故事，是我国古代著名神话中的一个，所以常见于前代文籍中。弃杖化为邓林的情节，从神话的结构上看，自当属于一种余波。正如泾州的振履堆（相传是他逐日时振履之处）一样，乃是这神话的枝叶，或后来所增益的成分。但邓林故事，也并非十分冷僻不被知道的。《淮南子》云，'夸父弃其策，是为邓林。'张华《博物志》云，'海水西，夸父与日相逐走。……弃其策杖，化为邓林。'这就足以说明化林故事的被古著述者们所注意的程度了。"❶

在这些历史书面文本中，树生人，都不是普通人，他们或者能飞，或者是民俗仪式的神偶和信仰道具，被人膜拜，这种树木的精灵已经在向神转化。在《玛纳斯》史诗故事里的树中人母题和柯尔克孜族麻扎仪式的树崇拜也具有这种性质。从该母题看，它是中国历代文

---

❶ 钟敬文《中国的植物起源神话》；钟敬文《钟敬文民间文学论集》（下），上海，第157-158页。

献、新疆史诗《玛纳斯》与西亚史诗《吉尔伽美什》三者相似的又一个点。

（十五）英雄回家

《玛纳斯》史诗故事有大量英雄回家的母题，有的叙事伴随盛大的庆典仪式；也有的叙事只解决了某个难题，不过这个难题在本民族群众看来是非常重要的，而且非要兄弟齐心解决不可。

0491. 龙头

（柯尔克孜族　特克斯县）

英雄回家。哥哥、弟弟和弟媳一同返回家乡。他们用龙头治好了父亲的病。

讲述者：阿力腾哈孜克·车奥玛依，男，65岁，柯尔克孜族，特克斯县科克铁热克柯尔克孜民族乡牧民，不识字。采录者：阿散拜·玛提力。翻译者：巴赫特·阿曼别克，依斯哈别克·别先别克。采录时间：1981年。采录地点：特克斯县科克铁热克柯尔克

孜民族乡。❶

英雄回家的母题，在西方史诗中，是一种从地上世界回到天庭世界的结局，或者从地上世界或地下世界回到家乡。《玛纳斯》与之不同的地方在于，英雄都是从地下世界返回地上世界后还乡的，从来没有英雄去天庭世界的说法。在史诗故事中，英雄回家，还不只是一种结局，而且是自英雄陷落地下至返回地上的整体民俗思维的完成，它将英雄功业、人民日常生活与自然界安宁做成统一的结构。

上述 15 个母题，讲述地下世界的故事，有些是自然体裁，有些是民俗体裁。所谓自然体裁，是指与经验主义的认识和行为密切相关的，当地的、文化的，甚至是独特的叙事类别。所谓民俗体裁，是与自然体裁相对而言的界定，指从民俗学研究目标出发，与研究对象保持一定的距离，运用"普遍与特质""客位与主位""共时与历时"等视角，主要根据近期研究目标，遵守多元文化共生的原则，采用跨文化的理念，重新界定自然体裁

---

❶ 钟敬文主编《中国民间故事集成（新疆卷）》，北京：中国 ISBN 中心，第 716-719 页。

的概念，设立民俗叙事研究的新概念。❶ 民俗体裁的概念设定，与民俗文化自身的形态保持同步，每种民俗文化系统都有自己的内在逻辑的一致性，都有每种文化根据不同的社会历史经验和认知范畴所选择的分类方式，这是文化上的方法问题，不是学者头脑中的是否合乎逻辑，是否具备可能性的问题。故学者要防止把自我特质体裁当作恒定的要素，以取消对民俗体裁的研究。这种做法必然导致特质论的泛滥，无法开展体裁学的研究。在这种情况下，民俗体裁的研究要转向跨文化的方法，同时考量民俗学田野经验观察的文化期待，它应该提供两种信息：一是田野调查者向自我学术圈发回报告的理论结构，一是讲述人在自我文化圈中形成的口头表述结构。❷

在一元文化内部，自然体裁与民俗体裁趋于平衡；在多元文化之间，民俗体裁与自然体裁容易互相排斥。《玛纳斯》史诗故事群长期在跨文化的环境中发展，在地

---

❶ Lari Honko, Folkloristic Theories of Genre, in Anna-Leena Siikala, ed. *Study in Oral Narrative*, Gummerus kirjapaino oy Jyvaskyla, 1989, p.189.

❷ Dan Ben-Amos, Introduction.in Dan Ben-Amos ed. *Folklore Genres*. Austin & London.1976, p.215.

方社会民俗信仰的仪式中演练，促进了自然体裁与民俗体裁的互相包容，这使其多种初始元素和后世变迁叙事都得到了保存。

四、钟敬文与普罗普对话"地下世界"

20世纪20年代初 AT 系统问世后，中国的钟敬文和俄罗斯的普罗普各自编制了本国的故事类型。两人的研究成果都发表于1927和1928的两年中，这大概是一种时间上的巧合。但两人都不满足于 AT，都根据本国的故事资料编制了本国的故事类型，开创了本国的故事类型研究，这应该不是"巧合说"所能解释的。中国与俄罗斯的文化传统博大精深，这与 AT 新颖而简单的研究方法是一对矛盾。对两位当时还都很年轻的学者来说，AT 既是强大的吸引，也是强烈的刺激。他们很快出版的研究著述，不能说十分成熟，但从世界故事研究系统看，正是由于有了他们的著述，才产生了非 AT 的故事类型系统，与当时占据主流地位的 AT 并行，形成了多元化与一元化两种标准的早期对峙，这种工作的学术价值重大，学术文化影响深远，很难用其他工作去代替，至今其国际影响不能消减。他们还都在整个 20 世纪产生了世界级的影响，一个是在西方，法国的社会人类学结构主义大师列维 – 斯特劳斯（Claude Levi-Strauss）和芬兰民俗学巨匠劳里·航克的著作，都受到普罗普的影响；一个是在东方，德国的艾伯华、美国的丁乃通、日本的关敬吾和韩国的崔仁鹤等所编制的中、日、韩故事类型，都受到钟敬文的影响❶，艾伯华还因为直接使用了钟敬文的故事类型，在 20 世纪 30 年代就将中国的故事类型送入 AT，后来丁乃通的中国故事类型著作也是在芬兰的 AT 书系出版的。钟敬文故事类型研究的结构形态也直接影响了东亚国家故事类型编制的格局，同样对西方世界认识中国故事产生了间接影响。

　　钟敬文与普罗普，在个人故事类型研究领域一举成名后，都遭受政治上的挫折，陷入孤独研究的境地。两人后来又都成为覆盖民俗学多领域的一代宗师，这点也很相似。

　　钟敬文与普罗普身处异国，一生不曾见面。但两人

---

❶　关于丁乃通与关敬吾编制故事类型与钟敬文编制故事类型的关系，参阅钟敬文《中日民间故事比较泛说》，收入钟敬文《民间文艺学及其历史》，董晓萍编，济南：山东教育出版社，1998，第 180-181 页。

却是地地道道的跨国同行，他们在研究对象、研究问题和学术观点上有很多不谋而合之处，是可以做一些比较研究的，而这个个案也十分难得。但由于学术史和翻译的原因，直接做比较研究有困难，不过可以做思想对话研究，这是作者从程正民那里得到的启发。程正民撰写了《钟敬文与巴赫金的对话》的长文❶，所讨论的两位主角钟敬文与巴赫金也未曾谋面，但文章以独特的视角，发掘了中俄现代文化科学学说与民间文艺学研究的内涵，开创了跨文化思想研究的先例，这引起了作者浓厚的兴趣。

由于各种条件的限制，要全面研究钟敬文与普罗普很难，但可以从两人同时创建非 AT 系统的工作开始比较，这是可以做到的。此外，所谓"对话"，就要做"互视"的研究，即从他们本人的著作和引用资料的实际出发，做彼此间的观点与方法上的观照，这样也能避免作者执主观之词，影响研究的结论。

以下根据本节的研究问题，集中讨论他们对"地下

---

❶ 程正民《文化诗学：钟敬文和巴赫金的对话》，收入程正民《巴赫金的文化诗学》，北京：北京师范大学出版社，2001，第 235-256 页。

世界"的研究观点和方法，这方面的研究尚未有人涉猎，但作者手边的资料比较充分，比较容易说透。

（一）从钟敬文的研究看普罗普

钟敬文在普罗普出版《故事形态学》的同一年，发表《中国印欧民间故事之相似》一文，其中谈到"地下世界"。他在这篇论文中提到，英雄在离开"地下世界"时，曾得到兽、鸟或鱼的帮助，才"得逃脱或成功"，故将之命名为"兽鸟鱼式"。

第四十八则"兽鸟鱼式"

一、一人施恩于地上的一匹兽，空中的一只鸟，水中的一条鱼。

二、他陷入于危险，或从事工作。

三、他以报恩动物的帮助，得逃脱或成功。

我两三年前，曾记录过一篇《小龙报恩及猫犬鼠仇杀的故事》（见《文学周报》），里面情节，与这个型式大略相近，虽然它在故事上的形态是"混合的"（Diffusion）。又《齐谐记》中董昭救蚁故事，亦颇与

此式同。❶

1928 年，钟敬文发表了关于地洞母题的著名故事类型编制模型，题目叫"云中落绣鞋"型。在这个类型中，将地洞母题、地下通道母题、杀死妖怪母题和英雄救美母题粘连在一起，合成一个结构链。

云中落绣鞋型

一、樵夫在山中砍柴，以斧头伤了挟走公主或皇姑的妖怪。

二、樵夫与他的弟弟到山中寻觅公主或皇姑，弟弟把她带归，而遗弃哥哥于妖洞之中。

三、它以异类的助力，得脱离妖洞。

四、经过许多困难，他卒与公主或皇姑结婚。❷

---

❶ 钟敬文《中国印欧民间故事之相似》，钟敬文《钟敬文民间文学论集》（下），上海：上海文艺出版社，1985，第 243 页。

❷ 钟敬文《中国民间故事型式》，钟敬文《钟敬文民间文学论集》（下），上海：上海文艺出版社，1985，第 344 页。

　　1931年，钟敬文发表了《中国的水灾传说》的长篇研究论文，使用中国历史典籍《列子》《楚辞》《吕氏春秋》《尚书大义》《楚辞章句》《述异记》和《搜神记》等文献，提出，比《南方草木状》更早地记载了树人母题的，是先秦典籍《列子》。《列子》还记录了有一条通达婴儿出生地点的水道，伊尹的母亲就是经过这条水道，才到达了一棵大树的位置。后来伊尹的母亲变成了桑树，把伊尹生在树洞里。关于该母题，钟敬文从民俗学角度，最早指出这是一种地下世界"通道"的叙事：

　　　　《列子》自然是一部后人杂凑成的书。这不但是指的现存本（即晋人编纂的）为然，就是《汉书·艺文志》所著录的那个较初期的本子，恐怕在某种程度上也是如此。但我们不能因此就断定其中全没有先秦的古记录（或古传述），尤其是关于神话和传说方面的。倘我们相当地肯定这个前提，那么，对于它所载关于伊尹的传说，当作可信的传说史料看，也许不是太不合理的吧。关于这传说的语句，见于现存本的第一篇——《天瑞》，那是：

伊尹生乎空桑。

他还指出，后世的《尚书大义》已经将《列子》过分简约的讲述变成明明白白的"树洞"故事，原文称"桑穴"。

伊尹母孕，行汲水，化为枯桑。其夫寻至水滨，见桑穴中有儿，乃收养之。

从钟敬文的研究中还能看到，对地上世界与地下世界的通道成因的解释。民间还有一种说法，是"地陷"出湖，其最早记载见于《搜神记》。

现本《搜神记》，自然已非干宝氏的原书，但证以唐宋古书所引，其大部分的材料，必出自原著是无疑的（其中有拉杂地抄入别的古书的地方，如第六、第七两卷，全抄《续汉书》《五行志》，前人已经指摘过；但大部分，仍是辑录自前世类书所引的——即等于"辑佚"性质）。所以，除了一部分外，大都不妨信为晋代人的记述。在这二十卷书中，关于我们所要论述的水灾型传说，竟有三则记录。第一则，见于第十三卷。其文云：

由拳县，秦时长水县也。始皇时，童谣曰：

城门有血，城当陷没为湖！

钟敬文写作此文的背景，是与日本学者铃木雄健、小川琢治讨论中国的洪水故事，撰写此文是讨论之余。这是我国首篇关于"地陷"母题的论文，至于他为什么会写这篇文章，他自己有个声明，我把它抄在这里："伊尹母亲化空桑的故事，小川琢治氏虽然述及，但他的原意似只想说明它和治水的禹王之关系。所以，他在这故事的上面没有什么发挥，自然也更无较详尽的'下文'。现在，我却要以这故事来做这篇小文论述的起点。这工作颇像有些给他的文章作'补充'，虽然我在拈到这么一个'主题'时，尚未拜读过他的大作；而这意思（补充他的缺漏）其实也始终不是我所曾萦心的。"❶ 也许正如钟敬文所说，此文是他个人的副产品，他的正产品是与日本同行研究洪水故事。但他的副产品发现其实相当重要，有一骑绝尘之迹。可

❶ 钟敬文《中国的水灾传说》，钟敬文《钟敬文民间文学论集》（下），上海：上海文艺出版社，1985，第 163-166，169-170 页。

惜他后来还是做正产品去了。他再走一步，就是地下世界研究了，然而他擦肩而过了。尽管如此，他把"水道""地洞""杀死妖怪"和"英雄救美"等有意思的问题留给了后人，这也是开辟之功。

就本书的研究对象而言，钟敬文当年从《列子》和《尚书大义》中发现了"桑穴"故事，即便没有再做地下世界研究，而仅就"桑穴"母题本身看，对它的研究价值也需要重估。为什么？因为它还活着，这个母题是长命的叙事。在柯尔克孜族的《玛纳斯》中，树神一直用乳汁哺育人类。在维吾尔族史诗《乌古斯可汗传》的唱诵中，英雄团队中的将士之妻在树洞中生下了儿子。据说这类母题在突厥语系中并不稀见❶，喀什地区的维吾尔族人至今喜种桑树，认为"人如果种下 7 棵桑树，死后

---

❶ 热孜万古丽·依力尼亚孜《维吾尔族英雄史诗"乌古斯可汗传"母题的现代传承》，北京师范大学 2016 年 8 月"跨文化学研究生国际课程班"新疆学员论文，第 8 页，指导教师：古丽巴哈尔·胡吉西。在第 8 页中，作者引用 17 世纪中亚史家阿布勒孜《突厥世系》一书描述了这个故事。

可上天堂"❶。

上面谈到，AT 提到过，艾伯华的《土耳其民间故事类型》有此母题而语焉未详。不过，在他此前编制的《中国民间故事类型》中，可以看到他对钟敬文创制的"云中落绣鞋"型母题的全文模仿。

122. 云中落绣鞋

（1）砍柴人在林中用斧子砍伤了一个妖怪，这个妖怪掠走了公主。

（2）他跟他的兄弟一起去寻找公主；公主得救，他兄弟把他扔进妖洞里。

（3）砍柴人依靠其他动物的帮助走出洞穴。

（4）经过多次努力，他娶了公主为妻。

出处：

h. 民间 I，第 12 集，第 59—64 页（浙江，绍兴）。

k. 民俗，第 84 期（江苏，兴化）。

---

❶ 段晴《喀什的桑树》，引自段晴微信，2017 年 5 月 20 日。

l. 妇女与儿童,第 14 册,第 168—170 页(浙江,义乌)。

对应母题(3):

老鼠、蟹和蛙出于同情把好人从洞中救出:江苏 c。

好人搭救龙王(龙太子),龙王使他活下来并把他带了出来:山东 g;浙江 l, m;江苏 k;以及 a。❶

在《中国民间故事类型》中,艾伯华三次引用"云中落绣鞋",并且都做了标注,足见他对这个母题的重视。以下是艾伯华书中的另外两个母题,我把它们抄在下面。

16. 动物报恩

(1)有个人曾帮助过一只动物。

(2)当他处于生命危险时,这只动物前来救助。

---

❶ [德]艾伯华(Wolfram Eberhard)《中国民间故事类型》,王燕生、周祖生译,北京:商务印书馆,1999,第 203-206 页。

出处：

a. 相思树，第 105—106 页（浙江，富阳）。

b. 同上，第 106 页（浙江，富阳）。

c. 同上，第 107 页（浙江，富阳）。

d. 参见"云中落绣鞋"。❶

192. 穷汉娶妻

（1）一个穷人由于误解，猜想有钱的姑娘爱着他。

（2）他请父母去说亲。

（3）他必须猜中谜语，或者为婚礼置备珍奇的物品。

（4）他娶到了她。

出处：

a. 民间Ⅱ，第 3 号，第 40—42 页（浙江，绍兴）。

b. 民间Ⅰ，第 12 集，第 56—58 页（浙江，绍兴）。

---

❶〔德〕艾伯华（Wolfram Eberhard）《中国民间故事类型》，王燕生、周祖生译，北京：商务印书馆，1999，第 29 页。

补充（3）：

猜谜：浙江 a；江苏 e，h；山东 g。

带来珍贵的物品：浙江 b，c，d。

必须把两种谷粒分开（参见"云中落绣鞋"）：f。

扩展：

龙王被吹笛人的吹奏所感动，拿出了珍宝：浙江 b。

"天问"：浙江 d。

"百鸟衣"：f。❶

    "16. 动物报恩"中的回报主人的动物，在《玛纳斯》史诗故事群中都是英雄的助手。在"192.穷汉娶妻"中，艾伯华将地下世界叙事中与难题母题相联系，指出受到了"云中落绣鞋"影响。他又将龙宫母题"扩展"进来，真是灵光一现。遗憾的是，他始终没有使用地下世界的概念，这也许与他不研究史诗有关，也许不研究史诗就无法看清故事分类与体裁的矛盾。

---

❶ ［德］艾伯华（Wolfram Eberhard）《中国民间故事类型》，王燕生、周祖生译，北京：商务印书馆，1999，第284-285 页。

（二）从普罗普的研究看钟敬文

自劳里·航克提出民俗体裁学理论之后，国际民俗学界已广泛应用。他指出，世上没有学者所说的纯粹民俗分类，无论从享用民俗的民众看，还是从民俗学者的田野调查发现看，都找不到这样的例子，我们赞同劳里·航克的观点。普罗普是受到劳里·航克极大关注的俄罗斯学者。普罗普在研究俄罗斯神奇故事时，已经发现了"地下世界"型，他建立了 31 个功能项，其中就有 10 个直接提到它，占功能项总数的 1/3。它们是："十五、主人公转移，他被送到或被引领到所寻之物的所在之处""十六、主人公与对头正面交锋""十八、对头被打败""十九、最初的灾难或缺失被消除""二十一、主人公遭受追捕""二十三、主人公以让人认不出的面貌回到家中或到达另一个国度""二十五、给主人公出难题""二十八、假冒主人公或对头被揭露""二十九、主人公改头换面""三十一、主人公成婚并加冕为王"❶。在这些功能项中，普罗普把英雄进

---

❶　［俄］普罗普（Vladimir Propp）《故事形态学》，北京：中华书局，2006，第 45-59 页。

入地下世界的诸多角色功能和行为功能统统都编进来，用他的办法，将地下世界的复杂母题排序结构讲得清清楚楚。我做了几个摘要放在下面，以便举例说明。

十五、主人公转移，他被送到或被引领到所寻之物的所在之处

1. 他在空中飞翔。骑在马背上；被鸟驮着，化作鸟的形象；乘飞船；坐在飞毯上；伏在巨人或精灵的背上；乘坐鬼的车。被鸟驮着飞有时还伴随着一个细节：在路上需要喂它，主人公随身带着一头牛和其他东西。

2. 他在陆地或水中行驶。❶

5. 他使用固定不动的通行工具。……他拽着绳索往下降等。❷

---

❶ ［俄］普罗普（Vladimir Propp）《故事形态学》，北京：中华书局，2006，第45页。作者注，关于普罗普功能项的使用，本书为集中讨论问题起见，在不影响读者了解原著的前提下，暂且省略原来每句后的编号。

❷ ［俄］普罗普（Vladimir Propp）《故事形态学》，北京：中华书局，2006，第46页。

十八、对头被打败

5. 兹米乌兰藏在树洞里，他被杀死了。❶

十九、最初的灾难或缺失被消除

6. 运用宝物摆脱贫穷。神鸭下了金蛋、自动摆上食物的桌布以及能使遍地是金的马也属于此类。

10. 被囚者获释。马撞破牢门，放出了伊万。❷

二十一、主人公遭受追捕

5. 追捕者师徒将主人公吞下去。母蛇妖变成一位姑娘来诱惑主人公，然后又变成了一头母狮子想把伊万吞下去。❸

---

❶ ［俄］普罗普（Vladimir Propp）《故事形态学》，北京：中华书局，2006，第47页。

❷ ［俄］普罗普（Vladimir Propp）《故事形态学》，北京：中华书局，2006，第49页。

❸ ［俄］普罗普（Vladimir Propp）《故事形态学》，北京：中华书局，2006，第51页。

二十三、主人公以让人认不出的面貌回到家中 或到达另一个国度

1. 到家。主人公落脚在某个手艺人那里：金银匠、裁缝、鞋匠，给手艺人当徒弟。❶

二十五、给主人公出难题

交出东西和制造东西的难题：送药。一夜之间建起一座宫殿。建起一座通往宫殿的桥。❷

二十九、主人公改头换面

2. 主人公造出一座奇妙的宫殿。他自己以王子的身份在宫殿里走动，姑娘一觉醒来发现身在奇妙的宫

---

❶ 〔俄〕普罗普（Vladimir Propp）《故事形态学》，北京：中华书局，2006，第54页。

❷ 〔俄〕普罗普（Vladimir Propp）《故事形态学》，北京：中华书局，2006，第55页。

殿里。❶

三十一、主人公成婚并加冕为王

1. 或者一下子获得未婚妻和王国。❷

从普罗普的角度看，英雄进入或离开"地下世界"，有因有果。需要反复提到的是，普罗普讨论的这种因果，不是佛教轮回观和道家无为观，而是另一种民俗思维方式，这是他的工作特点。普罗普的观点能帮助我们认识到，在"地下世界"类型中有一批同类民俗单元，对它们的价值判断，并非用"是"或"不是"来界定，而是要考察各种叙事母题之间如何"转换"❸，具体说，考察英雄怎样从地上世界转到地下世界，再从地下世界转到地上世界。"转换"的条件不是"求助"而是"交

---

❶　[俄] 普罗普（Vladimir Propp）《故事形态学》，北京：中华书局，2006，第 57 页。

❷　[俄] 普罗普（Vladimir Propp）《故事形态学》，北京：中华书局，2006，第 58 页。

❸　[俄] 普罗普（Vladimir Propp）《故事形态学》，北京：中华书局，2006，第 45 页。

换"❶。其中，有的是机会的交换，如英雄的朋友先把公主从洞中拉上去，再把英雄拉上去。有的是技能的交换，如青年当工匠，学手艺，回来娶亲。有的是人与动物的交换，如救了树上的小鸟，鸟王帮助英雄飞出地洞。有的是人与植物的交换，如英雄爬上金树，离开地下世界。有的是人与仙药的交换，如英雄吃了受伤的小鼠疗养用的三叶草，治愈了自己摔断的筋骨。

普罗普提出的"交换"原则值得讨论，对于中国史诗故事研究尤其如此。为什么？因为"交换"与"求助"是根本不同的思路。"交换"是双向的，立等可见；"求助"是单向的，需要长时间的约束。"交换"旨在获得平衡，"求助"旨在破除危机。中国是长期依靠自然条件生存发展的农业国家，《玛纳斯》史诗所描述的西北地区是牧业区或农牧交错带，人民长期在恶劣的自然条件和严重的自然灾害中生活，具有向超自然、超人力的力量"求助"的种种需求，这些需求也都会多多少少渗透到史诗故事中来。而"交换"的母题不多，因为"交换"需要资源。流

---

❶ ［俄］普罗普（Vladimir Propp）《故事形态学》，北京：中华书局，2006，第48页。

传于我国西北地区的《玛纳斯》史诗故事传达了当地社会
"求助"天时、地利、人和，以战胜一切自然、社会与人
生危机，建设和平家园。这样重大的精神"求助"和群体
实践，也只有玛纳斯这种史诗英雄才能做得到。

　　普罗普找到了分析大型叙事的角色和功能的一套方
法。按照他的方法，研究者要了解英雄进入"地下世界"
是一个"初始情景"，这个初始情景的叙事场景有"长辈
离家、禁令、对头（狼）的骗人劝说、破禁、家庭成员
被劫走、告知灾难、寻找、杀死敌人"，破解这种文本的
具体过程"可以以三种方式进行：（1）根据同一标志的
不同变体（树木可分为阔叶林和针叶林）；（2）根据同一
标志的有无（有脊椎类和无脊椎类）；（3）根据互相排斥
的标志物（哺乳动物中的偶蹄类和啮齿类）。在同一种分
类法的范围内，方法可以按照类、体和变体或其他层级
变换，但每一层级要求方法的首尾一贯和形式划一"。❶

　　关于普罗普对地下世界的总体研究观点，我们用普
罗普的话概括为以下要点。

---

❶ ［俄］普罗普（Vladimir Propp）《故事形态学》，北京：中华书局，2006，
第97页。

第一，英雄通常寻找的对象都在"另一个""别的"国家。这个国家或者远在天边，或者在山高水深之处。[1]

第二，英雄找到了一条地下通道并用上了它。[2]

第三，数个故事人物迅速交替行动，一下子获取所寻找的对象。[3]

第四，有很大数量的功能项是成对排列的，另有一些功能项是分组排列的，可以预测的是：关于故事的亲缘关系问题，关于情节与异文的问题，均可借此获得新的解答。[4]

在对中国历史文献相关记载的研究方面，钟敬文的关注点不是"交换"，而是"报恩"和"互助"。我们看

---

[1] ［俄］普罗普（Vladimir Propp）《故事形态学》，北京：中华书局，2006，第45页。

[2] ［俄］普罗普（Vladimir Propp）《故事形态学》，北京：中华书局，2006，第46页。

[3] ［俄］普罗普（Vladimir Propp）《故事形态学》，北京：中华书局，2006，第48页。

[4] ［俄］普罗普（Vladimir Propp）《故事形态学》，北京：中华书局，2006，第59页。

到，他从这些书面文本中的洪水神话、报信者和洞穴救公主等资料出发，研究属于地下世界类型的一些要素。在他的观点中，在缺乏资源和遇到危机的情况下，依靠整合弱小力量，发挥集体智慧，也可以战胜强敌，度过危机。❶季羡林也有这种看法，他以对中国颇有影响的印度《五卷书》为例，指出，自第 5 页至第 121 页，有一系列"弱者与强者斗争而获得胜利的故事"，在他举述的这些例子中，有画眉战胜大象、乌鸦战胜毒蛇、兔子战胜狮子，鸽子、老鼠、羚羊和乌鸦战胜猎人等。❷当然，钟敬文做的是定性研究，普罗普做的是定性兼定量研究。

普罗普与劳里·航克所处的研究时代和环境完全不同，但他引领了劳里·航克。❸他所得出的理论假设、基本概念、假设和结论，成为劳里·航克提出民俗体裁学问题的基础。

---

❶　如钟敬文对"猪哥精"一类故事的研究，参见钟敬文《读〈三公主〉》，收入钟敬文《钟敬文民间文学论集》(下)，上海：上海文艺出版社，1985，第 455-456 页。

❷　季羡林《印度寓言和童话的世界"旅行"》，收入季羡林《比较文学与世界文学》，北京：北京大学出版社，1991，第 121 页。

❸　Lauri Honko，*The Real Propp*，in Anna-Leena Siikala, ed.. *Study in Oral Narrative*，Gummerus kirjapaino oy Jyvaskyla，1989，pp.162-173.

五、佛典文献记载与考古发现的"地下世界"

民俗体裁中有大量的信仰故事。所谓信仰故事，是指以传统形态表达的、带有超常的灵异现象的，与现实社会思想存在文化间距，但在故事流传时代具有真实价值的民间叙事。❶

《玛纳斯》史诗故事群中的很多信仰故事被《大唐西域记》所记载即是例子。

《大唐西域记》是一部了不起的佛教史著作，但里面也记载了唐代新疆的信仰故事。这不等于说，《大唐西域记》与《玛纳斯》有直接联系，因为唐玄奘时代还没有《玛纳斯》。但也如前面所说，唐代新疆已有好马，崇拜马的故事与信仰也很多，不然当地人也不会当面告诉唐玄奘什么是"龙马"。唐玄奘记录了它们，说明它们给唐玄奘的印象很深。

本书选择《大唐西域记》记载的部分南疆信仰故事

---

❶ Otto Blehr, *Noen synspunkter pa analysen av folketrotellinger*，Universitetets etnografiske museum arbok 1965，pp.32-46.

进行分析，因为它们提供了龙马生于"大龙池"和从"大龙池"来到地上世界的叙事，里面不乏"水道"和"跳上地面"的母题，这些都是唐玄奘亲耳听到的，这种信仰故事直到今天也不应该被民俗学者的眼睛所漏掉。

《玛纳斯》成形于公元11世纪，唐僧往返新疆的时间是公元7世纪，他的《大唐西域记》要比《玛纳斯》早4个世纪。现在使用这批资料开展研究，至少要具备两个基本条件：一是唐玄奘本人到过《玛纳斯》的南疆诞生地——柯尔克孜族聚居区沿线，这是必要的社会分析条件；二是他记录的信仰故事至今流传，这是需要参考的民俗文化研究条件。本书以下引用了6个《大唐西域记》的故事，都是在南疆记录的，也都在不同程度上有现代记录的口头文本，符合这两个条件。

以下，为研究方便起见，我们把这6个故事都编成故事类型的格式，再使用新疆故事集成中的现代记录本和现代民俗志调查的信仰民俗资料，做综合分析。

（一）《大唐西域记》与地下世界

1. 屈支国（今库车）

"屈支国"，后世又称"龟兹"，是唐玄奘赴印度时路经今克孜勒苏柯尔克孜自治州沿线的必经之地，他在此地搜集并记录了《龙驹》和《龙马》的故事。

龙 驹

1. 它是大龙池中的龙变化形态，与雌马交配，诞生的龙子，称龙驹。

2. 它的儿子能驯服和驾驭凶猛的众龙。

3. 众龙愿为政教昌明的金花国王驾车。

4. 国王将死，用鞭触动龙耳，龙隐入龙池，从此不再现身。

（［唐］玄奘、辩机原著，季羡林等校注《大唐西域记》《卷第一·三十四国》，北京：中华书局，2000，第 57 页。）

龙 马

1. 它是大龙池中的龙变化人形，与前来取水的妇女交合，诞生的龙子，称龙马。

2. 它跑得很快，能追上奔马。

3. 它使龙的血脉得以延续，人人都是龙的后代。

4. 它仗势欺人，连国王的命令也不服从。

5. 它被国王杀死，城池荒芜。

（［唐］玄奘、辩机原著，季美林等校注《大唐西域记》，《卷第一·三十四国》，北京：中华书局，2000，第57—58页。）

民俗体裁学研究信仰故事的前提是将故事事实视为生活事实进行研究，而不是仅仅将故事视为文本在纸上编公式。但是，民俗体裁学还强调一点，即故事信仰未必是相同社会生活中对同一事物的相同方式或相同神系的信仰，这在以上两个故事中就有体现。就唐玄奘本人而言，将他的佛教信仰的教义和佛学谱系，与新疆当地人民信仰的神灵系统两相比较，肯定不完全是相同方式或相同神系的信仰。可是，同类信仰故事的母题却是存在的，而且这些母题成为符号，穿越在各种分层的信仰之间，引领之，分导之，让它们穿过大街小巷，通过"红绿灯"，奔流于社会运行的网络之中。

前面提到，关于"地洞"和"水道"等信仰故事记载，最早见于《列子》的《天瑞》篇，对《列子》这部书，季羡林曾指出其与佛教典籍有关，甚至书中的部分内容抄自印度佛典《生经》。《生经》由竺护生于西晋太康六年（公元 285 年）译成中文。❶ 从《列子》到《大唐西域记》历时经年，不过《大唐西域记》中也有"水道"和"龙池"等记载，作者也是笃信佛教者。难道这位佛僧的著作与《列子》和《生经》等历史文献之间还有什么别的联系吗？这很难说。但从唐玄奘的切身经历看，相同的信仰故事是有的。从现代新疆故事资料本中查询，在库车地区的口头文本中，还能看到类似的信仰故事。一则库车的故事说，某男在地毯下发现了"另外一个世界，他和另一个世界的女子结了婚"❷。库车附近的轮台，有一批经过"水道"通往地下世界的故事，例如：某鞋匠"跳进一口井，井下有个门，开门进去，走进了地下

---

❶ 季羡林《〈列子〉与佛典》，季羡林《比较文学与民间文学》，北京：北京大学出版社，1991，第82-87页。

❷ 《中国民间故事集成（新疆卷·库车民间故事）》县卷本，《3414 木匠和他的徒弟们》，内部资料，铅印本，1993，第332页。翻译并口述：北京师范大学本科生肉山古力。数字录音：王文超。录音整理：邵玥。录音时间：2016 年 1 月。

金殿"❶；某小孩"发现井底下有一个有光的地方，往前走，发现了地下世界。地下的国王听了小孩的经历，允许他在这个国家住下来，后来又帮小孩返回地面"❷。

2. 跋禄迦国（今阿克苏）

　　唐玄奘在《大唐西域记》中记载了另一个沿线地点跋禄迦国，他在那里向当地人搜集了《跋禄迦国》和《大清池》的故事。

跋禄迦国

　　1. 它叫跋禄迦国。

　　2. 它有佛寺几十所，信奉小乘佛教，僧徒千余人。

　　3. 它盛产细毡，邻国都很看重。

---

❶《中国民间故事集成（新疆卷·库车民间故事）》县卷本，《3409 鞋匠麦如服》，内部资料，铅印本，1993，第 65 页。翻译并口述：北京师范大学本科生肉山古力。数字录音：王文超。录音整理：邵玥。录音时间：2016 年 1 月。

❷《中国民间故事集成（新疆卷·轮台民间故事）》县卷本，《3145 知识的力量》，内部资料，铅印本，1992，第 301-302 页。翻译并口述：北京师范大学本科生肉山古力。数字录音：王文超。录音整理：邵玥。录音时间：2016 年 1 月。

4. 它的风俗人情与屈支国相同。

（［唐］玄奘、辩机原著，季羡林等校注《大唐西域记》，《卷第一·三十四国》，北京：中华书局，2000，第66页。）

大　清　池

1. 它是四面环山的水池，叫大清池。
2. 它由许多河流汇合而成。
3. 它的池中经常有龙鱼出现。
4. 它的池中动物无人敢捕捉。
5. 它是四方旅人的祈福池。

（［唐］玄奘、辩机原著，季羡林等校注《大唐西域记》，《卷第一·三十四国》，北京：中华书局，2000，第69页。）

跋禄迦国，即今阿克苏市，迄今是《玛纳斯》中信仰祭祀的麻扎圣地之一。唐玄奘所描写的阿克苏"大清池"正是这样一处圣地水源，被柯尔克孜族人当作龙池崇拜，里面有"龙鱼"。唐玄奘还说，阿克苏的民俗"与屈支国相同"。其实我们也能看到，他笔下的"大清池"，与屈支国的"金花池"有些相似，不过是一个产"龙鱼"，一个产"龙马"。在现代搜集的阿克苏周围的故事中，仍然有圣水之下的地下世界故事。例如，英雄艾力库丸经过水道来到井下世界，"用剑杀了龙、救了鸟，骑鸟回到了地面"❶。另一个地方——乌什，距阿克苏不远，那里的故事说，有位国王虽然不叫"金花王"，但认识了水池中的生物，那是一位美女，国王就跟她"滑到水里去，进入水下世界。国王遇到一个老奶奶，问老奶奶，水下世界与地上世界的人哪个更热情好客"❷。在阿克苏一带，乌恰县是最不能忽略的地方，乌恰的一个故事说，

---

❶ 《中国民间故事集成（新疆卷·阿克苏市分卷）》，《3301 英雄艾力库丸》，内部资料，铅印本，1993，第 129-130 页。翻译并口述：北京师范大学本科生肉山古力。数字录音：王文超。录音整理：邵玥。录音时间：2016 年 1 月。

❷ 《中国民间故事集成（新疆卷·乌什市民间故事集）》，《3110 两个朋友》，内部资料，铅印本，1991，第 58 页。翻译并口述：北京师范大学本科生肉山古力。数字录音：王文超。录音整理：邵玥。录音时间：2016 年 1 月。

来到地下世界的是国王的小儿子，他救出了公主，拿到
了苹果，杀了树下的蛇，救了树上的鸟。他将一根绳子
从地下世界扔到地上世界，安排公主带着苹果先上去，
不料等在洞口的哥哥当了叛徒，带走了公主、苹果和绳
子，把他留在地下。他被大鹏鸟驮到地上世界，见到了
国王父亲，后来真相大白，他与公主成亲。❶

　　从信仰方式来说，南疆人民除了信仰佛教，还有自
然神崇拜和其他宗教信仰，决不单单是佛教。但不管当
地人的信仰方式与唐玄奘有怎样的同与不同，双方的故
事都能进入同类母题传承，获得广泛的社会分享，这就
是讲故事的好处。

3. 阿耆尼国（今焉耆）

　　唐玄奘在书中提到的其他沿线地点还有阿耆尼国
（今焉耆），下面是他的记载。

---

❶《中国民间故事集成（新疆卷·乌恰县民间故事集）》，《3306 三个苹果》，
内部资料，铅印本，1991，第 110-111，114，116 页。翻译并口述：喀
什大学柯尔克孜族硕士研究生古丽加玛力·塔依尔。数字录音：王文超。
录音整理：邵玥。录音时间：2016 年 1 月。

阿耆尼国国王

1. 他是阿耆尼国的国王。

2. 他是本国人，善于征战。

3. 他的国家四面环山、水流交织，产葡萄、石榴、梨、枣。

4. 他的国家有佛寺十多所，僧徒二千余人，都信奉小乘佛教。

（〔唐〕玄奘、辩机原著，季羡林等校注《大唐西域记》，《卷第一·三十四国》，北京：中华书局，2000，第48页。）

从唐玄奘的印象看，当年焉耆一带崇敬圣水，这种信仰和故事今天在当地还有。近年考古出土的焉耆文本几度面世，也给学者带来了惊喜。季羡林还曾对其中的一种《弥勒会见记剧本》做过专题研究。这是一种焉耆文剧本，他将其与敦煌石窟同类剧本比较，其中有的是当年法国伯希和在敦煌找到的剧本，最后断定这个剧本所使用的语言文字"应是中国古代的民族语言"，并指出，这类研究也要结合新疆本地实际进行，当然也要考虑新疆与外部世界文化交流的问题。上面几段引文中都有"龙马"和"龙池"等共同母题至今流传，这里再举《焉耆马的传说》为例。

0298. 焉耆马的传说

（回族　焉耆回族自治县）

英雄出征。1.培育龙马。①焉耆马慢慢地失传了。②伊哈决心培育出龙马。③他向蒙古族牧人和哈萨克族牧人请教。2.龙马的故事。①蒙古族骑手和哈萨克族朋友告诉他龙马的来历。②龙马是母马与博斯腾湖里的海龙马交配后产下的马。3.杀死妖怪。他骑马前往博斯腾湖，一路上杀死野猪、黑熊等妖怪，来到湖边。4.初见龙马。①他在博斯腾湖边等了五年，等待海龙马的出现。②深秋夜晚，海龙马从水里出现，与一匹白玉马交配。③白玉马生下红色的小龙马。④小龙马只喝水，不吃草，死去了。5.再见龙马。①大雁把小龙马的死讯告诉焉耆百姓。②各民族里见识广的老人带上礼品，到博斯腾湖看望他。③蒙古族老人告诉他，龙马要喝羊血、舔生铁。④哈萨克族老人带来了金马鞍。⑤过了一年，海龙马再次来到白玉马的身边，白玉马又生下一只小红龙马，他按照老人们的嘱咐，精心照顾小龙马，小龙马成了一匹宝马。

地名的由来。①他花了三年时间让宝马繁衍了后代，带着二代名马回到焉耆。②焉耆百姓为了纪念各族人民用心血培养名马的经历，给那些宝马取名为"合作"马，"和硕"马就是"合作"马的谐音。

采录者：姚金海。采录地点：焉耆回族自治县。新疆卷，第 418—420 页。

什么是故事事实？什么是生活事实？大概没有比这种"龙马"母题及其"地下世界"类型更靠近这些理论界定，又能贯穿古今的叙事模式了。季羡林曾引用王国维《宋元戏曲考》表达个人的观点，王国维的原文是："盖魏、齐、周三朝皆以外族入主中国，其与西域诸国交通频繁，龟兹、天竺、康国、安国等乐皆于此时进入中国，而龟兹乐则自隋唐以来相承用之，以迄于今。"季羡林认为："这个意见非常值得重视，""到今天也没有失去其重要意义。"❶ 对于此点，本节的研究虽已经换了资料和角度，但仍要表态同意。

4.瞿萨旦那国（今和田）

在《大唐西域记》的《卷十二·二十二国》中，唐玄奘记录了从印度返回中国途经南疆的瞿萨旦那国（古于阗）一带的所见所闻，里面又有"龙池"和地下世界的故事。

龙鼓传说

1.她是龙女，因丈夫过世，河水断流，附近国家遭受旱灾。

2.国王祭河求水，她踏浪而来，要求选择一位贤臣当丈夫。

3.她看中了一位大臣，大臣同意前往。

4.大臣的马踩上水道，水自动分开，大臣入水。

---

❶ 季羡林《吐火罗文 A（焉耆文）〈弥勒会见记剧本〉与中国戏剧发展之关系》，季羡林《比较文学与民间文学》，北京：北京大学出版社，1991，第 358-359 页。

　　5. 附近国家河水充盈，恢复灌溉。

　　（［唐］玄奘、辩机原著，季羡林等校注《大唐西域记》，《卷第十二·二十二国》，北京：中华书局，2000，第1024—1025页。）

　　唐玄奘写的这个《龙鼓传说》，准确地说，是一个水下世界的龙宫故事，里面含有"水道"和水面以下的地下世界两个母题，两个母题的叙事都很完整。由于笃信地上世界与地下世界都可以被英雄主宰，两种叙事的衔接也十分自然。故事中的龙女就像史诗中的男性英雄一样，从地下世界来到地上世界，与地上世界的国王从容谈话，解决农业用水问题。这个地方就是今天的和田，后面很快要讨论的南疆出土毛毯也是在和田发现的。

　　季羡林对新疆出土的中印交流文献的研究至少告诉我们，新疆史诗故事群与地方信仰的结缘点很多，历史过程源远流长，从《大唐西域记》向前推至公元3至5世纪，应该没有问题。《玛纳斯》史诗故事群不过是多元文化交织结晶中的一个品种。《玛纳斯》虽然在《大唐西域记》之后形成，但它信仰深厚，并有英雄大神精神和物质实体的双重崇拜符号，有地洞和龙宫作为打通地上世界与地下世界的宇宙观知识系统，所以《玛纳斯》一经诞生，便在这个故事信仰共同体中。

新疆柯尔克孜族人民将自己的民俗信仰传承至今。据新疆柯尔克孜族青年学者古丽巴哈尔·胡吉西的田野调查，南疆的柯尔克孜族人民从历史上到今天，每年春季都有专门的麻扎仪式，祭祀当地的"地洞""地缝"和池水、湖水、泉水等地下水源，纪念英雄，祈福祛灾。麻扎的地点，包括前辈玛纳斯奇艾什玛特的家乡乌恰县"黑孜苇乡黑孜苇村"，当代玛纳斯奇居素普·玛玛依的家乡"阿合奇县"，以及阿克苏一带。

在柯尔克孜族民间，将池水、湖水和泉水视为麻扎是非常普遍的现象。在一些村落，集体麻扎朝拜不是在水源地举行，而是在当地的麻扎举行。比如阿合奇县哈拉布拉克乡麦尔开其村的集体麻扎朝拜，在当地的斯尔哈克之墓举行。斯尔哈克之墓是名扬全柯尔克孜族自治州的大麻扎，斯尔哈克是英雄玛纳斯的勇士。库兰萨日克乡白代利村的集体朝拜，在本村的麻扎铁列克/杨树圣地举行。麻扎铁列克是一棵高大的杨树，树旁有一个人工水池。乌恰县黑孜苇乡克其克黑孜苇村的集体麻扎朝拜，在本村的阿克塔依拉克麻扎／白驼羔圣地举行。此麻扎是一座山丘，山丘半腰上绑有各种信奉者的布条。黑孜苇乡黑孜苇村的集体麻扎朝拜，在阔克多波麻扎／绿色山丘举行。此麻扎是两座连体的小山丘，周围是戈壁，山丘上绿草葱葱，两座山丘上各有一眼泉。乌恰县吾合沙鲁乡恰特村的一部分人在夏特凯麻扎举行集体麻扎朝拜，另一部分人在克孜勒多波／红色山丘举行。夏特凯麻扎是一座土丘，上面有敖包式的石头堆，插有野山羊角和木杆并绑有布条。克孜勒多波麻扎是一座土质为铁锈色的土丘，在土丘的坡面有一处缝隙，被看作"地缝"，里面放有几根长木杆，上面有朝拜祈祷者绑上的密密匝匝的布条。又如康西瓦村的集体麻扎朝拜地是距离村落约十二公里的塔米奇阿塔木／滴水父亲麻扎，此麻扎在一个山谷里，是一个有水滴落的山洞，也被看成是通过地洞之所，常年有人来此祭祀。还有阿图什市吐古买提乡阔克塔木村的布布艾乃木麻扎／布布母亲圣地，是一座土堆墓，墓体上插有一根木杆，上面绑有布条，墓边有一眼泉，

也是麻扎祭祀的场所。上述麻扎仪式都在每年的春季举行，人们从四面八方来到这里，祭奠英雄，祈福祛病。❶

我们很看重这种故事与信仰共有的体裁，它很古朴，不会被轻易改变。在《玛纳斯》诞生之前，它们是史诗的影子；在《玛纳斯》诞生之后，它们是史诗的灵魂。英雄的灵魂是多层信仰的混合体，也是多元故事事实的信息点。

《大唐西域记》传布佛教信仰与记载新疆地方社会的信仰故事也是在上述叙事结构中完成的，不过它也有自己的特征，主要有5点：（1）从佛教信仰与民俗信仰的关系的角度看，该著对故事的记载，由佛僧旅途经历和民俗经历两部分组成，以民俗经历为主，是个人旅途经历与民俗信仰中的异常经历的综合记录。（2）从信仰与故事的关系的角度看，该著由神圣信仰与非圣信仰两部分组成，以上故事主要是对非圣信仰的记述。（3）从书

---

❶ 古丽巴哈尔·胡吉西《新疆柯尔克孜族麻扎民俗志》，北京师范大学博士学位论文，博士生导师：董晓萍教授，答辩时间：2014年5月。打印稿，第115页。

面文本与口头文本的关系的角度看，该著采用的文本有地方文献与口头记忆两种，不过以口头记忆为主。（4）从信仰与社会生活的关系的角度看，该著的信仰故事并未完全脱离社会生活实际，如第六个故事谈到了人民饮水与农田灌溉的问题。（5）从神名与地名的关系的角度看，该著中的行程地点记录由神名与地名两部分组成，但唐玄奘总是以给地名的方式，给信仰故事一个有地点的、地方化的信仰叙事结构。

（二）出土毛毯与地下世界

近年在南疆和田地区的洛浦县出土了另外一种考古发掘文物，即毛毯。毛毯上织有绘画。据段晴研究，毛毯的编织时间应为公元5—7世纪，这就与《大唐西域记》的成书时间相近而稍早，宏观上都属于唐朝中原与新疆关系最好的时期。段晴近年对这个毛毯做系列研究，提出了对毛毯的信仰和故事的研究意见。她的很多看法与本书的研究框架比较接近，故引起了我的兴趣。仅就本节所讨论的信仰故事看，段晴的研究是可以从另一个角度给予补充的，主要有两点：一是对上面讨论的佛教信仰故事提供了一个反例。段晴提出，毛毯出土地区虽以信仰佛教为主，但毛毯绘画的内容却是非佛教的。二是对本节的南疆史诗故事群的研究提供了一个非西方中心的，西亚史诗《吉尔伽美什》的叙事体系保存了天庭世界、地上世界和地下世界的三分叙事。段晴还将南疆毛毯故事与西亚史诗做了比较❶。我国史诗学界此前也有学者将《玛纳斯》史诗故事与《吉尔伽美什》做比较，但由于历史原因，在研究方法上是西方中心模式的，所得出的结论也只能是否认地下世界的。段晴的研究方法从毛毯中来，而不是从别人的概念中来，这种视点所导向的解释系统就不是二分，而必将是已经织进毛毯的多元。

以下重点就段晴的毛毯研究与本节的信仰故事研究有联系的部分稍作分析，主要方法是在本节的框架内，将段晴的南疆毛毯故事与《吉尔伽美什》史诗的讨论内部都编制成故事类型和母题，然后再从民俗体裁学的角度做出评价。

---

❶ 段晴《新疆山普鲁古毛毯上的传说故事》，《西域研究》2015 年第 1 期，第 38-47 页。段晴《新疆洛浦县"山普鲁"的传说》，《西域研究》2014 年第 4 期，第 1-5 页。

1. 根据段晴的南疆毛毯故事叙事编制类型和母题

奇异出生。吉尔伽美什的朋友恩基都与兽群一起长大。吉尔伽美什在恩基都的帮助下进入森林。

杀死妖怪。他们在森林中共同杀死森林魔鬼与天界的公牛。

仙药。吉尔伽美什看见恩基都受到天神的审判濒临死亡，决心拯救，去找不死仙药。仙药被蛇偷走。

地下世界。吉尔伽美什遭受挫败，宝物陷落地下。恩基都自愿去冥间为他取回宝物。恩基都忘记主人的话，被大地扣留。吉尔伽美什祈求众神的帮助，让恩基都重返人间，但众神灵无奈。吉尔伽美什向依阿神的神庙求助，依阿神派武士打了地洞，让恩基都的灵魂通过地洞返回人间。

杀死树下的蛇。吉尔伽美什获得仙草、仙药和神斧。他用神斧赶走盘踞生命树上的蛇怪，用生命树的树冠制成魔棒，让恩基都回到人间。

2. 根据段晴的《吉尔伽美什》史诗故事描述要点编

制类型和母题

以下提取段晴比较《吉尔伽美什》史诗故事类型的要点，主要是天庭世界和地下世界部分，参考《吉尔伽美什》全译本[1]，进行故事类型和母题的编制。

创世纪。1.人的由来。创世之初，人类被造出。2.神的分工。①大神阿努管上天。②恩利尔管大地。③依勒石基格管冥间。

奇异出生。1.天神造人。①吉尔伽美什被天神埃阿创造出来。②他浑身是毛。③他与野兽共处。[2]④他出生后失去父母，是人间弃儿。⑤他是乌鲁克守军的儿子，被丢弃。2.人体牺牲。按古巴比伦习俗，每年祭神时，选一婴儿作牺牲，弃之山谷或杀掉，祈求丰收。这一年轮到吉尔伽美什，他被从悬崖上扔下。3.动物哺育。①他被大鹫救起，放在鸟背上飞走。②大鹫将他放到乌鲁克城的一户院子里，这户人家将

---

❶ 赵乐甡译著《吉尔伽美什》，沈阳：辽宁人民出版社，1981。

❷ 在"奇异出生"母题中，本书作者采用了赵乐甡在《吉尔伽美什》中补出的"传说故事"资料，详见赵乐甡译著《吉尔伽美什》，沈阳：辽宁人民出版社，1981，第109页。

他抚养成人。

　　超时间的成长。1. 少年大力神。吉尔伽美什手执武器的气概无人能比。2. 修城与建庙。①吉尔伽美什统治乌鲁克城。②他在修建城池和神庙时残暴欺压，民怨沸腾。3. 求助。①人们祈求天神的帮助，天神派恩启都下凡。②恩启都是野人，与野兽生活在一起。4. 托梦。①吉尔伽美什梦见星星。②吉尔伽美什梦见天神阿努的精灵降临人间。③他把梦中所见告诉母亲，母亲告诉他，这是一个与他相同的神灵。5. 再托梦。①吉尔伽美什再次做梦，他梦见乌鲁克城的大街上有一把斧头。②他拣起这把神斧，神斧成为他的武器。6. 动物朋友。①恩启都来到乌鲁克城，或者恩启都从海上进入冥间。❶②吉尔伽美什与恩启都搏斗，不分胜负。③吉尔伽美什与恩启都结下友谊。

　　英雄出征。1. 怪柳。①从海上漂来一棵怪

---

❶ 关于恩启都来到乌鲁克的途径，赵乐甡的译文讲到恩启都进城，但没有讲如何进城。段晴在释文中认为，恩启都（作者注：段文译为“恩基都”）从海上进入冥间，但无进城的情节。作者将两种异文同时保存，以供研究使用。

柳。❶ ②仙女捞起怪柳，把柳树种到花园中。2. 女神伊娜娜。①她培植柳树。②她要用柳树打造座椅和床榻。3. 妖怪打破女神伊娜娜的希望。①蛇盘踞在柳树的树根。②魔女住在树中央。③鸟在树上筑窝。4. 英雄出征。吉尔伽美什听从女神伊娜娜的嘱咐，一人出征。①用神斧杀死树下的蛇。②救了树上的鸟。③赶走树中央的魔女。5. 找宝座。吉尔伽美什用怪柳的树干，为女神伊娜娜打造了座椅和床榻。6. 木棒和球（鼓）。①吉尔伽美什用怪柳的树冠，制成了神奇的木棒，木棒有魔力。②吉尔伽美什用怪柳的树根，制成了球（鼓），球（鼓）有魔力。

地下世界。1. 恩启都留在地下世界，或者恩启都替吉尔伽美什去地下世界。①吉尔伽美什和伙伴整日玩球和棒的游戏，惹恼了他们的女人。②他们的女人将球和棒丢入冥间。③恩启都自愿去冥间，为吉尔伽美什取回两件宝物。2. 禁忌。吉尔伽美什告诉恩启都下列禁忌：①不要手持木棒，以免引起注意。②不

---

❶ 怪柳母题，根据段晴《新疆山普鲁古毛毯上的传说故事》编写，详见段晴《新疆山普鲁古毛毯上的传说故事》，《西域研究》2015年第1期，第43-47页。

要穿洁净的衣服，以免引起注意。③不要穿鞋，发出声响，以免引起注意。④不要吻妻子，以免引起注意。3. 恪守禁忌。恩启都牢记吉尔伽美什的嘱咐，光脚、穿兽皮，来到冥间。或者 4. 忘记嘱咐。恩启都来到地下世界。①他手持木棒。②他穿洁净的衣服。③他穿鞋。④他吻妻子。⑤他被幽灵抓住。5. 神的惩罚。①恩启都取到木棒和球（鼓）。②他因此而再次受到天神的惩罚，被扣留在冥间。6. 吉尔伽美什求助父神。①吉尔伽美什建立埃阿神庙，祈求父神埃阿的帮助。②他请求让恩启都返回地面。③父神埃阿派涅嘎尔开凿了一个地洞，让恩启都从地洞回到地面。❶ 或者 7. 吉尔伽美什求助女神伊娜娜。①他按照经历大洪水的先祖的嘱咐，向伊娜娜求助。②他请求伊娜娜让恩启都返回地面。③他来到天神的花园，女神伊娜娜向他讲述了从河上漂来的怪柳的来历，告诉他这棵生命树能流出汁液，使人起死回生，能使病人恢复健康；

---

❶　天神埃阿，又译为"依阿"，关于天神依阿帮助吉尔伽美什开凿地洞的资料，参考了段晴的文章，段晴在文中说明此处引用了牛津大学出版社出版的乔治的观点。详见段晴《新疆山普鲁古毛毯上的传说故事》，《西域研究》2015年第1期，第38-47页。

用生命树制成的木棒能使坠入冥间的人回到地面。④他按照女神伊娜娜的嘱咐，用生命树的树冠制成魔棒，让恩启都回到人间。⑤神奇的工匠。他找到工匠之神，学习砍伐生命树的技巧，获得工匠之神授予的神斧。⑥他按照工匠之神的嘱咐，杀死树下的蛇，砍下怪柳。❶⑦他按照工匠之神的嘱咐，用神斧和生命树制成魔棒。⑧他用生命树制成神奇的木棒，帮助恩启都返回地面。或者8.吉尔伽美什求助众神，让恩启都返回地面。

英雄回家。①恩启都向吉尔伽美什讲述在地下世界的见闻。②吉尔伽美什成为超度生死的大神，值守生死之河。

段晴的研究，是按照南疆当地人已经织进毛毯的宇宙观和现实社会生活观的逻辑，解析毛毯绘画的内容，按照英雄挫折、英雄失败、英雄的助手进入地下世界的顺序介绍，在此前提下，段晴将毛毯绘画与《吉尔伽美什》比较，

---

❶ 段晴认为，蛇与生命之树的关系，反映在古犹太人的信仰中。详见段晴《新疆山普鲁古毛毯上的传说故事》，《西域研究》2015年第1期，第38-47页。

便能发现新问题，特别有几个母题具有对三分叙事的说服力，尤其值得关注，它们是："地洞""生命树""进入地下""杀死树下的蛇，救了树上的鸟"，"女神要求英雄打造宝座"，"大鹏鸟驮英雄飞出地下世界，回到地上世界"。

但是，我们再看段晴的分析，这种对南疆毛毯的研究，在历史时段上，已指出毛毯与《大唐西域记》相近，连和田一线的地点都有唐玄奘的行脚记录，但却是一个非佛教信仰的反例，为什么如此我们还说它有学术价值呢？因为这种研究没有脱离当地故事的原文。依据何在呢？就在于南疆当地至今流传这种故事类型与母题，它们就传扬在叶城、疏勒、洛浦、于田、若羌、且末一线，故毛毯之证不孤。我略举几个新疆故事集成县卷本的例子，摘取其类型或母题部分，抄在下面，对此加以说明。

3. 南疆毛毯出土地点洛浦县的当代流传故事

洛浦县卷本

3100. 艾尔纳扎尔大叔

地缝。 巫婆追小儿子，小儿子骑马跑，到了一个

139

地方，他的马蹄触地很重，地就裂了。

地下世界。他下到地里，来到地下城市，城里的国王可以变成蛇。

杀死树下的蛇，救了树上的鸟。他们在地下世界里走不出去，走到一棵梧桐树下，看到树上有个鸟的巢，下面有条龙，他杀死龙，救了树上的小鸟。❶

3100. 金发男和银发女

杀死树下的蛇，救了树上的鸟。他救了鸟，用剑杀死了树下的龙。

杀死妖怪。他坐在鸟（凤凰）的身上，过了火

❶ 《中国民间故事集成（新疆卷·洛浦县分卷）》，内部资料，铅印本，1993，第22，35页。维汉双语阅读：北京师范大学维吾尔族本科生古丽凯麦尔。需要说明的是：本小节所使用洛浦、叶城、疏勒、于田、若羌县卷本全部为新疆维吾尔族语记录本，尚无汉译本，对这些县卷本的双语阅读和故事类型提取全部由我和维吾尔族同学共同进行，维吾尔语和汉语双语朗读部分由我指导北京师范大学维吾尔族本科生古丽凯麦尔和她的维吾尔族同学4人完成。我指导的博、硕研究生担任数字录音和整理文本的工作，具体分工为，数字录音：王文超，录音整理：邵玥、高磊。录音时间：2016年1月。以下全部出示参加双语阅读的维吾尔族同学的姓名，对参与录音整理的汉族研究生因为是相同小组的同学，故在此出示姓名后，不再重述。谨此一并向参加工作的全体同学致谢。

海、冰海，去了妖魔城，又拿到了魔镜回来。❶

4.南疆毛毯所在周围诸县当代流传的故事

叶城县卷本

3401. 三千硬币的梦

地下世界。他从一口井下到地下世界。

杀死树下的蛇，救了树上的鸟。他救了树上的鸟❷。

疏勒县卷本

3104. 神灯

地下世界。他下了井，看到一个世界。❸

---

❶《中国民间故事集成（新疆卷·洛浦县分卷）》，内部资料，铅印本，1993，第 42、66 页。维汉双语阅读：北京师范大学维吾尔族本科生古丽凯麦尔。

❷《中国民间故事集成（新疆卷·叶城县分卷）》，内部资料，铅印本，1998，第 67、77 页。

❸《中国民间故事集成（新疆卷·疏勒县分卷）》，内部资料，铅印本，1989，第 41 页。

3106. 金角鹿

找宝座。 国王让他做一件做不到的事情，让他去一个地方找一个宝座，一边是金的，一边是银的。有一个木匠做了一个木椅子，那个男孩把它搬到两个湖的湖水中，一边是金的，一边是银的。

找地下金树。 老人给他托梦，告诉他在哪里能找到金树。那是一个山洞，山洞是强盗的窝。那棵树的树干是金的，叶子是银的。❶

于田县卷本

1708. 英雄科尔曼

大鸟驮英雄飞离地下世界。 国王派英雄出征。他一路经过大河和大海。大鸟帮助他，驮他离开地下世界，到他想去的地方。❷

---

❶ 《中国民间故事集成（新疆卷·疏勒县分卷）》，内部资料，铅印本，1989，第67-72页。维汉双语阅读：北京师范大学维吾尔族本科生古丽凯麦尔。

❷ 《中国民间故事集成（新疆卷·于田县分卷）》，内部资料，铅印本，1993，第114页。维汉双语阅读：北京师范大学维吾尔族本科生古丽凯麦尔。

若羌县卷本

三句格言

地下世界。王子下井挑水，来到井下，下面有一个特别庞大的城，他见到了城里的国王。❶

且末县卷本

3101. 手脚麻利的土耳迈克

找宝座。让一个小孩找宝座，一边是金的，一边是银的。

找地下金树。他去找地下金树。

3406. 奇娜尔大力士

地下世界。他来到井下世界。

杀死树下的蛇，救了树上的鸟。他用剑杀龙救

---

❶ 《中国民间故事集成（新疆卷·若羌民间故事）》，内部资料，铅印本，1991，第266页，翻译并口述：北京师范大学维吾尔族本科生古丽凯麦尔。

鸟。❶

当然，这几个例子只是局部，不是全部；而对南疆毛毯故事与西亚史诗《吉尔伽美什》的叙事模式比较分析还可以有其他分析视角和结论，但我们所关注的是这种研究对本书的信仰故事研究的启示，主要是它能促进我们突破习以为常的思维模式去做另外的思考，就是观察信仰故事的神圣与非圣成分共存的叙事结构。我们可以找到几个关注点：（1）信仰故事的劝训结构，如对吉尔伽美什的禁忌和超常行事的制止。（2）信仰故事的娱乐结构，如对吉尔伽美什娱乐生活的禁止，对侵犯天规后果的解释，对英雄遇到缺乏的危机和克服缺乏的描述，如"吉尔伽美什遭受挫败，宝物陷落地下。恩基都自愿去冥间为他取回宝物"。（3）信仰故事的求助结构❷，如"吉尔伽美什向依阿神的神庙求助，依阿神派武士打了地洞，让恩基都

---

❶ 《中国民间故事集成（新疆卷·且末县分卷）》，内部资料，铅印本，1991，第 87，92，381，385 页，翻译并口述：北京师范大学本科生古丽凯麦尔、肉山古力。

❷ Lauri Honko, *The Structure and the Function of Legend*, in Anna-Leena Siikala, ed.. *Study in Oral Narrative*, Gummerus kirjapaino oy Jyvaskyla, 1989, P 181-183。Lauri Honko, *Empirical Genre Research*. O. Ikola ed.*Congressus Quintus Internationalis Fenno- Ugris- tarum*, Turku 20—27. VIII. 1980. Pars IV. Turku.

的灵魂通过地洞返回人间"。这些结构都是我们以往分析信仰故事结构所不曾被关注，但现在应该被关注，而且在这几种结构的背后都跟着大量资料，却被我们忽视了很久。事实上，当我们提出"史诗故事群"的概念，打破以往的分析戒律，将大神创世的天庭叙事，与动物故事、爱情故事和妖怪故事等非圣的，乃至怪异的故事纳入同一巨型叙事系统进行研究的时候，就应该考虑到这一点。

　　站在民俗体裁学的立场上说，段晴的这类实证研究突破了惯常的套式，因而能与当代民俗学的前沿研究十分接近。毛毯出土的地点就在《玛纳斯》史诗的南疆流传地范围内，此点也与唐僧经过同一地区的搜集条件吻合，但貌似相近之物却能得出不同的结论，这也是我们应该留心之处。其实怎么使用这种正、反资料，就看我们怎么用。无论怎样，南疆毛毯故事与《大唐西域记》都有地下世界叙事，这就令人鼓舞，即便是巧合，巧合也成类型。来自不同学科的研究成果，在无意之中补充了民俗体裁学强调的正例与反例二元框架，这种学术上的幸运也是可遇而不可求。

小结：二分与三分

　　对新疆地区书面文本与口头文本的搜集工作，曾有很多国家学者参与，仅在 20 世纪初敦煌学兴起后，就有英、法、德、伊朗、日等多国学者介入。我国也有一批著名学者投入到这项研究中。中外学者从考古学、历史语言学、民族学、宗教学、印度佛学和东方文学等多角度，在新疆地区境内外从事发掘和研究工作，他们当年发现的不少资料和开展的深入研究，都涉及本书讨论的新疆史诗故事群。但也由于以往工作背景和学术传统的差异，这些前期工作只能用作参考，不能人云亦云。德国东方学学者瓦·拉德洛夫于 19 世纪中叶搜集了新疆境内外流传的民俗叙事文本，如柯尔克孜族的《阿勒普玛纳斯》和哈萨克族的《霍布兰德》，但他本人没有进入新疆境内；而且他的研究重点是语言学，与我们的研究领域不同。他提出了对史诗和故事的分类意见❶，但主旨不是做文本研究，而是做语料文献。俄罗斯学者是推崇英雄史诗的❷，对《玛纳斯》也十分重视，但他们关心

---

❶ 阿吾里汗·哈力主编《哈萨克族民间达斯坦解析》，乌鲁木齐：天马出版社，2014，第 39 页，另见黄中祥《哈萨克英雄史诗与草原文化》，北京：中央编译出版社，2007，第 16 页。

❷ 郎樱《中国少数民族英雄史诗〈玛纳斯〉》，杭州：浙江教育出版社，1995，第 27 页。郎樱在此页中引用了俄罗斯 A.H. 别尔斯坦的看法，原文无俄文全名，特此说明。

《玛纳斯》的英雄叙事，忽略地方文本，对史诗中的妖怪叙事按迷信处理，全部删掉，这种研究就不符合民俗文化的规律，他们也不会像普罗普那样发现"地下世界"。

我国在提倡革命理想主义和英雄主义的时代同样需要英雄叙事，对史诗英雄也有高大全的期待，有的学者认为，拉德洛夫搜集的《阿勒普玛纳斯》中的玛纳斯是半人半神的英雄，而史诗英雄玛纳斯是已经彻底人格化的人间英雄。这是在当时历史条件下产生的特定阐释结果，应该是受到了俄罗斯学者的很多影响❶，但与普罗普的学说有距离。

钟敬文与普罗普的研究都涉及地下世界，他们的研究均以故事为主，属于单一体裁研究，但都还没有来得及将故事学与史诗学做综合研究。当然，普罗普和钟敬文的文本分析并不是支离破碎的，是强调整体性的。普罗普曾提出："正确分析一个故事并不是容易做到的，这里需要相当熟练的技巧和习惯。……阿法纳西耶夫的集

---

❶　关于此种学术史的反思研究，参见郎樱《玛纳斯分析》，呼和浩特：内蒙古大学出版社，1991，第 269 页。

子在这方面是绝好的材料，但大体上也提供了同一图式
的格林兄弟的故事，就显得不那么纯粹和稳定。无法预
料所有的细节，还应该考虑像故事内部因素的同化一样，
还有整个体裁的同化和交叉的情况，那造成的就是十分
复杂的混合体。"❶ 钟敬文也讲过体裁的"混合"问题，
但钟敬文的工作又要求具备处理中国口头文本与书面文
本双料的娴熟知识，这也不容易做到。但钟敬文另一观
点比此观点更重要，即通过对地下世界的通道研究，进
行"中外传说的比较"，分析中西叙事的差别，指出用西
方的上帝说对天庭世界的塑造叙事，"向中国这一系统的
故事之进程中去追寻……似颇难找到它的行迹"。

现在只问：这传说和中国水灾系的传说（即本
文所论述的），究竟在形态上有着怎样的"共相"和
"异相"呢？希伯来人的这传说中，有两个颇可注意
之点：（一）故事的构成，是含有极大的宗教意味的
（即上帝"惩恶奖善"的观念）；（二）故事所解释的

---

❶ ［俄］普罗普（Vladimir Propp）《故事形态学》，北京：中华书局，2006，
第 96 页。

事件，是被认为全世界的、全人类的。这两个要点，也许不全是传说初产生时（有人说，世界洪水的传说，恐怕和上古冰河的融决有关系。倘这话可信，那末，其产生期必很早了）的本来成分，而是在这民族（或另一民族）文化达到了某阶段时所渗进去的。然而，这里似不容许我们来过问这些较迁远的问题。把上举两点显著的观念，向中国这一个系统的故事之进程中去追寻，在第一阶段的伟人产生神话上，似颇难找到它的形迹。❶

钟敬文的研究结论属于前人的工作，但至今仍有意义。这一结论与本节讨论的中西史诗的差异的本质是相同的。对他的这个观点，过去讲得少，现在有必要再次强调。

最后我们需要考虑一个问题，就是在新疆史诗故事群的发祥地，在守护《玛纳斯》的柯尔克孜族人民中间，他们如何看待"地下世界"？特别是在现代社会，

---

❶ 钟敬文《中国的水灾传说》,《七 中外传说的比较》, 收入钟敬文《钟敬文民间文学论集》（下）, 上海: 上海文艺出版社, 1985, 第185-186页。

柯尔克孜族人也要用现代人的眼光看世界，他们又怎样解释本民族史诗中的"地下世界"用词？下面我引用新疆师范大学柯尔克孜族民间文学专业硕士研究生艾力努尔·马达尼论文的一段文字来说明：

> 英雄入地母题在突厥语民族民间文学中大量存在，例子不胜枚举。英雄所入的"地下"，在汉语译文中一般都译作"地牢""地狱"或"冥府"。但在突厥语系中，"地下"的基本用语是"jeraste"，其中，"jer"是"地"之意，"aste"是"下、下面"之意，"jer，aste"的直译就是"地下"，整个词的意思都没有"地牢""地狱"之意，更没有"冥府"之意。在突厥语民族叙事文学中，英雄成年后大多都有进入地下的经历。英雄入地母题广泛地存在于民间文学作品之中。柯尔克孜族史诗《艾尔托西图克》中的英雄艾尔托西图克，在众多英雄业绩中，最引人注目的一个是他到地下世界历险的经历。史诗《艾尔托西图克》中英雄与七头妖婆展开激战，七头妖婆斗不过英雄，节节败退，托西图克穷追不舍。七头妖婆施展魔法，大地开裂，英雄托西图克落入地下，在地下生活了整

整七年。在各种动物朋友的帮助下，托西图克战胜了种种妖魔，并被大鹏鸟驮上地面，返回世间。❶

我见过艾力努尔·马达尼，她就在我的班上学习。她用自己本民族的语言解释"地下世界"一词，告诉我，没有"地狱"的意思，只指大地的"下面"。对她和她的民族而言，英雄是否有地下世界的经历，还不仅是关系到史诗是否完整，而且还是他们断定英雄素质和史诗魅力的一个条件。站在史诗外部的学者，面对来自文化内部的如此回答，有任何辩驳力吗？没有。

---

❶ 艾力努尔·马达尼《神话史诗〈艾尔托西图克〉变体的母题分析与现代传承》，2016年北京师范大学"跨文化学研究生国际课程班"学员论文，指导教师：古丽巴哈尔·胡吉西，打印本，第9页。

会唱歌的心

在新疆《玛纳斯》史诗故事群中，有一个位置突出却很少被研究的类型，叫"会唱歌的心"，英文写作"singing bone"。但它的流传并未因为学者的用功不足而稍减，可以说哪里有新疆人民载歌载舞的生活，哪里就有"会唱歌的心"。把这个类型放到中华历史文明的框架下观察，还会发现，它的叙事很早就有古代文献记载，并在书面文本与口头文本中生长，而且不仅在新疆，在我国内地也有，在跨境邻国也有。它的体裁经常转移，在神话、传说、动物故事、生活故事、史诗、说唱等不同分类作品之间转换。它有一个能发声的物质实体（身体的一部分，如骨头或心脏，或者是乐器或乐曲），能开口说话，能伴随各种信仰仪式表演，带有自然体裁和民俗体裁的复杂特征。在新疆各民族人民间，它跨民族和跨语言地流传，以柯尔克孜族为主，其他维吾尔等突厥语系民族和蒙古族等通古斯语系民族参与了对它的分享。它唱的是什么歌？它歌唱骁勇善战的传奇英雄，歌唱人间不朽的男女爱情，歌唱戈壁滩上的盛大庆典与人民的日常生活，歌唱新疆人民历经战争、自然灾害和社会变迁而始终团结共处、畅达交流的精神风貌。它与世界上其他国家的"会唱歌的心"同中有异，故事个性鲜明，这引起我们研究的兴趣。

一、研究的问题与延伸

从资料方面说，我国的"会唱歌的心"类型，在AT系统中的记载凤毛麟角。早期芬兰学派的AT少量收入了中国故事，但编制AT的西方学者对中国故事的实际内容并不了解，所以即便提到，也闪烁其词。在学术史上，芬兰、俄罗斯和中国学者都对这个类型有过研究，不过研究的结论各异。重新整理这段学术史，能为民俗体裁学的建设提供史鉴，同时，使用新疆《玛纳斯》史诗故事群的资料，重新研究这个类型，还能有不少新的发现。

（一）芬兰、俄罗斯和中国故事类型如何在 AT
中相遇

将"会唱歌的心"的英文写法全部译成中文，应该是
"会唱歌的骨头（竖琴）［singing bone（harp）］"。钟敬文早
年使用中国文献也编制过这个类型，但结果有两种，一种
是"骷髅呻吟式"，即骨头开口说话；一种是"吹箫型"，
即心变成石头唱歌。艾伯华根据钟敬文的研究再行翻新，
将"骷髅呻吟式"扩展为"骷髅报恩"，"将"吹箫型"改
为"不到黄河心不死"，后来又大都叫作"会唱歌的心"。
对这些几乎与 AT 同步的中国故事类型研究，我们将在后
面再做仔细的分析。现在先看 AT，它的原文如下❶：

AT780. 会唱歌的骨头（竖琴）

哥哥杀死弟弟（姐姐），将他掩埋了。牧羊人用

---

❶ 对这个类型，中英文译文和中文的命名有不同的用词，如说"骨头""骷
髅"或"心"等。本节为了方便研究起见，暂时一律统称为"会唱歌的
心"，但在分析具体文本时，会严格采用原文的说法，按原文作者在原文
中使用"骨头""骷髅"或"心"的用词，据实引用。

弟弟的骨头做了一只笛子，笛声诉说了弟弟被谋害的
经过，此事真相大白。

其他异文叙述了揭穿谋害人的不同方式，有的是
通过竖琴或笛子，也有的是从坟墓中长出树讲述了这
个悲哀的故事。❶

AT 的编制者在它的出处部分说明，在众多记录
者和研究者中，有两位重要人物，即德国的格林兄
弟（Wilhelm Grimm & Jakob Grimm）和芬兰的隆洛德
（Elias Lonnrot）。都是经典民俗学的奠基者，德国民俗学
与芬兰民俗学的思想联系也十分密切。

从结构上说，AT780 可分为三层：（1）身体的一部
分（骨头或骷髅、心脏）发声。（2）人工物（乐器、陶
器、杯子）发声。（3）自然物（石头或玉石）发声。AT
分别给了它们三个编号，即 780，780B 和 780A。这是由
不同国家、不同文化内部的叙事差异造成的。

---

❶ ［芬］安蒂·阿尔奈（Antti Aarne），*The Types of the Folktale*，FFC. 3. Translated and Enlarged by［美］汤普森（Stith Thompson），FFC.184，Indiana University, second revision.1961.Helsinki，Academic Science，Finland，1987，fourth printing, p.269.

在 AT《索引》部分，对这个类型的资料来源和编制结构做了增订，补充了俄罗斯和中国的故事类型，新增了 AT "100" "1694" 和 "163" 三个编号，这样该类型共有 6 个编号，不过这时艾伯华命名的"会唱歌的心"还没有被收进来。

以下是 AT《索引》中的增订版"会唱歌的心"的原文：

> 会唱歌的骨头（竖琴）揭发谋害者，780—780B，780A；谋杀者是一匹醉醺醺的狼，狼背叛了主人，100；被谋害者是一个带路人（他的同伴向他喊救命），1694；谋害者是一匹狼，163 ❶。

该类型在《索引》中分为四层，各层的母题相对集中，国别分布数量不等。

---

❶ ［芬］安蒂·阿尔奈（Antti Aarne），*The Types of the Folktale*，FFC.3. Translated and Enlarged by ［美］汤普森（Stith Thompson），FFC.184 ，Indiana University，second revision.1961.Helsinki, Academic Science , Finland, 1987, fourth printing, p.580. 其中，关于"谋杀者是一匹醉醺醺的狼，狼背叛了主人"，见 AT100，在第 42 页；关于"是一个带路人（他的同伴向他喊救命）"，见 AT1694，在第 480 页；关于狼，另见 AT163，在第 60 页。

第一层，AT 编号 780，780B，780A。它们都是原有编号，不过母题命名已有改变，写作"会唱歌的骨头（竖琴）揭发谋害者"，流传国家和地区有 19 个，分别是：芬兰、爱沙尼亚、拉脱维亚、荷兰、苏格兰、爱尔兰、英国、法国、西班牙、意大利、罗马尼亚、斯洛文尼亚、捷克、俄罗斯、土耳其、印度、日本、美国、非洲。在这些国家中，有 17 个位于印欧文化圈中；有 1 个在亚洲，指日本；还有非洲，未提具体国家。

第二层，AT 编号 100，母题为"谋杀者是一匹醉醺醺的狼，狼背叛了主人"，流传国家和地区有德国、芬兰、爱沙尼亚、拉脱维亚、立陶宛、爱尔兰、法国、西班牙、西班牙的加泰罗尼亚地区、俄罗斯、希腊、美国印第安人聚居区，共有 12 个欧洲国家和地区。

第三层，AT 编号 1694，母题为"被谋害者是一个带路人（他的同伴向他喊救命）"，流传国家为拉脱维亚、法国、俄罗斯、印度、中国，共有欧亚 5 个国家。

第四层，AT 编号 163，母题为"谋害者是一匹狼"，流传国家为立陶宛、拉脱维亚和俄罗斯。

在这四层中，都有"俄罗斯"，还增补了俄罗斯民俗学的新资料，如俄罗斯学者阿法纳西耶夫的著作，见以上第二层，普罗普撰写《故事形态学》用到了它。"中国"的资料见第三层，在这里 AT 编制者使用了艾伯华的《中国民间故事类型》中的第 64 号和第 148 号。从这条信息可知，芬兰学者很早就通过艾伯华知道了中国有故事类型，但他们为什么没有选择距第 148 号很近的第 157 号"会唱歌的心"？今天已不得而知。不妨猜想一下，艾伯华给这个类型起名叫"不到黄河心不死"❶，会让西方学者怎样的一脸懵懂，一百多年前，中国与芬兰的文化距离好比地球和月球相距那样遥远，让芬兰学者去理解中国的"黄河"与男女爱情的关系，应该比登月球还难。对中国学者来说，艾伯华的介绍是否准确，或者今天看他的工作会带给我们什么感受，我们也将在后面用实际资料来讨论。但不管怎样，AT 的编制对俄罗斯和中国的民俗学者都产生了强烈的刺激，只不过在 AT 主宰的时代，中国学者的声音是很微弱的。这种中西差距有多大？仅从 AT780 看，在上述四个分层的同类故事的国家分布数据中，西方国家的故事最多，

---

❶ ［德］艾伯华（Wolfram Eberhard）《中国民间故事类型》，王燕生、周祖生译，北京：商务印书馆，1999，第 238 页。

东欧国家的故事较少（包括俄罗斯），中国的故事最少，只有一本书，还是由德国人编写并从德国输入的，这显然这不符合中国故事海洋般藏量的实际，也不符合当时中国故事类型研究在亚洲领先的实际。隔膜之深，终将消除，期待来日。

（二）后芬兰学派的进展

后芬兰学派一直在跟踪第一层"AT780 会唱歌的心（竖琴）"，所聚集的学者所在国家覆盖芬兰、瑞典、挪威、丹麦和与芬兰隔海相望的爱沙尼亚、拉脱维亚和立陶宛。跟踪的时间长达 60 余年。现在我们将他们的研究要点梳理出来，一并阐释其观点和研究方法。

卡尔－赫尔曼·提尔哈根（Carl-Herman Tillhagen）在后芬兰学派的发展中，借鉴了法国年鉴学派的方法，认为 AT 的研究需要从国家的大文本研究转向普通人的具体社会环境研究。他说，只要将讲故事与坐椅子联系起来观察，就会发现，对文本研究与物质实体研究有共通之处。研究坐椅子的行为有两种视角，一种是椅子本身，一个椅子的使用者。什么是有价值的研究？就是要研究椅子的使用者，如此学者就能考察椅子与社会的关系，捡回被前人忽略的重要理论和方法。故事讲述人是传统的承担者，经过承担者所讲的故事去找类型，才能发现故事类型所属的诗学范畴。这样研究故事文本，就能建立故事事实与社会事实的联系，发现使用故事是民众生活的组成部分。民俗学者要在故事文本与社会环境的关系中分析其文本的结构、功能与变迁❶。

（三）小孩骷髅说话型

后芬兰学派怎样从社会观改进"会唱歌的心"的研究方法呢？他们选择了同类型中的芬兰异文"小孩骷髅说话型"来进行研究。朱哈·潘提凯（Juha Pentikaine）认为，从分析这个类型的各种变动的文本看，从前 AT 对故事文本的分类研究有两个失误，要么将故事与信仰的关系剥离开来，只追求纯文本研究，不管民俗信仰，结果将文本的社会功能架空；要么将故事与地方社会的关系剥离开来，只关心原型文本（主要文本），不管地

---

❶ Carl-Herman Tillhagen，*Traditionsbararen*，in Laurits Bodker, ed.*Nordisk Seminary Folk Editing* 1，Copenhagen. 1961. *also see Simonsuuri, Lauri, Typen und Motivver, zeichnis der finnischen mythischen Sagen.* FFC182, Helsinki. C951, 1961, p.956.

方社会的异文，忽略文本发展的动态系统。我们从他的分析中可以看到，这两种做法都带来理论和方法上的局限，使民俗学者无从了解传统故事在社会变迁中获得话语权的机会和途径，这种研究也使民俗学本身的发展陷入僵局。

我们还要认识到，20 世纪 60 年代以后，特别是全球化以来，人类社会的思想文化和社会结构都已发生变化，传统故事已逐渐演变为异质故事（heterogeneous folktale），在地方社会还保留了同质故事（homogeneous folktale），原有的 AT 系统对现代社会的故事系统已不适应，民俗学者必须开辟新说。❶

后芬兰学派研究"小孩骷髅说话型"的关键之处，是利用故事文本开展思想对话和社会对话。他们首先给"小孩"一个社会角色，再让"小孩"的角色承担一个社会功能，即未受洗礼的孩子对于获得社会身份的需求，然后将故事文本分解为 6 个❷，里面包括主要文本和地方

---

❶ Juha Pentikaine，*Legend is a part of life*，in Anna-Leena Siikala，ed.. *Study in Oral Narrative*，Gummerus kirjapaino oy Jyvaskyla，1989，p.174.

❷ Juha Pentikaine，*Legend is a part of life*，in Anna-Leena Siikala，ed.. *Study in Oral Narrative*，Gummerus kirjapaino oy Jyvaskyla，1989，pp.177-178.

文本。处理文本的方法是编制故事类型，已被 AT 收入的文本，用情节单元法编制；未被 AT 收入的文本，用段落法编制，然后对这个类型进行故事与信仰、故事与地方社会的综合研究。

第一个文本：主要文本

后芬兰学派编制故事类型的方法：情节单元法与段落法。

情节单元法

①死去的孩子向母亲，或者父亲，或者父母亲要袜子和鞋。

②这种声音在一个经常闹鬼的地方听到。

③这是一个假设，假设确有遇上鬼的个人经验，这个经验的缘由是孩子被谋杀后又被偷偷掩埋。

④后来有个地方闹鬼，在那里发现了孩子的骸髅。

⑤有人看见一个孩子站在路边，他叫的帕德，他手拿树枝在摇，向人们要鞋袜。如果哪家的孩子不听话，大人就吓唬孩子说，"的帕德来了"。

段落法

这是一个小孩骷髅说话的故事。农场有两个女仆，都在干活，听见孩子的声音从柴火堆里传来，"妈妈，快给我袜子和鞋，树枝扎了我的脚"。其中一个女仆扒开柴火堆一看，是一个小孩的骷髅。事实证明是一个被谋杀的孩子的骷髅，这个女仆10年前杀死了自己的孩子。

这是一个与"会唱歌的心"相关的故事类型，AT编号781，很早就在芬兰流传。[1] 它的独特处在于它是一个停留在精灵阶段民俗思维的传统故事，用早期芬兰学派的历史地理观点看，所有人类文化都是同质社会的混合物。孩子被解释为奇异的人，所以人们需要给他一个特殊的名字"的帕德"。在同质故事中，故事的主人公通常都是这样被给予传统的结构和统一的解释的，特殊命名是其中的一种方式。中国也有这种情况，在中国传统社会中，对非主流社会的重要力量，包括农民起义军，也会通过给"诨

---

[1] ［芬］安蒂·阿尔奈（Antti Aarne），*The Types of the Folktales*, FFC. 3. Translated and Enlarged by ［美］汤普森（Stith Thompson），FFC.184, Indiana University, second, revison. 1961. Helsinki, Academic Science，Finland,1987, fourth printing, p.270.

号"的命名方式，将农民造反者界定为特殊社会群体。例如，我国明代古典名著《水浒传》描写了宋朝梁山起义好汉一百单八将的故事，这部小说中的好汉与敌人都有不同社会分层和阶级属性。如何区分呢？由命名系统可以管中窥豹。好汉的阶级出身和社会身份由原有命名系统解释；好汉在造反后脱离了原有社会体制，其英雄角色和革命行为由"诨号"命名系统解释。后芬兰学派的学者指出，早期芬兰学派没有在意这些异常的命名，只说当地民俗认为非正常死亡儿童会喊叫而已，这种对故事与社会生活的关系的解释是简单化的。在后世社会中，地方故事的异文很多。地方异文在社会流动中发展，吸收了宗教成分，与地方民俗信仰相结合，获得了故事的新个性。

第二个文本：北博滕的地方文本

后芬兰学派编制故事类型的方法：情节单元法。

① 的帕德是一个被谋害、被遗弃的孩子，他没有受洗。

② 他的哭叫声方圆几里都能听见。

③ 他说"的帕德"的声音充满了呻吟和哀痛。

④ 他哭喊时说："爸爸给我鞋，妈妈给我袜。"

⑤ 他直到得到基督教的洗礼，才停止了哭喊。

后芬兰学派的学者指出，在第 5 句"他直到得到基督教的洗礼，才停止了哭喊"中，出现了宗教句式，这是由当地基督教传统造成的，出现了"（二）"对"（一）"的变异。故事发生在瑞典北部，一个有名的闹鬼的帕亚拉教区。有人认为，这个异文已说明该类型从民俗精灵阶段走向无精灵的阶段，但也有学者提出，这个说法可以考虑，但是文本不足。要得出这个结论，还要将基督教教义的书面文本也拿进来，将口头文本与书面文本做综合分析。单纯做口头文本分析难以服人。

第三个文本：萨卡昆达的地方文本

后芬兰学派编制故事类型的方法：段落法。

当地有海湾，海湾连着山。渔民经常夜里听见哭声："树枝太扎脚，石头太沉了。"传说一个青年女子把死孩子埋了，上面散乱地盖了树枝，又压了大石头。

萨卡昆达有两个教区，两个教区又流传同一种异文，这是跨地区和跨文本的样本，后芬兰学派的做法是，对两个教区的基督教文本、儿童民俗和民间精灵信仰做整体研究。

第四个文本：戏剧化的文本

后芬兰学派编制故事类型的方法：段落法。

在芬兰和瑞典之间的波的尼亚湾一带，教堂很偏僻，在荒郊野外，人们划着船去教堂。当地戏剧里有唱词："你把孩子埋在这，你若无其事地去教堂，你要当上帝的孩子。"故事中孩子不仅要鞋袜，还确认母亲就是凶手，并揭穿了这个阴谋。

该异文的传播跨越芬兰与斯堪的纳维亚半岛的瑞典两个国家，要对它的口头文本开展研究，不仅要结合基督教的书面文本，还要增加戏剧文本，并进行跨语言研究。

第五个文本：芬兰西部的文本

后芬兰学派编制故事类型的方法：段落法。

　　芬兰西部的文本没有统一的套式。只讲孩子说冷，要手套、袜子和鞋等。传说讲，母亲害死了孩子，埋在海边的沙滩中。夏季来了，孩子一个夏天都在喊母亲："妈妈，秋天就要到了，快给我做袜子和裙子。"母亲不得安宁，直到承认自己是凶手。

第六个文本：芬兰南部的文本

后芬兰学派编制故事类型的方法：段落法。

　　芬兰南部的文本故事讲，孩子喊："冬天就要到了，快给我衣服。"喊声从一个房子里传出来，整夜不停。人们都很奇怪，经常会在梦中听到这个声音。声音是从烟筒墙里传出来的。人们循着声音去找，发现了孩子的尸体。原来这是一个非婚生的孩子，母亲

杀死孩子，埋在烟筒道里。❶

在以上的 6 个文本中，前 2 个文本在 AT 系统内，后芬兰学派学者用情节单元法编制类型，其余的 4 个地方文本为 AT 所未见，都用段落法编制，由此可见后芬兰派从 AT 单一模式向地方多元模式转型的研究取向。后 4 个文本的故事类型编制，还涉及跨国界、跨教区、跨语言和跨体裁的文本，其中第 5 个和第 6 个文本追溯谋害儿童的法律问题，所羼入后世观念已比较明显。

从后芬兰学派的分析观点看，他们认为，这个类型的特点是故事叙事与儿童民俗结合。原来当地民间有给夭折儿童做葬礼的传统风俗，但在基督教传入后，基督教的教义居统治地位，这种儿童民俗被从法律上禁止，于是口头文本中夭折儿童变成奇异人物的说法又流行起来。故事中的儿童被谋杀，未经洗礼，没有获得完整的丧葬仪式，于是孩子就向父母要鞋袜和衣服，提醒父母反思抚育子女的责任。故事讲在闹鬼的地方听见孩子的

---

❶ Juha Pentikaine，*Legend is a part of life*，in Anna-Leena Siikala，ed.. *Study in Oral Narrative*，Gummerus kirjapaino oy Jyvaskyla，1989，P174.

哭声，那种地方正是没有社会地位的边缘区，而夭折儿童都是没有社会地位的人，所以这种说法在民俗中行得通。至于故事中羼入的现代观念，是因为现代民众接受了现代法律观、婚姻观和家庭观，认为非婚生育是违法的，就在故事中添加了谋害孩子的凶手是罪犯，应被处以死刑的情节。

从后芬兰学派的研究范围看，对故事类型编制与研究的范围，已从全世界缩小到斯堪的纳维亚半岛。在对同质故事和异质故事的分析上，他们采用了"结构链"法。所谓"结构链"，有两个含义：一是对故事类型的形式与民俗信仰的内容做共同分析，抛弃了早期芬兰学派唯故事类型论的做法；二是对故事类型的主要文本与地方社会的变异文本做共同分析，改革了普罗普忽略地方文本的不足。经过这两种改革后，后芬兰学派进一步转向将故事事实与生活事实共同分析。

从中国故事类型研究的角度看，后芬兰学派对特殊命名系统的研究十分深刻，如果借鉴得法，可以在中国故事类型的研究中加以拓展。他们提出的一个观点很重要，就是在分析同质故事时，观察故事为主人公的特殊命名，可以了解单个故事如何获得整体性的统一传统结构和统一解释，这对我们研究中国历代经典中的故事文本方法有启发性。在中国传统社会中，对非主流社会的重要力量，包括农民起义军，在叙事系统上，也有这种例外命名的特殊方式，即给予某人一个或几个"诨号"，我国明代名著《水浒传》就是这样。钟敬文早在90年前就研究过《水浒传》的"诨号"❶，对这一研究做了最早的开拓。我们把对"诨号"的考察与民俗叙事的命名系统结合研究，可以进一步发现，故事如何在主流解释之外，为非主流人群建立统一的叙事结构和统一的解释。《水浒传》描写了宋朝好汉一百单八将聚义梁山、替天行道的故事。小说中的好汉与敌人分属不同的社会分层和阶级集团，小说通过这种特殊命名的途径，与其他方式结合，将农民造反者界定为非主流的特殊社会群体，并具有社会存在的现实合理性。如何区分主流与非主流呢？也可以通过两个命名系统的对比管中窥豹。在小说中，好汉的阶级出身和社会身份由原有命名系统解释；好汉造反后脱离原有社会体制，进入另外一个社会系统，这时好汉的英雄角色和角色所承担的革命行动都有明确的

---

❶ 钟敬文《民俗记录二则》，原文写于1927年，钟敬文时年24岁，重点看此文中的第一则《诨号》，钟敬文《钟敬文文集·民俗学卷》，合肥：安徽教育出版社，1999，第364-367页。

"诨号"解释，这种"诨"的解释非但没有引起读者的反感，反而激发了强烈的社会同情心，唤起了全社会对"诨"角色形象的群体共鸣。当然，两个系统都在同质社会内部运行，彼此有排他性，系统转换的过程带有强烈冲突色彩，造反英雄几乎全部是通过生死决战或家破人亡的逼迫后，放弃了原有的命名系统，进入"诨号"的特殊命名系统。到了清代，由于金圣叹主动加入点评，又使这部小说的文本在思想结构与巴赫金的对话学说不期而遇，有了"独白"和"复调"两类文本。小说流传几百年来，衍生体裁相当丰富，直至今天，各种有关《水浒传》的专题戏曲、说唱、民歌、通俗歌曲和影视剧目俯拾即是，比其他任何中国古典名著都丰富，究其原因，与两个命名系统存在及其带来的戏剧性和对话与冲突不无关系。不过，与后芬兰学派的"小孩骷髅说话型"研究相比较，由中西文化系统的差异所决定，西方故事的社会研究与信仰研究更接近，中国故事的社会研究与文化研究更接近。

二、非西方中心的研究

中国"会唱歌的心"的故事类型的书面原文记载出

现很早，地方异文也十分丰富。中国历史文献藏量巨大，社会发展悠久，又拥有多地区和多民族文化，不同文化之间有统一传统又绚烂多姿，在这种社会文化环境中，"会唱歌的心"的形式与内容都有中国特色。中国的这个故事类型可与西方同类故事比较，其中跨文化背景的资料还能直接为世界故事类型增添文本，但从总体上说，它们在中国文化传统和地方社会中生存发展，更适合从"文化间距"上呈现特征。

从到目前为止我们所能搜集的中国历史文献和口头资料看，对这个故事类型的形式划分，与钟敬文早年的划分一样，仍分为"骸骨说话"和"骨头唱歌"两种形式。如果尝试将形式分析与思想对话和社会对话的内容分析结合，概括该类型的中国叙事特征，可为"代神"与"代人"两个亚类型，具体有7种亚型的组合结果：

亚型1，骨头不是人，是灵魂。

亚型2，骨头是人，道家无为观。

亚型3，骨头是人，在佛教轮回中产生功能。

亚型4，骨头是人，现世报恩。

亚型5，骨头是人，公案故事。过阴断案。

亚型 6，骨头是人，追寻爱情与生死等不确定的问题。

亚型 7，骨头是半人半神，讲英雄回家，演奏乐器或音乐。

本书主要从新疆史诗故事群切入，与西方早期 AT 相比，新疆史诗故事群的"会唱歌的心"型的资源储存，远比国内其他地区更为多种多样，不仅至今有钟敬文已经提出的两种形式；还有钟敬文没有提出而在我国存在，西方 AT 已有，但双方缺乏沟通的形式，如乐器和音乐在"会唱歌的心"型中的活泼生态和多元喻意。

从理论上说，这个类型值得研究的问题是，角色是"骨头"，是一个符号，兼具两个亚型，即起源亚型（骨头代神）和现实亚型（骨头代人）。又因为这两个亚型系列拥有"骨头"共同符号及其故事与信仰文化，所以我们又能找到它的民俗单元，发现它的民俗体裁所在。它的民俗单元不是孤立的，有 4 个生命指示物：（1）骨头或骷髅。（2）民族乐器（笛子、竖琴、冬不拉、马头琴）。（3）树（坟墓上长出的树、通神的树、会说话的树）。（4）手工器具（陶碗、石头、杯子）。4 个指示物的民俗单元的资料丰满、结构清晰，可以深入研究，让我们充满研究的兴趣。

在"会唱歌的心"的中西类型中，开口说话或唱歌的骨头都是信仰对象，即"代神"。所谓"代神"，是指有确定形象、有命名和有思想观念的某神，神代替骨头发声。在西方故事中，这个神是耶稣基督；在中国故事中，这个神是儒释道思想的混合形象。故事中的骨头已非人类，但它是宗教世界、民俗信仰和现实世界的中介。它是引导人类接受神谕的物质实体，用普罗普的话说，是从"别一个"或"别的"国家来的，"这个国家或者远在天边，或者在山高水深之处"❶。它是神奇的报信者。

在中西相似故事类型中，对骨头的解释有差别，造成类型形式的结构不同。比较前面分析的 AT780 和芬兰与瑞典共有的"北博滕的地方文本"可见，那里最初该类型的叙事在 AT780 中没有宗教，到了半个世纪之后，在"北博滕的地方文本"中才有了"基督教"的说法。追问基督教进入该文本的时间，又不能以口头文本与教

---

❶ ［俄］普罗普（Vladimir Propp）《故事形态学》，北京：中华书局，2006，第 45 页。

义文本之间的间隔年份做简单计算，而是要将之放到与文本所在社会文化中分析。据于鲁·瓦尔克（Ülo Valk）研究，基督教的教义文本与爱沙尼亚的口头文本交叉的时间是在 13 世纪，引来爱沙尼亚的故事类型也发生变化，主要有两点：（1）基督教教义反对天神撒旦，神界中已不承认撒旦的存在，将它视为魔鬼。但在民俗叙事的口头文本中，基督教所不接受的对象，从背叛的天神变成了人间的儿童，这个儿童又可以经过接受洗礼的方式重返基督教的大家庭，而撒旦是回不去的。（2）应该洗涤原罪的不是儿童，而是儿童的父母。儿童不是邪恶的形象，而是站在社会边缘的弱者。他有普通人的人格，他有时还站在路边摇树枝，提醒父母涤除原罪；他是一个可视的民俗形象。❶ 有没有基督教教义被民俗化的文本呢？后芬兰学派的研究告诉我们，有。在芬兰和北欧其他一些国家，当地与基督教相区别的儿童民俗仍然保留至今。在这种儿童民俗中，所有夭折儿童的灵魂都被认为能变成奇异人物，成为人类的助手。故事还给儿童赋

❶ ［爱沙尼亚］于鲁·瓦尔克（Ülo Valk）《信仰　体裁　社会：从爱沙尼亚民俗学的角度分析》，董晓萍译，北京：中国大百科全书出版社，2017，第 19 页。

予奇异命名，使儿童能获得自己的性格。这种命名带着这个故事类型在后世社会中继续发展。❶

西方同类故事研究的宗教学传统深厚，所关注的问题也很不同。他们关注基督教文本与民俗口头文本对待"原罪"的思想差异。比如，后芬兰学派指出，有的故事讲，如果父母涤除了原罪，儿童也可以成为上帝的子民。于鲁·瓦尔克曾为此批评过经典民俗学，而坚持非西方中心的故事类型研究，他说：

> 在爱沙尼亚民俗中，天堂之战和坠天使的故事，属于世界起源故事，流传已久。根据爱沙尼亚民众的说法，魔鬼曾与上帝共同创造世界。魔鬼创造了狼、蛇，还发明了烈酒。

> 坠天使的传说
> ①魔鬼天神背叛上帝。（A106.2）②魔鬼和同伴被逐出天堂。（G 303.8.1）③坠天使变成野外自然界

---

❶ Juha Pentikaine, *Legend is a part of life*, in Anna-Leena Siikala, ed.. *Study in Oral Narrative*, Gummerus kirjapaino oy Jyvaskyla, 1989, p.174.

的妖精。（V236）❶

在 AT 中，这类故事是世界大扩布母题，归入中世纪的浪漫故事、训诫故事、笑话和地方传说。

在民俗创世故事中，在解释万物由来时还说，坠天使自己变成了超自然的妖精。……民俗同时告知，野外存在着超自然的危险，需要回避。❷

他认为，所有这类讨论都涉及民俗体裁的研究，民俗学者可以通过对"民俗体裁的互文性"观察发现，民俗体裁可以"涵盖口语文本与书写文本之间的各种复杂关系，包括民俗母题与基督教《圣经》之间、民俗传承和书写传统之间的关系等。通过研究能发现，互文的结果，呈现了一种与以往不同的世界观，它的内容是民俗

---

❶ Stith Thompson，Motif-Index of Folk-Literature. *A Classification of Narrative Elements in Folktales*，*Ballads*，*Myths*，*Fables*，*Medieval Romances*，*Exemple*，*Fabliaux*，*Jest-Books and Local Legends*. Revised and Enlarged Edition I–VI. Copenhagen: Rosenkilde and Bagger. 1957. 译者注：这三个母题分别见于 Stith Thompson 的著作，该著的 A106.2 魔鬼天神反叛上帝，G 303.8.1 魔鬼被逐出天庭和 V236 坠天使变成自然界的精灵。

❷ ［爱沙尼亚］于鲁·瓦尔克（Ülo Valk）《信仰　体裁　社会：从爱沙尼亚民俗学的角度分析》，董晓萍译，北京：中国大百科全书出版社，2017，第 19 页。

信仰与基督教元素的混合物" ❶。

于鲁·瓦尔克的另一个关注点是民俗体裁与宗教信仰结合而产生的民俗单元，即"信仰丛"。他指出，爱沙尼亚同类故事的"信仰丛"，包括原罪与死亡的观念。在基督教的教义中，这是一对基本概念，后来基督教在爱沙尼亚的传播也有民俗化的倾向。在马丁·路德实行宗教改革后，路德派的基督教思想为爱沙尼亚人民所普遍接受，其教义教理与民俗信仰的结合也比较深入。他指出：

> 爱沙尼亚是一个基督教国家，以接受新教派为主，新教派领袖马丁·路德的《教理问答》（1529）深入人心。此书对魔鬼、原罪和死亡的概念提出了新看法。

> 基督教的重要仪式是洗礼。洗礼是一种圣洗，象征着一个人正式成为基督教的信徒，被视为人类与上帝签约。签约之后，人接受基督为救世主。在爱沙尼

---

❶ ［爱沙尼亚］于鲁·瓦尔克（Ülo Valk）《信仰 体裁 社会：从爱沙尼亚民俗学的角度分析》，董晓萍译，北京：中国大百科全书出版社，2017，第21页。

亚，在很长的历史时期中，新生儿出生都被视为是从魔鬼的控制下获救，而洗礼前的婴儿尚未脱离危险，随时都有可能被魔鬼带走。《教理问答》在解释洗礼的含义时说："执行它的意义，就在于宽恕原罪，摆脱魔鬼的控制和避免死亡……"❶

他在这里没有提到"会唱歌的骨头"，但他对这个类型的基本分析观点和研究方法是清楚的，也在北欧学者中间具有代表性。

三、钟敬文与普罗普对话"会唱歌的心"

上一节提到，钟敬文与普罗普创建了非 AT 系统的故事类型研究模式，在这个研究模式中，除了"地下世界"型，还有一个类型是"会唱歌的心"。德国学者艾伯华曾套用钟敬文的该类型编制了新的母题文本，被 AT 吸收，

---

❶ ［爱沙尼亚］于鲁·瓦尔克（Ülo Valk）《信仰　体裁　社会：从爱沙尼亚民俗学的角度分析》，董晓萍译，北京：中国大百科全书出版社，2017，第 22 页。另见瓦尔克原著：*Martin Luther*，*The Small Catechism*. 1529，IV：2，see http://bookofconcord.org/smallcatechism.php

写入 AT 的索引部分，用来补充 AT。普罗普在个人著作中对"会唱歌的心"的研究也很充分，提出了成套的功能项概念与独特的研究方法，以下集中讨论钟敬文和普罗普关于"会唱歌的心"的研究观点。

（一）从钟敬文的研究看普罗普

在中国资料中，关于"会唱歌的心"，有书面文本和口头文本两种，最早的书面文本记载见于《列子》，距今已有千年以上。钟敬文早在 1927 年至 1928 年就向中国读者介绍过 AT780 型，包括：①精灵唱歌（骸骨呻吟式）和③身体的一部分唱歌（吹箫型）两种。后来国内又搜集到不少关于这个类型的资料。现在全国很多省份的故事集成中都有这个文本❶，又以新疆史诗故事群为最。

钟敬文是第一位将西方"会唱歌的心"型引进中国，并根据中国资料，创制了两个亚型的中国相似类型

---

❶ "故事集成"，指钟敬文主编《中国民间故事集成》，自 1984 年至 2009 年历时近 30 年完成。这是本书使用的主要资料，书中会经常提到。作者在没有使用该著直接引文的情况下，为方便讨论起见，使用这种简便的说法。

的中国民俗学者。1927年，钟敬文从英国民俗学者班恩（Charlortte Sophia Burne）的《民俗学手册》中获得了印欧故事类型的文本，并参考日本学者冈正雄的日译文，与友人杨成志合作翻译《印欧民间故事型式表》并出版❶，这份类型表共有70个类型，其中的"第十五则 杜松树式"和"第五十四则 骸骨呻吟式"互补，就是AT780型的"①会唱歌的骨头"❷。

1928年，钟敬文又发表论文《中国印欧民间故事之相似》❸，对"杜松树式"做了初步研究。这个类型与后芬兰学派研究的"小孩骷髅唱歌型"比较接近；钟敬文还对"骸骨呻吟式"做了研究，这个类型与《列子》保存的文本和后世流传的"会唱歌的心"有部分重叠之处。

---

❶ ［英］库路德（Rev.S.Baring-Gould）编、约瑟·雅科布斯（Joseph Jacobs）修订《印欧民间故事型式表》，钟敬文、杨成志译，1927年冬完成，中山大学民俗学会小丛书之一，广州：中山大学语言历史研究所印行，1928年。参见［英］查·索·博尔尼（Charlottte Sophia Burne）《民俗学手册》，程德琪、贺哈定、邹明诚、乐英译，上海：上海文艺出版社，1995。

❷ 董晓萍《钟敬文与中国民俗学派》，北京：中国社会科学出版社，2017，第161页。

❸ 钟敬文《中国印欧民间故事之相似》，钟敬文《钟敬文民间文学论集》（下），上海：上海文艺出版社，1985，第240-244页。

以下是钟敬文编制的同型故事类型：

第十五则　杜松树式

一、一继母恶其继子，因杀死他。

二、怪异的景象随着来，小孩灵魂回生：第一次变成树，第二次变成鸟。

三、继母受惩罚。

这和曹植《令禽恶鸟论》中所记伯奇化鸟的故事甚形似。小孩灵魂回生，第一次变成树，第二次变成鸟，这和蛇郎故事中，蛇郎的妻子给伊的姊妹弄死后，灵魂不散变成鸟，又变成竹一节的说法也很相近。❶

第五十四则　骸骨呻吟式

一、兄弟（或姊妹）以羡望或嫉妒杀了别个。

---

❶　钟敬文《中国印欧民间故事之相似》；钟敬文《钟敬文民间文学论集》（下），上海：上海文艺出版社，1985，第241-242页。

二、经许多日后，死尸的一片骸骨给风所吹，宣告了暗杀者。

前人笔记中，常有和这类近之故事的记载，在民间口头传述中，也有这种被谋害者自己泄案的型式，虽然他（或伊）的宣告，不一定与风吹骸骨相同。❶

AT780"会唱歌的骨头"型的口头文本在他的视野中再次出现是在他的晚年，在钟敬文主编《中国民间故事集成》中，收有他的故乡广东的一篇同类故事，属于AT780之"（2）人工物（乐器、陶器、杯子）发声"。

骷髅报仇

1. 商人背着陶制灯盏的布袋出门。

2. 商人被盗贼误认为背了财宝。

3. 商人被盗贼谋害。

4. 商人变成骷髅。

---

❶ 钟敬文《中国印欧民间故事之相似》；钟敬文《钟敬文民间文学论集》（下），上海：上海文艺出版社，1985，第243-244页。

5. 官员路过此地。

6. 大树被大风刮倒，树下露出骷髅。

7. 官员发现骷髅。

8. 官员破案，捉拿凶犯，真相大白。❶

　　讲述者：李忠记，男，42 岁，新会县石步圩商人，小学文化。采录者：蔡权，男，58 岁，新会县水步镇水基坑小学教师，初中文化。采录时间：1987 年 6 月。采录地点：新会县。

　　从文本表面看，钟敬文对"会唱歌的骨头"的翻译与所编制的同类类型都是民俗叙事，没有信仰内容，其实不然，中国很早就有代神的文本，不过这个"神"不是基督教的教主，而是中国土生土长的道教和印度来的佛教。

　　看亚型 2，中国历史典籍《列子》记载了"会唱歌的骨头"。列子看见"骨头"后，与弟子百丰对话，将骨头

---

❶ 钟敬文主编《中国民间故事集成（广东卷）》，北京：中国 ISBN 中心出版，2006，第 126-127 页。

解释为道家思想的指示物。

骷　髅

1. 列子去卫国。

2. 列子途中在道边用餐。

3. 列子的学生百丰看见蓬蒿中有一个百年骷髅。

4. 列子走进蓬蒿看见骷髅。

5. 列子说，只有他和骷髅才知道，人的生死是一场虚无。

（［战国］列御寇《列子·天瑞》，叶蓓卿译注，北京：中华书局，2013，第7—10页。）

季羡林曾提出《列子》疑似印度佛典的《生经》等的抄本，还举出好几篇中印文献作对照说明❶，其证据似无法反驳。钟敬文在中日学者早年做洪水故事比较研究时也曾使用过《列子》，后来他在个人著述中也曾对这部

---

❶　季羡林《〈列子〉与佛典》，收入季羡林《比较文学与民间文学》，北京：北京大学出版社，1991，第78-91页。

书多次使用。❶ 他也谈过《列子》的伪托之嫌，但认为这不妨碍用它的资料做研究，这种看法与季羡林的观点并不矛盾。不管怎样，《列子》是一种汇集多元文化成分的历史著作，版本很可能不"纯"，但也可能因此而成为保存自我与他者故事的特殊资料本。

再看亚型 3。在中国佛典文献中，骨头的"代神"是树，由树发出声音，给人类以神谕。这个类型见于西藏佛经《于阗国授记》❷，以下是我根据段晴的文本编制的故事类型。

《于阗国授记》故事类型

佛祖。于阗王伏阇讫帝的时代，有位僧人是文殊菩萨的化身。他在坎城传法，成为于阗王的善知识。国王为他建立了一座寺庙，叫斯累喝寺。

---

❶ 钟敬文《中国的水灾传说》，收入钟敬文《钟敬文民间文学论集》（下），上海：上海文艺出版社，1985，第163-191页。另见钟敬文主编《民间文学概论》（第二版），北京：高等教育出版社，2010，第123-148页。

❷ 段晴对《于阗国授记》与新疆考古文物和毛毯故事的关系做了研究，参见段晴《新疆洛浦县"山普鲁"的传说》，《西域研究》2014年第4期，第1-5页。

　　树干发出声音。树干说法。有僧人在此树前诵读佛法。树中传出声音，解析佛法。有年轻僧人接受佛法之后，来此处聆听佛法，树中便传出声音。一僧人诵法失误，一天神说："并非如此。"从此树干再无说法的声音传出。

　　为什么是"代神"而不是"代人"，这部佛典文献讲得很清楚，神树能代替佛祖发声，人的声音不能与神的声音混合。新疆史诗故事也有强调以树声为神声的民俗单元，与以上西藏佛典的记载属于同类。这时我们应该再次想起季羡林对印度佛典影响中国故事的预判，也应该想起一千五百年前唐僧路过新疆播撒佛教思想的可能性。见亚型5，禁声故事。举个例子，见《大唐西域记》中的《烈士池》。

烈　士　池

　　违反禁声。1. 设坛做法。隐士坐在坛场的中心，口念神咒，屏息视听；烈士手持长刀，静立坛脚，二人各司其职。2. 错误地发出声音。①天将近亮时，烈士突然发出一声惊叫。②瞬间天降大火。③隐士拉着烈士跳进水池，躲避火灾。3.托梦中打破禁忌。隐士问烈士为何失约出声，烈士回答是做梦所致：①他第一次在梦中看见怪异的事，忍住没出声。②他第二次在梦中看见更怪的事，也忍住没出声。③他第三次在梦中结婚成家，到了六十五岁的时候，妻子要求他说话，否则就杀孩子，他终于忍不住惊叫起来，发出声音。❶

对《烈士池》的研究，季羡林的弟子蒋忠新和王邦维都做过不少工作。❷ 在这类故事中，有佛教的思想，也有儒家的影响，就是都讲不能随意选择生死。它否定出世，肯定入世的价值。不过在此需要说明一下，《烈士池》的故事并不是来自新疆，它是印度故事，不过它的作者是唐玄奘，唐玄奘是把新疆故事与印度故事都收入

---

❶ ［唐］玄奘《大唐西域记》，季羡林、张广达、李铮、谢方、蒋忠新、王邦维、杨廷福译，西安：陕西人民出版社，2008，第131-132页。

❷ 蒋忠新《〈大唐西域记〉"烈士故事"的来源和演变——印度故事中国化之一例》，原载《民间文艺季刊》1986年第2期，第81-92页。王邦维《一个梦的穿越：烈士故事与唐代传奇》，《文史知识》2014年第9期，第107-113页。

《大唐西域记》的人。在新疆故事中，神树发声的故事也很多，但那些神祇也不一定都指佛教，也可能是其他宗教神在发出指示。下面三个来自柯尔克孜族《玛纳斯》史诗的最重要流传地乌恰县、阿合奇县和特克斯县的故事，都反映了这种情况。

0509. 狼姑娘

（柯尔克孜族　乌恰县）

树干发出声音。汗王要求他找回为故去的老汗王宰杀的一匹雪青马。他按照妻子的办法，来到墓地，手摇一只空篮，对老汗王的墓说话；墓中传出声音，送来三条腿的雪青马，并说，马丢失的一条腿被汗王夫妇在父亲的葬礼上偷吃了。青年牵着三条腿的雪青马送给汗王，汗王吓死了。

讲述者：玛玛迪亚尔·阿纳皮亚，柯尔克孜族。采录者：阿依古丽·托合托尤夫。翻译者：依斯哈别克·别先别克，巴赫特·阿曼别克。采录时间：1990

年。采录地点：乌恰县。❶

0312. 柯尔克孜族人的由来

（柯尔克孜族　阿合奇县）

树干发出声音。1. 误信谣言。①人们传出兄妹结婚的谣言。②谣言传到国王的耳朵里，国王认为这是伤风败俗。2. 尸体里发出声音。①国王下令处死哥哥，哥哥的尸体里发出声音："妹妹是清白的，我也是清白的！"②国王下令把尸体烧掉，哥哥的骨灰里发出声音："妹妹是清白的，我也是清白的！"③国王下令把骨灰撒到大河里，河里的水泡发出声音："妹妹是清白的，我也是清白的！"

人的由来。1. 四十的风俗。①河水流进了国王的花园，国王的四十个女儿喝了河水，全部怀孕了。②国王把公主赶进深山里。四十个公主生了四十个孩子。③在四十个孩子中，有二十个男孩，二十个

---

❶ 钟敬文主编《中国民间故事集成（新疆卷）》，北京：中国 ISBN 中心，第 764-767 页。

女孩。④这四十个孩子长大后，结成二十对夫妻。

2.民族的由来。四十个子孙的后代繁衍成柯尔克孜族。

　　讲述者：居素普·玛玛依，男，78岁，柯尔克孜族。采录者：朱玛拉依。翻译者：朱玛拉依，张运隆。采录时间：1989年。采录地点：阿合奇县。❶

0643. 伊萨克拜

（柯尔克孜族　特克斯县）

树干发出声音。他去森林砍伐桦树。桦树发出声音说："真可笑。"他问桦树："什么东西好玩？"桦树告诉他，去找伊萨克拜。

伊萨克拜的妻子与人偷情。妻子用手巾扇了他一下，他变成狗，跑回家。妻子又用手巾扇了一下，他变成麻雀，落入猎人的网中，被捉住。老人是妖怪，

---

❶ 钟敬文主编《中国民间故事集（新疆卷）》，北京：中国 ISBN 中心，第439-440页。

认出了伊萨克拜，把他变成鸽子放走。他飞回家，衔走妻子的手巾，交给老人。老人用毛巾扇一下，让伊萨克拜恢复了原形。

讲述者：阿力腾哈孜克·车奥玛依，65岁，柯尔克孜族，不识字。采录者：阿散拜·玛提力。翻译者：依斯哈别克·别先别克。采录时间：1981年。采录地点：特克斯县。❶

"会唱歌的心"长久流传，除了宗教意义，还有文化传统使然。AT类型中的"（1）身体的一部分（骨头或骷髅、心脏）发声"和"（2）人工物（乐器、陶器、杯子）发声"，其故事原型的身体的一部分和人工物的含义，都是人心的指代物，而不是祈神通灵，此为"代人"。这是通过人工物或身体指代物发声，揭示某种价值观和社会意义。从历史典籍和口头传统资料看，"代人"的母题都要比"代神"的母题产生晚，所反映的具

---

❶ 钟敬文主编《中国民间故事集成（新疆卷）》，北京：中国 ISBN 中心，第 1210-1212 页。

体社会的文化差异也大。很多中国同类故事的亚型都涉及对现世社会的直接认识，反对无为无谓的生命态度，强调生命的责任和权利，也有的描述将自我生命融入他者的美好。这种亚型的共同特点是骨头变形为各种隐身或化身形象，向主人示好，成为主人的助手。对这种亚型的定性，在1928年，钟敬文命名为"报恩"，普罗普命名为"施与者"。

钟敬文创制的第二个同类类型叫《吹箫型》，原文如下：

吹 箫 型❶

第二式

一秃子（瘌痢头），平日爱吹箫。某阔人的小姐闻而害相思病。她看见他的相貌便死了思恋之心。但秃子又因之相思了。他死后，化为一颗怪石或怪玉。

---

❶ 钟敬文《中国民间故事型式》，收入钟敬文《钟敬文民间文学论集》（下），上海：上海文艺出版社，1985，第353页。

后来，这石或玉，获见小姐，即消灭。

上面谈到，在 AT 相同类型中的"（1）身体的一部分（骨头或骷髅、心脏）发声"和"（2）人工物（乐器、陶器、杯子）发声"，在钟敬文的类型中合二为一，而且是"代人"型。艾伯华模仿类型编写了一个相似类型，又自编了一个新名为"不见黄河心不死"，但"代人"的性质不变。

157. 不见黄河心不死

（1）一个穷人总是吹笛或者唱歌。

（2）有钱的姑娘听见了，并且爱上了他。

（3）他也爱她。

（4）他因爱而死，死后他的心变成了一块石头或者玉，在歌唱。

（5）当石头看见姑娘时便死了。

母题（4）—（5）：

姑娘死了。她的心变成了铁。男人看见姑娘的时候，他和他的心都死了：b。

历史渊源：

通过 b 证明，据说唐代就已经出现。

附注：

围绕 a 的内容编出一句俗语"不见黄河心不死"；

参阅"彭祖死了"。❶

池田弘子在自己编写的日本故事类型著作中，多处提到中国故事，包括 AT780 "会唱歌的骨头"。她的著作比艾伯华晚出 20 年，艾伯华编制的这个中国类型就收在 AT 中，熟悉 AT 的她不会看不到。另一位日本民俗学者关敬吾是钟敬文的追随者，也编制了日本故事类型，池田弘子的故事类型就取材于关敬吾。她尽管没有在此书中提到钟敬文，但她编制的 AT780 是一个完整的日中混合版，我们看了以上钟敬文和艾伯华的工作就可以知道。

---

❶　［德］艾伯华（Wolfram Eberhard）《中国民间故事类型》，王燕生、周祖生译，北京：商务印书馆，1999，第 238-239 页。

780. 会唱歌的骨头[1]

Ⅰ.杀害。某男，在荒山野径中，杀害了自己的朋友，偷走了他的钱财。

Ⅱ.会唱歌的骷髅。①第二年，凶手路过杀人地点，在草丛中，或者在一棵树上，发现了朋友的骷髅；在更多的情况下，骷髅出现在非常态的地点上，如一枝新长出的树杈上，或一个竹笋上，或藤条从他的眼睛里长出来，或藤条从他的鼻孔里长出来。骷髅说服他带着它一起走，让它唱歌，可以赚一笔钱。②一个过路人发现了骷髅，他对骷髅施礼，给骷髅食物（E341.2），祈祷好人好报（well-being）（E341.3，流传地区：2/2，6，7），替他报仇（流传地区：44），或者拔掉它眼中或鼻孔中的竹笋（流传地区：46）。

Ⅲ.凶手暴露。① 人们打赌树桩的年轮，不管骷髅唱歌与否（B210.2；Cf.Type 503G，Ⅱ），以后骷髅

---

[1] ［日］池田弘子《日本民间故事类型与母题索引》，在《芬兰国际民俗学会通讯》第 209 号（FFC209），英文版，赫尔辛基：芬兰科学院，1971，第 183-185 页。董晓萍译，2012。

不再唱歌。凶手被砍头处死后，骷髅开口说话，讲述了事情的全部原委（E632.1）。②骷髅告诉过路人自己的真实身份和被谋害的经过。

Ⅳ. 感恩的亡灵。①被害人的鬼魂把过路人带回家，家里正在举行悼念他的宴会。鬼请客人用餐。他们变成隐形人，客人们看不见他们。一个女佣打碎了一只盘子，死者的父亲责骂他，死者很反感，愤然离去，这时过路人显出了原形。（有一个异文说，在这种情况下，并没有生气和大声责骂他人的情节）他向全家人陈述了失踪儿子遇难的经过，这家人给了他一笔酬金作报答。②死者来到过路人的家，留下来给他当了三年看门人（流传地区：6，详见以下的作者评注）。③死者让过路人得到当年纳税后的庄稼或稻子大丰收（Cf.D 1273；D2157.2），于是过路人就得到了一笔额外的报答（流传地区：46. Cf.Type 413D，Ⅲ -2）

丁乃通的中国故事类型著作出版较晚，也收录了同类类型：

780D*. 唱歌的心

有一个人（a）猎人（b）癞痢头男孩（b1）牧童由于单恋着一位大家闺秀而死去。他的心却活着，被制成一只杯子，并唱他自己的悲剧，最后这杯子被人带到那位导致他死去的小姐面前。它唱出一首最后的哀伤的歌曲而（c）破裂了（d）深深地感动了她。或者，（e）这男人是一位技艺精湛的演奏者。这位小姐听着他的音乐但当看到这人其貌不扬时，拒绝了他。或者，（f）她的父亲拒绝了他；他因而死去。

这是他模仿钟敬文的"吹箫型"的又一版本。丁乃通还有一处是对池田弘子的模仿：

780. 会唱歌的骨头

有时泄露机密的东西是从尸体埋葬处取来的一只陶罐子。❶

---

❶〔美〕丁乃通（Nai-tung Ting）《中国民间故事类型索引》，郑建成、李倞、商孟可、白丁译，北京：中国民间文艺出版社，1986，第 240-241 页。

当然丁乃通使用的资料是中国故事文本。不管怎样，中国的同类故事都强调观照"他者"的人生追求，将自我与他者合为一体，物我两忘，达到人生的美好境界。现在我们看亚型6，明确讲述骨头是人，不是神，他追求与他者的爱情，甚至超越自己的生命。这是来自云南故事卷的"会唱歌的骨头"。

骷髅娶公主

1. 十二个英俊小伙与十二个美丽姑娘唱山歌。

2. 贫穷丑陋的青年向他们讨饭，被他们赶走。

3. 又穷又丑的青年从河里捡到宝石，用它擦拭全身，变成英武青年。

4. 大家都喜欢英武青年。

5. 十二个姑娘喜欢英武青年，都找他唱歌。

6. 十二个青年嫉妒英武青年，将他骗到枯草前，让他捉野猪。

7. 英武青年踩上枯草，掉进地洞。

8. 英武青年在地洞里发现另一个世界。

9. 英武青年被鱼虾吃掉，形同骷髅，还有一口气。

10. 皇帝把他扔到地棚里。

11. 十二个美丽姑娘变成十二只小鸟，来到地下世界看望他。

12. 他用姑娘带来的宝石擦拭全身，又变成英武青年。

13. 他与皇帝的三公主和十二个美丽姑娘结婚。

14. 他当了皇帝，与妻子过着幸福的生活。

讲述者：李文保，瑶族。采录者：周情抒。采录地点：金平县。❶

在这个云南故事中，青年掉进地洞，进入另一个世界生活，这是"地下世界"型，在此与"会唱歌的心"相粘连。关于"地下世界"型，我在第一节已经做过专题分析。这里只讲"会唱歌的心"。下面是新疆版的"会唱歌的心"。

---

❶ 此故事类型原篇名为"515. 海底人"，收入钟敬文《中国民间故事集成（云南卷）》，北京：中国 ISBN 中心出版，2003，第 1191-1194 页。

0770. 芦笛

（锡伯族　察布查尔锡伯自治县）

1. 嘎善有个小伙子，父亲早故，母亲抚养他，他非常喜爱吹芦笛。

2. 富户家有位姑娘，每天听到小伙子的笛声，很想去见吹芦笛的人，父母不准。

3. 姑娘相思成疾，父母依照她的愿望，派人去请吹芦笛的小伙子。

4. 小伙子与姑娘一见钟情，回家后也相思成疾，一病不起。

5. 小伙子求母亲到姑娘家，请姑娘到他家探病。

6. 姑娘的父母拒绝了，也没有把小伙子生病的事告诉女儿。

7. 小伙子病重，临死前，让母亲在他死后将他的腹腔剖开，用他的心血濡染芦笛，并把芦笛锁在柜子里，百日之后再拿出来，芦笛便自己会唱歌，母亲可以靠它过日子。

8. 小伙子死后，母亲照他的遗愿去做，果然得到一只可以自己唱歌的芦笛。

9.母亲用芦笛在街市上挣钱，笛声被姑娘听到了，派人把吹笛人请进家。

10.母亲被带到姑娘面前，她把小伙子的事全部告诉了姑娘。

11.姑娘夺过芦笛，抱在怀里，芦笛突然钻进姑娘的肉里，姑娘死了。

12.人们把姑娘和小伙子埋在一个坟墓里，祝愿他俩死后能结成恩爱夫妻。

讲述者：伊丽华，女，60岁，锡伯族，察布查尔锡伯自治县人。采录者：忠录。翻译者：忠录。采录时间：1981年。采录地点：察布查尔锡伯自治县❶。

到目前为止，我们还很少提到"会唱歌的心"的一个要素，就是被害人的要素。在 AT 他"是一个领路的主人（他的伙伴向他喊救命）"，AT 正是在这条信息中将艾

---

❶ 钟敬文主编《中国民间故事集成（新疆卷）》，北京：中国 ISBN 中心，2008，第 1574-1576 页。

伯华《中国民间故事类型》中的第 64 号和第 148 号两条信息引入这部世界索引。现在我们有必要引出艾伯华的这两个类型，以期补全对中国"爱唱歌的心"的中外学者讨论。

64. 隐身帽[1]

（1）一个男人从鬼那里偷了一顶隐身帽。

（2）因为滥用隐身帽，丢了。

出处：

h. 粤南民间故事集，第 65—66 页（广东）。

没有隐身帽，而是一个男人在一具尸体下边睡了三年，从而能隐身：广东 h。

附注：

隐身帽母题作为滑稽故事处理：a. 贪嘴的袒人，第 84—90 页（广东，海丰）；b.（广益书局）民间故事 IV，第 84—87 页（地区不详）。

---

[1]［德］艾伯华（Wolfram Eberhard）《中国民间故事类型》，王燕生、周祖生译，北京：商务印书馆，1999，第 120-121 页。

如果不是看到"一个男人在一具尸体下边睡了三年，从而能隐身：广东h"和"附注"中的出处"广东，海丰"，还无法知道艾伯华的第64号与"会唱歌的心"（也许这里应该叫"骨头"更合适）有何联系。因为我们已经知道钟敬文早年做过"骸骨呻吟式"，现在艾伯华灵光一现，又使用了钟敬文提供的家乡"广东，海丰"的资料。但现在我们看到这个第64号与"骨头"和"唱歌"没有丝毫联系，AT把它拉入AT780是牵强附会，艾伯华其实没有帮上中国什么忙。

艾伯华编制的第148号"三个强盗"，在AT"会唱歌的心"中占有一席之地，倒是的确抓住了这个类型中"谋害人"的一个特点，即"强盗"对主人公下黑手。以下引用艾伯华的原文：

148. 三个强盗❶

（1）吕洞宾出于同情想使一个死人复活；他因此

---

❶ ［德］艾伯华（Wolfram Eberhard）《中国民间故事类型》，王燕生、周祖生译，北京：商务印书馆，1999，第230-231页。

与阎王谈话。

（2）阎王说，一切都是他无法左右的命运。

（3）吕洞宾不相信，于是进行了一场试验。

（4）吕洞宾让三个在森林里拾柴的人找到了钱。

（5）一个人用其中一些钱在城里买食物。但是他在食物中下了毒，为使自己得到所有的钱。

（6）当他回来的时候，其他的人为了分这些钱把他杀死了。

（7）他们自己也死于有毒的食物。

（8）于是阎王把生死簿拿给他看，这一切全都记录在其中。

出处：

a. 民间Ⅰ，第12集，第80—82页（浙江，温州）。

附注：

叙述的中心内容似乎流传得很普遍。比如就印度来说参阅：《佛教民间故事》，第140—141页；很可能是从印度传到中国的。

关于强盗谋害者，普罗普在分析俄罗斯的"会唱歌的心"时也提到过，而艾伯华注意到这个点时，中国其他学者还都没有注意到，这是他的与众不同。艾伯华还说这个类型"很可能是从印度传到中国的"，还说印度《佛教民间故事》中有类似故事❶，这也是他个人的意见。他多次引用中印佛典文献与故事互存的文献，这是他的长处。

现在看亚型 4，骷髅是人，现世变形报恩。在 20 世纪 30 年代，钟敬文向艾伯华提供了"骸骨呻吟式""吹箫型"和"燕子报恩"等自制故事类型文本，艾伯华不久编写了"骷髅报恩"型。

21. 骷髅报恩❷

（1）有个人在新年的夜里寻找金银财宝。

（2）他找到了一具骷髅，出于同情便把它埋了。

（3）这具骷髅为向他表示感谢，给了他一些有益的预言，这个人由此变富。

---

❶ ［德］艾伯华《本书使用的参考文献》，艾伯华（Wolfram Eberhard）《中国民间故事类型》，王燕生、周祖生译，北京：商务印书馆，1999，第459 页。

❷ ［德］艾伯华（Wolfram Eberhard）《中国民间故事类型》，FFC120，赫尔辛基，1937.王燕生等译，北京：商务印书馆，1999，第36-37 页。

（4）有人效法，然而他先把骷髅挖了出来。

（5）这具骷髅给了他一些假的预言，因此他挨了揍。

出处：

a. 妇女 VII，第 1 册，第 105—107 页（满洲，吉林省）。

附注：

这个故事跟那些"报恩"故事的表现形式略有不同。

艾伯华在"出处"中出示的第一份引用资料，就是"妇女 VII"，即《妇女与儿童》第 7 期，这是钟敬文主管并寄赠他的书刊之一。❶ 他在"附注"中说明，"这个故事跟那些'报恩'故事的表现形式略有不同"。艾伯华分析这个类型时，使用的资料来自"吉林省"，现在新疆故

---

❶ 钟敬文《我与浙江民间文化》，董晓萍整理，收入钟敬文《话说民间文化》，北京：人民日报出版社，1990。钟敬文在该著第 147 页写道："《妇女与儿童》，娄子匡主编，我给以赞助，出 8 期。这是在原来一份招登广告的杂志《妇女旬刊》的基础上，更名兴办的。主要刊载民俗资料，也有些理论文字。后来娄子匡嫌《妇女与儿童》的名字不太好，就从第八期后改作《孟姜女》，两者其实是一码事。《孟姜女》出 5 期，抗战前夕停止。"

事卷的骷髅报恩故事又提供了另一佐证。

0694. 斗败阎王的小伙

1. 青年骑马路过高山。

2. 高山上滚下骷髅，被他扔掉。

3. 高山上滚下人头，被他拾起。

4. 人头帮助青年逃过被阎王治死的劫难。

5. 第一次，青年听了人头的话，将羊心丢进炉灶，要将躲在里面索命的大臣烧死。

6. 第二次，青年听了人头的话，将大树锯倒，将变成小鸟躲在树上索命的大臣赶走。

7. 第三次，青年听了人头的话，没有伤害驼羔，驼羔送他仙丹，让他再逃一劫。❶

讲述者：尼玛，男，44岁，蒙古族牧民。采录者：巴雅尔太，女，24岁，蒙古族。翻译者：乌恩奇。

---

❶ 钟敬文主编《中国民间故事集成（新疆卷）》，北京：中国 ISBN 中心，2008，第 1387-1389 页。

采录时间：1991 年。采录地点：和静县。

在被普罗普打碎分析的"会唱歌的心"中，在其功能项"九、灾难或缺失被告知"里面，有普罗普编制的第六个功能，被他简述为"该当送命的主人公被秘密放走，……杀了一只动物来充数，以便弄到肝和心来作为人已被杀的证明" ❶，我们拿来对照以上新疆故事的"5. 青年听了人头的话，将羊心丢进炉灶，要将躲在里面索命的大臣烧死"，能看到新疆故事与俄罗斯故事在此点上有相似性。海南故事卷也有骷髅报恩的故事。

378. 猎手斗鬼

1. 他去野外打猎，发现一个骷髅。

2. 骷髅感激他让自己重见天日，与他结为朋友。

3. 骷髅变成青年，与他一同出入。

4. 骷髅告诉他打猎的秘密，他不用费力就获得很

---

❶ ［俄］普罗普（Vladimir Propp）《故事形态学》，北京：中华书局，2006，第 35 页。

多猎物。

5. 他把打猎的秘密告诉弟弟，弟弟模仿他获取猎物。

6. 骷髅发现弟弟假冒，将弟弟害死，他决心为弟弟报仇。

7. 他打探到骷髅的致命处是害怕蜂蜡灌口，茅草缠身。

8. 他用此法制服骷髅。 ❶

讲述者：刘亚益，男，60 岁，黎族，南丁村农民，小学文化。采录者：洪德昌，男，35 岁，黎族，干部，高中文化。采录时间：1987 年。采录地点：白沙县。

据学者研究，海南岛是从南海沿线受印度影响的地区，前面一直在谈的骷髅报恩型故事，在东北有，在新疆有，现在发现海南也有。这种故事都在讲，生命

---

❶ 钟敬文主编《中国民间故事集成（海南卷）》，北京：中国 ISBN 中心，第 498-499 页。

的责任是要把自己的幸运传递给别人，而不是夺取别人的生命。

现在看亚型5，骷髅是人，击鼓鸣冤。这是一个公案故事，它肯定生命的权利，而生命的权利归子女与父母共同所有，受到法律的保护，如上面池田弘子和丁乃通都提到的《灰阑记》。

新疆史诗故事也讲生命的权利，但强调个体生命的权利是对家庭负责，故而不能轻言放弃。下面是在柯尔克孜族《玛纳斯》的故乡流传的故事。需要说明的是，虽然这个故事表面上也讲树神发声，但其深层含义是强调家庭团圆的重要性。

0387. 库姆孜的传说

（柯尔克孜族　阿图什市）

树干发出声音。1. 发现声音。①王子在山中打猎，休息时听到奇妙的声音，他被这声音迷住。②王子找到发音的地方，原来是一棵枯松上缠绕的几根干羊肠子，被山风一吹，发出动人的音响。2. 把声音与树枝一起保留。王子将枯松与羊肠一起砍下来，带回家。

音乐（乐器）的由来。1. 求助。①王子回家后，发现公主和儿子已死。②王子把枯松和羊肠立在妻儿的坟前，每天去坟前拨动枯枝和羊肠，发出悲切委婉的音响。2. 制琴。①王子用松木做琴身，用干羊肠线做琴弦，每天拨弄琴弦，向妻儿倾诉思念之情。②王子在汗王去世后被接回家乡，他仍然用琴声述说自己的坎坷人生。③人们被王子感动，把这种乐器叫"库姆孜"。

异文一

音乐（乐器）的由来。公主死后，丈夫求助于音乐抚平哀伤。他用公主亲手砍下的松枝做琴身，绷上她亲手理出的羊肠线做琴弦，制造出了一把能发出奇妙声音的琴。丈夫抚琴，诉说对妻子的思念。这就是传说中最早的库姆孜琴。

讲述者：托列克·托略干，男，柯尔克孜族，阿图什市哈拉峻乡牧民。采录、翻译者：张彦平。采录时间：1991 年。采录地点：阿图什市哈拉峻乡❶。

新疆哈萨克族人民也有同类故事，具体如下：

0386. 冬不拉的由来

（哈萨克族　新源县）

树干发出声音。美丽的哈萨克族姑娘提出让松树唱歌说话的条件。

谁能做到，她就嫁给谁。王子听到后，驮着财宝离开。巴依听到后，垂头丧气地溜走。小伙子听到风吹挂在松树上的羊肠作响，用干松木和羊肠做了乐器冬不拉。小伙弹着冬不拉，唱着歌曲求婚。小伙与姑娘成亲。

讲述者：夏何，男，哈萨克族，新源县那拉提乡牧民。采录者：坎奇，男，哈萨克族。翻译者：常

---

❶ 钟敬文主编《中国民间故事集成（新疆卷）》，北京：中国 ISBN 中心，第 532-534 页。

世杰。采录时间：1988 年。采录地点：新源县那拉提乡。❶

这种故事的分布是有规律的，几乎没有一个来自内地。它们分布在云南、海南和新疆。这些地区在历史上都与印度文化交流密切，故事中不乏佛教影响，季羡林曾反复指出此点。

（二）从普罗普的研究看钟敬文

本书已多次提到普罗普，他是民俗学领域的结构主义大师。他在《故事形态学》中提出了一个理论界从未采用过的新颖方法，即按照"中心角色"分类，让角色承担功能，再从功能中抽取功能项，功能在功能项下自由组合，再由功能项携带功能分层搭建故事结构。他告诉我们，所有的故事文本和故事情节单元都是现象，从现象到理论是一个从单纯文本到混合体的复杂过程，通过他的研究把以往 AT 中的两个文本构成要素"流传地

---

❶ 钟敬文主编《中国民间故事集成（新疆卷）》，北京：中国 ISBN 中心，2008，第 530-531 页。

区"和"文献来源"勾连为一体考察，也把对 AT 类型研究做成了一个方法论框架。他的理论和方法在过去的整整一个世纪都产生了巨大的影响，连芬兰学派都称服。普罗普对 AT 的批评是自觉的，回顾他的理论与方法对本书讨论的民俗体裁学和新疆史诗故事群的分析是有帮助的，以下对此做简要讨论。

普罗普在《故事形态学》中对阿尔奈 1911 年版的 AT 分类法提出了严厉的批评❶。阿尔奈采用了俄罗斯学者阿法纳西耶夫的故事集，普罗普也采用了阿法纳西耶夫的同一本书。❷ 但他的观点不同，他沿用了维谢洛夫斯基在 1913 年提出的对母题与情节关系的疑问，❸ 认为 AT 只提出了母题与情节的一般性划分原则，却没有将两者区分开来。他这个问题的出发点是十分关键的。我们看他的学说的要点是：口头文本的母题是民俗形象单元，研究者需要为这个形象单元设定一个概念，同时也是一

---

❶ ［俄］普罗普（Vladimir Propp）《故事形态学》，贾放译，北京：中华书局，2006，第 7 页。

❷ ［俄］普罗普（Vladimir Propp）《故事形态学》，贾放译，北京：中华书局，2006，第 2，21 页。

❸ ［俄］普罗普（Vladimir Propp）《故事形态学》，贾放译，北京：中华书局，2006，第 11 页。

个指示物，即"中心角色"，才能接下去进行研究。口头文本的情节是民俗流动要素单元，情节充满了变化，时刻处于组合的状态之中。芬兰学派把母题与情节混编为一个类型，做成了单一模式，就给民间文学的理论分析设置了障碍。这样就无法解决两个问题：一是母题的变化小，情节变化大，如何建立统一的表达式？二是 AT 把情节单元做成单一模式，不能拆句变成最小单位，这样就无法处理口头文本的多元模式文本。❶

如何克服 AT 情节单元法的弊病呢？用普罗普的学说分析，芬兰学派的不足在于提前预设框架，造成"分类不是在描述之后，而是描述在先入为主的分类框架中进行"❷，这样就把民俗文本的分析给简单化了。普罗普说，在这个世界上，到哪里去找到那么简单的故事文本呢？只有去找农民。"结构单纯的故事只是农民所特有的，而且是很少接触文明的农民"，但是，"我们只要一越出绝对原汁原味的故事的界限，麻烦就开始了。阿法纳西耶

---

❶ ［俄］普罗普（Vladimir Propp）《故事形态学》，贾放译，北京：中华书局，2006，第 11 页。

❷ ［俄］普罗普（Vladimir Propp）《故事形态学》，贾放译，北京：中华书局，2006，第 10 页。

夫的集子在这方面是绝好的材料"❶。在普罗普的方法论中，有"中心角色"的核心概念，有围绕这个概念的指示物，就能重新处理母题和情节的非平衡现象，直面复杂，解开乱麻。按照他的分析，中心角色位于叙事的表层，但比较稳定，大都是母题的符号；功能是角色的行动❷，位于叙事的深层，由情节推进和执行，流动性大。但功能又不是平列的，还可以分为基本功能和具体功能。其中，基本功能相对稳定，具体功能易于流动，具体功能辅助基本功能。在口头叙事中，基本功能与具体功结合并发挥作用的那个层面，就是功能项，功能项的构成与排序有自己的内部逻辑。在此，我们要指出，普罗普构建的"内部逻辑"指对同质文本范畴而言。在这个范畴内，他做了四个假设：（1）功能是故事中的连续要素和稳定要素。（2）故事的已知功能项是有限的。（3）功能项的内在秩序总是同一的。（4）所有故事异文的构成都是单一类型。❸ 他还

---

❶　[俄]普罗普（Vladimir Propp）《故事形态学》，贾放译，北京：中华书局，2006，第96页。

❷　[俄]普罗普（Vladimir Propp）《故事形态学》，贾放译，北京：中华书局，2006，第18页。

❸　[俄]普罗普（Vladimir Propp）《故事形态学》，贾放译，北京：中华书局，2006，第18-20页。

提示，即便在同一文化内部也有"整个体裁的同化和交叉的情况，那造成的有时就是十分复杂的混合体"❶。他的学说从建立概念、构建逻辑、设定假设、提出方法步骤到整体分析，完成了自己的结构主义理论体系。

普罗普对神奇故事的研究包括"会唱歌的心"，他对于该类型的母题五个功能项进行了阐述，它们是："九、灾难或缺失被告知""十一、主人公离家""十二、主人公经受考验""十三、主人公对未来赠予者的行动做出反应"和"十四、宝物落入主人公的掌握之中"。❷

我们阅读这五个功能项的篇章可见，普罗普所说的"会唱歌的心"，已经按照他提出的故事功能可以拆分和组合的思维逻辑和工作方法，被打乱拆解，他将之切分为最小单位的有机要素。他再从最小单位中提取新的意义单位，将之抽象为功能项。在功能项的层面上，进行结构形式的理论研究。研究者要具体找到某个类型，需

---

❶ ［俄］普罗普（Vladimir Propp）《故事形态学》，贾放译，北京：中华书局，2006，第97页。

❷ ［俄］普罗普（Vladimir Propp）《故事形态学》，贾放译，北京：中华书局，2006，第33-45页。

要循着他的方法框架找到最小单位的有机要素，再做功能项的组合，该类型才能再现出来。例如"会唱歌的心"的情节单元，被放入"十二、主人公经受考验"，普罗普将骨头发声的功能归类为"垂死者或死者求助"❶。"唱哀歌"的情节单元，被放入"九、灾难或缺失被告知"，普罗普将以唱歌宣告灾难信息的功能概括为："这一形式上杀害（唱歌的是活下来的弟弟等人），是施魔术驱赶、偷换所特有的。灾难因此而为人所知。"❷普罗普将骷髅遇到报恩对象的新情节单元的主人公命名为"赠予者"，将之放入"十一、主人公离家"，将新主人公为受害者提供帮助的功能概括为："新人物进入了故事，他可以被称为赠予者，或者用更为准确的说法，是提供者。通常是在树林里、路上等地方偶然碰到他。"❸

　　如何对位于底层的功能和位于第二层的"功能项"系统联系起来做分析呢？我们再看"会唱歌的心"，普罗

❶　［俄］普罗普（Vladimir Propp）《故事形态学》，贾放译，北京：中华书局，2006，第37页。

❷　［俄］普罗普（Vladimir Propp）《故事形态学》，贾放译，北京：中华书局，2006，第35页。

❸　［俄］普罗普（Vladimir Propp）《故事形态学》，贾放译，北京：中华书局，2006，第36页。

普的办法是做第三层，即建立符号系统。例如，他将位于功能项"十二"中的最小单位有机要素"死者求情"的功能用俄文字母 Д3 表示，然后指出，如果将 Д3 从功能项"十二"中提出来，与功能项"十四"的 3 个 Z 字母打头的最小单位有机要素的"转交""发现"和"现象"的三个功能组合，也就是说，用 Д3 去组合"Z1 转交""Z5 发现"和"Z6 现象"，形成 4 个最小单位的有机要素 Д3+ Z1+ Z5+ Z6 的序列，再到"十二"+"十四"的 2 个功能项层面上做抽象归纳，就能看到"求助者——赠予者——提供者"的逻辑脉络，骷髅遇害真相大白的故事类型就可以还原如初了❶，普罗普认为，用这种方法"从整体上可以判定一些变体与另一些变体有着宽泛的替代性"❷。我们能看到，在普罗普的研究中，故事类型的功能都是现象，现象是汪洋大海。学者要观海，就要找到船，在海上航行。船就是功能项。但这还不够，还要给不同的海域和不同的航船编号，编号就是符号。

---

❶ ［俄］普罗普（Vladimir Propp）《故事形态学》，贾放译，北京：中华书局，2006，第 37，42 页。

❷ ［俄］普罗普（Vladimir Propp）《故事形态学》，贾放译，北京：中华书局，2006，第 42 页。

将在不同海域行驶的不同航船编为航班，再由航班路线驶向目标。这套方法的实质，用普罗普自己的话说，就是"在做直接分析时这项功能被分解为各个组成部分，但对于我们的目的来说这无关紧要"❶，他的目的是要研究故事，而不是讲故事，这是普罗普的方法比芬兰学派的 AT 更有理论性的地方。

钟敬文在 1927 年和 1928 年发表关于"骸骨呻吟式"译文和 1928 年发表"吹箫型"等同类型研究文章的时间，跟普罗普发表神奇故事研究成果的时间十分相近。两人的差别是，钟敬文没有继续做故事形式研究，而普罗普不但做了形式研究，还发明了结构分析法。钟敬文走的是内容研究路线，这使他的学术研究节奏慢下来，补充文化学理论和大量的文献史料，去辅助他完成故事内容分析的目标。四年后，1932 年，他发表了研究中国天鹅处女型故事类型的论文❷，一举成名，但这时与他同道的是日本学者，不是普罗普。普罗普的学说尽管震惊世界，但从本质上说，他

---

❶ ［俄］普罗普（Vladimir Propp）《故事形态学》，贾放译，北京：中华书局，2006，第 59 页。

❷ 钟敬文《中国的天鹅处女型故事》，钟敬文《钟敬文民间文学论集》（下），上海：上海文艺出版社，1985，第 36-73 页。

还是一个在纸面上做文章的民俗学者。他说，要把注意力放在文本上，"转向单个的文本。该图式如何运用于文本的问题，对图式而言单个故事是什么的问题，只有在文本分析中才能找到解答"❶。他的本钱是文本，还不是文化。

早期芬兰学派、钟敬文和普罗普都处于经典民俗学时代，那个时代的学者所抱有的科学精神和科学研究态度令人肃然起敬。对这一整个时代的认识论和方法论的特点，乐黛云曾指出："认真决定于公式、定义、区分和推论，它叙述的是一个可信赖的主体，现在也要去'认识'一个相对确定的客体，从而将它定义、划分、归类到我们已有的认识论的框架之中。"今天是反思经典民俗学的时代，怎样看待以往的认识论和方法论？在此仍借用乐黛云的话："互动认知的思维方式强调主体和他者在认知过程中都有所改变并带来新的进展。"❷

当代民俗叙事学的研究表明，各国故事都是在自我与他者文化的多元社会中生长的，在学者予以多元文化

---

❶ ［俄］普罗普（Vladimir Propp）《故事形态学》，贾放译，北京：中华书局，2006，第59页。

❷ 乐黛云《差别与对话》，收入《民俗典籍文字研究》2017年第18辑，第26页，北京：商务印书馆，2017。

的分析后方显出争奇斗艳，民俗体裁学的研究不能忽视这个规律而只做纸面游戏。

小结：代神与代人

从民俗体裁学的角度分析"会唱歌的心"，会产生一些新认识，这里主要谈两点。

第一，宗教学与民俗信仰。中西故事中的"骨头"的概念不同。西方故事中的骨头的本质是神或"代神"，中国故事的骨头的实质是"人"或"代人"，这种概念的差别与各自宗教传统和民俗信仰的差异有关。西方路德宗教改革后，对原罪的意义有所解放，故事中用孩子的声音表达了这种变化，一些骨头成为带有原罪的灵魂，可以通过皈依基督教得到拯救。在基督教教义民俗化的故事中，保留儿童民俗，这给家庭民俗的传承留下了余地。

在中国故事中，骨头的实质是代人。虽然骨头处于生死两界的边缘，但也是神人交流的中介，能将中国的儒释道的爱人文化融合在一起。在前人的研究中，以《列子》为例，钟敬文和季羡林研究都已为后学拓荒，特别是在解释宇宙观的故事类型方面，钟敬文与季羡林的讨论正好反映了这方面资料的丰富性和研究空间的庞大。尤里·别列斯基断定解释宇宙观的故事类型变化少，钟、季告诉我们，解释宇宙观的故事类型在中国变化十分丰富。普罗普同时期在俄罗斯研究了这个类型，将之列入31个功能项中的5个（九、十一、十二、十三、十四）。20世纪30年代以后，直至20世纪70年代，又有艾伯华、池田弘子和丁乃通陆续加入了这场讨论，所涉及的故事原型也都是上述分析的"1. 和3."，没有超出钟敬文的发现范围。季羡林因20世纪40年代讨论《列子》而间接地涉及这个类型的研究，它们都是前人奠定的基础。但这还不够，没有新疆史诗故事群的补充也不行。新疆史诗故事群在这一研究中的地位在于为"会唱歌的心"的故事类型补充了长期缺乏骨头唱歌和相关音乐、乐曲的资料。

我们在补入新疆史诗故事群的资料后又发现，仅仅使用经典民俗学的几种方法研究这个类型都不透彻，因为它们原来都耽于文本分析而不能用现代文化科学的理论和方法做连续解释。AT虽然是经典民俗学的代表性方法，能够描述故事文本的国家分布状况，但相同文化内部的故事本文之间也有地方的和民族的差异，AT却在处理这些差异上无所作为。近年维护文化多样性的呼声日高，尊重文化差异的重要性已经体现出来，于是经典的AT被束之高阁，无从落地。普罗普功能项学说为故事文本的文化学阐释提供了一条思想隧道，他的公式也很漂亮，但已没有再生的余地，因为文本的社会结构和文化承担者被他抽空了，公式就成了纸面假设。

在近年对新疆柯尔克孜族民俗信仰的田野调查中发现，"会唱歌的心"的故事类型，在当地社会有对应的麻扎仪式长期流传。人们在仪式中崇拜和祭祀"骨头"，认为那是英雄玛纳斯的神勇坐骑的"马骨头"。还有，人们也崇拜和祭祀"马尾"，有关它的故事讲述当地人用马尾制作民族乐器，弹唱民族英雄玛纳斯，歌颂美好的爱情。田野调查者是柯尔克孜族青年学者古丽巴哈尔·胡吉西和参与调查的她的亲人们，下面引用报告的原文：

（在柯尔克孜族麻扎上）动物头骨和动物尾巴都是常见的祭祀物品，……一般是马头骨，也有骆驼头骨。将马头骨或骆驼头骨放置于麻扎的习俗较为普遍。为了出色的赛马或自己心爱的马的头骨不被践踏，人们将马头骨置于麻扎，并且将马头骨的上下颚用铁丝缠住，以免马头骨散架。这种习俗有两层含义，一是体现了柯尔克孜族人对动物特别是对马的崇拜；二是体现了柯尔克孜族人的麻扎信仰。因为麻扎神圣，柯尔克孜族人才把崇拜动物的头骨或角置于麻扎。在一些麻扎也可以看到压在麻扎的石头下或者绑在麻扎的木杆上的动物尾巴，以马尾巴居多。在一些村落的墓地上也有立杆绑上牦牛尾巴的现象。……在一些麻扎可以看到珠子、纽扣、镜子、刀子、打火机、钱币、笔、发卡、耳环、项链、瓶子、柴火等物品。有些麻扎还放有馕。民间对此的解释是，当一个人路过麻扎时一定要留下自己的一个东西再过。❶

在本民族故事与信仰紧密结合的叙事面前，也许其他外来解释都是多余的，但我们仍要感叹："会唱歌的心"与"会唱歌的骨头"在此共同呈现的学术价值不可低估。设若没有新疆史诗故事群，只看故事文本，我们已感受到它魅力四射；现在结合民俗信仰仪式考察故事文本，我们更能认识到仪式深刻，叙事完整。中国这类故事的突出特

---

❶ 古丽巴哈尔·胡吉西《新疆柯尔克孜族麻扎民俗志》，北京师范大学博士学位论文，博士生导师：董晓萍教授，答辩时间：2014 年 5 月。打印稿，第 156-157 页。

点是强调入世，反对对生命的无谓处理，其对理想的生命价值的追求，对个体生命权利的赞美，都体现了这一点，这种思想观念还伴随着仪式的文化引导和重复行为的社会示范，渗透到当地社会的日常生活中，形成人民的生活规范。民俗体裁学有一个期待，就是把故事事实当作社会事实和生活事实研究，在这里正好实现。

第二，同质故事与异质故事。以新疆史诗故事群为例，一般研究认为，同质故事的概念，主要指在相同社会历史条件下长期共存与发展的柯尔克孜民族成员所专享的《玛纳斯》史诗故事，但至少"会唱歌的心"的故事类型告诉我们，事实并非如此。柯尔克孜族的《玛纳斯》史诗故事是整体新疆史诗故事群的组成部分，"会唱歌的骨头"同样在维吾尔族史诗《乌古斯汗传》中也有神圣的信仰意义，喀什地区的维吾尔族家族仍习惯于将儿童的生命安全系于"狼骨"，要为新生儿佩戴"狼骨"，当作护身符，直到今天，这种骨头的价格仍然很贵❶。总之，这个故事群既有地方社会内部文化的同质性质，也

---

❶　热夜万古丽·依力尼亚孜《维吾尔族英雄史诗"乌古斯汗传"母题的现代传承》，北京师范大学 2016 年 8 月"跨文化学研究生国际课程班"新疆学员论文，第 11 页，指导教师：古丽巴哈尔·胡吉西。打印本。

有跨文化的异质性质。被高声歌唱的《玛纳斯》故事类型被认为是英雄玛纳斯的观点，玛纳斯和他的英雄团队是一个永远团结奋进的形象，有关《玛纳斯》史诗故事的歌声带动新疆各族人民对内团结，对外交流，建设新疆美好生活。

社会文化的重要性

新疆史诗故事群的传承对国家与地方社会建设具有重要价值，主要有四：一是对史诗成为跨文化文本的价值，二是本民族讲述人的重要价值，三是利用民俗信仰构建社会变迁合理性的价值，四是对史诗故事参与塑造国家民族文化形象的价值，本节对此简要阐述。

一、史诗成为跨文化文本的价值

新疆《玛纳斯》史诗故事群长期在柯尔克孜族和新疆境内外多民族流传，引起很多中外学者的关注。从理论上说，这是因为这部史诗的性质就是跨文化文本，而它丰沛的故事资源又给史诗增加了新的世界性要素。它是在庄严庆典和日常生活中都可以演唱的共享文化，也是在新疆境内和国外都可以表演的跨国文化。它所拥有的这种"跨"历史和"文化"含义网的条件相当成熟。新疆史诗故事群或者保留自然体裁的民俗思维方式，或者发挥民俗体裁的整体效应，根据本身的社会文化问题产生经验性的自我特征，这些都是可能的。

二、本民族讲述人的重要价值

新疆史诗故事群的成功保存取决于它有一支在跨文化环境扎根成长和跨文化传承的人才队伍。这批人被敬称为"玛纳斯奇"，拥有全民族赋予的特殊命名，具备了演唱和诠释《玛纳斯》的权威身份。他们的世代存在和跨国名气，使《玛纳斯》史诗故事群成为本民族生存和地方社会发展的自我工具。在传统社会里，史诗故事群是精确传达内部社会思想的自我学校，用来描述、讨论和思考自我民族和自我社会的重要问题，处理自我与他者的紧张关系。史诗故事群发挥文化交流作用的途径，不是从一种文化到另一种文化的全部吸收，而是找到可以促成共同理解和共同掌握日常共存经验的故事类型结合点，展开民俗叙事，这样的史诗故事传承人就能不断地释放正能量，并有一定的思想引导力。

在柯尔克孜族学者曼拜特·吐尔地撰写的《柯尔克孜文学史》一书中，记录了当地本民族晚清至中华人民共和国建立初期的 3 位著名《玛纳斯》传承人；《中国民间故事集成（新疆卷）》记录了 8 位传承人的资料，共计11 人（参见附录三）。这些传承人的共同特点是全部拥有《玛纳斯》史诗传承人兼故事讲述人的身份，他们掌握这批史诗故事的精华，各个练就了惊世绝活。居素普·玛玛依是他们中间寿命最长和后期名气最大的一位；但论跨文化的资历最高、跨文化的游历时间最长的要数艾什玛特。艾什玛特的史诗故事唱本是从清代留传下来，他的第一个老师是自己的父亲，父亲是当地有名的玛纳斯奇。艾什玛特少年时代就到俄罗斯和吉尔吉斯斯坦的玛纳斯奇身边拜师学艺，青年时代的表演水平已达到炉火纯青的境界，观者如云。20 世纪前半叶，他的演唱足迹到达吉尔吉斯斯坦、俄罗斯和中亚其他国家。我国与这些国家之间的边境线当时已经划定，但跨境生活的"柯尔克孜族却毫无阻碍地相互来往"，艾什玛特也同样可以自由出入。他在这种环境中"成了一位能够演唱几天几夜甚至几个月的《玛纳斯》演唱大师"。他常年"跨越时间和空间、国界与制度的障碍，为《玛纳斯》史诗广泛流传和保存于柯尔克孜族民间做出了巨大贡献"，被本民族学者誉为"跨国界的玛纳斯奇"❶。

曼拜特·吐尔地认为，艾什玛特的唱本与今天看到的唱本有所不同，是更为传统、更为古老的一个版本。他站在现代史诗学的立场，将艾什玛特的文本称作一种"变体"，又将居素普·玛玛依的唱本称作另一种"变体"，经过比较后指出，艾什玛特的变体在内容、形式、结构和语言上都有独特的魅力，"如果他所演唱的史诗七部内容都被记录下来的话，那么他的演唱变体无疑将成为能够与居素普·玛玛依的变体相媲美的又一珍贵变体"，如郎樱所说："艾什玛特的变体情节纯朴、内容古典，保持了较丰富的古老母题和古代文化内涵，语言古朴、叙事方法稳重。"❷

苏力坦阿里·包宝带，是柯尔克孜族祖先部落史诗的传承人和故事讲述者，能讲百篇量级的史诗故事。他

---

❶ 曼拜特·吐尔地《柯尔克孜文学史》，乌鲁木齐：天马出版社，2005，第142-143页。

❷ 曼拜特·吐尔地《柯尔克孜文学史》，乌鲁木齐：天马出版社，2005，第144页。

还能编制《柯尔克孜族年历》，在柯尔克孜族地区上知天文、下知地理，通晓民俗，是一位全能型的柯尔克孜族知识分子。

居素普·玛玛依是在艾什玛特之后成长起来的《玛纳斯》传承人，其生活的社会环境和时代条件已与艾什玛特完全不同。他比艾什玛特更多地接触到社会主义文化，多次到北京学习。他也曾到吉尔吉斯斯坦参加《玛纳斯》的演唱活动，在国家级场合认识自己与本民族史诗故事的关系。他的作用在《玛纳斯》申报世界非物质文化遗产的过程中得到充分显现，没有这样一位"活"着的玛纳斯奇，《玛纳斯》要进入世界文化殿堂便会美中不足。

卡德尔阿洪·依布拉音有与居素普·玛玛依同样的身份，是当地有名的玛纳斯奇兼故事家，能讲120多篇故事，本人还创作发表过柯尔克孜语和汉语的书面文学作品。

阿力腾哈孜克·车奥玛依，来自《玛纳斯》的三大流传地之一的特克斯县，他是目不识丁的牧民，却是远近闻名的百篇量级柯尔克孜故事家。

表演是史诗与生俱来的特征，史诗又将表演的特征传递给故事群。史诗故事群的讲述人在这一过程中的讲述活动展现了《玛纳斯》赋予他们的宇宙观和人生观，以及他们将这些观念准确地传递给现实社会听众的可能性。表演同时是史诗故事口语文本被话语化的社会参照物，新疆地区的社会文化又决定了这种讲述是一个特色文本。

在《中国民间故事集成（新疆卷）》开始全面搜集的时候，他们都已步入老年，到了表演《玛纳斯》的最后阶段，因而都会倾囊而出、毫无保留。他们的唱本在1995年全球化大潮来到中国之前被搜集和保存是难能可贵的，他们与《玛纳斯》史诗故事群一样重要，有了他们，新疆人民的精神世界就有了祖先赋予的和后世不断锻造的伟大灵魂。

三、利用民俗信仰构建社会变迁合理性的价值

新疆史诗故事群的生命力在于它是民俗信仰体裁。人们对它的兴趣，有赖于它在自我信仰系统中的描述能力和沟通能力。其中，自然体裁的历史性信仰要求增加对历史上的本地本民族自我概念的描述，然后它的神话、传说、故事等各种体裁才会在现代语境中产生功能。民俗体裁要与自然信仰系统重新结合，形成普罗普说的新

功能，这样它们才能产生信仰的含义，对应所依附的面向和解决社会文化变迁问题的责任。

我们对《玛纳斯》史诗故事群传承现状做了统计，将所示新疆柯尔克孜族新疆《玛纳斯》史诗故事母题数据，与新疆全境 13 个民族故事传承的《玛纳斯》史诗故事母题数据两相比较（参见附录二中的表 1 与表 2），仅以排序在前 10 位的母题有 22 个，分别是："求助""四十的风俗""英雄回家""杀死妖怪""地名的由来""奇异的婚姻""猎鹰""托梦""找金鸟""英雄出征""仙药""英雄的助手帮他战胜敌人""寄魂物""动物朋友""宝物""创世纪""奇异出生""英雄睡觉""为娶亲满足国王苛刻条件""忘记嘱咐""动物失去身体的一部分""兽皮（穿上或烧掉兽皮）"，母题重复率达到 80%。再将全部 70 种母题和主题加起来统计，重复率达到 70% 以上。对这种母题联网的现象，我们可以概括为文化含义网。在这个文化含义网中，包括自我信仰、自然体裁、民俗体裁、宗教文本、书面文献、考古出土文物文化，以及当地长期文化建设和地方社会持续发展所生成的知识。这个文化含义网的含义不是在某个故事中发生的；而是在自我文化衰落中发生的，又在自我与他者社会文化共生的语境中获得的新发现。它不是一个固定的文本，而是一个不断构建社会变迁合理性的过程，文化含义网的含义的实质，是在具体社会的传统文化与经验性现实之间能够产生驱动力和穿越效果的含义。

在新疆史诗故事群中，柯尔克孜族人的自我信仰处于核心位置，这种特征体现在柯尔克孜本民族祭奠玛纳斯的麻扎仪式中。柯尔克孜族人崇拜树木、地缝、湖水、英雄陵墓、马骨和兽骨，每年都要对此朝拜。柯尔克孜族人还在麻扎中四处放置野山羊角、马头骨和骆驼头骨，面向圣骨祭奠玛纳斯这位民族祖先和民族英雄。柯尔克孜族人对柳树的崇拜也异乎寻常，居素普·玛玛依在1964年的《玛纳斯》唱本中唱道："断枝起誓的规矩多。"这个文本的汉译者在这里做了一个注释，写道："断枝，柯尔克孜族人起誓，常拿着一段柳枝，谁若违背誓言，就会像柳枝一样被折断。"❶ 这种柳树信仰与段

---

❶ 贺继宏主编《柯尔克孜民间文学精品选》（第一集）第69页注释①，解释《第一部 玛纳斯》（节选），根据居素普·玛玛依1964年演唱的《玛纳斯》，柯尔克孜文稿翻译：刘发俊、朱玛拉依，北京：中国文联出版社，2003。

晴研究的《吉尔伽美什》"怪柳"母题有相似性，不经柯尔克孜本民族的歌手演唱出来，人们就不能向遥远中亚的另一部史诗产生联想，柯尔克孜族人把自我分散的农牧区与他者的外部世界联系在一起。居素普·玛玛依的1964年《玛纳斯》唱本还有一句唱词，演唱维吾尔族史诗《乌古斯》的英雄祖先："别兑耐长到了九岁，在乌古斯人中很有名气。"对这句词，汉译本也做了注释："（维吾尔族是）突厥语部族之一，传说乌古斯可汗是突厥语诸部之祖先，故也将突厥语诸部统称为乌古斯人。"❶ 新疆维吾尔自治区各民族人民都有自己的文化传统，史诗故事群的自我信仰系统是生产自我与他者文化交流意义的体裁，因为能够参与构建社会现实性。

在新疆史诗故事群的自我信仰系统中，仅有自然体裁和民俗体裁与原有信仰系统的结合还是不够的，还要补充其他超自然的力量。后世社会进入新疆的佛教、祆教、伊斯兰教等也都对新疆史诗故事群的传承产生了很

---

❶ 贺继宏主编《柯尔克孜民间文学精品选》（第一集）第 75 页注释①，解释《第一部 玛纳斯》（节选），根据居素普·玛玛依 1964 年演唱的《玛纳斯》，柯尔克孜文稿翻译：刘发俊、朱玛拉依，北京：中国文联出版社，2003。

多影响，新疆柯尔克孜族人民利用新旧信仰结合的超现实强大力量构建信仰生存传承与信仰衰微现实冲突之间的认同。这种自我信仰系统是一种地方社会的集体性文化和经验性文化，它对个体文本的阐释是十分有限的。

四、史诗故事参与塑造国家民族文化形象的价值

我们今天需要重新认识文化自觉的意义。文化自觉依赖于思想概念、想象和国家民族情感的唤醒，还需要反复参考民俗模式、文化模式和民俗知识去巩固。此外，没有任何主流话语权的民俗体裁也会失去发展的社会动力，而民俗体裁与主流话语权的关系处于动态的建构之中，民俗学者要从这个角度关注史诗故事群的文化自觉，这也是十分重要的。

我们继续分析附录二中的表1与表2，多少可以看到，史诗故事群在这种动态建构的过程中凝练了中国特色。从对表1的统计看，柯尔克孜族史诗故事母题共480条，"地下世界"母题共316条，"地下世界"型就占了本民族母题总数的66%。西方史诗学看中的"创世

纪"母题仅有 13 条，只占柯尔克孜族史诗故事母题总数的 2.7%。再看"会唱歌的心"型，共 24 条，占柯尔克孜族史诗故事母题总数的 5%，还是比"创世纪"母题的数据高出约 1 倍。从对表 2 的统计看，新疆 13 个民族中所集体分享的《玛纳斯》史诗故事，共有母题总数 2 315 条，其中"地下世界"1 270 条，占新疆故事母题总数的 55%；"创世纪"母题 79 条，只占总数的 3%；"会唱歌的心"113 条，占总数的 5%；总之即便在全疆流传的"会唱歌的心"，也只比"创世纪"母题高出近 1 倍。将两张表合并统计，共有母题 2 795 条（这次是将柯尔克孜族母题与新疆各民族故事母题一起统计），共有"地下世界"1 586 条，占母题总数据比例的 57%，共有"会唱歌的心"137 条，占母题总数据比例的 5%；"创世纪"92 条，占母题总数比例的 3%。而事实上史诗故事群的"地下世界"型与"会唱歌的心"又经常组合登场，这样的例子我们在前面也提到过，那么两者的数据加起来，再与"创世纪"母题相比较，彼此的差距就更为明显。何况"地下世界"与"会唱歌的心"都早在千年前就被《列子》所记载，源远流长自不必说。总而言之，说两者不是中国史诗的特色，恐怕连西方人都不信。

新疆史诗故事群的文化自觉，也与史诗《玛纳斯》在跨文化的多义情境中生存发展有关。无论是艾什玛特红遍 20 世纪前半叶的演唱，还是居素普·玛玛依后成名于 20 世纪后半叶的演唱，以及被录入《中国民间故事集成（新疆卷）》的大批讲述人资料，都在告诉我们，《玛纳斯》传达了远比同质社会的概念更为复杂的异质社会的意义，同时《玛纳斯》史诗故事群的每个异文又都最能表现这部史诗的自我特征，展现史诗所要表达的文化自觉。

新疆史诗故事群的现代意义是如何形成的？同样是在异质社会的多义情境中形成的。由于这部史诗和它的故事群有长期跨文化的历史传统和社会基础，因此在现代社会中表现出争取并获得当代阐释的机会的能力，史诗与《中国民间故事集成（新疆卷）》的搜集与研究的结合，正好抓住这种机会。这种史诗故事群的本质是运用民族语言艺术表达宏大社会，它的上下文决不是一个个母题句子的组合，而是由跨文化的多义情境打造的史诗自身形式，包括各个层级话语的逻辑排序、独白和复调的双重隐喻用语，以及在史诗故事群的深层形成的数个语义维度，史诗故事群正是在此期间把国家民族形象放在文化含义网中，参与塑造国家社会的文化形象。

小结：一元结构与二元结构

进入全球化时代以来，民俗学已定位为经验科学和理论科学二元结构的人文科学，并转向跨文化研究。

民俗学自从突破单一进化论和直线进化论之后，在坚持以本国民俗研究为主体的前提下，重新思考现代文化的民俗化与国际化的关系。民俗学者认识到，人类的历史是人类社会在全球范围内发展的历史，人类社会的文化在大范围地跨文化，民俗学需要开展跨文化研究，建设跨文化的民俗学理论系统。

跨文化民俗学的研究重点之一是民俗体裁学，民俗体裁学的研究对象是民俗体裁。民俗体裁由故事与信仰共同体转化而来，另外，还有大量的自然体裁。不同文化间的自然体裁和民俗体裁都是经验主义的，受到文化传统和地方风俗的制约，容易互相排斥，民俗体裁学所研究和建设的民俗体裁是跨文化性的，有能力包容他者和凝聚多元。

民俗体裁学的研究目标是建立经验科学与理论科学

互为依存的科学，两者之间的桥梁是现象学，芬兰的劳里·航克、俄罗斯的普罗普创立和阐释了现象学理论和现象学方法，中国学者钟敬文、季羡林等也构建了一套适合中国实际的研究理论与方法。建设民俗体裁学，还需要在跨文化的视野下，解决多元起源和多元进化的复杂问题，同时关注研究具体社会环境中的民俗叙事社会功能和精神信仰仪式，而两者都能最大限度地接近传统，又能不同程度地传承。要把民俗学曾经专注的文本研究转向社会研究、思想研究和对话研究，将口头文本、书面文本、宗教教本、考古文物、不同文化分层的文本和民俗信仰仪式等都搜集起来做整体考察，揭示民俗思维、文化自觉和主流话语权的动态运行规则。总之，通过从经验科学转向理论科学的实际步骤，逐步达到二元结构共有、结为一体的状态。

资料系统、编制原则与结构体例

本书设附录部分，用以专门说明新疆史诗故事类型的基础研究部分的资料系统、工作过程与研究方法。

新疆史诗故事类型与母题（以下简称"本故事类型"）的资料系统由多民族搜集资料和多学科研究资料构成。关于故事类型的编制，以钟敬文主编、《中国民间故事集成（新疆卷）》编辑委员会编《中国民间故事集成（新疆卷）》所收全部故事记录本为主。❶ 其他参考资料有：《中国民间故事集成（新疆卷）》县卷本，包括新疆境内轮台、库车、阿克苏、阿图什、疏附、疏勒、英吉沙、喀什、岳普湖、莎车、乌恰、乌什、和田、洛浦、

---

❶ 钟敬文主编《中国民间故事集成（新疆卷）》，北京：中国 ISBN 中心，2008。

于田、塔什库尔干等 35 县（市、区）的 41 册本民族语言记录本❶，《柯尔克孜民间文学精品选》（全三集）❷，居素甫·玛玛依《玛纳斯》演唱本（全四卷）❸，季羡林等校注《大唐西域记》和《吐火罗文 A（焉耆文）》出土文献研究❹，郎樱关于新疆柯尔克孜族《玛纳斯》史诗和其

❶ 文化部民族民间文艺中心存藏《中国民间故事集成（新疆卷）》县卷本 41 册，由文化部民族民间文艺研究中心李松主任率同仁在"中国民族民间十部文艺集成"工程完成后，以高度责任心从民间搜集和收购所得，全部提供国家存藏和学术研究使用。所有县卷本都是民族语文记录本，由于缺乏民间语言翻译人才，至今尚无汉译本。本次对这部分资料主要用作参考，引用不多。

❷ 贺继宏主编、克孜勒苏柯尔克孜自治州党委史志办、新疆维吾尔自治区民间文艺家协会编《柯尔克孜民间文学精品选》（全三集）包括：《第一集〈玛纳斯〉居素甫·玛玛依唱本精选》《第二集〈玛纳斯〉其他变体精选》和《第三集 叙事诗精选》，北京：中国文联出版社，2003。

❸ 《玛纳斯》汉译工作委员会编《居素甫·玛玛依〈玛纳斯〉演唱本》（全四卷），朱玛克·卡德尔、阿地里·居玛吐尔地等翻译校注，贺继宏编辑整理，包括：《〈玛纳斯〉第一部·卷一》《〈玛纳斯〉第一部·卷二》，《〈玛纳斯〉第一部·卷三》和《〈玛纳斯〉第一部·卷四》，收在"中国柯尔克孜族英雄史诗"丛书中，政府资助翻译出版，乌鲁木齐：天马出版社，2009。

❹ ［唐］玄奘、辩机原著，季羡林等校注《大唐西域记校注》（上），北京：中华书局，2000；季羡林《吐火罗文 A（焉耆文）〈弥勒会见记剧本〉与中国戏剧发展之关系》，收入季羡林《比较文学与民间文学》，北京：北京大学出版社，1991，第 358-359 页。

他史诗研究 **❶**，黄中祥关于新疆突厥语系哈萨克史诗故事研究和那木吉拉关于阿尔泰语系神话故事研究所使用的本地本民族资料等**❷**。

在资料使用原则上，主要使用已经出版的《中国民间故事集成（新疆卷）》为引文来源，并按照《中国民间故事集成（新疆卷）》原著的体例编制，保留原著的故事篇名和故事编号，不做任何更动。原著共收故事记录文本 1 025 篇，本书以每篇故事为单位，对应编制每个故事类型，共编制故事类型 1 025 个。对原著故事的异文，同步编制类型，但仍将之放到原篇目之后，不另设篇名和编号，以方便读者查阅原著。对其他参考资料的使用分两种情况处理：一是在研究过程中使用的资料，在正文中做注释说明；二是编制故事类型使用的参考资料，在本部分做注释说明，一并说明参与工作的新疆地区本

---

❶ 郎樱关于《玛纳斯》研究居素甫·玛玛依唱本的多部著作，本书在正文部分已多次引用，兹不赘述。关于郎樱参与其他柯尔克孜史诗"其他变体"研究的情况，参见曼拜特·吐尔地《柯尔克孜文学史》，乌鲁木齐：天马出版社，2005，重点看内封和第五章。

❷ 黄中祥《哈萨克英雄史诗与草原文化》，北京：中央编译出版社，2007。那木吉拉《中国阿尔泰语系诸民族神话比较研究》，北京：学习出版社，2010。

民族语言的翻译者姓名。

本故事类型的编制方法，参考当代国际民俗学界处理 AT 的方法，即对 AT 系统内的故事文本，使用情节单元法编制；对 AT 系统外的故事文本，使用段落法编制。但主要从新疆史诗故事群的实际出发，根据本书的研究目标，确定民俗单元，提取母题语和主题语，然后编制故事类型，这样做的目的，是可以比较清楚地体现新疆史诗故事类型的形式与内容，另外也可以做母题统计分析。

本故事类型的民族分布，与《中国民间故事集成（新疆卷）》中的民族排列顺序一致，并依故事类型所依据口头文本的篇名所在民族族属，统计该民族的故事类型在新疆地区省卷本故事类型总数中的所占比例，所得结果如下：柯尔克孜族，94 个，占 9%；维吾尔族，215 个，占 21%；汉族，167 个，占 16%；哈萨克族，151 个，占 15%；蒙古族，122 个，占 12%；塔吉克族，87 个，占 8%；回族，68 个，占 7%；锡伯族，42 个，占 4%；达斡尔族，27 个，占 3%；俄罗斯族，13 个，占 1%；塔塔尔族，11 个，占 1%，满族，3 个，占 0.3%；乌孜别克族，1 个，占 0.1%。

本故事类型样本的结构体例，依然按照本书研究的目标和作者使用民俗体裁学的观点与方法的统一逻辑进行架构，分成四个附录，提供给读者，它们是：附录一 资料系统、编制原则与结构体例。主要是本小节的说明文字。附录二 以柯尔克孜族为主的新疆史诗故事类型（样本）。具体分三部分：（1）收入作者对《中国民间故事集成（新疆卷）》所收柯尔克孜族 94 个故事文本的全文类型编制 94 个，这是本书研究新疆史诗故事群的重点。（2）收入维吾尔族、哈萨尔族、乌孜别克族和塔塔尔族等四个民族的故事类型，它们与柯尔克孜族同属突厥语系民族，彼此之间的史诗故事交流频繁，是本书研究相对重要的部分，但限于全书的文字篇幅，每个民族选 5 至 15 个样本，其中乌孜别克族在《中国民间故事集成（新疆卷）》中只收了 1 个故事，故这里收入乌孜别克族的 1 个故事类型。（3）新疆非突厥语系其他民族故事类型样本，包括蒙古族、满族等阿尔泰语系民族，俄罗斯族等印欧语系的斯拉夫语系故事类型，汉族等汉藏语系民族的故事类型，各民族各取 5 至 15 个样本，其中满族在《中国民间故事集成（新疆卷）》中只收入 3 个故事，在此收入满族故事类型 1 个。附录三 柯尔克孜族与新疆各民族共享 70 母题统计表。附录四 柯尔克孜族史诗故事主要传承人信息表。

本部分不追求大全，事实上由于种种条件的限制也做不到，但这不妨碍读者通过我们尽可能提供的样本与相关分析，看到柯尔克孜族史诗《玛纳斯》与本民族故事的紧密联系，欣赏柯尔克孜族史诗故事在新疆地区的广泛影响，领略新疆史诗故事群的宏大跨文化气象。

本书的故事类型是本书的基础研究部分，不是新疆故事类型的标准本，也不代表今后新疆故事类型的编制工作到此为止，这是作者在这里特别想要说明的。经此"限定"之后，作者十分欢迎学术同行的讨论与批评，并将始终心存这个愿望。

以柯尔克孜族为主的新疆史诗
故事类型（样本）

　　本书在第一节中引用了季羡林对《大唐西域记》的研究和对新疆焉耆文等考古文献的研究，从他和一批中外学者的研究看，在历史上以新疆为门户的我国对外和内部多民族的跨文化交流中，世界故事类型所依附的印欧语系，与新疆地区的多民族语系之间，存在着十分复杂的联系。大量口头文本的流传，给辨识不同国家地区和不同语系文字的关系带来了困惑，有时也提供了便利。但不管怎样，在本书所使用资料涉及的公元五至七世纪，突厥语系曾经有发达的民族文化，其内部语言文字与外部文化交流的特质与共享线索比较分明，各国学者在这方面的研究意见也显得相对集中，关于当时新疆突厥民族的强盛景象，以及唐玄奘西游至新疆所见历史文化资料的时代背景，季羡林曾有详细的分析，他指出："突厥，为六至八世纪我国北方广大地区的部落联合体。古代突厥铭文作 Türk 或 Türük，有'强有力的'之意。马迦特、伯希和认为英文的'突厥'一词为 Türüt（-üt 为古代突厥语或蒙古语复数字尾）一词的译音。近年的研究倾向于认为突厥就是 Türk 或 Türük 的对音，参见蒲立本（E. Pulleyblank）撰《突厥的汉语名字》（*The Chinese Name for the Türks*），《美国东方学会会刊》（JAOS）第 85 卷第 2 期，1965 年。现在仍属突厥语系的民族有我国的维吾尔、哈萨克、柯尔克孜、撒拉、裕固、乌孜别克、塔塔尔等民族和国外的土耳其、阿塞拜疆、土库曼、雅库特、楚瓦什、土瓦等民族。公元 552—744 年突厥人曾建立了强盛一时的突厥汗国。建立突厥汗国的统治民族阿史那族原居住在阿尔泰山脉的西南、东部天山山脉的北麓、准噶尔盆地一带，为柔然族的锻奴，其族首领土门灭柔然汗国，建立突厥汗国，自称伊利可汗，其统治中心移至蒙古高原於都斤（Ütüken）山一带。其后至公元 582 年，突厥汗国分裂为据有蒙古高原的东突厥汗国和统治中亚各地的西突厥汗国。东突厥于公元 585 年归附隋朝，西突厥于公元 658 年归附唐朝。公元 682 年（唐高宗永淳元年）骨咄禄复兴突厥汗国。至 8 世纪 40 年代，为回纥所灭。玄奘到西域期间正是西突厥汗国统叶护可汗末期。"❶ 季羡林的这一研究对本书考虑新疆故事类型文本的结构体例有重要启示，作者同时根据对柯尔克孜族《玛纳斯》史诗故事群的研究目标开展工作，首先以柯尔克孜族为主，对新疆突厥语系各民族编制故事类型；再编制新疆其他民族的故事类型。总之，本部分争取做到重点研究与整体研究相结合，并兼顾三点，即单民族研究与多民族研究结合、相同语系研究与跨语系研究结合，以及地区研究与跨文化研究结合。❷

一、柯尔克孜族故事类型

《中国民间故事集成（新疆卷）》共收入柯尔克孜族故事 94 个，本书共编制柯尔克孜族故事类型 94 个，全文如下。

---

❶ ［唐］玄奘、辩机原著，季羡林等校注《大唐西域记校注》（上），北京：中华书局，2000，第 59-60 页。

❷ 以下"新疆卷"指钟敬文主编《中国民间故事集成（新疆卷）》。

0009. 日月两姐妹

（柯尔克孜族　阿合奇县）

日与月。1. 创世纪。①太阳与月亮是姐妹。②太阳是姐姐，月亮是妹妹。2. 日月调整。太阳嫉妒月亮，与月亮厮打起来。

光。1. 月亮的光芒。①太阳把黄土撒在月亮的脸上。②月亮的光芒是黄的。2. 太阳的光芒。①月亮把白碱土撒在太阳的脸上。②太阳的光芒是白的。3. 日月的秩序。①太阳和月亮不见面，谁也不理谁。②太阳白天出来，月亮晚上出来。

讲述者：卡德尔阿洪·依布拉音，男，柯尔克孜族，阿合奇县哈拉奇乡牧民。采录者：阿不都克热木。翻译者：张彦平。采录时间：1991年。采录地点：阿合奇县哈拉奇乡。新疆卷，第10—11页。

0014. 月光神与汲水小姑娘

（柯尔克孜族　阿合奇县）

灰姑娘。1.水边的女子。她是孤儿，在巴依家干活。2.被虐待的女孩。①她受到后母的虐待。②后母罚她去河边挑水，或者从事其他无法完成的劳动。

求助。向月光神求助。①她对着月亮哭泣身世。②她请求月亮帮助自己。

月中女子（月亮婆婆）。1.月亮的救助。①月亮将她抱起飞走。②她飞上月亮时，手里提着一只水桶。2.月中人。她成为月中人，在月亮中提水。

讲述者：玉赛音阿吉，男，柯尔克孜族，阿合奇县，宗教人士。采录、翻译者：张彦平。采录时间：1991年。采录地点：阿合奇县。新疆卷，第15—16页。

0023. 雷鸣与闪电

（柯尔克孜族　阿合奇县）

创世纪。①天。创世纪以后有天空。②天神。天上有两个天神，他们产生云、雷、电。

云与水。1. 云。他俩手拿长鞭，放牧天上的云彩。2. 水。①水生水。②他们赶着云彩，到很远的地方去饮水。

雷与电。1. 雷。①他们放牧羊群。②他们用皮鞭抽打和吆喝羊群时，发出雷声。2. 电。①他们使用牧羊鞭。②他们牧羊鞭的鞭鞘抽断时，产生闪电。

讲述者：苏里坦阿里·包尔布代，男，柯尔克孜族，阿合奇县哈拉奇乡人。采录者：M. 艾格。翻译者：张彦平。采录时间：1989 年 7 月。采录地点：阿合奇县哈拉奇乡。新疆卷，第 23 页。

0027. 大山的由来

（柯尔克孜族　阿合奇县）

创世纪。①水。造物主先造水。②造物主再造水泡。

大地、高山与神牛。1. 大地。①造物主用水泡造大地。②大地在水面上漂浮不定。2. 山。①造物主造大山，用来稳住大地。②从此山居于水和大地之上。

③无神牛。

讲述者：苏里坦阿里·包尔布代，男，柯尔克孜族，阿合奇县哈拉奇乡人。采录者：夏依拉西。翻译者：依斯哈别克·别克别克，巴赫特·阿曼别克。采录时间：1989 年 7 月。采录地点：阿合奇县哈拉奇乡。新疆卷，第 25 页。

0029. 光的由来

（柯尔克孜族 阿合奇县）

光与太阳光。1. 创世纪。①安拉创造了光。②光比太阳光要亮几百倍。2. 保存。安拉用神力把光储存起来。

求助。1. 寻找保存者。①安拉问："谁来保存这光？"②回声。③人类的孩子传来回声。④人类要保存光。2. 神送来光。安拉将光赐给人类。

讲述者：苏里坦阿里·包尔布代，男，柯尔克孜族，阿合奇县哈拉奇乡人。采录者：阿布都克热木·阿山。翻译者：依斯哈别克·别克别克，巴赫特·阿曼别克。采录时间：1989 年 7 月。采录地点：阿合奇县哈拉奇乡。新疆卷，第 26 页。

0036. 人的由来

（柯尔克孜族　阿合奇县）

人的由来。安拉造人。

求助。土。安拉用泥土造人类，需要向大地索要泥土。①第一次派天神去向大地要泥土，被大地拒绝，大地说人类会犯各种罪过，死后还要大地负担。②第二次派四大天神向大地要泥土，被大地拒绝。③第三次派天神米卡依勒强行索取泥土❶，大地无奈给了一把泥土。

造人的经过。1. 制泥。①天神米卡依勒把泥土放在德赫纳和他依帕两地之间❷，泥土瞬间变成大丘。②米卡依勒按安拉的旨意降雨，经过暴雨 35 年和细

---

❶ 原书编者注：吉毕热里、米卡依勒和斯热阿布勒等，是柯尔克孜族神话中的四大天神中的天神。

❷ 原书编者注：德赫纳和他依帕，都是柯尔克孜族神话中的地名。

雨2年，共37年，终将土丘变成泥。2. 捏人。①安拉用泥捏制三百多条脉管、三百多条筋，又造出骨骼、血液、皮肤等器官。②将它们拼凑起来，用泥土造了一个人。③他是人类的始祖。

　　讲述者：苏里坦阿里·包尔布代，男，柯尔克孜族，阿合奇县哈拉奇乡人。采录者：阿布都克热木·阿山。翻译者：依斯哈别克·别克别克，巴赫特·阿曼别克。采录时间：1989年7月。采录地点：阿合奇县哈拉奇乡。新疆卷，第32—33页。

0038. 人类之母

（柯尔克孜族　阿合奇县）

　　造男人。①安拉用泥土创造人类之父。②安拉安排他在天堂里生活。

　　造女人。①人类之父要求有美女做伴。②安拉命吉毕热里用人类之父的左肋骨创造一位美女。

　　男女婚姻。从此人类之父与人类之母结合在一起。

讲述者：苏里坦阿里·包尔布代，男，柯尔克孜族，阿合奇县哈拉奇乡人。采录者：阿布都克热木·阿山。翻译者：依斯哈别克·别克别克，巴赫特·阿曼别克。采录时间：1989 年 7 月。采录地点：阿合奇县哈拉奇乡。新疆卷，第 33—34 页。

0118. 冰山之父与姐妹湖

（柯尔克孜族　乌恰县）

托梦。1. 梦的预言。①老牧民梦见一位满身金光的天神。②天神告诉他，东边日出处有一座仙山，山上有一面"日月宝镜"。2. 宝镜的功能。①用宝镜照人能治病。②老牧民有两个女儿需要治病。

宝物（宝镜、宝毯、宝剑、宝壶）。1. 找宝镜。老人找宝镜，找了多年，来到太阳升起的仙山，找到日月宝镜。2. 宝镜变形。①宝镜立在山上，过于高大，无法带走。②老人自言自语，要宝镜变小，宝镜变成手掌一般大。③老人带宝镜返回。

地名的由来。1. 女儿变山。两个女儿站在山坡草地上等父亲，变成了两座大山，这就是姐妹峰。她们的白发变成白雪，她们的泪痕变成冰川。她们身边的绵羊变成小雪岭。2. 宝镜变湖。①老人返乡，看见女儿变成冰峰，心里悲痛。②老人将宝镜落地打碎，宝镜变成了两片湖水，叫姐妹湖。3. 老人变山。①老人变成慕士塔格峰，人称"冰山之父"。②现在帕米尔高原上的慕士塔格、公格尔和公格尔九别峰三座冰山就是由父亲和两个女儿变的。

讲述者：玉买尔·毛勒多，男，柯尔克孜族，乌恰县人。采录者：贺继宏。采录时间：1986 年。采录地点：乌恰县。新疆卷，第 183—185 页。

0126. 苏莱卡乌奇坎山的传说

（柯尔克孜族　乌恰县）

猎人的婚姻。1. 未婚妻。①她是牧民的独生女儿。②她会打柴、烧茶和擀毡。③她会在山羊皮上绣花。2. 未婚夫。老牧民向男青年传授打猎的技艺，青年成了好猎手。3. 订婚。①老牧民为女儿与青年订婚。②雪灾来临，老牧民带领青年进山打猎，给部落的人找食物，老人死去。4.拆散。①巴依要霸占老人的女儿，对青年下毒手，将两人关起来。②两人逃走，但他们走散了。5.殉情。①巴依要追上女孩时，女孩跳崖而死。②青年返回家乡，杀死巴依，为女孩报了仇。

地名的由来。人们把女孩跳崖的高山起名叫"苏菜卡乌奇坎"山，苏菜卡是女孩的名字，纪念她。

讲述者：托略干，男，柯尔克孜族，乌恰县牧民。采录者：胡振华，中央民族大学教授。采录时间：1992年。采录地点：乌恰县。新疆卷，第197—200页。

0127. 胡塔孜卡拉的传说

（柯尔克孜族　阿图什市）

战胜野兽。1.狼的袭击。①柯尔克孜族的一个部落在帕米尔高原放牧，遭到狼的袭击，羊群损失。②青年猎人寻找恶狼，为民除害。2.牦牛杀狼。①青年猎人找到狼，但狼已被牦牛杀死。②一头牦牛将狼抵在山石上，两只犄角穿透狼的咽喉，直刺进坚硬的岩石，两只前蹄深陷进地里，牦牛早已僵硬。

地名的由来。①牧民们为牦牛举行了隆重的安葬仪式。称它为英雄巴图尔。②牧民称这个山口为"胡塔孜卡拉"，意思是"牦牛的山口"。

讲述者：托列克·托略干，男，柯尔克孜族，阿图什市哈拉峻乡牧民。采录者：胡振华，中央民族大学教授。采录时间：1987 年。采录地点：阿图什市哈拉峻乡。新疆卷，第 200—201 页。

0128. 霍奇贺尔阿塔

（柯尔克孜族　乌什县）

神仙的拜访。1. 烂脚大仙。①霍奇贺尔阿塔山下住着一户人家。②福神化作公羊，来到这户人家送福。2. 贪心不足。①这家人贪图公羊肉，第一天捉它，没捉住；第二天捉它，又没捉住；第三天捉它，还是没抓住。②这家人用猎枪射杀公羊，公羊中弹死去。3. 神的惩罚。公羊倒地时，贪心的一家人与牲畜都全死了。

地名的由来。霍奇贺尔阿塔山的传说从此在当地传开。

讲述者：吐尔汗·木沙，男，柯尔克孜族，乌什县牙满苏乡人。采录者：孜依娜西·曼别特克热木。翻译者：依斯哈别克·别克别克，巴赫特·阿曼别克。采录时间：1989 年。采录地点：乌什县牙满苏乡。新疆卷，第 201 页。

0183. 色尔哈克的陵墓

（柯尔克孜族　阿合奇县）

英雄出征。①玛纳斯。玛纳斯率部出征，进发科别孜山。②玛纳斯的将领。玛纳斯的将领西热克率领色尔哈克的部下进军，沿着喀克夏勒河而上。③将领阵亡。当西热克抵达巴什米尔克奇时，色尔哈克不幸身亡。

陵墓。1. 英雄陵墓。①修墓。西热克将色尔哈克葬于巴什米尔克奇，为他修建陵墓，安上穴门。②修陵园。英雄的陵园内有鲜花绿草，别处无法生长。2. 吊唁。人们来这里吊唁英雄，摘下一两朵花，念经、祈祷、礼拜。

神奇的战马。1. 英雄的坐骑。①西热克宰杀英雄的坐骑铁勒哈孜战马。②祭祀战马，同时敬奉英雄的亡灵。2. 战马的头骨硕大。①马的眼眶里可以放进一顶帽子。②马的脊椎骨里可以伸进成人的前臂。

麻扎。1. 陵墓。色尔哈克墓地就是麻扎，被称为阿赫布龙麻扎，意思是"白色的陵墓"。2. 马的头骨。①当地人把在婚丧嫁娶时宰杀的马的头骨作为色尔哈克陵墓的标记，放在墓顶上。②其他重大活动中所宰杀的快马的头骨，或者其他动物的长角，都拿去敬放在陵墓上。3. 石头。①色尔哈克的将士运来各式各样的石头，堆在陵墓周围。②石头堆形态各异，有甜瓜形、心脏形、扁形、梯形、卵形、锥形等。③当地人认为这些石头可以治病驱邪，待病好后，还要将石头放回原来的位置。

　　讲述者：阿布都克热木·阿山，男，柯尔克孜族，阿合奇县人。采录者：沙肯·加力勒。翻译者：依斯哈别克·别克别克，巴赫特·阿曼别克。采录时间：

1990 年 4 月 3 日。采录地点：阿合奇县。新疆卷，第
291—292 页。

0204. 牛的肾脏是五颜六色的

（柯尔克孜族　阿图什市）

创世纪。创世纪后，造物主给人和动物都造器官。

动物失去身体的一部分。器官不够了。①造物主
给牛安器官时，只剩下肾脏。②一个动物突然飞来顶
了牛几下，牛疼痛难忍，逃走了。③牛摆脱那个动物
后，发现少了两个肾脏。

求助。1. 要求身体完整。牛返回造物主那里要肾
脏，但造物主已没有肾脏。2. 补器官。①造物主又招
回所有动物，从每个动物的肾上取下一块，给牛拼凑
了两个肾脏。②从此牛的肾脏变成了五颜六色的。

讲述者：阿地力江，男，柯尔克孜族，阿图什市
人。采录者：沙肯。翻译者：依斯哈别克·别克别克，
巴赫特·阿曼别克。采录时间：1990 年 10 月。采录
地点：阿图什市。新疆卷，第 314—315 页。

0225. 狼的由来

（柯尔克孜族　阿合奇县）

懒汉。①懒惰。青年是懒汉，借钱为生。②欠债。他借钱不还，还赖账。

神的惩罚。1.人变动物。①他被债主诅咒。②他变成狼。2.悲惨生活。①狼在尘世间无衣可穿，无食可享。②狼到处流浪。

讲述者：阿布都克热木·阿山，男，柯尔克孜族，阿合奇县人。采录者：沙肯·加力勒。翻译者：依斯哈别克·别克别克，巴赫特·阿曼别克。采录时间：1990 年 4 月。采录地点：阿合奇县。新疆卷，第335 页。

0229. 兔子的器官

（柯尔克孜族　阿合奇县）

创世纪。创世纪后，造物主给人和动物都造器官。

动物失去身体的一部分。器官不足。①兔子排队等候造器官时，因为胆小，躲在后面。②轮到兔子时，造物主将所有的器官都安装完了。

求助。1.要求身体完整。兔子返回造物主那里要器官。2.补器官。①造物主从各种动物身上要回一点器官，分给兔子。②后来兔子的器官就像各种不同动物的器官：耳朵像驴耳、腿像狗腿、嘴唇像骆驼嘴唇。

讲述者：阿地力江，男，柯尔克孜族，阿合奇县人。采录者：沙肯。翻译者：依斯哈别克·别克别克，巴赫特·阿曼别克。采录时间：1990年10月。采录地点：阿合奇县。新疆卷，第339—340页。

0234. 公鸡为什么每天叫三次

（柯尔克孜族　阿图什市）

森林广场。1.动物朋友。公鸡和山鸡是好朋友，生活在大山和灌木林中。2.骄傲的动物。①它们遇见樵夫，樵夫给它们食物，它们跟着樵夫到村里生活。

②山鸡傲慢，既怕苦，又轻视人类的饲料，逃回灌木林。

老雕借粮。1. 借粮。山鸡断粮，向公鸡借粮。①第一次借粮，公鸡将自己的食物分一半给了它。②第二次借粮，公鸡将大部分食物分给它。③第三次借粮，山鸡来到不认识它的鸟群中借粮。2. 借羽毛。它向公鸡借羽毛，说自己要飞。

说大话。山鸡对鸟群说大话。①第一次说自己会唱歌，被众鸟嘲笑。②第二次说自己会飞，被众鸟怀疑。③第三次说要穿上特制的衣服才能飞，便去向公鸡借羽毛"衣服"，结果还是飞不起来，被众鸟唾弃。

动物失去身体的一部分。①失去羽毛。公鸡把羽毛借给了山鸡，冷得打哆嗦。②归还。公鸡每天呼唤山鸡，叫它归还羽毛。③鸡叫。公鸡每天早、中和晚各叫一次，日久成习。这就是公鸡每天叫三次的由来。

讲述者：买买提依明·买买提，男，柯尔克孜族。采录者：赛娜·艾斯别克。采录时间：1983 年。采录地点：阿图什市。新疆卷，第344—346 页。

0253. 燕子为什么亲近人类

（柯尔克孜族　特克斯县）

洪水。①诺亚方舟。发洪水时，安拉派了一条芦苇舟，从人类和其他生灵中挑出一男一女、一公一母、一雄一雌，上了这条舟。②洪水后。洪水退去，芦苇舟触到大地，人和生灵散向四面八方。

弱小动物战胜大动物。1. 黑蛇害人。①黑蛇藏在芦苇舟暗处，周围有蚊子、苍蝇和牛虻。②黑蛇问牛虻，什么血最香甜，回答是人血。③燕子听到了黑蛇与牛虻的对话。2. 燕子亲近人类。①燕子咬掉牛虻的舌头，牛虻不能说话，只能嗡嗡叫。②从此牛虻无法向黑蛇报告人血最香甜。③燕子告诉黑蛇，泥土最香。3. 人类的回报。人类报答燕子，在窗户上留了进出口，以方便燕子往来。

讲述者：哈力恰·买曼霍加，女，柯尔克孜族，特克斯县。采录者：吐尔干拜·克力奇别克。采录时间：1980年。采录地点：特克斯县。新疆卷，第

365—366 页。

0286. 马奶酒的传说

（柯尔克孜族　阿合奇县）

神奇的皮袋。1. 有香味的皮袋。①皮袋中盛放的马奶酒香味扑鼻，喝后清凉解渴，劳顿全消，精神焕发。②这个皮口袋受到众人的关注。2. 普通的皮袋。人们重新用这个皮袋盛马奶，结果打开一看，酒香全无。3. 皮袋的秘密。①众人找到装在马镫附近的皮袋，它与众不同。②它被骑马人经常踢打，袋中的马奶要比一般马奶温度高、发酵快，所以马奶有酒香。4. 制作马奶酒。①人们受到启示，用木棍搅动皮袋中的马奶，促进马奶发热、发酵。②人们酿成醇香无比的马奶酒。

地名的由来。①造酒的技术。柯尔克孜人从此会造马奶酒。②造酒的功能。柯尔克孜人在部落迁徙时，在途中从马背上卸下马肉和盛有马奶的羊皮袋，吃喝充饥。

讲述者：德尔阿洪·依布拉音，男，柯尔克孜族，阿合奇县哈拉奇乡牧民。采录者：阿不都克热木。翻译者：张彦平。采录时间：1986年。采录地点：阿合奇县哈拉奇乡。新疆卷，第402页。

0312. 柯尔克孜族人的由来

（柯尔克孜族　阿合奇县）

三兄弟（两兄弟、三公主）。①两兄妹。兄妹二人，兄未娶，妹未嫁。②谣言。人们对妹妹传来流言蜚语。

四十的风俗。1. 山中圣人。①哥哥跟在妹妹后面，来到一个山洞，洞里有四十个陌生人。②这是四十位圣人，隐居在深山中。③妹妹前来听取圣人的教导。2. 破除谣言。哥哥不再相信众人的传言。

树干发出声音。1. 误信谣言。①人们传出兄妹结婚的谣言。②谣言传到国王的耳朵里，国王认为这是伤风败俗。2. 尸体里发出声音。①国王下令处死哥哥，哥哥的尸体里发出声音："妹妹是清白的，我也是清白的！"②国王下令把尸体烧掉，哥哥的骨灰里发出声音："妹妹是清白的，我也是清白的！"③国王下令把骨灰撒到大河里，河里的水泡发出声音："妹妹是清白的，我也是清白的！"

人的由来。1. 四十的风俗。①河水流进了国王的花园，国王的四十个女儿喝了河水，全部怀孕了。②国王把公主赶进深山里。四十个公主生了四十个孩子。③在四十个孩子中，有二十个男孩，二十个女孩。④这四十个孩子长大后，结成二十对夫妻。2. 民族的由来。四十个子孙的后代繁衍成柯尔克孜族。

讲述者：居素普·玛玛依，男，78岁，柯尔克孜族，阿合奇县人。采录者：朱玛拉依。翻译者：朱玛拉依，张运隆。采录时间：1989年。采录地点：阿合奇县。新疆卷，第439—440页。

0313. 柯尔克孜族名的来历

（柯尔克孜族 阿合奇县）

四十的风俗。洪水后。①洪水后留下男和女。②四十对男女乘坐木舟幸免于难。

再造人类。①洪水后繁衍人类。②加帕密的长子有儿子，儿子有孙子，孙子有长子、次子和侄子。

父亲的遗嘱。留下遗嘱。加帕密的孙子的遗嘱：①王权交给长子。②财产归次子。③给侄子留下一块祈雨磨石。

磨石。1. 贪心。①长子继承王位后，要霸占祈雨磨石。②长子要杀掉侄子。2. 逃走。次子帮侄子逃走。

生命树。1. 生命的标记。①侄子携妻逃进深山，以打猎为生。②侄子夫妻生下一个男孩。③侄子折下一段松枝，插在男孩的衣领上，当作家族的标志。2. 家族的标志。柯尔克孜族从此以松枝作标志，在山中繁衍。

地名的由来。1. 民族的名字。①被松枝覆盖的男孩长大后，与叔叔的家族联姻，生下八个儿子、三十二个孙子，共四十个子孙。②他在临终前对四十个儿孙说，家族的名字叫柯尔依孜，意思是"山中印迹"。2. 民族的语言。在后世中，"柯尔依孜"的发音逐渐演变成"柯尔克孜"。

讲述者：玉赛音阿吉，男，78岁，柯尔克孜族，阿合奇县人，宗教人士。采录、翻译者：张彦平。采录时间：1991 年。采录地点：阿合奇县。新疆卷，第440—441 页。

0321. 掉罗勃左节

（柯尔克孜族 阿合奇县）

英雄出征。1.英雄的姓名。①英雄叫掉罗勃左。②他带领柯尔克孜族勇士英勇作战。2.四十的风俗。英雄率领的勇士共有四十位。

神奇的战马。①战马救主。掉罗勃左的坐骑负了重伤，驮着主人冲出险境，来到戈壁中，流血过多而死。②祭祀战马。掉罗勃左悼念心爱的战马。

音乐（乐器）的由来。1.制琴。①掉罗勃左拔下一根马尾做琴弦，做了一支"柯亚克琴"。②他用琴声表达了对战马的思念。2.音乐的号召。掉罗勃左的战友听到琴声，从四面八方来到英雄身边，重新集合在一起。

英雄回家。1.庆典活动。掉罗勃左返回家乡，战友和乡亲们欢呼英雄归来，举行盛大的庆祝活动。2.纪念英雄的节日。①节日之夜，老人讲述掉罗勃左的英雄故事。②庆祝活动变成了柯尔克孜族人互祝幸福与健康的传统节日，每年三月七日至九日举行。

讲述者：朱玛勒·可力拜，男，柯尔克孜族，阿合奇县哈拉布拉克乡牧民。采录者：阿布力哈孜。采录时间：1991 年。采录地点：阿合奇县哈拉布拉克乡。新疆卷，第 452 页。

0322. 诺鲁孜节的由来

（柯尔克孜族 阿图什市）

英雄出征。1. 抵御入侵者。①诺鲁孜率领柯尔克孜族牧民与入侵者搏斗。②入侵者强行占领了柯尔克孜族的草原，柯尔克孜族人被退迫到深山中。2. 民族团结。①诺鲁孜联合哈萨克、塔塔尔等部落的人民。②多民族组成联合大军，反击入侵者。3. 仙草。①诺鲁孜带领战士采集有毒刺草，将毒草加水煮沸，取毒液和面，做成油馕。②在三月二十二日那天，给入侵者送去油馕，入侵者中毒倒下。③柯尔克孜族人从山上冲下来，战胜入侵者，草原上恢复了平静的生活。

纪念英雄的节日。①每年三月二十二日，柯尔克孜族人纪念英雄诺鲁孜。②柯尔克孜族人燃起篝火，举行庆祝活动。

讲述者：托列克·托略干，柯尔克孜族，阿图什市哈拉峻乡牧民。采录、翻译者：张彦平，郎樱。采录时间：1991年。采录地点：阿图什市哈拉峻乡。新疆卷，第452—453页。

0324. 吃阔确饭的传说

（柯尔克孜族　阿合奇县）

创造食谱。1.使用粮食的技术。①柯尔克孜族人学会用粮食酿酒。②柯尔克孜族人将粮食磨成粉，做成各种饭食。2.食谱的发现。①诺鲁孜节快到了，但这年冬天天气严寒，断了面粉，各家只好把各种粮食混在一起煮着吃。②第二年开春，草原上变得没有灾情，水草丰盛、羊肥马壮、五谷丰登。牧民认为，这是在诺鲁孜节吃了各种粮食混煮的饭带来了好运。

地名的由来。①食谱的名称。这种混煮饭就叫

"阔确饭"。②饮食习俗。从此过诺鲁孜节吃阔确饭的习俗就流传下来。

讲述者：苏力坦阿里·包宝带，男，柯尔克孜族，阿合奇县哈拉布拉克乡人。采录者：哈兰·阿山。采录时间：1991年。采录地点：阿合奇县哈拉布拉克乡。新疆卷，第454页。

0332. 十二生肖的传说
（柯尔克孜族　阿合奇县）

十二生肖。1. 纪年法。①柯尔克孜汗王要整理常年出征的经验教训。②原来没有纪年法，无法整理。③他们希望把历史经验传给后代。2. 开会。柯尔克孜汗王召集大臣商议，决定使用动物纪年法。3. 排序。柯尔克孜族十二生肖的排序是：鼠、牛、虎、兔、鱼、蛇、马、羊、狐狸、鸡、狗、猪。

动物比赛。1. 选择十二生肖的办法。①汗王命大臣和百姓到山中围猎，让捕到的各种动物全部下水。②十二种动物先游到对岸，汗王就用这十二种动物纪年。2. 确定第一和最末顺序的办法。①老鼠小巧善游，第一个爬上岸，排在十二生肖之首。②猪笨，最后一个上岸，排于末位。

四十的风俗。汗王与大臣、百姓共同纪念十二生肖纪年法的诞生，一共庆祝四十天。

讲述者：苏力坦阿里·包宝带，男，柯尔克孜族，阿合奇县哈拉布拉克乡人。采录者：哈兰·阿山。采录时间：1991 年。采录地点：阿合奇县哈拉布拉克乡。新疆卷，第 460 页。

0334. 柯尔克孜婚俗

（柯尔克孜族　阿图什市）

四十的风俗。1. 求助。①一位柯尔克孜汗王，娶了四十房妻子，都没有子嗣，他很发愁。②他求娶一位 15 岁的女孩为妻。2. 小人物的回答。①女孩的父亲不愿意，又想不出应对的办法。②女孩出面回答。

巧女。女孩向汗王要的聘礼：1. 动物。①二十只凶狼的灰狼。②三十只红色的狐狸。③四十只威风凛凛的老虎。④五十只睡意的狮子。⑤六十只不踢不咬的阄马。2.物产。①七十斤雪白的棉花。②八十块古旧的木板。

机智人物。青年马夫向汗王解释女孩要的聘礼的意思：1.动物。①"二十只凶狠的灰狼"，意思是说，二十多岁的小伙子血气方刚，像狼一样凶猛，假如汗王二十多岁，我就嫁给他。②"三十只红色的狐狸"，意思是说，人过三十，积累了聪明才智，像狐狸一样能应付自如，假如汗王三十多岁，我就嫁给他。③"四十只威风凛凛的老虎"，意思是说，人过四十有虎威，如林中的老虎能威震百兽，假如汗王四十多岁，我就嫁给他。④"五十只睡意的狮子"，意思是说，人过五十，青春已过，爱打瞌睡，还娶什么妻子？⑤"六十只不踢不咬的阄马"，意思是说，人过六十如衰弱的公马，见了母马不踢不咬，假如汗王年过六十，就劝他别再胡思乱想，安度晚年。2.物产。①"七十斤雪白的棉花"，意思是说，人过七十走路蹒跚，如踩棉花，假如汗王年过七十，他只要能温饱就行了。②"八十块古旧的木板"，意思是说，假如汗王已年届八十，就劝他赶紧准备后事为好。

小人物获胜。1. 汗王失败。①汗王听了男孩的解释很惭愧。②汗王打消了娶妻的念头。2. 婚礼。①汗王认为女孩和青年马夫都很聪明。②汗王成全他们的婚姻。

地名的由来。1. 聘礼。①汗王召集七个部落的三十个比官，四十位长者开会商议。②王宫上下为这对年轻人办婚事。2. 风俗。①汗王替青年马夫给女孩家送去七样九件聘礼。②柯尔克孜族人相沿成习，后来男方给女方送聘礼时，都讲究七样九件。3. 婚期。婚礼的日子是纪念柯尔克孜族由九个部落并为七个大部落的历史事件的时间。4. 让位。汗王把王位让给青年马夫，希望在他的治理下，让柯尔克孜族人过上和平安宁的生活。

讲述者：托列克·托略干，男，柯尔克孜族，阿图什市哈拉峻乡牧民。采录者：张彦平。采录时间：1991 年。采录地点：阿图什市哈拉峻乡。新疆卷，第461—462 页。

0337. 秋千架上选情郎

（柯尔克孜族　乌恰县）

会飞的画像（画中人）。 1.绣花（拴线）。①柯尔克孜草原的美丽牧羊女爱上了一位青年猎手。②她精心绣了一条花手绢，作为信物，赠给猎手。2.手绢飞走。①一阵风吹过来，吹走了花手绢。②汗王得到了手绢，被手绢上绣的图案所吸引。③汗王决心娶绣花的姑娘。3.入宫。①汗王差人找到她，将她带回王宫。②她在宫中郁郁寡欢。

百鸟衣。 1.秋千。①她让汗王把绣花手绢挂到树梢上。②她让人将粗绳子拴在两棵高树之间，她踩着绳子飞荡，去树梢取下手绢，跟玩荡秋千游戏一样。2.逃走。①她踩绳子荡出了宫墙。②青年猎手等在墙外，她与他一起骑马逃走。

地名的由来。 从此荡秋千选情郎的习俗在柯尔克孜族人中间流传开来。

讲述者：玉买尔·毛勒多，男，柯尔克孜族，乌恰县。采录者：贺继宏。采录时间：1996年。采录地点：乌恰县。新疆卷，第 464—465 页。

0338. 耳环作订婚标记

（柯尔克孜族 阿合奇县）

奇异出生。①老人七十岁得子。②儿子长大后，成为一名口才出色的阿肯。

奇异的婚姻。①他在森林中放牧，采摘野酸梅和沙棘果饱腹。②他把自己采到的野果装满皮囊，送给前来采果的母女。③他与女孩富裕的父亲斗智获胜。④他娶女孩为妻。⑤他继承了女孩家的所有财产。

地名的由来。至今当地有给姑娘戴耳环做定亲标记的风俗，就是从这个女孩那里传下来的。

讲述者：居素普·玛玛依，男，78 岁，柯尔克孜族，阿合奇县人。采录者：托合提布比·依沙克。翻译者：巴赫特·阿曼别克，依斯哈别克·别先别克。采录时间：1995 年。采录地点：阿合奇县。新疆卷，第 465—467 页。

0347. 白毡帽的传说

（柯尔克孜族　阿合奇县）

帽子（金王冠）。①柯尔克孜族人都戴白毡帽。②这是由英雄玛纳斯的军帽演变成的柯尔克孜族男子的帽子。

英雄出征。①柯尔克孜族人原来戴黑毡帽。②一次，玛纳斯与入侵的敌人卡勒玛克人在黑夜中交战，玛纳斯获胜。③敌人戴黑毡帽混入玛纳斯的军队中，逃脱了玛纳斯的追杀；又从背后向玛纳斯杀来，使玛纳斯战败。④玛纳斯便将黑毡帽换成白毡帽，打败了敌人。

讲述者：居素普·玛玛依，男，78岁，柯尔克孜族，阿合奇县人。采录者：萨坎·玉买尔。采录时间：1989年。采录地点：阿合奇县。新疆卷，第475页。

0358. 吃羊肉的传说

（柯尔克孜族　阿合奇县）

花甲生藏。1.智慧老人。①阔里巧克老人是柯尔克孜族聚居的克亚孜部落中德高望重的首领，远近闻名。②他提倡对人和动物都要恪守礼节。2.汗王把老人请进王宫，请求帮助。

求助。1.老人的智慧。①他按礼节吃羊肉。他割下羊头，吃了半边，用双手摆在对面的盘边上；接着拿起前腿吃了几块肉，又双手把前腿摆在对面的盘内；再割了一块羊尾油，又割了两片肝子，把羊尾油夹在中间吃了下去；然后才拿起其他肉大吃大嚼起来，吃饱后净手。2.汗王学到的智慧：①一只羊只有一个头，头为生灵之本，羊头是汗王享用的，你赏给了我，我怎么能独自享用呢？②至于前腿，凡四条腿的生灵，都在前腿所走的地方得以温饱。它们喝水、吃草都靠前腿，若没有前腿，我们吃不到鲜美的羊肉，既然前腿有这么大的功劳，我怎么能独吞呢？③用羊肝夹羊尾油，因为羊尾油太腻，夹片羊肝，肥瘦均匀，增加食欲，客人可多食其他部分。④这种吃肉方法，符合柯尔克孜族人"客人吃得越多、主人越高兴"的好客习俗。

地名的由来。1.汗王采纳老人的智慧。①汗王信服老人。②汗王号召百姓在衣食住行方面要懂礼节。2. 相沿成习。从此这种吃羊肉的讲究就流传下来了。

讲述者：朱玛勒·可力拜，男，柯尔克孜族，阿合奇县哈拉布拉克乡牧民。采录者：阿布力哈孜。采录时间：1991 年。采录地点：阿合奇县哈拉布拉克乡。新疆卷，第 475—476 页。

0359. 吃肉面片的传说

（柯尔克孜族　特克斯县）

英雄出征。1. 出征。①柯尔克孜汗王统兵出发。②他与众将士被敌军围困在山谷中四十天，人马断粮。2. 他们需要找到解决粮食的办法。

求助。求人不如求自己。①汗王拿出仅供自己一人食用的面粉，交给厨师做成薄面片，再加上肉，煮成几大锅肉面片，让将士们分享。②全军斗志昂扬，转败为胜。

地名的由来。①纪念英雄的节日。柯尔克孜汗王降旨，用肉面片纪念战斗的胜利。②习俗。从此柯尔克孜族人把肉面片作为待客的上好饭食。

讲述者：阿勒腾·卡孜克，男，70岁，柯尔克孜族，特克斯县科克铁烈克乡牧民。采录者：刘发俊。采录时间：1989年。采录地点：特克斯县科克铁烈克乡。新疆卷，第496—497页。

0375. 叼羊游戏的由来

（柯尔克孜族 阿合奇县）

英雄出征。1. 出征。玛纳斯率军抵抗入侵的敌人。2. 四十的风俗。他带领四十名勇士共同战斗。3. 破敌之法。①他发现敌人用海底捞月之法，掠去牛羊财物；用镫里藏身之术，砍杀士兵和群众；用飞马传递之技，抢掠妇女与儿童。②他将四十名勇士分作两队，用一只羊羔训练破敌之法。经过四十个昼夜的训练，勇士们练就超人的本领，将敌人抢走的人口和财富又夺了回来，取得胜利。

纪念英雄的节日。1. 纪念英雄。①玛纳斯的羊羔阵破敌之法流传下来。②人们用它来纪念玛纳斯的聪明才智和战争的胜利。2. 习俗。后来羊羔阵破敌之法演变成叼羊游戏。

讲述者：买买提哈孜·玛那开，男，柯尔克孜族，阿合奇县。采录者：阿合奇县集成办。采录时间：1991 年。采录地点：阿合奇县。新疆卷，第 517 页。

0376. 攻占皇宫游戏的传说❶

（柯尔克孜族　阿合奇县）

英雄出征。1. 出征。①玛纳斯率领柯尔克孜族各部落反抗侵略者。②玛纳斯的军队追到敌人的皇宫下，将皇宫围住。2. 英雄的宴会。①玛纳斯在最后攻打之前设宴款待众将士。②他为前面的胜利庆功，也为后面的攻打鼓励各部落的首领和将士们。

皮匠驸马。1. 哑谜。玛纳斯为众将领讲解攻打

---

❶ 攻占皇宫游戏是柯尔克孜族人喜爱的传统体育竞技活动，场地为直径 8 米左右的圆圈，中央有一个 10 厘米左右的小坑，将一枚银币放在里面作汗王，周围放羊骨作卫士。参赛者在圈外打羊骨和银币，将坑内银币打出者，即为胜利。

方案。①他用手蘸着水酒，在餐布上画了一个大大的圆圈，表示敌人的皇宫。②他将一枚银币放在中间，表示敌人皇宫中的国王。③他将餐布上的羊拐骨捡起来，当作敌人守卫皇宫的卫兵，并按方位一一布置好。④他抓起一只牛骨，作为自己的部队。⑤他就这样传达用牛骨攻，用羊拐骨守的办法。2. 方案。①众首领和将军们纷纷进言参谋，交换攻法，终于将一个个羊拐骨打出了各自坚守的阵地，将中间的"国王"银币打出了圆圈，确定了成功的攻打皇宫的方案。②众将领回到各自的营地后，也用同样的办法，向部下传达了攻打皇宫的方案。3. 获胜。玛纳斯很快率军攻下敌人的皇宫，取得战争的胜利。

纪念英雄的节日。1. 纪念英雄。柯尔克孜族人将玛纳斯的攻打方案改编成"攻占皇宫"的游戏，纪念这一胜利。2. 习俗。攻占皇宫的游戏风俗流传至今。

讲述者：买买提哈孜·玛那开，男，柯尔克孜族，阿合奇县。采录者：阿合奇县集成办。采录时间：1991 年。采录地点：阿合奇县。新疆卷，第

517 页。

0377. 赛鹰游戏[1]

（柯尔克孜族　阿合奇县）

超时间的生长。1. 幼儿被动物养育。①幼儿被大鹰叼走。②幼儿被放到山崖洞中的鹰巢里喂养。2. 幼儿与动物交友。①幼儿将鹰巢里的两只幼鹰抱出洞口。②幼儿揣着幼鹰向山崖下滚去，被山崖下的人接住。

猎鹰。1. 喂鹰。①幼儿喂养两只幼鹰。②幼鹰长大后，同他一起打柴放牧，形影不离。2. 驯鹰。①猎人纷纷驯鹰，当作自己狩猎的助手和工具。②猎人将鹰集中在一起，比赛技艺，提高驯鹰的本领。

地名的由来。当地形成"赛鹰"的游戏习俗。

讲述者：木哈什·柯德尔拜，男，柯尔克孜族，

---

[1] 猎人的游戏。游戏开始后，主持人将预先准备好的野兔或石鸡放出，参赛者放鹰去追捕，先捉到者为胜。

阿合奇县。采录时间：1991 年。采录地点：阿合奇县。新疆卷，第 518—519 页。

0387. 库姆孜的传说

（柯尔克孜族　阿图什市）

奇异出生。1. 无子。汗王娶了四十个妻子都没有生育。2. 求助。①他到祖先的墓地祈祷。②他哭诉无子的悲伤，祈求祖先帮助。3. 四十的风俗。他的第四十个妻子生下一个男孩。

奇异的婚姻。1. 定亲。①大臣的妻子同时怀孕，生下女儿。②国王与大臣为两个孩子定亲。2. 成亲。①王子得了天花，按祖制，应被处死。②汗王接受大臣的建议，将王子与公主流放，并派去三十九名男侍者，三十九名女侍者随伺。③他们来到人迹罕至的地方生活。3. 生子。王子与公主生下儿子。

树干发出声音。1. 发现声音。①王子在山中打猎，休息时听到奇妙的声音，他被这声音迷住。②王子找到发音的地方，原来是一棵枯松上缠绕的几根干羊肠子，被山风一吹，发出动人的音响。2. 把声音与树枝一起保留。王子将枯松与羊肠一起砍下来，带回家。

音乐（乐器）的由来。1. 求助。①王子回家后，发现公主和儿子已死。②王子把枯松和羊肠立在妻儿的坟前，每天去坟前拨动枯枝和羊肠，发出悲切委婉的音响。2. 制琴。①王子用松木做琴身，用干羊肠线做琴弦，每天拨弄琴弦，向妻儿倾诉思念之情。②王子在汗王去世后被接回家乡，他仍然用琴声述说自己的坎坷人生。③人们被王子感动，把这种乐器叫"库姆孜"。3. 演唱前的敬辞。为了纪念库姆孜琴的发明者，至今琴师们拿起库姆孜琴弹奏时，总是先要这样唱道："我怀里的这把库姆孜琴，它的发明者是坎巴尔汗，它将向你们叙说，人世间所发生的一切事情。我调拨琴弦，起音是坎巴尔汗。"

异文一

父亲生气，把女儿嫁给穷人。1. 国王的愿望。①汗王为心爱的女儿招大臣的儿子做驸马。②公主不愿意，说爱上了王宫的青年奴仆。2. 公主的幸福。①汗王很生气，将公主赶出王宫。②公主与青年仆人来到了高山草地，丈夫打猎放羊，妻子操持家务，勤劳度日，生活幸福。

音乐（乐器）的由来。1. 求助。①公主死后，丈夫求助于音乐，抚平哀伤。②他用公主亲手砍下的松枝做琴身，绷上她亲手理出的羊肠线做琴弦，制造出了一把能发出奇妙声音的琴。③丈夫抚琴，诉说对妻子的思念。2. 这就是传说中最早的库姆孜琴。

异文二

树干发出声音。1. 发现声音。①一群青年猎手在森林里吃野餐。②他们听见夜风送来清脆美妙动听的声音。③他们循着声音找去，发现一条挂在松树枝之间的干羊肠线。2. 在森林中跳舞。①他们带回松枝和羊肠线，听着美妙的音乐。②他们在林中月光下跳舞，忘记了一切。3. 他们每天夜里都来到这里，轮流拨动羊肠线，欢快地跳舞。

音乐（乐器）的由来。1. 发明乐器。①他们发现用手轻轻拨动羊肠线可以发出同样的声音。②他们觉得每天来森林不方便，就把这段松枝砍下来带回家。

③他们用松枝和羊肠线做乐器，发出同样美妙的声音。2. 这种乐器流传至今。

讲述者：托列克·托略干，男，柯尔克孜族，阿图什市哈拉峻乡牧民。采录、翻译者：张彦平。采录时间：1991 年。采录地点：阿图什市哈拉峻乡。新疆卷，第 532—534 页。

0422. 分吃羊尾巴油

（柯尔克孜族　特克斯县）

动物的旅行。 ①狐狸、壁虱和乌龟结伴去寻找食物。②它们找到一块羊尾巴油。

聪明的狐狸。 ①狐狸想独吞，就提议把羊尾巴油种在地里，收获更多的羊尾巴。②它让乌龟当犁，壁虱当牛，自己跟在后面。③它说自己一能握犁把，二能播种羊尾巴油，其实是要趁壁虱和乌龟朝前方看时，自己独吞羊尾巴油。

弱小动物战胜大动物。 1. 比赛。三个动物提议，把羊尾巴油放在地上，大家赛跑，谁先到就给谁吃。

①抓住动物的尾巴。比赛开始前，壁虱悄悄揪住了狐狸的尾巴。狐狸最先跑到终点时，却发现壁虱坐在自己的面前，它失败了。②龟兔赛跑。狐狸要等乌龟，一起商量吃羊尾巴油的办法，乌龟到了，浑身是血，乌龟说是猎人打的，猎人逼它供出了狐狸的行踪，马上就追来了。③狐狸一听，吓跑了。2.乌龟的智慧。乌龟身上的血，原来是自己在红岩土里打滚染上的红色。3.小动物获胜。壁虱和乌龟都不上当，最后是它俩吃了个饱。

讲述者：阿勒腾哈孜克·车奥玛依，男，65 岁，柯尔克孜族，特克斯县科克铁热克柯尔克孜民族乡牧民，不识字。翻译者：依斯哈别克·别先别克。采录时间：1981 年。采录地点：特克斯县科克铁热克柯尔克孜民族乡。新疆卷，第 576—577 页。

0427. 五个阿吉

（柯尔克孜族　阿合奇县）

动物的旅行。1.忏悔。①黑熊、老虎、狐狸和狼一起去旅行。②它们一起忏悔过去的罪恶，说好下半生要从善修行。2. 求助。①它们向胡大求助，决心洗赎罪过。②它们发誓回来要做仁慈的阿吉❶。3. 朝圣。①它们在路上结识了骆驼，骆驼加入它们的队伍。②它们一起去麦加朝圣。

聪明的狐狸。1. 饥饿。①它们平时凶残作恶，人畜纷纷躲避它们。②它们感到饥饿，难以坚持。2. 食言。狐狸建议吃掉骆驼阿吉，骆驼阿吉同意。①狐狸建议老虎和黑熊去掩埋骆驼的尸体，狐狸又撺掇狼偷吃骆驼的腰子，老虎和熊回来质问，狼怕被虎吃掉，逃跑了。②老虎和黑熊去追狼，剩下狐狸饱餐了一顿，待老虎和黑熊返回时，狐狸知道狼已死。③老虎和黑熊找骆驼肉，狐狸欺骗说，骆驼活过来了，要吃掉我；看见你们回来了，它一头钻进地里，幸亏我一把抓住了它的尾巴。④老虎和黑熊轻信狐狸，就去抓住骆驼的尾巴，因用力过猛，从深沟边掉了下去了。⑤狐狸得逞，又笑又跳，惊动了猎人。3. 惩罚。①猎人放出了猎鹰和猎犬抓狐狸，狐狸惊逃。②狐

---

❶ 阿吉：到麦加朝圣回来的伊斯兰教徒，称为阿吉。

狸碰见牧羊人，谎称被追杀，要躲进牧羊人的褡裢，牧羊人同意了。③牧羊人收紧了褡裢的绳扣，用棍子打死狐狸。④牧羊人用狐狸皮做了上好的皮帽。4.自作自受。五个"阿吉"没有到麦加，都提前见了胡大。

　　讲述者：依不拉音·乌斯曼阿里，男，65岁，柯尔克孜族，阿合奇县牧民。采录者：阿散拜·玛提力。翻译者：依斯哈别克·别先别克。采录时间：1982年。采录地点：阿合奇县。新疆卷，第581—584页。

0452. 愚蠢的饿狼

（柯尔克孜族　阿图什市）

　　强中自有强中手。贪婪的狼。狼在河边盘踞了五十年，从来没有满足过，人称饿狼。

　　狼遇对手。①它要吃翅膀受伤的猎隼，猎隼说："吃了我，也填不饱你的肚子，不如吃山头丢着的一膀长的香肠。"②它要吃香肠，香肠说："吃了我，也填不满你的牙缝，不如吃山那边的一只羊羔。"③它要吃羊羔，羊羔说："吃了我，你也不会饱，不如吃山那边的大黑山羊。"④狼要吃大黑山羊，大黑山羊说，不如吃陷在泥里的母马。

求助。1.弱者求助。①狼要吃母马，母马求狼先把自己从泥里拽出来，然后再动口。②狼将雪青母马从泥里拖了出来。③母马求狼在马蹄子上刻下狼的名字。2.强者失败。①当狼在蹄子上刻字时，母马踢倒狼，飞奔而逃。②狼被马踢成重伤，死了。

采录者：托呼提别克·库尔班太。翻译者：巴赫特·阿曼别克，依斯哈别克·别先别克。采录时间：1994年。采录地点：克孜勒苏柯尔克孜自治州。新疆卷，第616—617页。

0459. 鹌鹑的小聪明

（柯尔克孜族 特克斯县）

弱小动物战胜大动物。1.鹌鹑和狐狸交朋友。①第一次，狐狸让鹌鹑帮助，使它吃一顿美餐。鹌鹑答应了。女子煮了大盘肉送往一户人家。鹌鹑飞到她们前面落下，女子放下盘子抓鹌鹑，狐狸将盘中肉吃完。②第二次，狐狸让鹌鹑帮助，使它美美地笑一回，鹌鹑答应了。鹌鹑把狐狸带进村庄，一位老头帮着老太婆挤牛奶，鹌鹑飞到奶牛角上，老头操起小木桩打鹌鹑，小木桩打在牛角上，牛角被砸落在地上，鹌鹑又飞到老太婆头上。老头又拾起木桩打鹌鹑，结果砸在老太婆的头上，老太婆昏了过去，奶桶也被掀翻在地，老头号啕大哭。狐狸笑得肝都快裂了。③第三次，狐狸让鹌鹑帮助，使它受惊吓一回，鹌鹑答应了。鹌鹑让狐狸骑在自己的背上，不许睁眼，鹌鹑飞到猎人面前，它让狐狸睁眼，狐狸见猎人正拿枪瞄准自己，吓跑了。

动物开口时另一个动物逃脱。狐狸要吃掉鹌鹑。①第一次，鹌鹑央求狐狸不要违背友谊，狐狸不听。②第二次，鹌鹑要教狐狸飞的本领，再让狐狸吃它，狐狸同意。③第三次，鹌鹑让狐狸从一数到六，再教狐狸本领，当狐狸数到"六"时，口张开了，鹌鹑借机飞跑了。

讲述者：阿力腾哈孜克·车奥玛依，男，66岁，柯尔克孜族，特克斯县科克铁热克柯尔克孜民族乡牧民，不识字。采录者：依斯哈别克·别先别克。翻译者：巴赫特·阿曼别克，依斯哈别克·别先别克。采录时间：1982 年。采录地点：特克斯县科克铁热克柯尔克孜民族乡。新疆卷，第 625—627 页。

0460. 麻雀与毒蛇

（柯尔克孜族　阿合奇县）

蛇占鸟窝。1. 鸟窝。①公麻雀和母麻雀子孙众多。②母麻雀又下了五个蛋，孵出了五只小麻雀。2. 蛇窝。①毒蛇吃了五只小麻雀。②毒蛇占了鸟窝，赶走母麻雀。

飞蛾扑火。1. 叼灯芯。①公麻雀外出返回，得知麻雀窝被占。②它扑到油灯上，叼起燃烧的灯芯。③它再扑向房顶的苇子，让房子起火。2. 夺回鸟窝。①主人救火，挖房顶上的苇子，发现了麻雀窝里的毒蛇。②众人打死毒蛇。③麻雀战胜毒蛇，又过上了平静的生活。

讲述者：苏力坦阿里·包宝带，男，柯尔克孜族，阿合奇县哈拉奇乡人。采录者：朱玛拉依。翻译者：朱玛拉依，张运隆。采录时间：1981年。采录地点：阿合奇县。新疆卷，第627页。

0478.　王子佳尼侠

（柯尔克孜族　阿合奇县）

罗摩十二岁。1.十二岁离开王宫。①王子十二岁，带了十二名伙伴，乘船周游世界，认识大海，了解民情。②王子来到猴国，当了猴国的国王。2.猴子与蚂蚁开战。①猴子让王子骑一条狗来到战场上。②猴子出兵大战，蚂蚁战败。③猴子摆宴庆功。④王子乘机逃走。

英雄求助。1.求助者。①王子来到一座城中，请求一位老翁的帮助。②他给老翁当佣工。2.帮助的条件。老翁让王子钻进马腹里睡觉，醒来后把梦告诉他。

骑在鸟背上飞走。1.秃鹫带王子飞上天。①秃鹫把马拖走，飞到冰山最高峰。②王子钻出马腹，秃鹫惊走。2.独占宝石。①老翁站在山下，告诉王子向山下滚石头，原来石头是宝石。②老翁把石头驮走，把王子丢在山上。

荒山独屋。1.飞禽国。①王子逃离冰山，走到一座白房子前。②房主是一位老人，老人是飞禽国的国王，全世界的鸟都归他管。2.禁忌。①老人禁止王子进入一道门后的屋子。②王子忍耐不住，打开了门，进入后面的屋子窥看。3.兽皮（穿上或烧掉兽皮）。①他看见三只鸽子从天上飞来，落在池边，变成三个美女。②他被她们的美丽所震撼，昏倒在地。4.生命水。①老人视察鸟群返回，发现王子打破禁忌。②他向王子身上洒池中水，王子苏醒过来。5.奇异的婚姻。①王子请求老人把小女儿嫁给他，老人让他再等一年。②第二年三只鸽子又飞来洗澡，老人暗示王子：偷走小女儿的衣裳。③老人同意王子与小女儿结婚。④老人嘱咐王子，在小女儿没生育之前，不能将羽衣还给她。

英雄回家。1.英雄的宴会。①王子带仙女返回家乡。②国王以为王子已死，正在举行祭奠。③王子奔到宫中，父子团聚。④祭典变成欢迎英雄的庆典。2.穿上羽衣飞走。①王子将仙女的羽衣锁入金箱子，金箱子套在银箱子里，银箱子套在钢箱子里，钢箱子套在铁箱子里。②仙女从王后口中得知羽衣收藏的地点，找到羽衣，穿上飞走。③王子打猎回来，看见仙女已飞到窗口，极力挽留，仙女执意离开。④仙女告诉王子，去仙女的城市找他，但没有人知道这座城市在哪里。

宝物（宝镜、宝毯、宝剑、宝壶）。1.再次求助。①王子为了寻找仙女，再次离家外出。②他找到上次的老翁，给他当佣工。③老翁让王子钻进马腹里睡觉。2.回到冰峰。①秃鹫把马拖走，飞到冰山最高峰。②王子钻出马腹，秃鹫惊走。③王子给老翁往山下滚石头。④老翁把石头驮走，把王子丢在山上。3.鸟王的帮助。①王子逃离冰峰，来到飞禽国的鸟王家，见到了岳父。②老人不知道小女儿说的地点。③老人让王子骑上鸟，飞往他的二哥家，二哥召集手下所有飞禽打听，只有一鸟知道仙女城市的位置。4.夫妻团聚。①王子骑上鸟，飞往仙女的城市，飞鸟把他带到一个山梁上就飞走了。②王子在山梁上看到黑峰巨怪，仙女派黑峰巨怪在这里等丈夫，已经等了多年。③黑峰巨怪引导王子来到仙国城。④国王告诉王子，按仙人的习俗，谁拿了仙女的衣裳，仙女就要和谁结婚。⑤国王为他们举行了盛大的婚礼。⑥王子继承了他的王位。

杀死妖怪。离开仙国城。①王子带妻子返回家乡。②仙国城的一千名巨怪陪同前往。

英雄的助手帮他战胜敌人。①王子回到父亲的国家时，发现那里正在遭受敌人的袭击。②一千名巨怪参与战斗，杀死妖怪，击退强敌。③王子继承了父亲的王位。④王子每月有十五天住在父亲的国家，十五天住在岳父的国家，同时管理两个国家。

陵墓。1.妻子死去。①王子带仙女来水池边纳凉。②王子暂时离开。③狼来了，把仙女咬死。2.王子殉情。①王子悲恸欲绝，思念妻子。②王子用金子为妻子造了一座陵墓。③王子住到陵墓里面，夫妻双双离开人世。

讲述者：卡德尔阿洪·依布拉音，男，柯尔克孜族，阿合奇县哈拉奇乡牧民。采录者：阿布都克力木·阿山。翻译者：巴赫特·阿曼别克，依斯哈别克·别先别克。采录时间：1990年4月。采录地点：

阿合奇县哈拉奇乡。新疆卷，第661—666页。

0481. 阿依尼加玛勒

（柯尔克孜族　阿合奇县）

第一次找金鸟。1. 托梦。国王梦见宝石城，城里有一棵高高的梧桐树，树上挂着金鸟笼，鸟笼中有一只金色的八哥鸟，八哥鸟鸣唱时，把国王惊醒。2. 找金鸟。①国王要找金鸟。②如果找不到金鸟，他就会离开人世。3. 三兄弟（两兄弟、三公主）。①国王的三个儿子决心代替父亲去找金鸟。②他们来到岔路口，发现路标，上写：走南面的路，去了能回来；走中间的路，去了不一定能回来；走北面的路，有去无回。③大儿子走南面的路，二儿子走中间的路，小儿子走北面的路。4. 荒山孤屋。①小儿子按一只岩羊示意的方向走。②他来到一座土屋前。5. 求助。①他见到一位漂亮的姑娘，姑娘已提前知道他的名字。②他向姑娘求助找金鸟的办法。③姑娘招待他进屋吃饭，告诉他，自己的母亲是个吸血女妖。6. 烧红的烙铁。①姑娘给他一根铁矛，让他将铁矛放在火里烧红。

②他用烧红的铁矛刺向女妖的独眼。7. 杀死妖怪。①姑娘帮他杀死女妖怪，救出岩羊。②岩羊都是被妖怪变的，原来是人，被女妖变成羊。③姑娘帮助岩羊恢复成人，返回家乡。

第二次找金鸟。1. 再次求助。①小儿子继续为父亲寻找金鸟。②他再次找到姑娘，姑娘送给他一条白鞭。③白鞭能变成任何东西，在主人受到威胁的时候，白鞭能将敌人杀死。2. 生命树。①他翻山涉河，进入一座森林。②他在胡杨林中找到一棵参天胡杨，在树下寻找时机打听八哥的信息。

杀死树下的蛇。1. 蛇盘在树下。①他守候在一棵胡杨树下。②天快亮时，看见一条巨龙在胡杨树上盘了三圈，正在绕第四圈，把尾巴缠上树。2. 杀死妖怪。①他命令白鞭变利剑，他用利剑将巨龙劈死。②控制寄魂物。他躲开巨龙的血，这种龙血溅到人身上，人就丧命。

救了树上的鸟。1. 救雏鸟。①他杀死蛇，使树上的雏鸟获救。②雏鸟欢迎他的访问。2. 大鹏鸟感恩。①雏鸟的父亲是大鹏鸟，母亲是凤凰，感谢他的救命之恩。3. 动物朋友。①大鹏鸟听到他的愿望，答应帮他找金鸟。

骑在鸟背飞走。1. 准备。①他们筹备出远门的食物。②大鹏鸟帮他准备东西。2. 起飞。①大鹏鸟驮他飞了七天，飞到神仙城。②大鹏鸟让他进城，自己在城外等候。

英雄睡觉。1. 妖怪。神仙城里有神仙的巨怪，正在睡觉。它们一次要睡四十天，现在睡到第五天。2. 这正是他取金鸟的时机。①他看见一棵高大的梧桐树。②金鸟关在金鸟笼里。

魔戒。1. 听懂鸟的语言。①他在夜里上树摘鸟笼，八哥叫他"住手！"②他请求八哥帮助。他叙述父亲的梦，父亲是怎样受人爱戴的好国王，怎样喜爱八哥，八哥答应跟他走。2. 他按照八哥的嘱咐，向其女主人求助：①将自己的戒指戴到八哥女主人的手指上，再将女主人的戒指换在自己的手上。②他将父王的话和个人身世都写在纸上，放在女主人的身边。3. 乘鸟返回。①他摘下鸟笼，带上八哥，回到大鹏鸟的身边。②大鹏鸟将他们送回姑娘的家。

三兄弟。1. 兄弟团圆。①他与姑娘成亲，带着妻子返回故乡。②他来到三岔路口，不见哥哥的踪影，就去找哥哥。③他找到一个流浪的哥哥，一个赌输为奴的哥哥，终于兄弟团圆。④他与哥哥和妻子踏上归途。2.把找到宝物的人留在井中。①两个哥哥途中让弟弟下井取水，水打上来后，他们丢开井绳，把弟弟留在井中。②他们贪恋美丽的姑娘，姑娘变成小雀飞走。③他们将八哥带回家，交给父亲。

金鸟开口。1.四十天的风俗。①八哥的女主人在四十天后醒来，得知一切。②她率领九万名巨怪追讨八哥。③她来到王子的国家，要求国王交出带回八哥的人，来到她面前的是两个哥哥。2.真相大白。①弟弟找到金鸟，两个哥哥冒名顶替，还害了弟弟。②国王很生气，杀掉两个说谎的儿子。3.英雄回家。①八哥的女主人派千名巨怪从井里救出小王子，把他和他的妻子一道带回。②女主人爱上小王子，嫁给他。③小王子接替了父亲的王位，同时也在神仙城当国王，他每处住十五天，统治两个国家。

讲述者：卡德尔阿洪·依布拉音，男，柯尔克孜族，阿合奇县哈拉奇乡牧民。采录者：阿布都克力木·阿山。翻译者：巴赫特·阿曼别克，依斯哈别克·别先别克。采录时间：1990 年 4 月。采录地点：阿合奇县哈拉奇乡。新疆卷，第 674—679 页。

0485. 太阳美女

（柯尔克孜族　乌恰县）

寻找金角羊。1. 抓金角羊。①青年牧人见到金角羊，抓住了它。②他把金角羊献给汗王。2. 找配套的椅子。①宰相怂恿汗王，还要找到一个宝座，与金角羊配套。②宝座半边金、半边银。③汗王听信谗言，命青年去找寻宝座。

找宝座。1. 地洞。①他出发去找宝座，路上遇到一位老太太。②老太太正补大地裂缝。2. 求助。他向老太太求助，老太太告诉他怎样找宝座。

神奇的工匠。1. 老太太的办法。①寻找工匠，宝座是工匠做的。②工匠的作坊在山里面。2. 工匠的嘱咐。①他变卖了所有家产，历尽艰辛，找到工匠。②工匠做出了宝座，可是宝座没有金和银。③工匠嘱咐说，胡大赐你金角羊，也就会赐给你金银宝座。④他听工匠的话，原路返回。3. 怪柳与宝座。

①他走进森林找水喝，到了跟前才发现，森林只是一棵杨树。②杨树的两旁各有一个湖，一边发金光，一边发银光。③他将宝座放进两湖水中，宝座一边变成金色，另一边变成银色。④他返回后，将金银宝座交给汗王。⑤汗王将金角羊放到金银宝座上，金角羊瞬间蹦跳起来，变换各种颜色，王宫里的人无不惊讶万分。

地下金树。1.找金树。①宰相怂恿汗王让青年去找地下金树，②将金树种到王宫中。2.找太阳美女。①去找太阳国王的女儿。②将她带回来给汗王当妻子。

地洞。1.求助。①他向白胡子老人求助，老人送给他一把匕首。②他按照老人的嘱咐跟一只兔子走，兔子把他带到地洞口，兔子进一个洞，他进另一个洞。2.地下世界。①他来到地下世界。②他遇见四十大盗，就用老人给的匕首轻轻碰一下肉锅，肉就熟了。③强盗收留他做饭。3.杀死妖怪。他将药粉撒入肉锅，四十大盗吃后毙命。

回到地面（抓住树冠、骑鸟）。①他走到地洞的尽头，终于看见一棵金树。②他两手抓住金树的树叶，两脚踩住枝干，闭上眼睛，回到人间。③他在天亮前将金树种到王宫中。

　　太阳美女。1.英雄的助手帮他战胜敌人。①他途中碰见大力巨人，大力巨人能搬山，与他结伴而行。②他碰见顺风耳巨人，顺风耳巨人能听见地下七层的动静，与他们结伴而行。③他碰到能喝一湖水的巨人，与他们结伴而行。④他碰到两脚绑着巨石的飞毛腿巨人，与他们结伴而行。2.从洪水中救出蚂蚁，蚂蚁报恩。①蚂蚁家被水淹了，他救出它们。②蚂蚁折断头上的触角给予报答，将触角交给他。③在需要的时候，点燃触角，蚂蚁会立即出现。3.火焰山。①太阳美女住火焰山上，她父亲是那里的国王。②他来到太阳国，为娶亲满足国王苛刻条件。4.在太阳国获胜。①他的大力巨人用大山巨石打死狗，帮他们进入王宫。②他的大力士打败太阳国王召集的所有大力士。③他在赛跑中赢了巫婆。④他找到太阳美女藏身的地点。⑤他们躲过密封铁屋的火灾。⑥他在蚂蚁的帮助下，从四十个模样相似的姑娘中，找出太阳美女。⑦国王同意女儿随他们回家。

　　神的惩罚。1.报信。①到达王宫之前，太阳美女让青年先去报告汗王。②汗王带宰相一起来迎接。2. 惩罚。①太阳美女抓起地上的土，念了咒语，再撒向汗王和宰相。②汗王变成一只狼，宰相变成一只狐狸，跑远了。3. 王位。①青年成为新的汗王，治理有方。②青年与太阳美女举办了隆重的婚礼。

讲述者：托乎塔森·曼别特，男，63 岁，柯尔克孜族，乌恰县牧民，小学文化。采录者：朱玛古丽·赛依特，女，33 岁，柯尔克孜族。翻译者：赛娜·艾斯别克。采录时间：1987 年。采录地点：乌恰县。新疆卷，第 687—691 页。

0489. 金鸟

（柯尔克孜族　乌恰县）

神奇的苹果。1. 生命树。①老人种了一棵苹果树，苹果树上只结一个红苹果。②老人吃了红苹果，变得年轻了。2. 找金鸟。①一只金鸟落在红苹果上，把苹果吃了。②老人日渐苍老，儿子决心去找金鸟。③他来到一个岔路口，路口上的石头写着：朝左走人亡，朝右走马死。他朝右走。3.动物朋友。①他看见狼要饿死，杀了自己的马喂狼。②狼感激他，愿意帮他完成心愿。4.骑在狼背上飞走。①他骑到狼背上飞走，飞到一座城市。②狼嘱咐他，金鸟在一座房子里，但只能抓它的翅膀和尾巴，不能碰它的爪。5.忘记嘱咐。①他被金鸟的美丽迷住，忘记狼的嘱咐。②他抓了鸟爪的绳索，被汗王的仆人抓住。

求助。1.向汗王求助。①他告诉汗王，自己偷金鸟的目的是要救年迈的父亲。②他请求汗王帮助。2.交换条件。①汗王答应他。②汗王要求用金鬃宝马来交换。

四十的风俗。1.狼助手。①他骑到狼背上飞走，飞到一座宫殿。②狼嘱咐他，走过四十个房间，最后一间房有金马。但只能抓住它的鬃毛，不能碰它的缰绳。2.忘记嘱咐。①他为神骏的金马惊讶，忘了狼的嘱咐。②他抓了金马的缰绳，碰了它的铃铛，被汗王的仆人抓住。

质子。用人交换。①汗王听说他为父亲奔走，答应让他带走金马。②汗王要求他用另一个汗王的美丽女儿来交换。

骑在鸟背上飞走。找公主。①他骑到狼背上飞，飞到一座花园。汗王的女儿正在散步。②狼藏在树后，当汗王的女儿经过这棵树时，狼抓住她，把她带到青年跟前。③狼驮着青年和姑娘一起飞走。

再求助。1. 求爱人。姑娘爱上青年，请求狼的帮助；狼变成"美女"，青年将"美女"献给金马国的汗王，拿到金马；"美女"变回狼，吃掉汗王，追上了青年。2. 求金马。①青年喜爱金马，请求狼的帮助。②狼变成"金马"，让青年牵着"金马"献给汗王。③汗王骑着"金马"打猎。④"金马"变成狼，吃掉了所有的马，跑掉了。

英雄回家。1. 青年和姑娘骑着金马，手捧金鸟，返回家乡。2. 老人家的苹果树再也没有被袭击。3. 老人每年吃红苹果，不再衰老。

讲述者：依明·托乎塔洪，男，35 岁，柯尔克孜族，乌恰县牧民，小学文化。采录者：木沙·依沙克，男，30 岁，柯尔克孜族，大专文化。翻译者：赛娜·艾斯别克。采录时间：1991 年。采录地点：乌恰县。新疆卷，第 710—712 页。

0491. 龙头

（柯尔克孜族 特克斯县）

森林广场。1. 猎手。①老猎人和两个儿子都是远近闻名的猎手。②猎人快要杀光山林中的动物。2. 森林中动物的数量。林中有老虎、狼、豹子、狐狸、狗和兔子等十四种动物。

求助。1. 动物祈求猎人停止猎杀。2. 交换。①动物决定，每种动物都献给猎人一只幼崽。②动物承诺定期送交换品。

英雄出征。1. 找药。①老猎人得了重病。②需要用龙头医治。2. 生命的标记。①两兄弟带着十四种动物去找龙头。②他们在十字路口看见路牌，一块写：去而无回；另一块写：去而可回。③弟弟朝"去而无回"的方向走，哥哥朝"去而可回"的方向走。④他们分手前留下标记，约定谁先回来，谁看标记。标记中如有生锈者，证明那人遇有大难或已死。⑤他们各自带上七种动物出发。3. 祭龙。弟弟在湖边看到一位女子，女子正要被祭龙。4. 妖怪。①龙是七头巨龙，每年吃一个女子，今年轮到该女子。②弟弟决心救出女子。

英雄睡觉。1.神奇的木棒。①弟弟要睡觉，临睡前将手中木棒交给老虎。②弟弟嘱咐老虎，当巨龙从湖中出来时，要用木棒打他的大腿，叫醒他。③弟弟让动物们保护好自己。2.忘记嘱咐。①老虎将弟弟的话告诉狼，狼告诉狐狸，狐狸告诉兔子。②所有的动物忘记嘱咐，睡着了。3.杀死妖怪。①七头巨龙腾出湖面，溅起水珠，惊醒弟弟。②弟弟用木棒杀死巨龙，救出女子。

英雄再次睡觉。1.忘记嘱咐。①弟弟杀妖受伤，要睡觉。②弟弟临睡前嘱咐老虎看守女子，并让动物们保护好自己。③老虎和其他动物都睡着了。2.英雄失败。①两个男子趁他们睡着，杀死了弟弟，抢走了女子。②动物醒来，发现主人已死，女子丢失，于是老虎揍狼，狼揍狐狸，狐狸揍兔子。

英雄的助手帮他战胜敌人。1.仙药。①兔子从森林中采来神草。②兔子在弟弟的头、腰和腿上跳了三圈，救活了弟弟。2.找公主。①弟弟带着七只动物去找女子，来到一个城市。②国王正在举行宴会款待两男子，他们冒充弟弟杀死巨龙，掠走了女子。3. 真相大白。①弟弟向国王指出两男子的恶行。②弟弟找来自己砍下的龙头做证。③国王杀掉两男子。④国王把公主嫁给弟弟。

杀死女妖。1. 上女妖的当。①弟弟带着七种动物去打猎，碰见雄鹿。②他追雄鹿来到山脚下，看见一个老太太。③弟弟误信老太太的话，用树条碰了一下自己和七个动物，他们全都死了。2. 生命的标记。①哥哥回到岔路口，看到弟弟的标记生锈，知道弟弟遇到了麻烦。②哥哥找弟弟。3. 神奇的木棒。①哥哥在白毡房中遇见公主，得知她是弟媳。②哥哥进山打猎，碰见雄鹿。③哥哥追到高山下，看见一个老太太。④哥哥没有上这个女妖的当，他拿过女妖的树条，吼道"还我弟弟！"并追打女妖。⑤女妖求饶，让哥哥拿树条到大石头后面点一下躺着的弟弟、七只动物和马，结果全部复活，兄弟团聚。

英雄回家。①哥哥、弟弟和弟媳一同返回家乡。②他们用龙头治好了父亲的病。

讲述者：阿力腾哈孜克·车奥玛依，男，65岁，柯尔克孜族，特克斯县科克铁热克柯尔克孜民族乡牧民，不识字。采录者：阿散拜·玛提力。翻译者：巴赫特·阿曼别克，依斯哈别克·别先别克。采录时间：1981年。采录地点：特克斯县科克铁热克柯尔克孜民族乡。新疆卷，第716—719页。

0509. 狼姑娘

（柯尔克孜族　乌恰县）

动物朋友。1.动物报恩。①母狼用袭击羊群的方法，找到救命的牧羊人。②母狼开口说，请他跟它走。③他跟着母狼穿越戈壁沙漠，来到一座城市，进入白色宫殿。2.狼妻。母狼的父母隆重地迎接他，感谢他救了自己的女儿，为他们举办了盛大的婚礼。

英雄回家。1.人兽婚。①牧羊人带狼妻返回家乡。②乡亲们见树下拴着一头母狼，都吓跑了。③男子的父亲说，任何东西都是我的儿媳。2.四十的风俗。①母狼白天是狼，晚上变成美女。②她告诉丈夫，是父母给自己穿上狼的外衣。③她请他忍耐四十天，便可达成心愿。3.兽皮（穿上或烧掉兽皮）。①男子受不了人们的非议。②他在第三十一天时忍不住烧掉兽皮。③狼妻从睡梦中惊醒，埋怨他误人误己。

为娶亲满足国王苛刻条件。1. 汗王夺妻。汗王贪恋狼妻的美貌，要霸占她。2. 交换条件。①汗王设计陷害青年。②汗王以三件难事做交换，男子做不到就杀了他。3. 求助狼妻。①绣花（捻线）。汗王要求他找回老汗王在峡谷中丢失的枣红马和跟随的四十匹母马。狼妻绣了一夜手帕，让丈夫到集市去卖钱买线，夫妻俩用线捻成长绳，然后青年进入峡谷，将绳的一端拴在柏树上，另一端拿在自己手里，口中喊"呼热乌！呼热乌！"连呼五遍，枣红马和跟随的四十匹母马自动跑来，青年用咒语让枣红马的头碰绳子，他从后面把马拴住，四十匹母马跟随，他赶着所有马匹回家。②磨石。汗王让青年一天内建成一座新城。他们借助狼王赠送的陪嫁磨石的神力，次日造好。③树干发出声音。汗王要求他找回故去老汗王宰杀了的一匹雪青马，他按照妻子的办法，来到墓地，手摇一只空篮，对老汗王的墓说话；墓中传出声音，送来三条腿的雪青马，并说，马丢失的一条腿被汗王夫妇在父亲的葬礼上偷吃了。青年牵着三条腿的雪青马送给汗王，汗王吓死了。4.小伙与心爱的狼姑娘相伴一生。

讲述者：玛玛迪亚尔·阿纳皮亚，柯尔克孜族。采录者：阿依古丽·托合托尤夫。翻译者：依斯哈别克·别先别克，巴赫特·阿曼别克。采录时间：1990年。采录地点：乌恰县。新疆卷，第764—767页。

0528. 狮子大力士

（柯尔克孜族　乌恰县）

奇异出生。1.熊崽。①富人打猎，捉到一只熊崽，带回家，把它养大。②富人的女儿每天骑着熊，带它到河边饮水。2.熊妻。①富人的女儿十九岁时，熊把她驮到一个山洞，与她成亲。②他们生了一个儿子，儿子浑身长满黑毛，像熊。

超时间的成长。1.说话和力气。①他六个月能说话。②他力胜熊几十倍。2.返回家乡。①他将熊父压在山下。②带着母亲逃走，母子回到家乡。3.成为英雄。①村人不让熊孩参加叼羊比赛，熊孩很生气，将五六个壮汉连人带马抓起来，抢了几圈，经长辈相劝，壮汉才保住性命。②小孩嘲笑他身上有毛，胳膊像熊爪，不跟他玩。他很生气，拧下五六个孩子的脑袋。③国王下令用绳子捆住熊孩的手脚，熊孩轻轻一抖，抖掉绳索。国王下令用铁链捆住熊孩的手脚，熊孩用这条铁链将打手们拴在一起，丢在国王跟前，国王跪地求饶，再也不敢欺压百姓。④人们给熊孩起名"狮子大力士"，他的威名传遍了五湖四海。

英雄出征。1. 托梦。狮子大力士做梦，陶大力士和沙子大力士向他挑战。2. 英雄的助手帮他战胜敌人。①他找到两个大力士，制服了两人，两人愿意给他当奴仆，三个大力士结伴旅行。②他们在一处山洞住下，以打猎为生。

地下世界。1. 女妖来访。①七头女妖变成老太太，到山洞抢肉吃，另外两个大力士都斗不过它。②狮子大力士制服了它，拧下了它的六个脑袋，它带着一个脑袋逃走。2. 地洞。①狮子大力士追赶女妖。②他下到地洞里。3. 被妖怪抢来的女子。①他发现铁笼里关着一个姑娘。②姑娘是被独眼巨怪从七层大地上抢来的。4. 回到地面（抓住树冠、骑鸟）。他将姑娘从洞口送回大地，托付另外两个大力士照管。5. 杀死妖怪。①他回到七层大地下面，找到那个七头女妖，把它的最后一个头也拧了下来。②七头女妖是独眼巨怪的妻子，他找到独眼巨怪睡觉的地方，把铁棍烧红，扎进独眼巨怪的独眼，杀死妖怪。

杀死树下的蛇。1. 生命树。①他赶着六只山羊朝着东方走去。②他来到一棵梧桐树下，睡着了。2. 蛇缠树。①他被尖叫声惊醒，只见一条六十米长的巨龙朝梧桐树爬去，正准备吃掉树上窝里的雏鸟。②他抽出大刀，把巨龙劈成两半，杀死妖怪。

救了树上的鸟。1. 动物感恩。大鹏鸟感谢他对雏鸟的救命之恩，愿意给他当坐骑。2. 在鸟背上飞。①他骑在大鹏鸟的背上飞出地下世界。②当大鹏鸟向右回头时，他就给它喂一只山羊的肉；当它往左回头时，他就给它饮上一皮囊水。③飞过地下第六层时，肉吃光了，水也喝完了，他割下自己腿上的肉喂鸟，挖下自己的眼珠用泪汁为鸟饮水。④飞到第七层大地后，大鹏鸟得知此事，把他吞了下去，治好了他的腿和眼，又吐出来，他变得更英俊。3. 宝物（宝镜、宝毯、宝剑、宝壶）。①大鹏鸟临别时拔下自己的一根羽毛，告诉他，需要的时候，吹一下羽毛，它就变成一匹马；不需要的时候，对羽毛吸一口气，羽毛就变成气体消失。②他求助大鹏鸟，对羽毛一吹，得到一匹马，继续上路。

英雄回家。1. 朋友成为叛徒。①他来到一座城，发现那里正在举行盛大的婚礼。②两位大力士朋友正要娶他从大地下面救出的姑娘。2. 真相大白。①他说明真相，杀死叛徒。②他娶姑娘为妻。③他成为这方土地的汗王，一直生活在这里。

讲述者：木沙·依沙克，30 岁，柯尔克孜族，乌恰县人，中专文化。采录者：吉尔夏力·朱努斯，女，22 岁，柯尔克孜族。翻译者：巴赫特·阿曼别克，依斯哈别克·别先别克。采录时间：1991 年。采录地点：乌恰县。新疆卷，第 845—848 页。

0529. 熊大力士

（柯尔克孜族　乌恰县）

超时间的成长。1. 森林广场。①国王带小王子去森林打猎，王子被母熊抱走。②小王子在母熊的精心喂养下，长成大力士。2.国王父子相认。①国王来到丢失小王子的森林中，突然窜出一头大熊，国王为了防身，将熊杀死。②浑身是毛的壮汉冲出森林，斥责国王不该杀死自己的母亲。③他要吃掉国王。3.真相大白。①母熊将死，说出真相，原来壮汉就是当年被熊抱走的小王子。②父子相认，王子跟随国王父亲返回家乡，人称"熊大力士"。

　　英雄出征。1.巨怪。①三个巨怪来到这个国家，伤人毁财，百姓不安。②熊大力士向父亲请战，父亲同意他出征。2.神奇的工匠。①国王召集城里所有的铁匠给王子打造武器。②王子只要大刀。

　　英雄的助手帮他战胜敌人。1.交友。①他在途中遇到梧桐巨怪，巨怪能把梧桐树连根拔起，就像玩耍一根枝条。熊大力士战胜梧桐巨怪，巨怪称服，跟他一道上路。②他遇到大石巨怪，巨怪能把毡房大的石块来回抛着玩，他战胜大石巨怪，巨怪称服，跟他一道上路。③他遇到沙漠巨怪，巨怪扛着巨峰大的口袋，袋里装满沙子，他战胜沙漠巨怪，巨怪称服，跟他一道上路。2.杀死妖怪。①他将自己的身份告诉三个巨怪。②大家合力杀死七头女妖。

地洞。1.地洞的入口。①他们遇到矮子巨怪，熊大力士和他的三个巨怪朋友都不能制服它。②他们追赶它，找到地洞的入口。2.顺着绳子下到地下世界。他们用从矮子巨怪身上得到的公山羊绒毛和胡须搓了一条长绳，有四十度那么长，他们从地洞口下去。3.三个朋友下地洞失败。①梧桐巨怪的脚还未着地，就踏上了烈火，忍耐不住，爬了上来。②大石巨怪下去后，未能渡过急流，爬了上来。③沙漠巨怪下去后，吓得心脏都快裂了，爬了上来。4.英雄成功。①熊大力士顺着绳子下落。②英雄来到地下世界。

杀死妖怪。1.战胜千名巨怪。他起初与千名巨怪打了七天七夜，巨怪不但没有减少，反而增多。2.寄魂物。原来矮子巨怪是它们的命根，只有止住矮子巨怪的血，才不会产生新的巨怪。3.被妖怪抢来的女子。①他在地洞中遇见一位姑娘。②她被矮子巨怪抓来，关在地下的铁笼子里。4.杀死寄魂物。他找到矮子巨怪的住处，厮打三天两夜，杀死矮子巨怪，它断气时，千名巨怪同时丧命。

把找到宝物的人留在井中。1.救出公主。①他从铁笼中救出姑娘。②他送姑娘先上洞口，让洞外的三个朋友帮忙，把姑娘和地下财宝先吊上去，最后再吊自己上去。2. 朋友变成叛徒。①三个朋友贪图美女和财富，变了心，割断了吊绳。②他摔到洞底，不能动弹。3. 仙药。①他看见一只断腿的老鼠吃了一种草，把腿治好了，他也把那种草挖出来吃下，治好断裂的腿骨，重新站了起来。②他用大刀在洞壁挖出梯子，沿着梯子爬出地洞。

杀死树下的蛇。1. 树与蛇。①他不分昼夜地赶路，来到一棵梧桐树下。②他看到一条巨龙正准备吞食树上的雏鸟。③他用长刀砍死巨龙。2. 英雄睡觉。他杀死妖怪后，躺在树下睡着了。

救了树上的鸟。1. 动物报恩。①大鹏鸟回到家，得知事情的经过。②大鹏鸟感谢他救了雏鸟，答应帮助他。2. 骑在鸟背上飞。①大鹏鸟让他骑在鸟背上。②他飞回父亲的国家。

英雄回家。①真相大白。他回家后，发现三个巨怪朋友正从城中赶出自己的父亲，霸占国王的宝座，争抢那位姑娘，他说明真相，杀死全部巨怪。②恢复王位。他让父亲重新登上国王的宝座。③结婚。他娶从地下救出的姑娘为妻。

　　讲述者：木沙·依沙克，30岁，柯尔克孜族，乌恰县人，中专文化。采录者：吉尔夏力·朱努斯，女，22岁，柯尔克孜族。翻译者：巴赫特·阿曼别克，依斯哈别克·别先别克。采录时间：1991年。采录地点：乌恰县。新疆卷，第848—851页。

0536. 旱獭儿子

（柯尔克孜族　阿合奇县）

　　奇异出生。1.求助。①老夫妻膝下无子，向胡大祈子。②妻子六十怀孕，生了一只旱獭。2.儿子獭。①妻子舍不得杀掉旱獭儿子，把他藏起来。②妻子在毡房外挖了一个窝，将旱獭关在里面养大。

　　超时间的成长。1.说话。旱獭三岁会说话。2.旱獭得到宝物。①马鞭。他将勇士的马鞭衔进自己的窝里，勇士找不到马鞭，向老人索赔，老人赔了勇士一只羊。②长刀。旱獭要进城，让老人将他装在褡裢里。他让老人把山羊羔卖了，给他买了长刀。③生命水。他在返回途中，让老人买下一匹皮包骨的雪青马，他往马身上吐了一口唾沫，瘦马立刻跳起，朝群山飞奔而去。

为娶亲满足国王苛刻条件。①求助。旱獭十八岁时，求父母向汗王提亲，要娶汗王的公主。②汗王不答应，提出了三个条件做交换。③他完成三个条件，在规定的时间内，造好了金宫、银池，找到两棵神树，将树种到王宫中，汗王答应定亲。

奇异的婚姻。白马王子。①婚礼当日，旱獭变成英俊青年，手持白柄马鞭，身挂弯马刀，骑着雪青马，与公主见面。②四十天的风俗。国王为他们举办了四十天盛大的婚礼。

兽皮（穿上或烧掉兽皮）。1.真相大白。①在婚礼举行的第二十天夜里，老人见到白马王子在池边下马，朝公主的房间走去。②老人拦住王子问个究竟，王子告诉父亲，自己就是父亲向胡大求助得到的儿子。③造物主为了实现老人和自己的期望，给自己裹上了旱獭皮。2.四十天的风俗。①四十天婚礼结束后，新娘被接回婆家。②婆家有了白毡房，牛羊骆马遍地。③新郎白天变成旱獭，晚上变成英俊王子，与妻子相伴。④老人不愿看见儿子变成野兽，偷偷烧掉了儿子的旱獭皮。⑤儿子从睡梦中惊醒。告诉父亲，烧掉兽皮，害了老人，也害了自己，还需要忍耐一段时间才行。⑥儿子、白毡房和牲畜都消失了，公主回到了汗王宫，老夫妻又回到从前贫苦的生活。⑦老夫妻思念儿子，哭瞎了眼睛。

英雄回家。①旱獭一年后变人。英俊王子骑着雪青马，身穿长战袍，腰挂弯马刀，头戴宝石皮帽，手持白柄鞭，回到父母的家。②仙药。他手持白柄马鞭，在父母的瞎眼上挨了一下，老两口双眼复明。③返回财产。老夫妻家里的白毡房和牛羊都回来了。④公主回家。儿子接回妻子，重新举行婚礼。

地名的由来。旱獭的故事传到今天。

讲述者：阿不都克热木·阿山，31 岁，柯尔克孜族，阿合奇县人。采录者：沙肯·加力勒，男，41 岁，柯尔克孜族，大专文化。翻译者：巴赫特·阿曼别克，依斯哈别克·别先别克。采录时间：1989 年。采录地点：阿合奇县。新疆卷，第 869—872 页。

0556. 老翁与狐狸

（柯尔克孜族　特克斯县）

动物朋友。1. 狐狸与人。老夫妻收养了一只狐狸，狐狸帮老夫妻得到狮子、老虎、狗熊和狼狈。2. 狐狸报恩。①猎人要射杀狐狸，老夫妻保护狐狸。②老夫妻得到了财富，狐狸得到了充足的肉，彼此都生活愉快。

讲述者：阿力腾哈孜克·车奥玛依，71岁，柯尔克孜族，特克斯县科克铁热克柯尔克孜民族乡牧民，不识字。采录者：阿散拜·玛提力。翻译者：巴赫特·阿曼别克，依斯哈别克·别先别克。采录时间：1987年。采录地点：特克斯县科克铁热克柯尔克孜民族乡。新疆卷，第927—929页。

0559. 忠诚的黑马驹

（柯尔克孜族　特克斯县）

奇异的婚姻。1. 难题招亲。①巴依的女儿美貌无比，巴依为女儿招亲。②没人知道她的名字，巴依提出，谁能猜中女儿的名字，就将女儿嫁给谁。2. 偷听话。①狼藏在树林中，偷听到女孩的名字，就去找巴依。②巴依将女儿嫁给狼。3. 动物助手。①黑马驹自愿给女孩当陪嫁。②女孩骑上它离开家。

动物报恩。 1. 逃走。①狼领新娘走进森林中的狼穴。②黑马驹趁天黑将女孩带走。③黑马驹像飞鸟一样，驮着姑娘逃离。2. 猎人与狼。①狼追黑马驹，遇到猎人。②它祈求猎人饶命，答应每年给猎人一只狼崽。③狼返回洞穴。3. 女扮男装。黑马驹带着姑娘来到一家歇脚，奶奶要为自己的孙子提亲，男孩不相信姑娘是女子，奶奶告诉他测试的方法。①两人比赛打猎，黑马驹借给女孩神力，姑娘胜。②男孩把黑马驹关进铁笼里，黑马驹逃出铁笼，带姑娘逃走。③黑马驹把姑娘带到大海对岸的一个鸟语花香的地方定居。4. 宝物。黑马驹浑身是宝，死后全部送给姑娘。①它的腿为姑娘变成了无数的驼马牛羊。②它的白骨为姑娘变成白色宫殿，与日月争辉。

讲述者：阿力腾哈孜克·车奥玛依，67岁，柯尔克孜族，特克斯县科克铁热克柯尔克孜民族乡牧民，不识字。采录者：乌拉赞拜。翻译者：郝关中。采录时间：1983年。采录地点：特克斯县科克铁热克柯尔克孜民族乡。新疆卷，第934—936页。

0575. 喜鹊巴依

（柯尔克孜族　阿合奇县）

求助。①祈神灵。老夫妻住在深山中断了粮，老翁祈求胡大指一条活路。②鸟神喜鹊。老翁套住了一只喜鹊，喜鹊自称是喜鹊巴依，请老翁去它家做客。

屙金的动物。找金鸟。①老翁出门找喜鹊，路上遇到牧羊人，牧羊人告诉他，向喜鹊要一只山羊，其余什么都不要。②老翁来到喜鹊家，向喜鹊要了山羊。③这是一只屙金的山羊，屙下了金灿灿的金子。④小孩给他换了一只普通的山羊，把屙金的山羊送给了汗王。

宝物（宝镜、宝毯、宝剑、宝壶）。1.神奇的餐布。①老翁第二天去找喜鹊，路上遇到牧羊人，牧羊人告诉他，向喜鹊要一块餐布，其余什么都不要。②老翁来到喜鹊家，向喜鹊要了餐布。③老翁把餐布带回家，将餐布铺在席上，开口道："餐布，快铺开！"餐布堆满了宝物。④汗王夫人得知消息，偷走了餐布，换给老翁一块普通的餐布。2.神奇的筛子。①老翁第三天去找喜鹊，路上遇到牧羊人，牧羊人告诉他，向喜鹊要一个筛子，其余什么都不要。②老翁来到喜鹊家，向喜鹊要了筛子。③老翁把筛子带回家，对筛子念道："筛吧，筛子！"筛子筛出了各种物品。④汗王夫人得知消息，偷走了筛子，换了个普通的筛子给他们。3.神奇的木棒。①老翁第四天去找喜鹊，路上遇到牧羊人，牧羊人告诉他，向喜鹊要一根大头棒，其余什么都不要。②老翁来到喜鹊家，向喜鹊要了大头棒。

模仿他人的幸运遭遇失败。1.惩罚。老翁将大头棒带到城边上，对大头棒念道："打吧，大头棒！"大头棒飞到城中，砸向汗王的宫殿。2.失败。①汗王央求老翁停手。②汗王把山羊、餐布和筛子都还给老翁。3.意外的惊喜。汗王任命老翁当卫城兵卒的头目。

动物报恩。①喜鹊来到老翁家，要回了山羊和餐布，留下了筛子和大头棒。②老夫妻过上幸福的生活。

讲述者：卡德尔阿洪·依布拉音，柯尔克孜族，阿合奇县哈拉奇乡牧民。采录者：沙肯·加列力。翻译者：巴赫特·阿曼别克，依斯哈别克·别先别克。采录时间：1988 年。采录地点：阿合奇县哈拉奇乡。新疆卷，第 981—984 页。

0582. 仇将恩报

（柯尔克孜族　特克斯县）

求助。1. 求评理。老人用一块金币救了蛇，蛇恩将仇报，要咬死老人。老人不答应，去找大树评理。2. 善恶的道理。大树说，树每天供人乘凉，行人却在离开时砍下树枝，以恶报善。现在蛇也以恶报善，是同样的道理。3. 交友。①老翁同意大树的评判，让蛇咬自己。②蛇被感动，与老人交了朋友。

动物报恩。1. 动物朋友。①它是蛇王子。②它把老人带到蛇王的跟前。2. 寄魂物。①蛇王斥责儿子不该带生人来，愤怒中舌上喷出的毒液溅遍全身。②蛇王就要死去。2. 父亲的遗嘱。①蛇王临终前问王子要什么。②王子按照老人的嘱咐，要了钱包、小破花帽和小号。3. 宝物（宝镜、宝毯、宝剑、宝壶）。原来王子的三件宝贝是：①钱包里有用不完的金币。②小花帽是隐身帽。③小号是召集勇士的神号。4. 失去宝物。①王子的宝贝被汗王的女儿骗走。②王子一贫如洗，到处流浪。

神奇的苹果。1. 带着苹果旅行。①王子在路上遇到一位白须老翁，他听从白须老翁的指点，在褡裢的一头装满白苹果，另一头装满红苹果。②四十的风俗。汗王的女儿和她的三十九个侍从在一起，共四十位姑娘在湖中游泳。③他背着苹果从她们面前经过，送给每位姑娘一只白苹果，四十个姑娘变成了四十头驴。④他将驴赶回家来，把汗王的女儿抓住，拴在桩上。2. 英雄获胜。①他将汗王的女儿拴在桩上，不给草，不给水。②他让汗王的女儿将偷走的宝物全部还回。③他让汗王的女儿嫁给他，并发誓不再害他。3. 用水果（毛巾）改变容貌。①他给汗王的女儿吃了一个红苹果。②她恢复了原有的美丽容貌。

英雄回家。1. 返回家乡。①王子与汗王的女儿回到汗王的家，汗王把汗王的宝座让给王子。②汗王为他们举行了盛大的婚礼。2. 用水果（毛巾）改变容貌。①他给其余的三十九头驴每头吃一个红苹果，她们都恢复了原貌。②她们成为新娘的侍女。3. 真相大白。原来白须老翁就是用当初用金币救他的那个老人。

讲述者：阿力腾哈孜克·车奥玛依，67岁，柯尔克孜族，特克斯县科克铁热克柯尔克孜民族乡牧民，不识字。采录者：乌拉赞拜。翻译者：依斯哈别克·别先别克。采录时间：1983年。采录地点：特克斯县科克铁热克柯尔克孜民族乡。新疆卷，第1003—1006页。

0585. 两位匠人

（柯尔克孜族　特克斯县）

神奇的工匠。1. 会飞的木马。①他是一位木匠，造了一匹木马。②他在马耳上设置了机关，扭其右耳，木马会飞上天；扭其左耳，木马会落地。2.会游的金属鱼。①他是一位是金匠。②他用金子打做一条鱼，给鱼安了翅膀，鱼入水不沉。3.技艺超群。①两位工匠向国王展示自己的技艺。②国王看了，对两人都很欣赏。

　　会飞的木马。1.骑马飞走。①王子骑上木马。②他扭动木马的右耳，木马飞上了天。2.忘记嘱咐。①王子忘记扭动马的左耳，结果木马越飞越高，越飞越远。②王子终于想起扭动左耳，木马降落。3.求助。①王子来到一个陌生的地方。②王子央求给老太太当儿子。

　　怪柳。1.怪柳。①有一棵金树，种在老太太房前。②有一盏灯挂在树尖上。2.魔女住在树中央。①一位公主住在树上。②她是国王的女儿。3.四十的习俗。①四十位姑娘每天到树上去陪公主玩耍、聊天。②老太太禁止王子晚上出门看树。

　　奇异的婚姻。1.仙药。①王子找到两种药：一种是骨痛药，一种是止痛药。②他把这两种药都买下来。2.找公主。①王子骑木马去找公主。②木马飞到大树顶，飞到公主房间的外面。③王子在树枝上涂上骨痛药,将树枝从窗口伸进,碰公主的身体,公主全身疼痛;王子再用同样的方法,用涂上止痛药的树枝碰公主的身体,公主止痛。④他来到公主的房间,与公主见面。3.王子与公主相爱,公主怀孕。

县官判案。查找嫌疑人。①国王在公主的房中涂上油漆,查找亲近公主的人,油漆沾在王子的衣服上。②王子偶然遇到乞丐,把衣服送给乞丐。③国王看见乞丐衣服上的油漆,以为乞丐是嫌疑人,将乞丐杀掉。

骑在鸟背上飞走。1.私奔。①王子和公主骑上木马飞走。②他们来到一个没人的草原上生活。2.夫妻失散。①一个国王将公主掠走,王子失去公主。②王子到处流浪,寻找公主,来到了另一个国家。3.重逢。①王子在这个国家找到了公主。②王子将骨痛药涂在拐走公主的国王身上,国王疼痛难忍。③公主提出为国王寻找止痛药,国王答应。④国王按公主的要求,给她备了两匹马。⑤公主与王子各骑一匹马,一起逃走。

英雄回家。1.婚礼。①王子带公主返回家乡,国王父亲为他们举行了盛大的婚礼。2.质子。国王因王子骑木马飞走，羁押了木匠和金匠，现在将两个工匠从牢中放出来，让他们回家。

讲述者：阿力腾哈孜克·车奥玛依，67 岁，柯尔克孜族，特克斯县科克铁热克柯尔克孜民族乡牧民，不识字。采录者：吐尔干拜·克力奇别克。翻译者：依斯哈别克·别先别克。采录时间：1983 年。采录地点：特克斯县科克铁热克柯尔克孜民族乡。新疆卷，第 1017—1019 页。

0616. 宝石

（柯尔克孜族　特克斯县）

动物报恩。1. 罗摩十二岁。①富人夫妇死去，十二岁的儿子成为孤儿。②另一个富人以收留孤儿为名，霸占了富人的全部家产。2. 救蛤蟆。①孤儿见蛤蟆受伤，将蛤蟆带回家喂养。②富人发现了蛤蟆，将孤儿赶出家门。3. 宝物（宝镜、宝毯、宝剑、宝壶）。①孤儿将蛤蟆放回池塘。②蛤蟆口吐一块宝石，送给孤儿。③孤儿在任何时候遇到困难，都可以向宝石求助，宝石都能帮助他。

英雄出征。1.蛤蟆的嘱咐。①蛤蟆告诉孤儿去往一个地方，孤儿出发。②孤儿来到一个凶险的岔路口，宝石保护他，使各种猛兽退走。2.与蛇交友。①他在路上看见一条僵死的蛇。②他用宝石碰了一下蛇尸，蛇活了，与他交友。③蛇告诉他求助的方法：只要说'快来，我的蛇'，蛇立即就到。3.与蜜蜂交友。①他在路上看见一只死去的蜜蜂。②他用宝石使蜜蜂复活。③他得到蜜蜂的一根须子。④蜜蜂告诉他求助的方法：只要点燃须子，蜜蜂立即到来。4.与骷髅交友。①他在路上看见骷髅。②他用宝石碰了一下骷髅，骷髅变成英俊小伙。③英俊小伙与他交友，他向英俊小伙说出宝石的秘密。

把找到宝物的人留在井中。1.朋友成为叛徒。①英俊小伙借走宝石。②英俊小伙借口让他下井取水，松开井绳，将他留在井底。③英俊小伙把宝石献给汗王，自己当上了大臣。2.获救。①一支商队到来，从井中救出孤儿。②孤儿在一座城市中偶遇英俊小伙。③英俊小伙再次陷害他，将他投入地牢。

英雄的求助。1.求助蛇。①孤儿召唤蛇，蛇把他救出地牢。②蛇故意咬伤汗王的公主，再让他念蛇的咒语。③他治好了公主的病，汗王要将公主嫁给他。2.求助蜜蜂。①英俊小伙极力阻拦这桩婚姻。②英俊小伙安排四个打扮相同的姑娘上街，乘坐四辆相同的马车，马匹和车夫也都一样，将公主混在其中，命他猜出，猜不出便解除婚约。③他点燃蜜蜂的须子，蜜蜂飞来，落在公主的车顶上，他让公主坐的车停下。④汗王答应这门亲事。

县官判案。1.真相大白。①英俊小伙在汗王面前诬告孤儿。②孤儿说明事情的经过。2.神的惩罚。汗王难断真假，就用宝石测试他们。①英俊小伙用宝石碰额头，额头变黑。②孤儿用宝石碰额头，额头照常，并使英俊小伙的相貌复原为骷髅。3.汗王将英俊小伙投入地牢，为孤儿和公主举行婚礼。

讲述者：阿力腾哈孜克·车奥玛依，67岁，柯尔克孜族，特克斯县科克铁热克柯尔克孜民族乡牧民，不识字。采录者：乌拉赞拜。翻译者：依斯哈别克·别先别克。采录时间：1983年。采录地点：特克斯县科克铁热克柯尔克孜民族乡。新疆卷，第1105—

1109 页。

0629. 谋害别人，倒霉的是自己

（柯尔克孜族　乌恰县）

月中女子（月亮婆婆）。1. 前妻的女儿。①樵夫的前妻去世，留下了一个女儿。②樵夫带回另一位女子，女儿让父亲娶她为妻。2. 后母的女儿。①后母带来一个女儿。②后母虐待前妻的女儿。3. 绣花（拴线）。①前妻的女儿边放牛，边捻羊毛。②一阵风将羊毛吹走，卷进了一间破屋里。③她来到破屋找羊毛，见屋里有一个奶奶。4. 考验。①她第一次问奶奶，从金门进，还是从木门进。回答是进金门，她进了木门。②她第二次问奶奶，应该做什么活，回答是扫屋子，再把垃圾倒进灶。她扫完屋子，把垃圾倒在屋外面。③她第三次问奶奶，还需要干什么活，回答是把柴劈成大块，投进灶里。她不仅劈了柴，还生起了火。她就像在家里一样辛勤劳动。

用水果（毛巾）改变容貌。1. 奶奶吻她的前额，她的刘海儿变成了黄金。2. 宝物（宝镜、宝毯、宝剑、

宝壶）。①奶奶把她带进另一间屋，里面有大罐和小罐。②奶奶告诉她，在大小两种罐子中只能看一种，她只望小罐就出来了。3. 求助。①女儿求奶奶还回被风刮来的羊毛，奶奶将羊毛捻成线。②她拿上线告别。

模仿他人的幸运遭遇失败。女儿回到家，把事情的经过告诉了后母。①后母让自己的亲生女儿也去放牛捻线。②后母的女儿没有通过奶奶的考验，浑身长疮。

再次求助。1. 王子的宴会。后母领自己的女儿参加巴依公子的宴会，留下前妻的女儿在家干活。2. 难题。①后母要求她把三十斤小米和四十斤细沙合起来炒，再将小米和细沙分开。②所有的工作都要在宴会结束前做到。3. 英雄的助手帮她战胜敌人。①她做不到，哭了起来。②一群鸡飞来帮忙，很快分开了小米和细沙。③原来领头的母鸡是奶奶的化身。

灰姑娘。1. 金套鞋。①奶奶为她带来美丽的衣裳和金套鞋，把她打扮得很美丽。②奶奶带她骑上骏马，去参加巴依的宴会。2. 丢鞋。①她返回时，丢了一只金套鞋。②奶奶告诉她，拿到金套鞋的人将要娶她。3. 成亲。巴依的公子捡到金套鞋，娶她为妻。4. 遇害。①后母给她洗头，将毒水浇到她的头上，使她的金刘海脱落。②金流海开口说话，说后母害别人，也害了自己。③金刘海飞走。5. 神的惩罚。①金刘海把事情的经过告诉了她的丈夫，丈夫通过了考验。②金刘海又落回她的头上，她恢复了美丽。③后母和后母的女儿变成秃子。

地名的由来。从此柯尔克孜族人有"谋害别人，倒霉的是自己"的谚语。

讲述者：阿依提库力·克力木，男，52 岁，柯尔克孜族，乌恰县人。采录者：吐努克·哈德尔。翻译者：巴赫特·阿曼别克，依斯哈别克·别先别克。采录时间：1989 年。采录地点：乌恰县。新疆卷，第 1158—1161 页。

0637. 金头银臀的孩子

（柯尔克孜族　特克斯县）

英雄出发。1. 三姐妹。①老夫妻有三个女儿。②在她们出门时，父母被劫走，财产被抢走。2. 宝物（宝镜、宝毯、宝剑、宝壶）。①母亲留下梳子、镜子和锥子三样东西。②她们按照东西的吉兆去找母亲。3. 杀死妖怪。①她们遇到女妖，第一个女儿把梳子甩在地上说："快变成森林！"身后变成连狗都难穿过的一片森林。②女妖追上来，第二个女儿把锥子甩在身后说："快变成大山！"锥子变成大山。③女妖追上来，第三个女儿把镜子丢在后面说："快变成无底大湖！"身后变成一个无底的深湖。④她们阻挡了女妖的追赶，战胜了女妖。

森林广场。1. 英雄睡觉。①她们来到一片森林，看见一棵大杨树，②她们爬到树顶上睡着了。2. 魔女住在树中央。①汗王和两位大臣路过这里，在大树下过夜。②第二天一早，他们发现了树上的三位姑娘。

奇异的婚姻。三姐妹分别嫁给汗王和两个大臣。1. 大姐的婚姻。①汗王娶大姐为妻。②大女儿会生头是金、屁股是银的龙凤胎。2. 二姐的婚姻。①一个大臣娶二姐为妻。②二姐能在男人上马又下马的工夫，织出一件大衣。3. 三姐的婚姻。①另一个大臣娶三姐为妻。②三姐能在男人下马的时间内，织出一件内衫和内裤。

奇异出生。狸猫换太子。①大姐生下头是金子、屁股是银子的龙凤胎。②王后买通巫婆,将龙凤胎换成两个狗崽,又将两个婴儿扔进河里。③山神将婴儿救走,带到深山中养大。④汗王听说大姐生下两只狗,下令砍掉她的一只胳膊、一条腿,将她扔到森林中去。

国王父亲团聚。1.动物报恩。①大姐带着狗崽在森林里生活。②狗崽叼来野兔和野鸡给她吃。2.仙药。①大姐看到瘸腿老鼠吃了一种草叶,治好了瘸腿。②她也去采那种草叶吃,她的胳膊和腿也都痊愈了。3.真相大白。①汗王到山中打猎,见到了头是金子、屁股是银子的一个男孩和一个女孩在熟睡,他明白这是自己的儿女。但儿女不认识他,汗王大哭。②王后得知消息,要害死两个孩子。4.龙马。①王后让男孩去河边找宝马。②白须老人告诉男孩制服马的办法。③男孩在河边见到一条巨龙跳到河里喝水,出来后变成一匹马。④男孩制服了马,骑马回到山洞。5.母子相逢。两只小狗将头是金、屁股是银的龙凤胎引到大姐跟前,母子相认,共同生活。

英雄回家。1.托梦。①汗王梦见黑孜尔圣人,圣人告诉他，龙凤胎确实是他的亲子。②汗王带领人马赶到森林，找到妻子和一双儿女，全家相认。2. 恶有恶报。汗王杀死王后和巫婆。3. 三姐妹团聚。大姐找回二姐和三姐，接回了父母，全家都过上了幸福的生活。

讲述者：阿力腾哈孜克·车奥玛依，73 岁，柯尔克孜族，特克斯县科克铁热克柯尔克孜民族乡牧民，不识字。采录者：乌拉赞拜。翻译者：依斯哈别克·别先别克。采录时间：1989 年。采录地点：特克斯县科克铁热克柯尔克孜民族乡。新疆卷，第 1190—1192 页。

0641. 四十种手艺

（柯尔克孜族　阿合奇县）

为娶亲满足国王苛刻条件。1. 罗摩十二岁。①他是母亲的独子。②他十二岁。③他的家境贫寒。2. 求助。他请求母亲向汗王提亲，要娶汗王的公主为妻。3. 汗王的苛刻条件是，要他学会四十种手艺和本领。

英雄出发。1. 老师和学生。①他拜师学烤馕。②师傅教了四十天。③师傅给青年念咒语后让他离开。2. 圈套。①他中了师傅的魔咒，变成一只羊。②他被送到集市上卖掉。3. 摆脱魔咒。①他从师傅的女儿那里得到解除魔咒之法，战胜了魔咒。②他离开家乡，去学本领。4. 四十的风俗。他学会了四十种手艺和本领。

神奇的工匠。他在汗王的家宴上展示本领。1. 动物和植物变形。①空中飞出鸽子、红花、蔷薇、鸭子、小米、鸡和猎鹰。②鸽子变红花。③蔷薇刺红花，红花死。④蔷薇再刺红花，让红花活。⑤多只鸡一起分米。⑥汗王和官员们都看得眼花缭乱，目不暇接。2. 人变形。①他自己突然从汗王的上衣口袋中变出来，跳在地上，站在汗王的面前。②他声称有四十种手艺和本领。③刚才飞的猎鹰是师傅，自己是徒弟。

英雄回家。1. 汗王将公主嫁给他。2. 汗王把王位让给他。3. 杀死妖怪。①他找到烤馕师傅，杀死这个妖怪，没让其洒落一滴血。②他娶师傅的女儿为妾，是她当初告诉他解除魔咒的方法。

　　讲述者：加森，男，45 岁，柯尔克孜族，阿合奇县牧民。采录者：阿布都克热木·阿山，男，51 岁，柯尔克孜族。翻译者：巴赫特·阿曼别克，依斯哈别克·别先别克。采录时间：1988 年。采录地点：阿合奇县。新疆卷，第 1205—1208 页。

0643. 伊萨克拜

（柯尔克孜族　特克斯县）

　　树干发出声音。1. 桦树发声。①他去森林砍伐桦树。②桦树发出声音说："真可笑。"2. 桦树的指点。①他问桦树："什么东西好玩？"②桦树告诉他，去找伊萨克拜。

　　用水果（毛巾）改变容貌。1. 笑话。①伊萨克拜的妻子与人偷情。②妻子用手巾扇了他一下，他变成狗，跑回家。③妻子又用手巾扇了他一下，他变成麻雀，落入猎人的网中，被捉住。④老人是妖怪，认出了伊萨克拜，把他变成鸽子放走。⑤他飞回家，衔走妻子的手巾，交给老人。⑥老人用毛巾扇一下，让伊萨克拜恢复了原形。2. 神的惩罚。①他的妻子变成驴。②那个偷情的男人变成骡子。

讲述者：阿力腾哈孜克·车奥玛依，65岁，柯尔克孜族，特克斯县科克铁热克柯尔克孜民族乡牧民，不识字。采录者：阿散拜·玛提力。翻译者：依斯哈别克·别先别克。采录时间：1981年。采录地点：特克斯县科克铁热克柯尔克孜民族乡。新疆卷，第1210—1212页。

0655. 好汉贺希奥依

（柯尔克孜族　阿克陶县）

寻找金角羊。1. 猎人。①两兄弟都是闻名天下的猎人。②兄弟用猎物帮助乡亲们生活。2. 奇异出生。①弟弟生了一个长金刘海的男孩，取名贺希奥依。②男孩十分聪明。3. 发现金角羊。①男孩狩猎时遇到金角羊。②他跋山涉水去追赶，金角羊逃脱。③金角羊钻进汗王的果园，他尾随而去。4. 四十的风俗。①四十位少女在汗王的果园里游玩，公主也在其中。②他爱上了公主。

为娶亲满足国王的苛刻条件。 1. 求助。①他请求大伯，向汗王提亲。②他要娶汗王的公主。2. 汗王提出的苛刻条件：①让一条沟淌血，一条沟流下粪便。②让一个草场布满羊群，另一个草场布满牦牛群。③让一条山沟布满骆驼，另一条山沟布满马群。④在汗王的果园里挖一个油湖和一个奶湖。⑤找到一棵参天梧桐树，将树种到王宫中，树枝上要有各种鸟歌唱。3. 他解决了两个难题。①在山里打一天猎，杀光所有的动物，让一条沟淌血，一条沟流下粪便。②集合周围部落所有的牲畜，分成羊群、牦牛群、骆驼群和马群，将草场和山沟分别填满。4. 对第四、五个苛刻的难题，他向安拉求助。①乞丐给他托梦，让他反穿皮大衣参加麻扎，向安拉祈祷。②果然在汗王的果园里出现一个油湖、一个奶湖，一棵参天梧桐树种在王宫中，树上落满各种各样的鸟在鸣唱。5. 磨石。神仙赐给他一块火石，任何时候遇到困难，他都可以向火石求助。6. 奇异的婚礼。①汗王为他和公主举办了三十天的娱乐、四十天的婚礼。②汗王给女儿陪嫁很多马匹，他只挑了两匹不起眼的黄马驹和一匹黑马驹。

杀死妖怪。1. 找公主。①他外出打猎，公主和儿子被抢走。②七头妖怪刮起飑风，卷走公主母子和所有牲畜。2. 两匹马驹，他从汗王家选的两匹瘦马留在家里。3. 壁炉。①他在壁炉边看到公主写的嘱咐的话。②他找到公主藏好的衣服和马鞍。4. 神奇的战马。①他将鞍具给马驹铺上，马驹从一岁变成四岁。②他将鞍鞯给马驹铺上，马驹从四岁变成五岁。③他将马鞍给马驹铺上，马驹从五岁马变成一匹神奇的骏马。5. 他骑马出发，途中遇到牧羊人。6. 寄魂物。①他为牧羊人理发，牧羊人提醒他，不许碰颧上的一颗痣，那是他的命根。②他剃下那颗痣，杀了牧羊人，换了牧羊人的衣服，化装成牧羊人，来到狗熊阿依乌汗的村庄。

神奇的苹果。苹果招亲。①他来到阿依乌汗宫，见到汗王的小公主，爱上了她。②汗王给每个女儿发一个苹果，让她们将苹果抛给喜爱的人。③小公主将苹果抛给了他。

父亲生气，把女儿嫁给穷人。1. 四十的风俗。汗王对大公主和其他公主的选婿很满意，为她们举行了三十天的娱乐、四十天的婚礼。2.没有祝福的婚姻。①汗王对他不满意，嫌他穷。②汗王让小公主和他去牛棚生活。

宝物（宝镜、宝毯、宝剑、宝壶） 1.求助。他打着火石，祈求神灵，帮助他找到自己的妻子和儿子。2.托梦。①他梦见白胡子老人，按照老人的指点，出发寻亲。②他来到一个岔路口，只见一条路写着"有去无回"，另一条路写着"可去可回"，他踏上了有去无回的路。③他在沿途战胜恶狗、骷髅、公驼和大鹏鸟的袭击。3.英雄的助手帮他战胜敌人。①狗与他交友。②他得到四十一匹神驹。③他带着它们去远征。

再求助。1.磨石。①他被汗王的女婿陷害，被投入地牢。②他在地牢中打着火石，向火石求助，两个马驹很快来到他面前，还带来美女玛合吐木。2.回到地面（抓住树冠、骑鸟）。①玛合吐木将四十膀长的长辫放进地牢中，他抓住长辫回到地面。②他回到汗王宫，见到汗王，讲了自己遇害的经历。③真相大白，汗王将邪恶的女婿流放，让他继承王位，他成为新汗王。

国王父子相认。1.森林广场。他来到森林打猎，找到了公主和儿子，全家相认。2. 被妖怪抢来的女子。①公主讲述了被妖怪劫到此的经过。②他们的儿子杀死九头公驼、九头公马、九头公牦牛、九头公羊、九头公山羊、九头公牛。3. 杀死妖怪。①公主让他用带刺的树条刺摇篮中的婴儿，婴儿大哭。②七头妖怪生气，说出命根所在。③他找到七头妖怪的寄魂物，七只藏在黑盘羊腹中的小匣子里的雏鸟，将雏鸟杀死，七头妖怪死去。

英雄回家。他带着公主和儿子返回自己的国家，过上幸福生活。

讲述者：依斯拉依力·巴尔普，男，74岁，阿克陶县牧民。采录者：吐拉提·赛买提。翻译者：巴赫特·阿曼别克，依斯哈别克·别先别克。采录时间：1992年。采录地点：阿克陶县。新疆卷，第1246—1254页。

0656. 骑神驹的坎德拜勇士

（柯尔克孜族　特克斯县）

奇异出生。神奇的男孩。①妻子生下一个男孩，起名坎德拜。②他六天会笑。③他六十天会走路。

超时间的成长。力量与战绩。①他六岁长成大力士，无人能敌。②他力大无穷，一个人能把掉进坑里的雄驼拖出来。③他跟父亲去打猎，打回来的盘羊、黄羊、野马和马鹿堆成了小山。

神奇的战马。1. 救马。①他救了一匹马驹，精心喂养。②马驹六个月长成六尺长的宝马。2. 宝马。①它黑夜能狩猎。②它白天与飞鸟同行。

找金鸟。帽子（金王冠）。①他抓住一只天鹅，天鹅留给他一个金冠，飞走了。②金冠上有一行字，他想找到字的秘密。③他要去找天鹅，宝马告诉他，金冠是岛国汗王的小女儿的帽子。

求助。1. 马尾毛。①他按照宝马的嘱咐，从马尾上拔下一根毛。②他遇到紧急的情况，点燃马尾毛，宝马都会立刻出现。③他装扮成汗王的牧牛人，进入岛国的王宫。2. 金尾马。①他发现汗王的马产下一匹金尾马驹。②一只大鹏鸟来叼马驹，他抓住金尾马驹的金尾巴。③他向汗王报告了这件事。3. 杀死妖怪。①他杀死了七头妖怪、崩山巨龙和吸血女妖。②汗王折服他的勇气和本领。4. 质子。

①汗王将押在牢里的人质交给他。②所有的俘虏都被释放，所有的牲畜都被归还。

英雄回家。①四十的风俗。汗王将有金冠的小女儿嫁给他，为他们举行了四十天的婚礼。②他带着汗王赠送的金银财宝返回家乡。他将被劫走的牲畜还给乡亲，让乡亲们过上了好日子。

讲述者：阿力腾哈孜克·车奥玛依，71岁，柯尔克孜族，特克斯县科克铁热克柯尔克孜民族乡牧民，不识字。采录者：阿散拜·玛提力。翻译者：巴赫特·阿曼别克，依斯哈别克·别先别克。采录时间：1987年。采录地点：特克斯县科克铁热克柯尔克孜民族乡。新疆卷，第1255—1260页。

0662. 蒙拜和居孜拜的孩子们

（柯尔克孜族　特克斯县）

英雄睡觉。1. 托梦。①蒙拜的儿子做梦，梦见头上升太阳，脚下落月亮，腰间闪着启明星。②居孜拜的儿子看他的羊被狼咬死了，叫醒了他。③蒙拜的儿子将梦的内容告诉对方。2. 买梦。①居孜拜的儿子用一百只羊向蒙拜的儿子买梦。②居孜拜听说儿子用全部家产买梦，很生气，把他赶出家门。③他到处流浪，变成秃子。3. 求助。①第一次，他求助乌鸦，被拒绝。②第二次，去求助鸽子，被拒绝。③第三次，他枕着木棒睡觉，获得帮助：巫婆之女带着他骑马飞奔，来到一个陌生的地方。4. 仙药。她用仙药治好了他的秃头。5. 命中注定的婚姻。①她认为命中注定要嫁给这个秃小伙。②他的寄魂物是驼羔。

为娶亲满足国王苛刻条件。1. 生命树。①汗王看上了他的美丽妻子，要霸占她。②他与汗王比赛，赢者获得妻子。2. 比赛。①汗王变成羊和骆驼，被他识破。②汗王变成树，他用砍树的方法寻找：第一次砍白杨树，失败；第二次砍十二根桎树木棒和十二根湿桦木棒，获胜。3. 生命水。①汗王利用巫婆，巫婆答应帮汗王娶美女，汗王答应帮巫婆嫁给十五岁的小伙子。②汗王按巫婆的主意，让他到远方湖中取水，水就是药，能给汗王治病，要求三天返回；他输了，他的妻子就归汗王。③他按照妻子的嘱咐，收集了三天的牲畜尿，如期送给汗王，汗王卧病不起。4.宝物（宝镜、宝毯、宝剑、宝壶）。①汗王利用老头，老头答应帮汗王娶美女，汗王答应帮老头娶十五岁的姑娘。②汗王按老头的主意，让他去远方湖中杀加延鱼，再把鱼骨变成金撑杆带回，要求七天返回；他输了，他的妻子归汗王。③他按照妻子的嘱咐，骑马带刀，拿撒金粉的头巾、金铃铛和金戒指，在黑夜飞走，来到湖边，杀死鱼。5.四十的风俗。①他把鱼皮叠了四十层，驮在马背上返回。②他第八天赶到，汗王第七天就要娶他的妻子，妻子变了七排铁屋阻挡，妻子听见他的金铃声，开始施展巫术，破除了汗王的诡计。

天鹅处女。1.汗王让他采花粉，他按妻子的嘱咐出发。2.求助。①他遇到一位老太太。②他把妻子的信递给老太太。③老太太帮助他，叫来三个鸽子女儿。④他用箭射下了小女儿的羽衣，小女儿答应嫁给他。

魔戒。1.婚礼。①老太太将四枚金戒指抛向四边，高喊要举行婚礼。②四方的人们前来参加婚礼。2.英雄回家。①他带小女儿返回家乡。②小女儿临走时向母亲要来四枚戒指。③小女儿将四枚戒指抛向四方，扩大了汗国的领地。

神奇的木棒。1. 陵墓。①汗王让他去找已故老汗王的陵墓，并要带回老汗王的亲笔信。②他向汗王要了一个木棒和十条长绳后出发。2. 会飞的画像。①他把自己的画像绑在木棒上，天黑后，让木棒和绳子一起飞走。②他与妻子模仿老汗王的笔迹写了一封信，在到达期限的那一天，送给汗王。③汗王见信哭泣："爹让我去一趟，让我也像你一样飞行吧。"④他用绳子捆住汗王，在山头放飞，汗王摔死。

托梦。①买梦的意义。他回到父亲居孜拜跟前，向父亲解释他买梦的含义：头上是太阳，脚下是月亮，腰间是启明星。②他们全家团圆，生活幸福。

讲述者：阿力腾哈孜克·车奥玛依，71 岁，柯尔克孜族，特克斯县科克铁热克柯尔克孜民族乡牧民，不识字。采录者：阿散拜·玛提力。翻译者：巴赫特·阿曼别克，依斯哈别克·别先别克。采录时间：1987 年。采录地点：特克斯县科克铁热克柯尔克孜民族乡。新疆卷，第 1286—1291 页。

0668. 秃头小伙

（柯尔克孜族　特克斯县）

英雄睡觉。1. 托梦。①他是巴依的儿子。②他梦见一个月亮、一个太阳、一个启明星，都落在自己的手上。2. 买梦。①一个秃子用自己的一群羊买下这个梦。②秃子在高大的杨树下睡觉，夜里被马蹄声惊醒，一个美女骑马到来，带他一起逃走。3. 命中注定的婚姻。①女子是巴依儿子的未婚妻，原定跟未婚夫一起逃走。②美女现在看见是一个秃子，以为是胡大的安排，便嫁给了秃子。4. 生命水。①美女为秃子洗头，用马刷子给他刷头。②她治好了他的秃疮。

为娶亲满足国王苛刻条件。1. 绣花（拴线）。①国王看见美女绣的手帕，要娶她为妻。②国王加害秃子，给他出难题，输了，妻子归国王。2. 天鹅处女。①国王让他去远方山泉取泉水。②他按照妻子的嘱咐，躲在杨树后，看鸽子仙女下河洗澡；他偷走她们的衣裳，她们嫁给他。3. 英雄的助手帮他战胜敌人。①国王让他去阴间找老国王和王后，并带回他们的信。②他坐在柴床上，等待火葬的浓烟送他去阴间。③鸽子仙女变灰鸽，飞入烟火中将他救走。④他和他的家人模仿老国王的口气给国王写了一封信，要国王去阴间看望老国王夫妇。⑤在火快熄灭时，他将此信送给国王。4.恶有恶报。国王坐上柴堆，命人点火，被烧死。

英雄回家。①秃头买来的梦中的日、月、星，就是这三位妻子。②他当上了国王。③他的全家过上幸福生活。

讲述者：阿力腾哈孜克·车奥玛依，71 岁，柯尔克孜族，特克斯县科克铁热克柯尔克孜民族乡牧民，不识字。采录者：阿散拜·玛提力。翻译者：巴赫特·阿曼别克，依斯哈别克·别先别克。采录时间：1987 年。采录地点：特克斯县科克铁热克柯尔克孜民族乡。新疆卷，第 1312—1314 页。

0678. 三兄弟的旅行

（柯尔克孜族　特克斯县）

英雄出发。1.三兄弟（两兄弟、三公主）。①三兄弟都是大力士。②他们一起去探险。2.父亲的嘱咐。不要在有雪莲的地方宿营，不要在孤坟处过夜，不要在墓地过夜。3.忘记嘱咐。①他们在有雪莲的地方宿营，遭到大黄鸟的袭击。老大战胜大黄鸟，割下鸟头。②他们在孤坟处过夜，遇见巨怪。老二战胜巨怪，砍下妖怪的七个头。③他们在墓地过夜，遇见牺牲的六十勇士，老三打败勇士。三人继续出发。

奇异的婚姻。1.布告。①他们看见国王的布告宣布：侵袭国家的六十勇士被杀，谁能献上勇士的人头，就把女儿嫁给谁。②老三前来进献，国王把女儿嫁给老三，老三还继承了王位。2.祭龙。①他们来到湖边，看见正要被祭龙的公主。②老二用短剑杀死湖中的巨龙。③这里的国王把公主嫁给老二，老二还继承了王位。3.被妖怪抢来的女子。①老大来到公墓，用黑剑杀死了墓中的巨怪，救出被巨怪抓来的女子，娶她为妻。②老大的妻子的头发是黄金丝，被河水冲走一根头发。③国王见到了，要娶金发女为妻。④巫婆偷走大哥的黑剑，黑剑是老大的寄魂物，老大死去。⑤巫婆把金发女献给国王。

4.生命的标记。①老二和老三发现一颗星变暗，知道大哥遇难，一起去找大哥。②他们找到大哥的黑剑，大哥复活。

英雄回家。①三兄弟合力杀死巫婆和国王。②大哥与金发妻子重逢。③三兄弟建立一个国家，让百姓过上幸福生活。

讲述者：阿力腾哈孜克·车奥玛依，71 岁，柯尔克孜族，特克斯县科克铁热克柯尔克孜民族乡牧民，不识字。采录者：阿散拜·玛提力。翻译者：巴赫特·阿曼别克，依斯哈别克·别先别克。采录时间：1987 年。采录地点：特克斯县科克铁热克柯尔克孜民族乡。新疆卷，第 1255—1260 页。

0685. 友谊胜过生命

（柯尔克孜族　乌恰县）

奇异出生。树下出生。①男孩出生在白杨树下。②仙女的女儿也出生在白杨树下。

生命的标记。1.仙女在男孩的额头上做了标记。

①命中注定的婚姻。②两个孩子的命运和幸福从此连在一起。2. 生命树。①白杨树跟他们一起长大。②仙女的女儿来树下玩一次，白杨树就长高一截。

魔女住在树中央。托梦。①男孩在树下睡觉，梦中看见树上有一匹白马，长着四十只翅膀，仙女骑在马上。②男孩骑马去找仙女，路上遇到白胡子老头。③男孩听从白胡子老头的指点，遇到豺狼、巨蟒和黑蛇时，杀掉自己的马，将肉喂给它们，它们不再伤害他。

地下世界。1. 继续出征。①男孩走在途中，大地裂开，出现一条大道。②他顺着大道走，找到仙女的住所。2. 英雄睡觉。①男孩找到仙女，她正在睡觉。②男孩按照白胡子老头的指点，将仙女的头发在自己腰上绕了五圈，再叫醒她。③仙女从睡梦中惊醒，刚要逃走，但发现自己的头发被绑在男孩的腰上，走不了。④仙女的母亲从男孩的额头认出了他，让他与仙女成亲。

为娶亲满足国王苛刻条件。1. 仙女的长发。①仙女在河边洗头，头发掉在河里。②汗王发现这根长发，要娶她为妻。③汗王利用驼背老太婆，老太婆答应帮汗王娶妻，汗王答应帮老太婆嫁给一个十五岁的孩子。④老太婆将仙女骗进王宫，汗王欲娶仙女。⑤男孩及时赶到，抓起仙女的长发飞走。2.误食毒药。①汗王用毒药害男孩，男孩死去。②男孩的朋友劝仙女逃走。3.地洞（铁针通往地下）。仙女将七根铁针插进地里，口念咒语，出现七层楼高的铁屋子，仙女把自己关在铁屋子里面。4.求助。①男孩的朋友向白胡子老头求助。②白胡子老头用拐杖敲箱子，使男孩复活。

英雄回家。1.返回家乡。①男孩和朋友一起返回，杀死了汗王。②男孩做了汗王。2.忠于友谊。①男孩给朋友颁赏财产，帮助朋友娶妻。②两个朋友像从前一样要好。

讲述者：哈德尔·依山拜，男，62岁，柯尔克孜族，乌恰县人，不识字。采录者：托乎托别克·库尔曼太依。翻译者：赛娜·艾斯别克。采录时间：1989年。采录地点：乌恰县。新疆卷，第1358—1361页。

0686. 善与恶

（柯尔克孜族　特克斯县）

朋友成为叛徒。1.朋友。①善与恶是一对朋友。②恶断了粮，善把自己的粮食分给恶吃。2.叛徒。①善断了粮，恶不借粮。②恶要求善挖下一只眼珠，善挖眼珠，恶借粮。③恶要求善挖下另一只眼珠，善挖眼珠，恶再借粮。3.复明。①有人喊善，让善睁眼。②善睁开眼睛，恢复了光明。③那人消失。

偷听话。1.睡觉。①善晚上在桥下睡觉。②善听见狮子、狼和狐狸在桥上聊天。2.仙药。①善听见它们说给公主治病的药方。②善按照狐狸的话，找到蛇王的金子。③善按照狼的话，用金子向牧羊人买下黑公狗，取到狗胆。④善用狗胆做药，治好了公主的绝症。⑤国王把公主嫁给善。

模仿他人的幸运遭遇失败。1.以德报怨。①恶变成穷鬼，来找善，善没有指责恶，反而招待恶。②善向恶讲述了自己的奇遇。2.恶有恶报。①恶到桥下偷听话。②狮子、狼和狐狸在桥上聊天。③它们嗅了恶的气味，找到恶。④它们把恶吃掉了。

讲述者：阿力腾哈孜克·车奥玛依，65岁，柯尔克孜族，特克斯县科克铁热克柯尔克孜民族乡牧民，不识字。采录者：阿散拜·玛提力。翻译者：巴赫特·阿曼别克，依斯哈别克·别先别克。采录时间：1981年。采录地点：特克斯县科克铁热克柯尔克孜民族乡。新疆卷，第1362—1363页。

0687. 莫同走出正道的人交朋友

（柯尔克孜族　特克斯县）

英雄出征。1. 儿子外出探险。2. 父亲的嘱咐：①不要与走出正道的人交朋友。②不要在破屋里过夜。③不要在陈旧的果园过夜。3. 忘记嘱咐。儿子出门后忘记了父训。

杀死妖怪。1. 交友。①他交的朋友杀了七头巨龙。②朋友帮他见到公主。2. 分手。①他与朋友在两人相遇的地方分手。②他返回时，没有看到朋友，就回去寻找。

英雄的助手帮他战胜敌人。1. 动物报恩。①他在路上救了八个野人。②野人各自拔下一根胡须送给他。2. 求助。①他任何时候遇到困难，点燃胡须，野人就会立刻来到他的身边。3. 难题求婚。①国王撒了遍地小米，让他在很短的时间内捡干净。②他点燃胡须，八个野人到来，帮他提前完成工作。③国王把公主嫁给他。4. 命中注定的婚姻。原来安拉早已安排好他们的婚姻。他们幸福地生活了一辈子。

讲述者：阿力腾哈孜克·车奥玛依，65 岁，柯尔克孜族，特克斯县科克铁热克柯尔克孜民族乡牧民，不识字。采录者：阿散拜·玛提力。翻译者：巴赫特·阿曼别克，依斯哈别克·别先别克。采录时间：1981 年。采录地点：特克斯县科克铁热克柯尔克孜民族乡。新疆卷，第 1363—1366 页。

0710. 田干阿塔尔智胜妖魔的故事

（柯尔克孜族　阿合奇县）

机智人物。①他是一个穷牧民，叫田干阿塔尔。②他聪明机智，名声传遍整个草原。

英雄的助手帮他战胜敌人。英雄出发。①他接受牧民的请求，去杀妖怪。②他带上一只云雀、一只青蛙、一根毛驴尾巴和几个鹧鸪蛋出发。③他与妖怪巧妙智斗获胜，妖怪送给他五个羊皮口袋的金子。

偷听话。1.巧用妖怪。①妖怪按照他的吩咐，把金子送到他家。②妖怪来到门口，不敢进屋，躲在屋外偷听。2.四十的风俗。①他在屋里故意对妻子说，准备装四十桶水的锅，把锅架起来，煮妖怪。②妖怪被吓跑。3.他把羊皮口袋里的金子全部分送给草原上的牧民。

讲述者：依不拉音·乌斯曼阿里，柯尔克孜族，阿合奇县牧民。采录者：沙肯·加列力。翻译者：朱玛拉依，张运隆。采录时间：1980年。采录地点：阿合奇县。新疆卷，第1425—1429页。

0718. 寻找人间没有的汗王

（柯尔克孜族　特克斯县）

猎鹰。1. 三兄弟（两兄弟、三公主）。①他们是好朋友，情同手足。②他们勤劳友善，从不争吵。2. 新汗王。①老汗王去世。②人们在两人中选出一个，成为新汗王。3. 出门旅行。①新汗王外出旅行，请另一位朋友临时代理汗王。②代理汗王善治，人们拥戴他当汗王。③新汗王在途中与妻儿失散，他忏悔个人治理国家的过失。

父亲的遗嘱。1. 猎鹰。某国汗王临终前留下遗嘱，他养的富贵鸟落在谁头上，谁就继任汗王。2. 猎鹰选王。①人们第一次放出富贵鸟，它没有落在任何人的头上。②人们第二次放出富贵鸟，它落在旅行到此的新汗王的头上。③这时新汗王已成为流浪汉，他吸取教训，公正廉洁，受到这个国家的人民的拥戴。

英雄回家。1. 仙药。①新汗王的失散的妻子用一种药制服凶悍的强盗。②她为其他强盗治好了难治的病。③其他强盗把她送回新汗王的身边。④妻子找到儿子和丈夫，全家团聚。2. 朋友。①两位挚友相见，友谊更浓。

②他们分别统治两个国家，都成为好的汗王。

　　讲述者：哈力恰·买曼霍加，柯尔克孜族。采录者：吐尔干拜·克力奇别克。翻译者：巴赫特·阿曼别克，依斯哈别克·别先别克。采录时间：1994年。采录地点：特克斯县。新疆卷，第1446—1452页。

0719. 永不停息的旅行者[1]

（柯尔克孜族　特克斯县）

　　英雄出征。强中更有强中手。①某国王好善乐施，被称为最慈善的国王。②下面的官员提出，还有一位比他更大度的女王。③他去寻找更大度的人。

　　求助。1. 探寻生命的意义。①他自制一双铁靴，一根铁杖，独自启程。②他要寻找比自己更大度的国王，发誓找不到绝不停歇。2. 求取答案。①他到达女王的国家，见到女王，女王让他去找向风中撒宝石粉

─────────────

[1] 新疆卷原编者注：这篇故事在新疆柯尔克孜族、哈萨克族民间都有广泛流传。编选时，在考虑到内容、附录等情况后，选择了特克斯县柯尔克孜族故事家哈力恰·曼别特阿洪讲述的这部作品。

的小伙，等见到小伙后，再回答他的问题。②他走到世界的东端，找到了小伙，小伙让他找出赏钱让别人打自己的老翁，等见到老翁后，再回答他的问题。③他去世界的南端，找到老翁，老翁让他找每天清晨笑着上清真寺的顶端，又悲伤地下来的老者，等见到老者后，再回答他的问题。④他来到世界的北端，找到清晨上寺顶做宣礼的老者，老者让他找遭遇灾祸，又做了最大善事原谅兄长的勇士，等见到勇士后，再回答他的问题。⑤他来到世界的西端，见到勇士，勇士回答他说，人世间男子汉都会经历各种事情，福与灾、善与恶、富与贫，一切都是安拉安排的结果。⑥他返回找到老者、老翁、小伙和女王，请他们陆续说出答案。⑦他最终明白一个道理：宽宏大量、知足、诚信、勤劳和百姓是治理国家的五件珍宝。这是他遍访求助得到的世界上最高的智慧。

英雄回家。他返回家乡，成为一名公正的国王，使百姓富裕、国家富强。

讲述者：哈力恰·曼别特阿洪，女，61岁，柯尔克孜族，特克斯县人，不识字。采录者：吐尔干拜·克力奇别克。翻译者：巴赫特·阿曼别克，依斯哈别克·别先别克。采录时间：1993年。采录地点：特克斯县。新疆卷，第1452—1474页。

0734. 国王和傻子

（柯尔克孜族　阿合奇县）

求助。1. 找傻子。①国王让大臣找傻子。②大臣出门旅行，寻找傻子。2. 谁是傻子。①大臣问樵夫谁是傻子，樵夫说自己每日砍柴，不傻。②大臣问洗衣妇谁是傻子，洗衣妇说自己辛勤劳动，不傻。③大臣问农夫谁是傻子，农夫说自己正在耕地，不傻。④农夫又说，国王让别人出来找傻子，证明他自己才是真正的傻子。

百鸟衣。①国王找农民问话，让大臣们退下。②农民让国王与自己对换衣服，平等对话。③国王穿上农民的衣服后，农民对大臣说，国王是傻子。④国王被杀，农民当了国王。

讲述者：朱玛勒·可力拜，男，柯尔克孜族，阿合奇县哈拉奇乡牧民。采录、翻译者：胡振华。采录

时间：1991 年。采录地点：阿合奇县哈拉奇乡。新疆
卷，第 1509—1510 页。

0788. 幸运儿

（柯尔克孜族　阿图什市）

神奇的苹果。1. 出发。①他是商人的儿子。
②他跟随商队去了很多城市。2. 抛苹果招亲。①汗
王为公主招亲，公主把苹果抛给谁，谁就是公主的丈
夫。②公主把苹果抛到他的头上，汗王就把公主嫁给
了他。③他带着公主去旅行。

绣花（拴线）。1. 绣手帕。①公主绣出漂亮的手
帕。②公主让丈夫到城里卖，再买针线回来。2. 会飞
的画像。①国王看见手帕，要娶公主为妻。②国王派
人把公主抢走。3. 逃走。①丈夫到王宫附近卖药，被
公主发现。②公主派女仆传信，约定一起逃走。

英雄睡觉。1. 睡觉。①丈夫借到了两匹马，在王宫
外面等候。②丈夫在等公主的时候睡着了。2. 错认心上
人。①盗马贼偷了丈夫的马，公主误跟偷马贼逃走。
②盗马贼把公主带到山洞里，公主毒死盗马贼。③公

主女扮男装逃走。

猎鹰。1. 父亲的遗言。①国王临终前留下遗言，他的猎鹰落在谁的右肩上，谁就继承王位。②猎鹰落到女扮男装的公主的右肩上，公主继承王位。2. 会飞的画像（画中人）。①公主让人给自己画像，贴在城墙上。②公主的丈夫看见画像，来到宫中，找到公主，夫妻团圆。3. 四十的风俗。丈夫与公主重新举行盛大的婚礼，庆典进行了四十天。

讲述者：加哈力·阿普孜，54 岁，柯尔克孜族，阿图什市吐古买提乡农民，不识字。采录者：托乎托逊·奥罗孜，男，34 岁，柯尔克孜族。翻译者：巴赫特·阿曼别克，依斯哈别克·别先别克。采录时间：1988 年。采录地点：阿图什市吐古买提乡。新疆卷，第 1641—1644 页。

0791. 谋害

（柯尔克孜族　阿合奇县）

托梦。1. 做梦。公主在河边做梦，梦见白胡子老人。2. 果园。她按照老人的指点，蹚过这条河。②她走进果园，采吃野果。

猎鹰。一只猎鹰落在公主的身边，她成为国王。

英雄回家。1.真相大白。①她返回家乡，指出国王父亲的朋友对她的谋害。②国王杀死叛徒。2.国王给公主重新举办婚礼。

讲述者：哈里力·吐尔干，柯尔克孜族，阿合奇县。采录者：多力坤·玛坎。翻译者：巴赫特·阿曼别克，依斯哈别克·别先别克。采录时间：1989年。采录地点：阿合奇县。新疆卷，第1649—1651页。

0792. 汗王的女儿

（柯尔克孜族　特克斯县）

父亲生气，把女儿嫁给穷人。1.父亲是汗王，生女儿的气，将她嫁给秃子。2.仙药。公主治好了丈夫的秃头。3.神仙的拜访。①他们是三个神仙，分别是圣人、福神和智慧神。②他们一齐来拜访公主。③公主请智慧神给丈夫智慧，从此丈夫变得特别聪明。

寻找金角羊。找到金角羊。①公主安排丈夫出门旅行。②丈夫猎取金角羊，送给汗王。③丈夫与汗王结为好友。

英雄回家。1. 父亲悔过。①公主与汗王父亲见面，父亲得知秃子是智慧神的女婿。②父亲悔过，父女抱头痛哭。2. 父亲将王位让给女婿。

地名的由来。从此在柯尔克孜族人中留下"妻子好了丈夫好"的谚语。

讲述者：阿力腾哈孜克·车奥玛依，62岁，柯尔克孜族，特克斯县科克铁热克柯尔克孜民族乡牧民，不识字。采录者：阿散拜·玛提力。翻译者：依斯哈别克·别先别克。采录时间：1978年。采录地点：特克斯县科克铁热克柯尔克孜民族乡。新疆卷，第1651—1654页。

0803. 聪慧的女子

（柯尔克孜族 乌恰县）

猎鹰。1. 父亲的遗言。汗王留下遗言，他的金翅鸽子落在谁头上，谁就是继任汗王。2.新汗王。①金翅鸽子落到寡妇的儿子的头上。②寡妇的儿子成为新汗王。

求助。1.问嚣达。①汗王问首席大臣，什么是嚣达？是富有，还是心善？大臣选择了富有。②汗王假扮乞丐出门，来到首席大臣的家，结果被赶走；来到孤儿寡母的家，反而被热情接待。③国王杀死首席大臣，让孤儿当首席大臣。2.问智慧。①汗王出难题，让选秀的女子回答，谁答对了，就娶谁为妻。②贫穷孤女答对汗王的问题，汗王娶她为妻。③汗王因误解赶走妻子，让她除了王冠，其他东西都可以拿走。④妻子用迷药迷倒汗王，把汗王装在马车上拉走。⑤汗王醒来问为什么这样做，妻子回答："我只拿了您一人，没有拿您的王冠。"⑥汗王叹服妻子的智慧，与妻子重归于好。⑦他们白头偕老。

讲述者：阿曼吐尔·居素甫阿洪，男，48岁，柯尔克孜族，乌恰县牧民。采录者：佳恩古丽·阿山，女，20岁，柯尔克孜族，中学文化。翻译者：巴赫特·阿曼别克，依斯哈别克·别先别克，采录时间：1991 年。采录地点：乌恰县。新疆卷，第 1678—1680 页。

0804. 有计谋的女子

（柯尔克孜族　特克斯县）

巧女。1. 程式故事。三个商人向美女调情，美女与丈夫商量出对策。①她邀请第一个商人来到家里，这时丈夫敲门，商人躲进木桶，丈夫借故劈木桶，商人逃走。②她邀请第二个商人来到家里，这时丈夫敲门，商人躲进摇篮，丈夫借故砍摇篮，商人逃走。③她邀请第三个商人来到家里，她让商人装扮成小牛犊，这时丈夫回家，要宰牛犊，商人逃走。2. 惩罚。①国王规定，调戏有夫之妇者以流放惩处。②三个商人都被流放到外地。③美女与丈夫过上平静的生活。

讲述者：阿力腾哈孜克·车奥玛依，66 岁，柯尔克孜族，特克斯县科克铁热克柯尔克孜民族乡牧民，不识字。采录者：阿散拜·玛提力。翻译者：巴赫特·阿曼别克，依斯哈别克·别先别克。采录时间：
1982 年。采录地点：特克斯县科克铁热克柯尔克孜民
族乡。新疆卷，第 1680—1682 页。

0821. 扁头阿塔

（柯尔克孜族　阿合奇县）

傻子（妻子教丈夫知识）。他是孤儿，叫扁头阿
塔。①他卖掉一半羊群，学会说一句话"在秋季的八
月车轮旋转的时候"。②他卖掉另一半羊群，学会说
另一句话"狗肥了要同公猪较量"。

奇异的婚姻。1. 读经招亲。①汗王为公主招亲。
②公主从《古兰经》中找出题目，谁能解题就嫁给
谁。2. 皮匠驸马。①他一句话也没说。②他被误
会，被认为猜中了公主的经文。3. 命中注定的婚姻。
①公主认为这是命中注定的婚姻。②他与公主成
亲。4. 公主教丈夫知识。①公主教他说话。②他按照
公主的嘱咐，回答大臣的问题。③他还把以前卖羊
学到的两句话都用上了，那些大臣听不懂，还以为
他高深莫测。④公主很高兴，认为丈夫维护了尊严。

⑤从此公主更认真地教育丈夫。5. 公主的丈夫继承王位。

讲述者：阿克西·库尔班阿力，柯尔克孜族，阿合奇县哈拉奇乡，小学。采录者：阿布都力西·斯迪克。翻译者：巴赫特·阿曼别克，依斯哈别克·别先别克。采录时间：1990 年。采录地点：阿合奇县哈拉奇乡。新疆卷，第 1726—1730 页。

0824. 第一面镜子的故事

（柯尔克孜族　阿合奇县）

镜子。1. 买镜子。买主是一位商人，他给妻子买了一个梳头镜。2. 照镜子。①妻子照镜子，以为丈夫娶了另一位新娘，很生气。②岳母照镜子，以为女婿带回另一位岳母，很生气。③岳父照镜子，以为女婿带回另一位岳父，很生气。④毛拉照镜子，以为这家人已经找了另一位毛拉，很生气。3. 镜子的知识。①商人发现了镜子的秘密。②商人告诉大家，自己给妻子买镜子，只是让她对镜梳头而已。

讲述者：奥尔嘎勒恰·柯迪尔拜，男，40岁，柯尔克孜族，阿合奇县哈拉奇乡干部。采录者：叶尔干拜·卡德尔。翻译者：常世杰。采录时间：1992年。采录地点：阿合奇县哈拉奇乡。新疆卷，第1736—1737页。

0827. 继母

（柯尔克孜族　乌什县）

森林广场。1. 在森林中生活。①她是前妻的女儿。②她受到后母的虐待。③父亲将她送进森林里生活，她以采野果为生。2. 月中女子（月亮婆婆）。①她走进森林小屋，见到一位老太婆。②她为老太婆梳头、做饭，悉心照顾。③她要回家探望父亲，老太婆送给她一个黄色的箱子。④她回家后打开箱子，发现里面都是金银财宝。⑤她将箱子交给后母。

模仿他人的幸运遭遇失败。试运气。①后母让她留在家中，带自己的女儿进入森林。②后母的女儿见到老太婆。③后母的女儿好吃懒做，老太婆对她做的任何事情都不满意。④她第二天就要回家，老太婆送给她一个白色的箱子。⑤后母打开箱子，里面爬出毒蛇，将后母及其女儿咬死。

讲述者：阔确尔巴依·居努斯，男，50岁，柯尔克孜族，乌什县人。采录者：努尔卡里·依萨克。翻译者：赛娜·艾斯别克。采录时间：1989年。采录地点：乌恰县。新疆卷，第1742—1743页。

0838. 挖金子

（柯尔克孜族　阿图什市）

父亲的遗嘱。1.遗嘱。①父亲临终前留下遗嘱。②父亲说留下一箱金子，埋在山上。2.三兄弟。①他们是父亲的三个儿子，平时好吃懒做。②他们为了挖金子，合力开山。3.真相大白。①他们没有找到金子。②他们终于明白，热爱劳动的父亲是教育儿子们开发和利用这片山地。③他们在山上种果树、种瓜、栽种小麦和玉米，依靠劳动获得财富。

讲述者：加哈力·阿普孜，54岁，柯尔克孜族，阿图什市吐古买提乡农民，不识字。采录者：托乎托逊·奥罗孜，男，柯尔克孜族。翻译者：巴赫特·阿曼别克，依斯哈别克·别先别克。采录时间：1982年。采录地点：阿图什市吐古买提乡。新疆卷，第1766—1767页。

0851. 巴亚特画师

（柯尔克孜族　阿合奇县）

木师和画师。1.求助。①国王找人画像。②国王左腿瘸、右眼瞎、左手残，没有妻子儿女。2.画像。①国王要求画一幅符合他的模样，又美观大方的画像。②求助的条件是：谁画得好，就把王位让给谁；画得不好，就投入地牢。3.画师。画师按照妻子的嘱咐为国王画像。①他在阴面的山坡上画一群逃奔的岩羊，在阳面的山坡上画打猎的国王，国王把一条瘸腿支在岩石上，用他的好眼瞄着猎物，把一只断手放在膝盖上托住猎枪，再用好手扣动扳机，再画上几只中弹倒地的岩羊，最后在画中加上侍卫牵着猎犬，手举猎鹰的场面。②这幅画像没有暴露国王的任何缺陷，又很真实。③国王很满意，把王位让给画师。

新国王。画师当上国王后依然很诚实，他精心地照顾残疾的老国王，直到老国王去世。

讲述者：托乎塔·卡仁拜，柯尔克孜族，阿合奇县牧民，不识字。采录者：哈兰·阿山，54 岁，中专文化。翻译者：依斯哈别克·别先别克，巴赫特·阿曼别克。采录时间：1992 年。采录地点：阿合奇县。新疆卷，第 1789—1790 页。

0864. 辩才杰仁切

（柯尔克孜族）

机智人物。1. 巧骂汗王。①他是一个辩才，擅辞令、好雄辩，主持公道、心胸开阔，机智、爱开玩笑逗乐，名声远播。②他不去参加汗王的庆典，汗王问罪，他回答："汗王抢男霸女修建汗宫，这样的庆典有人敢来吗？"汗王不好当众治罪，只好放了他。2. 傻子（妻子教丈夫知识）。①他的儿子是个傻子。②他要为儿子娶妻。3.四十的风俗。①他相中一个柯尔克孜族女孩。②他来到这个女孩的家，看到破毡房有四十根矛，夜里房顶上有四十颗星。③他认定这个女孩很有智慧，让儿子娶她为妻。4.妻子教丈夫知识。①傻丈夫要休妻，他已经休了八个妻子。②妻子教丈夫要学得聪明一点。5.巧女。①妻子的智慧让汗王折服。②妻子用智慧赢得了丈夫和世人的尊敬。

讲述者：库尔曼阿洪·波孜库勒，男，64岁，柯尔克孜族。采录者：哈兰·阿山。翻译者：巴赫特·阿曼别克，依斯哈别克·别先别克。采录时间：1988年。采录地点：克孜勒苏柯尔克孜自治州。新疆卷，第1801—1808页。

0874. 两位挚友

（柯尔克孜族　阿合奇县）

英雄出征。1.出门旅行。国王周游世界，得到一位妻子。2.神奇的苹果。①她吃苹果时，能从颈下看到苹果。②她吃葡萄时，能从心口看到葡萄。③她吃杏子时，能从肺里看到杏子。

奇异的婚姻。1. 王子的初恋。①王子与大臣的女儿青梅竹马，彼此相爱。②王子娶了别的女子为妻。2. 神奇的苹果。①王子的前妻死了，众臣为他续弦。②他们让王子手握一个红苹果，看哪位姑娘同自己的前妻一样美丽，就将苹果抛给她。③王子看见有位姑娘与前妻一样美丽，就将苹果抛给她。④原来她是大臣的女儿。3. 叛徒。①大臣的女儿嫁给国王，成为王子的后母。②王子离家出走。

怪柳。出门旅行。①王子与大臣的儿子是好朋友，两人一起去旅行。②王子把马拴在柳树上，看到一座坟墓，墓前有位美丽的姑娘。③王子爱上姑娘，发现姑娘是雕像。

英雄睡觉。1. 大臣的儿子拿出安眠药放进王子的碗里，让他睡觉。2. 大臣的儿子独自去找路，不让王子遇到危险。3. 四十的风俗。这种药能让王子熟睡四十天。4. 神奇的工匠。①大臣的儿子来到城中，发现金银匠正在为这个国家的公主做金耳环，公主要嫁给另一个国王的儿子。②大臣的儿子偷偷打制了一副金耳环，提前献给公主。③大臣的儿子告诉公主，自己的一位挚友是王子，在梦中与公主一见钟情。公主跟他逃走。④王子见到这位公主，两人逃走。

猎鹰。①父亲的遗言。国王临终留下遗言，自己的鹰落在谁的身上，谁就继承王位。②新国王。鹰落在了大臣的儿子的头上，大臣的儿子成为这个国家的国王，并与这个国家的公主结婚。

英雄回家。1.动物神灵。①大臣的儿子携妻返回家乡。②路上见小鸟飞来，告诉说，王子的后母要谋害他们。2.寄魂物。①王子的后母用吸血的蝎子蜇大臣的儿子，大臣的儿子被毒死。②大臣的儿子变成青石。3.托梦。①老人给大臣的儿子之妻托梦，让王子的儿子在一岁前拥抱青石，就可以让大臣的儿子复活。②王子返回家乡，让自己的儿子拥抱冰冷的青石，使大臣的儿子复活。

国王挚友。①王子继承父亲的王位。②大臣的儿子回到自己的国家当国王。③两个挚友成为两地的国王，都让自己的人民过上幸福生活。

讲述者：木塔力普·库尔曼阿力，柯尔克孜族，阿合奇县哈拉奇乡牧民。采录者：沙肯·加列力。翻译者：巴赫特·阿曼别克，依斯哈别克·别先别克。采录时间：1988年。采录地点：阿合奇县哈拉奇乡。新疆卷，第1832—1843页。

0881.　奇帕拉克

（柯尔克孜族　阿图什市）

说大话。1.说谎的人。他在路边发现朱砂，又捡到羊肩胛骨，用朱砂将羊肩胛骨染成红色，开始行骗。①他骗走了第一个巴依家的锅和路人的羊羔。②他骗走第二个巴依的公羊和路人的棉袄。③他骗走第三个巴依的两个女儿，与其成亲，生了孩子。2.真相大白。他在逗孩子时说出真话。①包裹里面出朱砂，朱砂变肩胛骨，肩胛骨变大锅，大锅变小羊羔，小羊羔变公羊，公羊变棉袄，棉袄变成了两个闺女。②孩子听了很生气，踢破他的肚子，他死了。3.巴依的女儿领着孩子返回故乡。

讲述者：曼别特·朱努斯，柯尔克孜族，阿图什市吐古买提乡牧民，不识字。采录者：吉尔嘎勒·朱努斯。翻译者：赛娜·艾斯别克。采录时间：1990年。采录地点：阿图什市吐古买提乡。新疆卷，第1856—1858页。

0895. 农夫与蛇的较量

（柯尔克孜族　特克斯县）

杀死妖怪（叫名字）。①农夫在田地里遇到蛇，蛇与农夫对峙。②农夫很害怕，呼叫各种各样的名字："恶魔""妖精""熟皮""玻璃""眼睛""毒""斑"！③农夫的女儿赶来，解开父亲的纽扣，这时蛇的肚皮爆裂，应声倒地，原来蛇的名字是"纽扣"。④传说只要说出蛇的名字，蛇就会肚皮爆裂而死。

讲述者：阿力腾哈孜克·车奥玛依，71岁，柯尔克孜族，特克斯县科克铁热克柯尔克孜民族乡牧民，不识字。采录者：阿散拜·玛提力。翻译者：巴赫特·阿曼别克，依斯哈别克·别先别克。采录时间：

1987 年。采录地点：特克斯县科克铁热克柯尔克孜民族乡。新疆卷，第 1879—1880 页。

0919. 玛纳坎的故事

（柯尔克孜族 阿合奇县）

机智人物。 1. 少学三门学问。①他说在学校里少学了三门功课，所以不能做高官。②问他是哪三门课，他说，第一门是"赞同学"，不分是非曲直；第二门是"好听学"，只说好听的话；第三门是"宴请学"，请客送礼，拍马溜须。2. 斗智。①他与巴依斗智，他说亲戚得了急症，要回去请阿訇念经，向巴依借马用一下，巴依同意。②他骑上巴依的马一去不回。3. 问狗。①从皇宫里出来，碰见诡计多端的人问他，皇宫里的狗咬不咬人。②他答，你去问问狗。4. 请你再付五个铜币。①阿訇常常勒索群众，他想整治这个阿訇。②他给阿訇剃头，剃了一半停下说："您的头太大了，需要再付钱，否则只能剃半个头。"阿訇只好给钱。③他给阿訇修胡子，他剪了一边，还要另一边的钱，阿訇只好给钱。

讲述者：曼别提哈孜·叶明阿勒，男，64 岁，柯尔克孜族，阿合奇县人。翻译者：杜绍元。采录时间：1984 年。采录地点：阿合奇县。新疆卷，第1995—1996 页。

0920. 霍加纳斯尔的故事

（柯尔克孜族　特克斯县）

机智人物。1. 发财。①他看牛肉不好卖，就把剩下的肉喂黄狗，再向黄狗要钱。黄狗逃进一个山洞，他追进洞里，看见一个柜子，柜子里都是黄金，他拿了两块金币离开。②妻子让他带路去山洞，将整个金柜都扛回了家。③他心地善良、憨厚老实，所以这些财富都归他。2. 送药。①他向汗王借油吃，汗王给他人尿。②汗王牙疼，他用自己的粪便制成一服药，给汗王喂下。3. 复活。①他的驴放屁，放到第三次，他说"我死了"，便躺在河岸上。②他的家属找到他，看他"死"在那里，把他扛往墓地，众人找不着渡口，停了下来。这时

"死"了的他抬起头来说："渡口在那个地方，我活着的时候经常从那儿过河。"③抬"尸"人惊恐万状，抛下他四下逃窜。

讲述者：阿力腾哈孜克·车奥玛依，66 岁，柯尔克孜族，特克斯县科克铁热克柯尔克孜民族乡牧民，不识字。采录者：那玛孜·叶斯卡。翻译者：巴赫特·阿曼别克，依斯哈别克·别先别克。采录时间：1982 年。采录地点：特克斯县科克铁热克柯尔克孜民族乡。新疆卷，第 1997—1999 页。

0986. 幸运之光

（柯尔克孜族　阿合奇县）

光。①幸运之光来到黑山，给人们带来数不尽的财富。②阿拉套山和凯尔麦山对此羡慕不已，向黑山伸出求助之手。黑山热情地欢迎和帮助它们，让三座山的人们来往更加密切。③幸运之光不会光顾所有的人，包括粗暴的人、不听话的人、娘娘腔的人、游手好闲的人、要阴谋诡计的人、酗酒的人、阴险狡猾的人、没良心的人和说谎的人。

讲述者：朱玛勒·凯力巴依，柯尔克孜族，阿合奇县哈拉奇乡牧民。采录者：哈兰·阿山。翻译者：赛娜·艾斯别克。采录时间：1991年。采录地点：阿合奇县哈拉奇乡。新疆卷，第2084—2085页。

0987. 狐狸与扁虱

（柯尔克孜族　乌恰县）

聪明的狐狸。1.狐狸交朋友。①狐狸同扁虱结伴种麦子。②狐狸每天偷懒，扁虱种麦子。2.动物比赛。①狐狸要独占全部粮食。②狐狸提出与扁虱赛跑，谁胜麦子就归谁。3.弱小动物战胜大动物。①狐狸跑之前翘起尾巴，扁虱乘机抓住它的尾巴。②狐狸跑到麦场时，扁虱跳下来说，自己早到了。③狐狸被丢在旷野，扁虱获得麦子。

讲述者：托呼提别克·库尔曼太，柯尔克孜族，乌恰县人。翻译者：巴赫特·阿曼别克，依斯哈别克·别先别克。采录时间：1992 年。采录地点：乌恰县。新疆卷，第 2085—2086 页。

0988. 负心的戴胜鸟

（柯尔克孜族　特克斯县）

朋友成为叛徒。1. 骄傲的鸟。①戴胜鸟骄傲自大。②它背负朋友。2. 惩罚。①铁匠将它关在煤房里。②它被饿死。

地名的由来。当地有"你若给别人挖陷阱要浅些，对你自己爬出来有好处"的谚语。

讲述者：阿力腾哈孜克·车奥玛依，71 岁，柯尔克孜族，特克斯县科克铁热克柯尔克孜民族乡牧民，不识字。采录者：阿散拜·玛提力。翻译者：巴赫特·阿曼别克，依斯哈别克·别先别克。采录时间：1987 年。采录地点：特克斯县科克铁热克柯尔克孜民族乡。新疆卷，第 2086—2088 页。

0989. 蚊子教训狗熊

（柯尔克孜族　特克斯县）

弱小动物战胜大动物。1. 熊与兔。熊抓住小兔子，把兔子折腾得半死不活。2. 兔与蚊子。①兔子与蚊子交朋友。②蚊子落在熊的鼻尖上，钻进熊的鼻孔里，咬熊的耳朵，熊逃走。

讲述者：阿力腾哈孜克·车奥玛依，71 岁，柯尔克孜族，特克斯县科克铁热克柯尔克孜民族乡牧民，不识字。采录者：阿散拜·玛提力。翻译者：巴赫特·阿曼别克，依斯哈别克·别先别克。采录时间：1987 年。采录地点：特克斯县科克铁热克柯尔克孜民族乡。新疆卷，第 2088—2089 页。

0990. 四个伙伴

（柯尔克孜族　阿合奇县）

弱小动物战胜大动物。1. 动物的旅行。黄羊、乌鸦、老鼠和青蛙交朋友，一起去旅行。2. 互相帮助。

①黄羊为大家寻找食物未归，乌鸦去寻找，发现它被猎人的夹子钳住了腿。②乌鸦回来告诉老鼠和青蛙，大家一起出发。③老鼠用牙齿去咬拴狼夹的绳子。④青蛙被猎人装进了料袋。3.老人与鹰。太阳快落山时，猎人发现在狼夹不远的地方有一只半死的黄羊。黄羊头上站着乌鸦，正准备啄黄羊的眼睛。猎人撒下料袋，向黄羊跑去。他刚迈步，老鼠咬断料袋口上的绳扣，把青蛙救了出来。猎人赶到黄羊跟前，不等他伸出手，乌鸦倏地飞走，黄羊撒腿就跑。4.猎人转回去看料袋。料袋还在原地，青蛙早已逃走。

讲述者：苏里坦阿里·包尔布代，柯尔克孜族，阿合奇县哈拉奇乡牧民。采录者：朱玛拉依。翻译者：朱玛拉依，张运隆。采录时间：1982年。采录地点：阿合奇县。新疆卷，第2089—2091页。

二、新疆突厥语系其他民族故事类型（样本）

以上已举述柯尔克孜族故事类型，下面将与柯尔克孜族同属突厥语系的维吾尔族、哈萨克族、乌孜别克族和塔塔尔族的故事类型收集起来，放到同一语系的故事群中，以便开展综合研究。

维吾尔族

《中国民间故事集成（新疆卷）》收入维吾尔族故事215个。以下提供本书编制的维吾尔族故事类型样本13个。

0073. 乌古斯可汗的传说

（维吾尔族）

奇异出生。乌古斯出生。①他出生时，脸是青的，眼睛鲜红，头发和眉毛是黑的。②他的相貌比仙子还漂亮。③他的胸脯像熊一样，全身长满毛。

超时间的成长。1.饮食与力量。①他只吃过母亲一口初乳就不再吃奶。②他要吃生肉、饭食，饮美酒。2.四十的风俗。①他生下四十天就长大了，会走了。②他成为牧马人。3.森林广场。他的家住在森林里，林中野兽出没，鸟儿到处飞。

杀死妖怪。1.怪柳。①他带上长矛、弓箭、马刀和盾牌，打了一只鹿。②他用柳条把鹿拴在树上后离开。③他又打死一只熊，用金腰带绑在树上后离开。2.杀死独角兽。独脚兽把鹿和熊叼走，他杀死独角兽，用刀割下它的头。

奇异的婚姻。1.光。①他膜拜上天，天降蓝光，美女坐在蓝光里。②他爱上美女，娶她为妻。③她生下三个男孩，分别取名为太阳、月亮和星星。2.魔女住在树中央。①他打猎时，看见湖中有树，树穴中坐着美女。②他爱上美女，娶她为妻。③她生下三个男孩，分别取名为天、山和海。3.四十天的风俗。他造了四十张桌子、四十条木凳，举行盛典，宴请百官和百姓，下诏宣称回鹘可汗。

英雄出征。1.平定四方。①宝物。他颁布诏令，降服右方国家的阿勒通可汗，阿勒通可汗臣服，并送来金银、宝石和珍珠做贡品。②四十天的风俗。他降服左方国家的乌鲁木可汗，乌鲁木不服，他率军进发四十天，到达慕士塔格山扎营。2.神奇的苍狼。①他的牙帐中出现强光，从光中走出苍狼。②苍狼为他引路，帮他战胜乌鲁木可汗，征服那里的庶民和领土。③苍狼跟他一起征战身毒、唐古特和沙木拉并胜利。3.神奇的战马。①他的战马走进冰山，丢失了。②他的勇士葛逻禄帮他找回战马，他俩成为朋友。4.神奇的工匠。①他在路上看见一座金墙、银天窗、铁门窗的房子，但没有开门的钥匙，他的勇士卡拉奇是能工巧匠，帮他打开房门。②他战胜女真部落，缴获大量战利品，但无法运回，他的勇士康里是年迈的巧匠，帮他造了一辆高车，把战利品运回家。

求助。1.花甲生藏（国王请教老人）。①他身边的智慧老人是乌鲁克吐克柔。②这是一位知识渊博的大臣。2.托梦。①乌鲁克梦见一张金弓和三支银箭从日出的地方延伸到日落的地方，三支银箭头直指北面。②乌鲁克为他解梦，请他将四方疆土分给后代子孙。③他采纳老人的意见。④他派六个儿子分两组赴任。

三兄弟（两兄弟、三公主）。1.日、月、星三兄弟。①这三兄弟向天亮的方向出发。②三人找到一张金弓，返回交给父亲。③他教导三个儿子像弓一样，把箭射向天穹。2.天、山、海三兄弟。①这三兄弟向天暗的方向出发。②三人找到一支银箭，返回交给父亲。③他教导三个儿子像箭一样，服从弓。3.四十的风俗。①他在大帐右面栽了一根四十度长的木杆，顶端拴了两只金鸡，木杆下面拴了一只白羊。②他在大帐左面栽了一根四十度长的木杆，顶端拴了一只银鸡，木杆下面拴了一只黑羊。③他召集全体士兵和臣民坐在大帐里议事。④举行了四十个昼夜的庆典。⑤他把国土分给儿子。

翻译者：杨金祥，多鲁钟。新疆卷，第 77—83 页[1]。

0042. 神树妈妈

（维吾尔族）

被妖怪抢来的女子。①父女二人住在草原上。②妖怪想娶女儿为妻，父亲不同意，被妖怪吃掉。

树干发出声音。①女儿向老树求助，老树给女儿

---

[1] 原书编者注：《0073. 乌古斯可汗的传说》选自《乌古斯可汗的传说》一书，北京：民族出版社，1981。本书作者注：此故事文本源自新疆维吾尔族英雄史诗《乌古斯可汗传》，这部史诗的形成时间约公元 13 至 14 世纪，比《玛纳斯》稍晚，两者都有"地下世界"型和"生命树"母题等相似叙事。参见耿世民译《乌古斯可汗的传说》（维吾尔族古代史诗），乌鲁木齐：天马出版社，1980。

庇护。②妖怪用斧子砍老树，老树疼痛。

求助。①女儿向天神祈求搭救。②天空中出现光芒，带来一只苍狼，将妖怪吓跑。

生命树。黄雀看到了这件事，去山峰上找神仙老爷爷，神仙飞到女儿面前告诉她，这棵老树是大家的母亲。

杀死树下的蛇。①妖怪变成神仙的样子欺骗老树，被黄雀点醒，妖怪的手脚被折断。②苍狼模样的老爷爷从天而降，接走女儿，并向老树妈妈表示感谢。

讲述者：阿不都拉。翻译者：梁伟。新疆卷，第39—40页。

0091. 医圣鲁克曼的传说

（维吾尔族　鄯善县）

生命水。①皇帝伊斯坎代尔在天使哲布勒依带领下来到黑暗世界，看到生命之泉。②伊斯坎代尔被大树、鸟类制止。③大树、鸟类告诉他长生的苦痛。④伊斯坎代尔带回了一葫芦泉水。⑤伊斯坎代尔听从大臣的意见，请人用泉水制作馕来食用。⑥打馕师傅为伊斯坎代尔制作的馕烤煳了，师傅不敢献给皇帝，扔在一边，却被鲁克曼吃了。

听懂鸟的语言。 鲁克曼吃了用泉水做的馕，得以长生不老，他能听懂动物和植物说话，成为一名神医。

地下世界。 ①鲁克曼被遗忘在地牢中，依靠七粒葡萄干过活，度过四百年。②国王的喉咙被骨头卡主，请人寻找医圣鲁克曼，将鲁克曼从地牢中放出。③鲁克曼假装用国王儿子的血为国王治病，国王惊叫，吐出骨头，病被治好。

　　讲述者：艾买提·巴吾东。采录者：阿巴白克力·艾买提，男，42岁，维吾尔族，鄯善县文化局干部，大专文化。翻译者：梁伟。采录时间：1986年8月。采录地点：鄯善县。新疆卷，第134—138页。

0139. 克孜尔千佛洞的来历

（维吾尔族　库车县）

为娶亲满足国王苛刻条件。 ①龟兹国王的妃子生下女儿西仁，美丽聪明。②和田国王的儿子法尔哈德听说后，去龟兹国与西仁相见。③许多国家的国王向龟兹国王求亲，龟兹国王宣告将女儿嫁给在王宫门前的岩山上凿出一千个石洞的人。④法尔哈德愿意完成这项任务。⑤西仁与法尔哈德一见钟情，却引来龟兹国大臣儿子的嫉妒。⑥法尔哈德完成第一千个石洞的时候，大臣儿子将法尔哈德毒死。⑦西仁悲痛欲绝，在法尔哈德的遗体上哭泣致死。

生命水。大山都悲痛流泪，直到今天也时常流出泪水。

讲述者：依斯坎旦尔·马木提，男，维吾尔族，库车县。采录者：坎依玉木·买买提明。翻译者：赵世杰。采录时间：1989年。新疆卷，第212页。

0161. 天山泉的传说
（维吾尔族）

奇异的婚姻。①她是龟兹泉水里的仙女泉公主。②她在天山上赏景，看到王子班弯弓射雁。③她与王子陷入爱河。

被妖怪抢来的女子。①沙漠王旱魃嫉妒王子，挪移大山压住泉公主，泉水干涸龟兹干旱。②百姓想用绳子拉开压住泉眼的巨石，却失败了。

神奇的工匠。①汉族工匠勇为王子制作神箭宝弓，箭头蘸了众人鲜血，击碎巨石，将仙女泉公主放出，泉水恢复。②旱魃生气，命令黑风怪去挑拨离间。③黑风怪变成西域来的女巫，参加王子与泉公主的婚礼，将木雕人变成工匠的模样，向国王诬告工匠企图篡位。④国王震怒，王子与宾客劝阻国王，旱魃趁乱将仙女泉公主用乌云抓走。⑤被赶出的工匠看到乌云，捡到泉公主的面纱。⑥国王和王子误会工匠，将其抓住。

在洞中与妻子相逢。国王和王子在洞穴里看到旱魃对泉公主逼婚，解开与工匠的误会。

杀死妖怪。①国王和王子的人马与旱魃的手下厮杀起来。②旱魃用魔法变成巨石堵住洞口想闷死他们。

地名的由来。①工匠用王子的箭刺开自己的胸膛，蘸上心脏的血，王子用神箭射开巨石。②旱魃和黑风怪被烧死，洞中流出泉水。③这就是天山泉。

采录者：魏荣苏。翻译者：张森棠。新疆卷，第247—250页。

0192. 罗布泊的传说

（维吾尔族，若羌县）

创世纪。风神母收养了一对同胞兄妹，哥哥叫若羌，妹妹叫米兰。

龟兹乐舞。①他们下凡，在龟兹国学习音乐歌舞，学成后返回天上。②他们路过漠北时，遇见要去龟兹国学习音乐歌舞的罗布诺尔，后者在穿越塔克拉玛干沙漠时，口渴昏倒。他们将罗布诺尔救到大桑树下，为他找水、洗脸、扇风，将他救活。③罗布诺尔与米兰相爱，被风神母得知，命令兄妹返回天上，甩掉罗布诺尔。④米兰与罗布诺尔违抗风神母之命，不愿返回天上。罗布诺尔请雨神母帮忙。⑤雨神母在沙漠上建造了一个大湖，在湖畔盖了三间新屋，供他们居住。⑥风神母得知很生气，使出风暴，将他们三人卷走。罗布诺尔的双眼被砂石打瞎，米兰从空中掉下摔断双腿，若羌见状心急成了哑巴。风神母还嫌不够，把三人吹向三个方向。⑦三人彼此思念，各人流下的眼泪变成盐湖。

托梦。①米兰给罗布诺尔小时候父母给定亲的未婚妻台特玛托梦，让她照顾罗布诺尔。②台特玛前来，路上迷了路，没找到罗布诺尔，却找到若羌，她与若羌相爱。③雨神母帮助罗布诺尔和米兰、若羌和台特玛成亲。

地名的由来。①他们的子孙形成今天的罗布庄。②他们的眼泪汇成的盐湖称为"罗布湖"。

采录、翻译者：张森棠。新疆卷，第 300 页。

0364. 埋沙的来由

（维吾尔族　吐鲁番市）

超时间成长。①阿英拉特可汗从祖先开天辟地时就统治世界。②他七岁就当上可汗，赢得人们的爱戴。

托梦。①有一年，他梦到鲁姆国大臣向国王献计，让鲁姆国的国王出兵攻打阿英拉特可汗的秦国。②他同儿女们讲述了自己的梦，他将带儿子出征，让女儿管理国家。

英雄出征。①他们的出征仪式祭拜太阳、星星、草原和远山。②他途经巴格达王国，巴格达王国的国王卡斯兰军队梦见阿英拉特可汗进犯自己的国家，产生误解。③两国开战，打了七天七夜，阿英拉特的军队追击时，他被巨石砸死。④卡斯兰施展魔法唤来山洪，阿英拉特军队全军覆没。⑤消息传来，他的九个女儿陷入悲痛，小女儿阿依汗鼓励大家保卫自己的家乡。⑥九个女儿为了保卫国家，请来巫婆帮助她们搬运家乡的沙子，修建沙棚阻挡洪水。⑦卡斯兰的军队征伐秦国，与阿依汗的军队交战七天七夜。⑧卡斯兰使用魔法，却不能战胜阿依汗的军队。⑨卡斯兰用洪水淹她们，阿依汗关闭了所有通往地下城市的通道，用沙棚阻挡了洪水。⑩卡斯兰没有办法，只得返回。⑪因为沙城关闭，在外面的阿依汗与在里面的姐妹分离。⑫阿依汗带领士兵在沙漠周围建起新的城市。

仙药。人们有时能看到沙子下面的城市，后人缅怀祖先时就把自己埋在沙子里，可以祛病延年。

讲述者：吾斯里·卡思木，男，维吾尔族，吐鲁

番市人。采录者：海热提江·乌思曼。采录时间：1991
年。采录地点：吐鲁番市。新疆卷，第501—505页。

0502. 知识的珍贵

（维吾尔族　轮台县）

宝物（宝镜、宝毯、宝剑、宝壶）。①他是夏木
西丁，他的父亲想把他培养成知识渊博的人。②他在
巴扎上看到五百金币就可以学得神奇宝镜奥秘的告
示。③父亲帮他筹集到了学费，他刻苦学习，最后得
到宝镜。④他父亲又用最后的五百金币积蓄资助他学
习演奏乐器，他成为出色的乐师。⑤他应征加入商队
担任会计。

生命水。商队没有饮用水而被困在沙漠，他拿出
宝镜，找到井。

把找到宝物的人留在井中。①他下井为商队舀
水，发现水下有金银财宝。②他将金银财宝拿给商
队，却被商队用石头堵在井下。

地下世界。①他从井下的洞穴逃走，穿过大门，
到达御花园。②他在花园弹起热瓦甫琴，魔鬼和天仙

都为他的弹奏沉醉。③魔王接待了他，让他为魔王奏琴。④他想回到人间，魔王给他马和宝物，送他回去。

猎鹰。①他来到一座城市，听说国王刚刚去世，国鹰停在谁身上，谁就是新的国王。②国鹰反复三次落在他的身上，人们将他奉为新王。③曾经将他关在井下的商队路过他的城市，他将商队首领处死。④他成为博学且著名的国君。

讲述者：图尔地·阿西木，男，60岁，维吾尔族，轮台县提热克巴杂尔乡农民，小学文化。采录者：阿卜杜热伊木·热禾木，男，50岁，维吾尔族，轮台县文化馆职工，中专文化。翻译者：袁志广。采录时间：1989年8月。采录地点：轮台县提热克巴杂尔乡。新疆卷，第742—745页。

0507. 狼妻
（维吾尔族）

奇异的婚姻。①他是牧羊人的儿子，在寻找牧群时抓到会说话的狼，狼答应将自己的妹妹嫁给他。

②他与狼回到狼穴，狼的妹妹脱下狼皮变为美女。
③狼妻白天变为狼与狼群外出，晚上与他相处。

磨石、四十的风俗。①他回家时，狼妻的母亲送给他磨石，叮嘱他随身携带，四十天内不要扔掉妻子的狼皮。②他带狼妻回家，在路上用磨石变出房子和食物。③狼妻仍旧白天是狼，夜晚是人，大家都以为他不正常。④三十七天时，他烧掉了妻子的狼皮，狼妻知道有坏事将要降临。⑤狼妻变为人，他们举行七天七夜的婚礼。⑥国王也来参加婚礼，并看上狼妻。

为娶亲满足国王苛刻条件。国王想除掉他，让他去海底找马头那么大的金子。

动物神灵。①狼妻为他绣花来保护他，并帮他收服鱼王，拿回金子。②国王又命令他去找丢失的马群。③狼妻给他棍子，指引他找到马群，并带回王宫。④国王让他找来在国王父亲七天乃孜尔仪式上杀掉的公羊。⑤狼妻无能为力，让他去找狼妻的母亲，并用磨石变出铁屋让狼妻藏身。⑥他找到狼妻的母亲，按它的话将国王父亲的骨头放在摇篮里摇，召唤出国王父亲的灵魂，要回祭祀用的公羊。

树干发出声音。①公羊少一条腿，国王的父亲在墓中发出声音，说被他咒骂的儿子吃掉了。②他带着公羊回去，告诉国王他父亲的话，国王溜走。③他与狼妻过上幸福生活。

讲述者：克尤木·穆塔里夫。采录者：穆塔里夫·帕力提阿吉。翻译者：李慧兴。新疆卷，第755—759页。

0520. 公正的国王
（维吾尔族　且末县）

地下世界。①国王微服私访时听说有骑着黑马的人打着国王的名号抢劫民众，派丞相追查。②丞相追逐黑马，跳进湖里，到达女人国。

英雄睡觉。①丞相愿与女人国的女王结为夫妻，女王让他在新婚之夜叫醒她三次，丞相没能做到，就回到自己的房间。②丞相将见闻禀报国王，国王也追逐黑马来到女人国，和女王结下婚约，条件与丞相相同。③国王和女王的婚礼持续四十昼夜，侍女写锦帖告诉国王讲故事可以唤醒女王。④晚上，国王讲了三个故事唤醒女王。

木师和画师。①第一个故事讲四人在值夜班时，木匠创造了一位姑娘的模型，裁缝缝制了姑娘的衣服，靴匠为姑娘做了鞋，阿訇向胡大祈祷，给了姑娘生命。②四人都想娶这位姑娘做妻子，国王认为姑娘应该是阿訇的妻子，因为阿訇给了她生命；女王醒来反驳说姑娘应该是木匠的妻子，因为木匠给了她身体。

两兄弟。①第二个故事讲兄弟二人外出打拼，弟弟杀死老虎救了国王的女儿，娶了公主当上了右丞相；哥哥乞讨为生，见弟弟时觉得无颜，举刀自尽。②弟弟见到哥哥自杀，悲恸欲绝，也结束了自己的性命。③公主得知后，向胡大祈祷让兄弟二人复活，却在复活时把兄弟二人的头和身体装错了位置。④国王说应以头颅为标准判定谁是公主的丈夫，女王醒来反驳说按照穆斯林的规矩，丈夫应当是有哥哥脑袋弟弟身子的人。

生命的标记。第三个故事讲兄弟二人是双胞胎，分离前哥哥将剑鞘交给弟弟，告诉弟弟剑鞘出现血迹的话就说明他遇到危险。

杀死妖怪。哥哥帮助公主除掉毒龙，毒龙将他吞入腹中，他将毒龙从内部一劈为二。

四十的风俗。①哥哥娶公主为妻，举行了四十昼夜的婚礼。②哥哥听说七头魔鬼在与人比赛摔跤，便前去挑战，被魔鬼摔倒，吞下后吐出成为怪物。③弟弟看到剑鞘上的血迹，前去营救哥哥，摔倒了魔鬼，魔鬼答应将女儿嫁给他，并帮助他哥哥恢复原状。④魔鬼再次将人吞入并吐出时，人才能恢复原状，但魔鬼没有将哥哥吐出，弟弟于是杀死魔鬼，飞出一只白云雀，弟弟剖开魔鬼的小脚趾，哥哥从里面出来。⑤哥哥和弟弟同时返回王宫，但两人长得太像，公主无法辨认哪个是自己的丈夫。⑥国王认为公主应当问问他们哪位是她的丈夫，女王醒来反驳道应当让丈夫晚上进行选择。

为娶亲满足国王苛刻条件。①国王完成了女王提出的条件。②女王告诉国王自己就是派遣黑马的人，为了和国王结成夫妻才出此计谋。③国王和女王回到地上王国，人民过着欢乐的日子。

讲述者：阿不都热依木·热扎克，男，54 岁，维吾尔族，且末县，教师。采录者：买木提敏·库尔班。

翻译者：伊善芝。采录时间：1980 年。采录地点：且末县。新疆卷，第 806—813 页。

0563. 黄羊奶大的兄妹

（维吾尔族　伊宁县）

奇异出生。①国王娶了新的妻子，妻子为他生下一儿一女，却遭到前三位王后的嫉妒。②三位王后买通妖婆买斯堂坎布尔，让她将一儿一女调换为动物，把兄妹扔到野外，兄妹的母亲也被关在笼子里。

罗摩十二岁（国王父子团聚）。①母黄羊喂养了被遗弃的兄妹。②国王打猎时随母黄羊看到孩子，王后们知道后，又让巫婆去杀死兄妹。

生命树。①巫婆让兄妹向太阳落山的方向走三天，折下泉眼旁的树枝，可以种出果园。②哥哥去折树枝时，遇到白胡子老大爷指点，让他趁魔鬼吃午饭时折下树枝，不能回头一直跑回来。③哥哥照做，果然种出一片果园绿洲。

被妖怪抢来的女子。王后们知道兄妹没死，又让巫婆去杀死兄妹，巫婆让兄妹向太阳落山的地方走三天，哥哥就可以娶洞中叫作乌尔力喀汗的姑娘为妻。

求助。①白胡子老大爷指点哥哥，去喊三声乌尔力喀汗的名字，第四次她再让喊的时候却不要喊。②哥哥照做，没有被变成石头，他娶了乌尔力喀汗。③国王打猎时路过兄妹的果园，兄妹招待了他，国王请他们去宫中做客。④兄妹和乌尔力喀汗来到宫中，乌尔力喀汗帮助国王和兄妹相认。⑤国王得知真相，处死了恶毒的王后们和巫婆，家人团聚。

讲述者：阿不都热依木·依米热木扎，男，68 岁，维吾尔族，伊宁县吐鲁番圩孜乡四十吐鲁番圩孜村教师，中专文化。采录者：吐尔逊·卡斯木，男，47 岁，维吾尔族，伊宁县文化局工作，中学文化。翻译者：李慧兴。采录时间：1989 年 8 月。采录地点：伊宁县吐鲁番圩孜乡四十吐鲁番圩孜村。新疆卷，第 949—955 页。

0573. 神奇的棒槌

（维吾尔族　阿瓦提县）

动物朋友。他是贫穷的老人，捉住了一只乌鸦长者，乌鸦说，他放过它，它就报答他。

生命树。 他来到乌鸦在森林的家中，家在一棵梧桐树里，洞口很小却一步迈了进去，里面如同仙境。

屙金的动物。 ①乌鸦招待了他，给了他一头可以屙出金银的黑驴。②他赶路回家天色已晚，借住在磨坊主家，他泄露了黑驴的秘密，磨坊主将他的黑驴与普通的黑驴调换。③他回家后，想向国王表演黑驴的技巧却没有成功。④他去找乌鸦，乌鸦又送给他可以出现食物的餐巾。⑤他回家时借住在磨坊主家，又泄露了秘密，被磨坊主调换了餐巾。⑥他向国王的大臣展示餐巾的功能没能成功。⑦他又去找乌鸦，乌鸦送给他可以改变逆境的棒槌。

模仿他人的幸运遭遇失败。 ①路过磨坊主家时，磨坊主又想调换他的宝贝，却被棒槌所打，磨坊主归还之前的宝贝。②他向国王展示屙金银的黑驴、出现食物的餐巾，国王想把这些宝贝据为己有。

神奇的木棒。 ①他用棒槌打败了国王的军队，带领百姓占领皇宫。②人们重新选出公正的国王，他和老伴度过了幸福的晚年。

讲述者：阿卜杜如苏勒·达悟特，男，28岁，维吾尔族，阿瓦提县伯什力克乡教师，小学文化。采录者：托互提尼亚孜·麦提尼亚孜，男，维吾尔族，阿瓦提县文化馆职工。翻译者：袁志广。采录时间：1991年3月。采录地点：阿瓦提县伯什力克乡。新疆卷，第975—978页。

0584. 木马

（维吾尔族　米泉市）

会飞的木马。①铁匠制作了可以自由在海中行驶的铁鱼。木匠制作了可以在天空飞翔的木马，请国王评判谁的手艺高明。②王子看上了木马，将木马骑走，飞到别的国家，与住在天空城堡中的公主相识相爱。③公主的父亲知道后十分愤怒，将天空城堡涂上红色颜料，想抓住偷偷与公主相会的人。④王子将沾上颜料的衣服脱下，被老人捡到，老人要被处刑，王子出面承认自己的行为救下老人。⑤王子骑着木马带公主逃跑，公主要回去拿母亲留下给公公婆婆的宝石，王子只能让公主骑木马回去，自己留在荒漠里。

⑥公主回去后，被父亲抓住，要将她嫁给远方求亲的王子。

仙药。王子在荒漠里寻找食物，找到魔鬼的果园，吃下果子，长出胡子和兽角。

托梦。①王子梦中遇到白胡子老爷爷，告诉老爷爷自己的遭遇，老爷爷让他将果实和干果一起吃，就会恢复原状。②王子照做，果然恢复，他拿上很多果实与干果上路寻找公主。③王子在路上遇到来迎娶公主的队伍，他们向王子索要水果，结果远方的王子长出胡子和兽角，无法与公主结婚。④他们为了向国王交代，将王子打扮起来，与公主举行了婚礼。⑤公主向父亲要回木马，远方国家的人将他们带走。⑥王子献计以金币撒在地上吸引注意力，趁机和公主乘木马逃走，回到王子的家乡。⑦在王子的家乡，国王正准备惩罚木匠，看到儿子回来，便赦免木匠。

四十的风俗。①国王为王子和公主举行了四十天的盛大婚礼。②国王把王位传给王子。

讲述者：饶孜，男，63岁，维吾尔族，米泉市柏杨河乡农民。采录者：阿·沙迪克。翻译者：王永涛。

采录时间：1980 年。采录地点：米泉市。新疆卷，第
1009—1017 页。

哈萨克族

《中国民间故事集成（新疆卷）》收入哈萨克族故事
151 个。以下提供本书编制的哈萨克族故事类型样本
12 个。

0001. 迦萨甘创世

（哈萨克族　乌鲁木齐县）

创世纪。①创世主迦萨甘像人，有四肢五官，耳
能听，眼会看，有嘴可以讲话。②他创造天和地，共
有三层：地下层、地面层和天空层，后来长成七层，
迦萨甘住在天空层，自己就是天。

日与月。迦萨甘用自身的光和热创造太阳和月亮。

杀死妖怪。①迦萨甘派太阳和月亮迎战恶魔黑暗，
太阳和月亮不停地追赶黑暗恶魔，彼此失散。②迦萨
甘同情太阳和月亮，看到他们落泪时，用弓箭"迦扎

依勒"射杀黑暗恶魔。③迦萨甘帮助太阳和月亮，黑暗恶魔东躲西藏。

太阳的光芒。黑暗恶魔至今害怕太阳和月亮的光芒。

大地、高山与神牛。①一开始大地摇晃不定，迦萨甘把大地固定在青牛角上。②当青牛将大地从一只犄角换到另一只犄角上的时候，大地发生地震。③迦萨甘用高山当钉子，把大地钉在青牛角上，使大地稳固下来。

人的由来。迦萨甘用黄泥捏出一对男女泥人，泥人成为人类始祖，始祖的后代组成二十五对夫妻，以二十五个男性为主，发展成二十五个部落，再发展成不同民族。

动植物的由来。迦萨甘用剩下的泥屑创造狗和草木虫鱼。

生命树。①迦萨甘在大地中心栽种"生命树"。②生命树长大后结出"灵魂"。

讲述者：谢热亚孜旦·马尔萨克，男，60岁，哈萨克族，乌鲁木齐县白杨沟夏牧场。采录者：尼合买提·蒙加尼，男，哈萨克族。翻译者：校仲彝。采录时间：1987年。采录地点：乌鲁木齐县白杨沟夏牧场。新疆卷第3—4页。

0031. 人的来历

（哈萨克族　新源县）

人的由来。①安拉捏了泥人亚当并赋予它生命。②安拉从亚当身上取下肋骨创造夏娃。

忘记嘱咐。①安拉叮嘱亚当、夏娃不要吃天堂的麦子。②妖怪怂恿亚当和夏娃吃麦子，被天神发现。

不洁的大便。亚当和夏娃天天拉肚子，把天堂搞脏了。

神的惩罚。①安拉很生气，将亚当、夏娃安放在地面的两座山上。②人类从此只能生活在地面，再也去不了天堂。

杀死妖怪。安拉把妖怪赶出天堂。

讲述者：依玛纳勒·萨萨诺夫，男，68岁，哈萨克族，新源县政协，高中文化。采录者：阿勒木别克·加玛里。翻译者：多里坤·阿米尔、王永涛。采录时间：
1991年。采录地点：新源县。新疆卷，第27页。

0097. 夏尼什胡勒

（哈萨克族　福海县）

箭法超群。夏尼什胡勒是英雄猎手，猎技高超。
人们根据他在高山区打猎的穿着打扮，称他为"灰色
猎手"。他还是哈萨克族中第一个制造了枪弹和火药
的人。

英雄出征。他为了子孙后代的安全，宁愿牺牲
自己。

杀死妖怪。他杀死铜爪鬼等猛兽、黄爪子等有害
鸟类。

命中注定的婚姻。①他开枪打伤一匹小马。他追
马而去，来到神仙王国，看见一个美丽的女子走来，
女子自称是他的妻子。②她是神仙王国国王的女儿，
她告诉他，这桩婚姻是命中注定的。

为娶亲满足国王苛刻条件。神仙王国的国王要求
他三天不睡觉，然后就将女儿正式许配给他。

英雄睡觉。他打了一个盹，醒来后，发现自己身处荒山野岭，妻子不在了。

英雄回家。①他返回部落，骑上马，带上粮食，还带上许多伙伴，去寻找妻子，整整一年没有找到。②他在家门口看见妻子骑着骆驼，送来了自己的孩子。

地名的由来。①他与部落的人商量，决定为孩子取名"别尔代霍加吉延雀拉"，意思是神仙的外孙。②他的孩子长大后，成为哈萨克民族的爱国将领。

讲述者：夏亚合买提·江格尔，男，62岁，哈萨克族，小学文化。采录者：达斯坦·奥玛洛夫。翻译者：杨凌，沙吾列·哈力太。采录时间：1991年5月。采录地点：福海县。新疆卷，第149—150页。

0100. 独眼

（哈萨克族　吉木乃县）

奇异出生。卡拉夏五十岁，妻子四十岁时怀孕。

蛇郎。①妻子生下一条蛇，被卡拉夏掩埋。②卡拉夏六十岁，妻子五十岁，再次怀孕。③妻子生下独眼的儿子。

超时间的成长。独眼儿子四十天长得像一岁，六个月长得像六岁，周岁时长得不亚于男子汉，干起活来力大无穷，饭量奇大，个头一天一个样。两岁时已长得像摔跤手一样。

英雄出征。①他牵回一头熊，熊不伤害这家人，他让熊离开。②他登上东面的高山顶，来到一座城市，取回很多衣服，给父母穿。③他登上西面的高山顶，看见被放牧的牛马，他牵回一匹马和两头母牛，从此父母有了自己的牲畜。

英雄睡觉。他打猎回家，倒头就睡，一连四天没醒。熊带着两只熊崽来到他家，在门口扁平的石头上吐出淡蓝色东西，他将它安在没有眼珠的眼眶里，于是有了另一只眼睛。原来这只熊正是他从前放走的熊。

地名的由来。他孝敬父母，娶阿吾勒的姑娘为妻，一直住在老房子里没有离开，百姓称他为"大山之子代吾列特别克"。

讲述者：图思普坎·萨达瓦卡司，男，哈萨克族，吉木乃县牧民。采录者：博拉特别克·扎肯。翻译者：王祝斌。采录时间：1991年。采录地点：吉木乃县。新疆卷，第154—156页。

0385. 冬不拉的传说

（哈萨克族　新源县）

树干发出声音。①一位长相美丽的哈萨克族姑娘，有很多人追求。②谁能让姑娘毡房前的大树说出求婚的心意，姑娘就嫁给谁。③很多人来到树下，但未能实现，他们在树上挂上羊肠以示纪念。

音乐（乐器）的由来。①流浪汉来到树下，听到风吹挂在树枝的羊肠发出不同的声音，用树和羊肠做了一件乐器。②小伙子用琴声打动姑娘的心，实现姑娘提出的条件，二人结为夫妻。③那件会说话的乐器，就成为哈萨克族人民最喜爱的冬不拉。

讲述者：瓦力别克，男，哈萨克族，新源县那拉提乡农民。采录者：坎奇，男，哈萨克族。翻译者：常世杰。采录时间：1988年。采录地点：新源县那拉提乡。新疆卷，第528—530页。

0486. 凤凰与苏莱曼

（哈萨克族 乌鲁木齐县）

奇异的婚姻。①国王苏莱曼说东边人和西边人可以结成姻缘，凤凰不相信。②苏莱曼与凤凰打赌，要是苏莱曼输了，就把王位和王冠让给凤凰；要是凤凰输了，就砍掉凤凰的头。

奇异出生。①东方的国王年迈无子，与王后祈祷真主赏赐他们一个孩子，王后生下儿子。②西方王国的王后同时生下一个女儿。

森林广场（树上的公主）。凤凰偷走女儿，带进森林里，放到一棵大树上的鸟窝里抚养。

四十的风俗。东方王国的王子带领四十名水手出海，漂到孤岛，看到树上凤凰巢里的公主。

救了树上的鸟（公主）。①公主按王子的主意，让凤凰为自己造了一只铁箱子，铁箱子放在树下，公主住进铁箱子里，铁箱有窗和门，凤凰从窗口给公主送饭，浑然不知里面的事情。②王子和公主生活在铁

425

箱中，公主怀孕。③苏莱曼和凤凰打赌约定的日期到了，凤凰以为自己赢定了。

骑在鸟背是好飞。①凤凰驮着铁箱飞到苏莱曼的王宫，铁箱打开，从里面走出王子和公主，公主怀抱婴儿，凤凰逃离人间。②苏莱曼招来一只长着四个翅膀的大鸟，让王子和公主骑上，飞往东方和西方的国家，去看望他们各自的父母。③王子继承了父亲的王位。

讲述者：胡尔玛什·夏合尔，男，67岁，哈萨克族，乌鲁木齐县，东山牧场牧民。采录者：别依山拜，库来西。翻译者：马雄福。采录时间：1990年。采录地点：乌鲁木齐县东山牧场。新疆卷，第691—694页。

0519. 骑黑马的大臣

（哈萨克族　新源县）

地下世界。①骑黑马的大臣忠诚能干，被汗王派去调查民意。②他听到妇女咒骂汗王，知道有人假扮汗王，败坏汗王名声。③他跟随假扮汗王的人来到海底世界，进入女儿国。

四十的风俗。他见到四十个姑娘和女王。

英雄睡觉。①女王答应他带回一个姑娘，他选中女王。女王要求说，在她睡觉后让她醒来三次并说话，实现了这个条件，就嫁给他。他想尽各种办法也做不到。天亮时，他发现自己躺在自家床上。②汗王按照大臣的办法来到海底世界，见到女王。女王提出同样的要求。汗王就给守候在女王窗前的宫女讲故事，尝试叫醒女王。

神奇的苹果。汗王讲的第一个故事是，三兄弟给一位国王的病危的公主治病，老大和老二都不灵，老三拿苹果给公主吃，把公主的病给治好了，国王不知将公主嫁给哪个兄弟为好。汗王问宫女的意见，这时女王醒来，说公主应该嫁给老三，然后睡去。

木师和画师。汗王讲的第二个故事是，三人同行，其中一个是木匠，他造了一个木偶女子，非常漂亮；第二个是裁缝，他给女子做了漂亮衣服，还有一个是毛拉。木偶女子问三人，自己应该嫁给谁？汗王问宫女的意见，这时女王醒来，说公主应该嫁给裁缝，然后睡去。

生命的标记。①汗王讲的第三个故事是，两兄弟出门，在岔路口做了标记，然后分开。②弟弟当了汗王，哥哥成了流浪汉，哥哥见到弟弟后自杀，以为弟弟不再愿意接纳自己。③弟弟见哥哥死去也自杀，认为兄弟情义更重要。④弟弟的妻子祈祷真主，让两兄弟复活，却将两兄弟的头安错了，妻子不知哪个是弟弟。⑤汗王问宫女的意见，这时女王醒来，说妻子应该以身体为准。然后睡去。

四十的风俗。①汗王达到了女王的条件，两人成亲，婚礼举办了四十天。②汗王这才明白，女王早就爱上汗王，为了引起汗王注意，曾假扮汗王去欺压百姓。

讲述者：朱玛德勒，男，64岁，哈萨克族，新源县别斯托别乡干部，中学文化。采录者：阿依布汉·卡德尔，阿勒木别克·加玛里。翻译者：焦沙耶，张运隆。采录时间：1990年。采录地点：新源县别斯托别乡。新疆卷，第801—805页。

0521. 仙女选格达尔

（哈萨克族　新源县）

三兄弟（两兄弟、三公主）。阿山、玉山、卡山是三兄弟，父亲是个巴依，八十多岁了，母亲早年过世。

奇异的婚姻。①父亲要给三个儿子娶亲，约定三人射箭，箭落到谁家，就向谁家的姑娘求亲。②阿山的箭落到巴依家门前，他娶巴依的女儿为妻。③玉山的箭落到汗王家门前，他娶汗王的女儿为妻。

地下世界。卡山的箭落到巴卡勒湖里，他进入水下宫殿，娶神仙国的公主为妻。

忘记嘱咐。①他回家看望兄嫂，妻子叮嘱他保守水下的秘密。②他见到兄嫂，经不起哄骗，将水下的秘密和盘托出。

屙金的动物。①他按嫂子的要求带回一个枯柳枝，妻让青牛吃下枯柳枝，青牛拉出新柳枝。②他按嫂子的要求带回半兜羊毛，妻让青牛吃下羊毛，青牛拉出丝线，妻子片刻制成丝毯。

宝物（宝镜、宝毯、宝剑、宝壶）。①他按嫂子的要求带来仙女妻子，嫂子和巫婆使出奸计。②偷走仙女妻子夹衣内的荷包烧掉，毁掉荷包内的九十种变化的钥匙，仙女妻子变成山雀飞走。

神的惩罚。妻子兴起雷电旋风卷走恶毒的嫂子和巫婆，将两个哥哥抛到荒原上。

找金鸟。他走了很多年，来到神仙国，那是妻子住的地方。

骑在鸟背上飞走。他按白胡子老人的指点，坐在凤凰鸟的背上飞走。

寄魂物。控制了巨人妖怪的寄魂物，寄魂物是白鹿腹中匣内的七只山雀。他射死白鹿，取出白鹿肚中的匣子，砍下匣中的七只山雀的头。

被妖怪抢来的女子。他来到金殿，在第十七间房屋里，找到掠走妻子的巨妖。

杀死妖怪。夫妻两人合力将妖怪杀死。

四十的风俗。仙女的父王为他们夫妻举办三十天喜庆活动，摆四十天喜宴。

英雄回家。①神仙们护送他们回到故乡。②他们帮助两个哥哥娶了两个好姑娘，三家过上幸福生活。

讲述者：瓦特别克·阿牙甫别尔根，男，51岁，哈萨克族，干部，大专文化。采录者：托列根·也思么别克。翻译者：王祝斌。采录时间：1991年。采录地点：新源县。新疆卷，第 813—817 页。

0522. 白色的新房

（哈萨克族 巴里坤哈萨克自治县）

动物朋友。①他看见黑蛇和白蛇在河水中搏斗，他将它们分开，把白蛇放在白水河，把黑蛇放在黑水河。②他救了白蛇，白蛇是白水河的公主。

地下世界。他跟着白胡子老人骑在犍牛的背上，来到水下王宫。

宝物（宝镜、宝毯、宝剑、宝壶）。他见到国王和王后，国王要感谢他，请他选礼物，他按照白胡子老人的指点，选了王后床头的一个小箱子。

英雄睡觉。他睡了一觉，小箱子变成白色的毡房、美食，还有一个美丽的女子。

为娶亲满足国王苛刻条件。他的哥哥发现了秘密，想要霸占毡房和美女，就要他将死去的母亲找回来。

神奇的战马。他在妻子的帮助下，找到白马。

地下世界。①他骑马来到高山峡谷，进入地下世界。②见到死去的母亲。

英雄回家。他返回家乡，与妻子过上幸福生活。

讲述者：努尔加玛勒·居尼司，女，哈萨克族，巴里坤哈萨克自治县人。采录者：苏列依满·哈山。翻译者：王祝斌。采录时间：1989 年。采录地点：巴里坤哈萨克自治县。新疆卷，第 817—821 页。

0523. 瘸腿獾
（哈萨克族）

儿子獴。①獴是神仙的后代，它白天变成獴，晚上变成英俊的男子。②獴与国王的女儿结为夫妻。

兽皮（穿上或烧掉兽皮）。①獴的秘密被妻子知道，妻子烧掉它的獴衣。②獴离开妻子。

猎鹰。①妻子遇到白胡子老人，知道丈夫变成苍鹰。②妻子找到丈夫，他们各自承认有错。③丈夫变成苍鹰，妻子变成鸽子，幸福生活。

采录者：萨瓦特·恰依木拉特。翻译者：王祝斌。新疆卷，第 821—825 页。

0533. 馕巴图尔

（哈萨克族 新源县）

奇异出生。①托布克拜和妻子膝下无子，妻子用做馕的面团捏成小孩，面团有了生命。②孩子用手抓妻子手中的苹果，认出自己的妈妈。③老人给孩子起名馕拜尔干，意思是馕给的。

超时间的成长。馕拜尔干长大后，与英雄铁木尔巴图尔和苏巴图尔交朋友，三人打猎为生。

怪柳。①妖怪变成小老头，吃掉了英雄铁木尔巴图尔和苏巴图尔煮的肉，两个英雄打不过妖怪。②他把妖怪的胡子绑在杨树上，看住妖怪。妖怪将大杨树连根拔起逃走。

神奇的战马。他和另外两个英雄骑了三匹千里马，追赶妖怪。

地洞。他们快追上时，妖怪拖着杨树钻进深井，他们放下绳子，进入深井。

被妖怪抢来的女子。①他们在地下看见被妖怪抢来的众人和姑娘。②他们杀死妖怪，解救众人。

把找到宝物的人留在井中。他先让姑娘出井，铁木尔巴图尔和苏巴图尔把姑娘拉上去后，割断绳子，拐走姑娘。

仙药。①他摔到井底，看见蚂蚁的腰和脚都断了，在一个地方打滚，又都长好了。②他也来到那个地方打滚，果然全身伤愈，而且比从前更健壮。

朋友成为叛徒。他从井口爬出，找到铁木尔巴图尔和苏巴图尔的住处，杀掉他们，救出姑娘。

英雄回家。他和姑娘结为夫妻，返回家乡，父母见到他们非常高兴，白发变成黑发。

讲述者：马丽亚·库别克，女，75 岁，哈萨克族，新源县阿热勒托别乡牧民。采录者：道莱特汗·艾西木别克。翻译者：马雄福。采录时间：1985 年。采录地点：新源县。新疆卷，第 857—861 页。

0565. 鹦鹉的忠告

（哈萨克族　尼勒克县）

动物朋友。汗王的鹦鹉很聪明，能给汗王出谋划策，双方相处了二十多年。

神奇的苹果。①鹦鹉回乡探亲，给汗王带回红、白种子做礼物。②鹦鹉说，吃了红色种子种出来的果子，老人会变成年轻人，年轻人吃了会更加健壮聪明；吃了白色种子种出来的果子，人会老起来，但智慧会增长。③汗王得到鹦鹉的礼物，非常高兴，将鹦鹉封为右大臣。

误食毒药。①左大臣嫉妒鹦鹉，在成熟的果实上涂了毒药，让犯人吃下，犯人死去。②汗王大怒，杀死鹦鹉，埋在汗王宝座下。③汗王后来得知是左大臣搞的鬼，杀掉左大臣。

地洞。左大臣的血流到地上，地裂开口子，鹦鹉飞出。鹦鹉斥责国王不辨忠奸，飞走了。

讲述者：阿不都别克·阿不塔勒甫，男，哈萨克族，尼勒克县克令乡哈萨克族中学教师。采录者：达吾来提别克。翻译者：焦沙耶，刘有华。采录时间：1989年。采录地点：尼勒克县克令乡。新疆卷，第957—958页。

乌孜别克族

《中国民间故事集成（新疆卷）》收入乌孜别克族故事1个。以下提供本书编制的乌孜别克族故事类型样本1个。

1003. 固执者的结局

（乌孜别克族）

傻子。①两个旅行者骑马穿越戈壁滩，其中一个视力极差，傍晚时他们来到一个避风处过夜。②次日早晨启程时，视力差的旅行者在地上摸到一条快要冻僵的蛇，误将其当作自己的马鞭。③另一个旅行者急忙上前提醒他手上拿的是一条毒蛇，让他赶紧扔掉。④视力差的旅行者以为对方欲将新马鞭占为己有，坚持称自己找到了一条更好的马鞭。⑤另一个旅行者急得直跺脚，指责视力差的旅行者太固执，不听忠告。⑥视力差的旅行者认定对方看中了他手上的新马鞭，故意编瞎话吓唬人，坚决不放弃。⑦在两人说话间，那条被冻僵的蛇渐渐醒过来，咬住了视力差的旅行者的手。⑧视力差的旅行者由于蛇毒扩散，最终痛苦地死去了。

翻译者：江帆。新疆卷，第 2102—2103 页。

塔塔尔族

《中国民间故事集成（新疆卷）》收入塔塔尔族故事 11 个。以下提供本书编制的塔塔尔族故事类型样本 6 个。

0317. 聪明的老人

（塔塔尔族）

花甲生藏（国王请教老人）。①国王认为年过七十的人无用，下令杀掉。②小伙子不愿意杀掉父亲，就把父亲藏起来。

求助。1. 寻找宝石。①小伙子告诉父亲，国王在一条渠里发现一块闪闪发光的宝石，下水捞却捞不到。②父亲告诉他，那块宝石不在水中，而是在水渠旁树上的鸟窝里，水中的宝石是投影。③小伙子觐见国王，国王照他的话去做，果然找到了宝石，国王称赞小伙子的智慧。2. 分辨马匹。①国王让小伙子次日来分辨两匹个头毛色一样的马。②小伙子回家后把国王的难题告诉了父亲，父亲教给他分辨马的方法。③小伙子照父亲的话去做，解决了国王的辨马难题。3. 区分木头。①大臣为难小伙子，让他分辨两根长短粗细一样的木头的头和尾。②小伙子再次照父亲的话去做，果然又解决了辨木难题。

真相大白。①国王询问小伙子如何获得这样的智慧，小伙子只得把他藏匿老父亲的事告诉了国王。②国王感叹老人的智慧，收回成命，不再弃老。

采录者：热孜亚塔，塔塔尔族。翻译者：高兰云，李桂禄。新疆卷第 447—448 页。

0532. 面团巴图尔

（塔塔尔族）

奇异出生。①老大爷和老大娘年过古稀但膝下无子，总为这事发愁。②老大爷和老大娘捏了个面娃娃，放在案板上就出去了。③老大爷和老大娘回来，见面团娃娃已经变成了一个活蹦乱跳的男娃娃。

超时间的成长。①面团娃娃没几年便长成了一个大小伙子，人们管他叫面团巴图尔。②老大爷为面团巴图尔做了一根拐杖，他刚一拄，拐杖就断成好几节，他第一次出门便打破了一个孩童的头，第二天刚出门又扭伤了一个孩童的脖子，邻居都来向老大爷告状，让他赶走面团巴图尔，面团巴图尔听了乡亲们的怨言，决定离家出门闯荡。③面团巴图尔来到森林中。

英雄的助手帮他战胜敌人。①在森林中遇到一个双脚用铁链子锁着的人，那人告诉巴图尔，若把锁打开，他就会飞上天，面团巴图尔同这人结为伙伴上路了。②面团巴图尔和朋友在路上又遇到一个用手指塞着自己的鼻孔的人，那人告诉巴图尔，若把手指取出来，飓风就会从他的鼻孔刮出，面团巴图尔又同这个人结为伙伴继续赶路。③面团巴图尔和朋友们在路上又遇到一个歪戴帽子的老人，老人告诉巴图尔，若他戴正帽子，就会顿时刮起大风，把宇宙刮得天昏地暗，若他把帽子按住，大地就会结冰四尺，面团巴图尔又邀老人结伴一块赶路。④面团巴图尔和朋友们在路上又遇到一个张弓欲射的射手，射手告诉巴图尔，他正准备把六十里外山脚下落着的一只苍蝇的左眼睛射下来，面团巴图尔很欣赏这个射手，也与他结为伙伴，一块赶路。⑤面团巴图尔和朋友们在路上又遇到一位留胡子的人在玩土，那人告诉巴图尔，他正在把左边的土推到右边堆成一座山，面团巴图尔见他很有本领，便邀他结伴同行。

为娶亲满足国王苛刻条件。①面团巴图尔和朋友们来到一个大巴依家，大巴依有个美丽的女儿，面团巴图尔向她求婚，大巴依让巴图尔与他府上的飞毛腿比赛，赢了便把姑娘嫁给他。②面团巴图尔让用铁锁锁住脚的人出战，他打开锁链跑起来，把巴依的飞毛腿远远抛在后面，见对方赶不上，他便跑到一个山坡上睡起大觉来，巴依的飞毛腿追上来，他还没有睡醒，面团巴图尔连忙让能射准苍蝇左眼的人用箭提醒熟睡的人，最终赢得了比赛。③巴依又把面团巴图尔骗到一个用生铁建成的澡堂里关起来，想用火烧死他，面团巴图尔让老人把礼帽戴正，澡堂顿时刮起大风，巴依把火烧起来，巴图尔又让老人把礼帽按住，澡堂顿时结满了五尺厚的冰，面团巴图尔安然无恙。④面团巴图尔与巴依比武，在鼻孔生风和推土扬尘的朋友的帮助下，战胜了巴依。⑤巴依无可奈何，只好把女儿嫁给面团巴图尔，他们从此过上了幸福生活。

采录者：热孜亚塔，塔塔尔族。翻译者：高兰云，李桂禄。新疆卷，第855—857页。

0634. 失去亲妈的姑娘

（塔塔尔族）

灰姑娘。①父亲的前妻死了，父亲给女儿娶了一个后娘，还带来了一个哥哥和一个妹妹。②后娘想方设法谋害前妻的女儿。

森林广场。哥哥把前妻的女儿骗到森林里，让她去拾草莓果，自己谎称去砍柴，把她独自丢在森林里。

英雄的助手帮他战胜敌人、宝物。①姑娘走到了森林的边缘，遇到了一位夜间的牧马人，牧马人请姑娘帮他放一天马，并送给她一匹骏马作为酬劳，姑娘骑着马去找哥哥。②路上，姑娘又遇到一位放牛人，放牛人请姑娘帮她放一天牛，并送给她一头牛作为酬劳，姑娘骑着马赶着牛去找哥哥。③姑娘走着走着，又遇到一位放羊人，姑娘帮他劳动了一天，牧羊人送给她一只羊，为她指明了前进的道路。④姑娘来到一座古老的木屋前，屋里有个老太婆，老太婆请姑娘帮她洗澡，姑娘非常认真细致地帮老太婆洗了澡。⑤老太婆又让姑娘帮她梳头，每一下都梳下很多金子、银子和珍珠、宝石，姑娘将梳下的那些金银珠宝都细心地为老太婆收拾起来。⑥老太婆又让姑娘去澡堂帮她取一件衣服，衣服的每个口袋里都装满了金银珠宝，她如数交给了老太婆。⑦老太婆知道姑娘是个善良忠厚的人，便告诉她回家的路，并送给她一只绿色箱子作纪念，叮嘱她路上切不可打开箱子看。⑧姑娘谢过老太婆，骑上马抱着绿色箱子，赶着牛羊回家去了。⑨快到家门时，家里的大黑狗跑进来传话，姑娘进门打开了绿色箱子，里面装的都是金银珠宝和各种名贵的东西。⑩后妈不敢再虐待姑娘了，姑娘的生活越来越好。

模仿他人的幸运遭遇失败。①后妈也想让自己的亲生女儿去森林里试试运气，便让哥哥把她送到森林里。②妹妹遇到牧马人，牧马人请妹妹帮她放马，妹妹拒绝了。③妹妹遇到放牛人，放牛人请妹妹帮她放牛，妹妹又拒绝了。④妹妹遇到放羊人，放羊人请妹妹帮她放羊，妹妹再次拒绝了。⑤妹妹来到木屋前，老太婆请妹妹帮她洗澡，妹妹很粗暴地帮老太婆洗了澡。⑥老太婆让妹妹帮她梳头，每一下都梳下很多金子、银子和珍珠、宝石，妹妹将梳下的那些金银珠宝都装进自己的口袋里。老太婆让妹妹跳舞，口袋里的珠宝撒了一地。⑦老太婆让妹妹去澡堂帮她取一件衣服，衣服的每个口袋里都装满了金银珠宝，妹妹又把珠宝塞进自己的口袋。老太婆又让妹妹跳舞，口袋里的珠宝又撒出来。⑧老太婆看清了妹妹贪财的黑心，送给她一个黑色的箱子，打发她回家去了。⑨妹妹走近家门时，大黑狗又来传话，妹妹进门打开黑箱子，里面蹿出一条大黑蛇，把他们娘儿三人缠死了。

讲述者：木哈买提，男，塔塔尔族。采录者：热孜亚，女，塔塔尔族。翻译者：常世杰。新疆卷，第

1176—1179 页。

0752. 机灵的小伙子

（塔塔尔族　伊宁市）

三兄弟（两兄弟、三公主）。 穷人有三个儿子，老大出外谋生，父亲对他说千万不要给叫木萨的人当长工。

忘记嘱咐。 ①老大在路上先后遇到两个叫木萨的人。②他答应给第二个木萨当长工。③木萨与老大约定，他每顿饭只供给一碗茶、一块馕，若老大生气，便要从他背上割下一块肉；若木萨生气，老大则可以从他背上割下一块皮，老大同意了。④老大干活收工回来，只吃一块馕、喝一碗茶，过了五天，他生气了，按照约定，木萨从他背上割下一块肉，把他赶出家门。⑤老二出外谋生，碰到了同老大一样的下场。

机智人物。 ①老三也出外谋生，专找木萨家当长工。②第一天下工，老三只吃一块馕、喝一碗茶，没有生气。③第二天放羊时，老三宰了木萨的羊羔美餐一顿，下工回来只喝了一碗茶，木萨问他为什么，他说吃了木萨的羊，木萨不敢生气，也不敢让老三再去放羊。④第三天放马时，老三又宰了木萨的马驹美餐一顿，还卖掉马皮，买回茶叶和白糖，下工回来只喝了一碗茶、吃了一块馕，木萨问他为什么，他说吃了木萨的马，木萨不敢生气，也不敢让老三再去放马。⑤有一天木萨家贵客临门，木萨让老三去羊圈宰一只羊，并告诉他戴上手套，两手相击，哪只羊望他便宰哪只。⑥老三戴上手套来到羊圈使劲鼓掌，所有的羊都望向他，他把木萨的羊都宰了，木萨不敢生气，一心只想把老三骗到有妖怪的地方杀掉。⑦木萨让老三到远方的海里把他养的海马赶回来，老三来到海边，海里的小妖问他干什么，他说要把大海吊到天上去。⑧老三智斗小妖和龙王，威胁龙王要把他的宝贝铁块扔到云缝里，龙王只得答应老三，让他的孩子背着老三去见木萨。⑨龙王的孩子背着老三、牵着海马赶路，半路老三骗妖怪说一棵树是妈妈丢失的纺锤，妖怪只好背着大树继续赶路。⑩老三同妖怪牵着海马回到家，木萨吓坏了，他和老伴决定趁老三睡着时用开水烫死他。⑪老三识破了木萨的诡计，躲在一边等他们倒完开水出去后才上床睡了，第二天木萨见他没死，非常害怕。⑫木萨和老伴打算弃家逃走，老三偷偷爬上他们的车，躲在干粮袋里。⑬木萨和老伴跑了几十里路，正准备卸车睡觉时，老三爬出麻袋，赶起木萨的马车就走。⑭老三问木萨生不生气，木萨忍不住大喊生气，老三扒开他的衣服，从他背上一连割下三块肉来，为哥哥们报了仇。

讲述者：热孜亚，塔塔尔族。采录者：常世杰。采录时间：1990 年。采录地点：伊宁市。新疆卷，第1540—1543 页。

0805. 机智的姑娘
（塔塔尔族　伊宁市）

巧女。①贫穷的老人有个十五岁的女儿。②老人每天一大早就赶着老牛破车，上山砍一车柴火，拉到市场卖。③有钱的大巴依想占老人便宜，他先问老人一车柴火的价格，又问老人是否全卖，老人回答全卖，反复问了三次，老人都说全卖。④巴依让老人把柴火送到他家，老人请他卸下柴火，但巴依说老人答应把柴火和牛车"全卖"给他，两人争吵起来，巴依抓老人去找喀孜大人评理。⑤喀孜偏袒巴依，怪老人自己没说清楚，让他把牛、车和柴火都给巴依。⑥老人回到家中，把事情的经过告诉了女儿，女儿决定惩治巴依。⑦女儿向邻居借来牛车，上山砍了一车柴火，在集市上叫卖。⑧巴依又来买柴火，他和昨天一样，先问女儿一车柴火的价格，又问女儿是否全卖，女儿回答全卖，女儿拉住巴依的手，问巴依是否全给，巴依回答全给，反复问了三次，成交了。⑨巴依让女儿把柴火送到他家，女儿请他卸下柴火，但巴依说女儿答应把柴火和牛车"全卖"给他，女儿从车上抽出一把砍柴斧，要砍下巴依的手，巴依大惊，女儿说巴依刚刚答应把钱和手"全给"她。

县官判案。①女儿拉着巴依去找喀孜评理，喀孜无可奈何，只得判女儿胜、巴依输。②巴依把昨天骗去的牛车还给老人，还赔给他们一些钱，父女二人一人赶着一辆牛车高高兴兴地回家去了。

采录者：木哈买提，塔塔尔族。翻译者：常世杰。采录时间：1990年。采录地点：伊宁市。新疆卷，第 1682—1683 页。

0902. 三次射击
（塔塔尔族）

悍妇（惧内、河东狮吼）。①老猎人在妻子死后，又娶了个年轻的妻子。②年轻的妻子不喜欢老猎人，让邻居老婆婆给她出谋划策，把老猎人的眼睛弄瞎、耳朵弄聋，再找心上人在猎人家里过日子。③老婆婆把妻子的想法告诉老猎人。

树干发出声音。①老猎人让老婆婆转告妻子，对着森林里那棵古老大树的树洞说出心底的秘密，树洞会给她答案，老婆婆照老猎人的话去做。那位妻子跪在古树前说出了心中的秘密。②老猎人提前钻进古树的树洞里，瓮声瓮气地回答妻子，让她给老猎人每天多吃带油的食物，便能如愿以偿。③年轻的妻子照做，老猎人假装吃了带油的饭食后变得眼瞎耳聋，搬到炉灶背后去睡。④年轻的妻子约饮马的小伙到她家做客。⑤老猎人假装向饮马的小伙传授打猎的技艺，把他打死了。⑥妻子天黑后把尸体运到放蜂人的蜂箱

前，让他坐在地上，一只手拿着勺儿，一只手拿着
馕。放蜂人见蜂箱前坐着人，以为是强盗，冲小伙
打了一枪。⑦放蜂人将小伙子的尸体转移到湖泊的
船上，打野鸭的人担心小船漂浮会惊走野鸭，便瞄
准船上的人放了一枪。⑧结果小伙为自己的情妇挨了
三枪。

采录者：热孜亚，女，塔塔尔族。翻译者：赵世
杰。新疆卷，第 1898—1900 页。

三、新疆非突厥语系其他民族故事类型（样本）

新疆非突厥语系其他民族故事类型样本的民族语言
和口头文本分布也相当丰富，包括蒙古族、满族等阿尔
泰语系民族、汉族等汉藏语系民族的故事类型、俄罗斯
族等印欧语系的斯拉夫语系故事类型。《中国民间故事集
成（新疆卷）》所收故事记录本覆盖该范围的 8 个民族，
即蒙古族、汉族、塔吉克、回族、锡伯族、达斡尔族、
俄罗斯族和满族，本部分在这 8 个民族中，基本各取 5
至 15 个故事类型，作为样本。《中国民间故事集成（新

疆卷)》收入的满族故事记录本只有 3 个，这里使用其中 1 个故事类型样本。

蒙古族

《中国民间故事集成（新疆卷)》收入蒙古族故事 122 个。以下提供本书编制的蒙古族故事类型样本 12 个。

0527. 可汗的熊外孙

（蒙古族　和静县）

熊妻。 1. 被妖怪抢来的女子。①可汗一家住在七层水晶宫里，可汗的公主被黑旋风卷走。②黑旋风是熊妖。2. 熊妻。①公主被带到中赞布洲的一个大山洞里。②公主成为大熊的妻子。3. 奇异出生。公主生下一个熊儿子。

超时间的成长。 1. 智慧和体力。①熊儿子生下四天就会说话、跑步。②熊儿子一说话就刮旋风。2. 真相大白。①公主把身世告诉熊孩儿，熊孩儿背着母亲回家。②大熊想阻止熊儿子，却被儿子举过头顶，熊羞愧而死。③可汗见到公主很高兴，但看熊外孙吃得太多，想把他杀掉。④可汗把熊外孙关在铁屋子里，要用火烧死他，他跑了出去。

英雄出征。1.出征。①可汗让熊外孙去打南边赞布洲的三个可汗，熊外孙往下沉了三个月，到了下赞布洲。②他在下赞布洲寻找逃跑了的蟒古斯。2.绣花（拴线）。①他得到老夫妇的帮助，找到犁绳套住毒蛇。②他把蛇抽了个半死。老夫妇看见这位勇士打跑了毒蛇，除了祸害，高兴极了，赶紧给他敬茶水和油饼答谢。

英雄的助手帮他战胜敌人。1.被妖怪抢来的女子。①他继续出发，寻找蟒古斯。②发现美女被妖怪装在一个口袋里，挂在一棵树上，他救下美女。2.杀死妖怪。①他得到美女的帮助。②他与一路上结拜的三兄弟合力，杀死蟒古斯。

地洞。1.回到地面（抓住树冠、骑鸟）。①他与美女来到他原先下到下赞布洲的那个地洞。②他准备拉着仍旧吊在那里的皮绳，上到中赞布洲。2.把找到宝物的人留在井中。①他让三个结拜兄弟把美女先拉上来。②结拜兄弟将绳子割断，将美女带走。③他掉到了下赞布洲，摔断了一条腿和一只胳膊，瞎了一只眼睛。3.仙药。①他看见断腿的麻雀吃了几口草，伤腿就好了。他也爬到那棵草的旁边，吃了几口草，他的伤腿立刻就痊愈了。②他看见断翅膀的喜鹊去吃一种草，治好了翅膀，他也爬到那种草旁边，吃几口草，治好了胳膊。③他看见瞎眼的乌鸦去吃一种草，双眼复明，他也学着乌鸦去吃那种野草，治好了眼睛。

奇异的婚姻。1.无儿女的老夫妇。①老夫妇九十岁没有儿女。②他成为老夫妇的养子。2.难题求婚。①他去参加选婿比赛。②他在砍树、赛马和射箭三项比赛中大获全胜。③他成为可汗的女婿。④他返回中赞布洲看望母亲。

杀死树下的蛇。1.神树。①他按照可汗的指点，去找檀香树。②他找到了那棵树。2.杀死妖怪。①他看见毒蛇正盘绕树干往上爬，快要到凤凰窝了。②他拿起利剑，杀死毒蛇。

救了树上的鸟。1.救雏鸟。①檀香树上的凤凰幼雏被毒蛇吓得惨叫。②雏鸟现在得救。2.动物报恩。凤凰回来后，要报答他。

回到地面（抓住树冠、骑鸟）。 1. 骑在鸟背是好飞。①他在凤凰的右翅膀上驮了八百只鹿的肉，左翅膀上驮了八百袋水。②自己跟他的栗色马，坐在了凤凰的脊背上，凤凰开始飞。③快要飞到中赞布洲时，鹿肉喂完了，他从自己的右大腿上割下一块肉，放进了它的嘴里。④凤凰飞到中赞布洲后，将那块肉吐出来，贴在他的右大腿上，他的腿伤痊愈。2. 英雄回家。①他返回家乡。②看见他从下赞布洲蟒古斯住的地洞里救出的那位美女正跟母亲一起喝茶，他与美女结为夫妻。3. 朋友成为叛徒。①他来到河边，找到三个不仁不义的结拜兄弟。②他将叛徒杀死。

讲述者：夏·西彭楚克，男，70 岁，蒙古族，退休职工。采录者：巴雅尔太，女，蒙古族，职工。翻译者：乌恩奇。采录时间：1989 年。采录地点：和静县。新疆卷第 836—844 页。

0012. 日月的形成和日蚀月蚀的由来

（蒙古族　博湖县）

日与月。 ①天地形成之初，宇宙间没有太阳和月亮，只有福寿双全的神。②神自身能发光，成天诵经作法，一般都能活两三千岁。③法神念完永恒经，向东方大海吹了第一口仙气就有了太阳，第二口有了月亮。

奇异出生。男女神不必结婚，女神只要看见远处异性发出光亮就会怀孕生孩子。

太阳的光芒。①坐禅大喇嘛在湖边坐了几千年，诵经作法，耗尽了体能。②神的寿命渐渐缩短，每五百年减一岁，身上发出的光亮也暗淡了下来。③法神召集众神共商焕发光亮之策。④坐禅大喇嘛恢复体力后终于学透佛法，成了众神之师"法神"。

生命水。①挤奶姑娘把一千头牛的奶给大红牛喝，再把大红牛的奶挤下来给坐禅大喇嘛喝。②法神念完永恒经，向东方大海吹气，前两口吹出太阳和月亮，第三口产生金瓶圣水。③法神经不住众神哀求吹了第四口，出来一个叫阿让海的坏家伙。④阿让海抢先喝了一口金瓶圣水，把尿撒在金瓶中后向空中逃去了。

木棒。法神听了太阳和月亮的话去追阿让海，用法杖击中阿让海，将阿让海拦腰截断。

杀死妖怪。①阿让海虽然被截断但没有死，它变成了盲鼠，它传播疫病，毁坏世界。②阿让海憎恨太阳和月亮，就发誓每年捕食一次月亮，每三年捕食一次太阳。它每吞食一次太阳和月亮，就会发生日蚀和月蚀。

仙药。①法神召集众神讨论如何祛除疫病拯救生灵，敖优吉玛那勒的神承担了这个任务。②敖优吉玛那勒的神研究出药方并推广于天下，这就有了蒙古医药，后来蒙古人喝药时总是祈祷说："敖优吉玛那勒的药是圣露，愿它能消灾祛病，让我早日康复吧！"

误食毒药。①阿让海撒过尿的金瓶圣水洒在地上，就会变成烈性毒药，毁灭万物。②法神和众神为不使剧毒圣水洒出，殃及天下，他们轮流喝了圣水。

讲述者：图格吉优，男，64岁，蒙古族，博湖县才干淖尔乡农民（用汉语讲述）。采录者：特·敖如格欣。采录时间：1992年。采录地点：博湖县才干淖尔乡。新疆卷，第12—13页。

0076. 红脸勇士乌兰·哈茨尔

（蒙古族　乌苏县）

命中注定的婚姻。勇士乌兰·哈茨尔骑马巡视马群后，在红帐房内歇息。

动物神灵。①天鹅告诉他，查格查仙女与他终生有缘配，现在却要被亚日盖娶走了。②他用套马绳套住了天鹅，问明详情后，把天鹅放走了。

英雄出征。他辞别父母，在路上遇见一位白胡飘胸的老人，希望得到老人帮助。

神奇的战马。他得到老人给的一匹粉嘴马，刚从青可尔可汗国回来，可以给他带路。

森林广场、箭法超群。①他骑马遇到一位小伙子，得知前往青可尔可汗国需通过大森林、苦水海和冰山。②他反复射箭，终于射出利箭，在大森林中射出一条宽广大道。③他到了苦海边却没有办法，马告诉他，用鞭子抽打马的骨髓，就能驮着他冲过去。

仙药。①马把他驮到彼岸以后，用后腿沾了一下海水，马腿的筋肉就全被腐蚀了。②他用白药涂在马的伤腿上，驱马来到冰山前，遇到一个骑青鹿的托钵僧。

神奇的皮袋。他摇晃了几下马，马被变成一根髁骨，他将髁骨装进衣袋，拔出刀子砍冰山，砍出一条大道。

仙药。①他看到远处升起三股白旋风，遇见了一个用垫毡包裹着脑袋的人。②他得知这人是被亚日盖伤害的人，就帮忙解掉垫毡，涂上白药，并结拜为义兄弟。③他又看到三股旋风，又遇到一个用毡包裹着脑袋的人。④他得知这人也是被亚日盖伤害的人，又帮忙解掉垫毡，涂上白药，并结拜为弟兄。

奇异的婚姻。①他终于来到青可尔可汗国的皇宫，看到公主查格查仙女和亚日盖拜过日月，正要手握羊腿腓骨。他也握住羊腿腓骨，上前阻拦。②他要与亚日盖到草原上一决雌雄。③第一次，他们射箭来比武，没有分出高低。④第二次，他们用父母所给予的锁骨决斗，没有分出高低。⑤第三次，他们摔跤决胜负，乌兰·哈茨尔将亚日盖摔倒在地，用铁镢子牢牢钉住他的四肢，在他的身上压上像牛大的巨石，然后骑上马扬长而去。

英雄回家。①他回到皇宫，查格查仙女问他是否杀死亚日盖，并称亚日盖日后可以助其一臂之力。

②他放了亚日盖，并结拜为兄弟。③他带查格查仙女和亚日盖一起返回家乡。

杀死妖怪。他回家后发现父母留下纸条，得知父母已经被北方的长二十五颗脑袋的干瘦黑蟒古斯、长十五颗脑袋的矮矬黑蟒古斯、长三十五颗脑袋的挺肚的黑蟒古斯掳走了。

英雄的助手帮他战胜敌人。他和亚日盖为查格查仙女盖金顶房屋，然后一起去蟒古斯的魔窟抓捕三个多头黑蟒古斯，合力砍掉了三个蟒古斯的脑袋。

神奇的皮袋。他们把蟒古斯烧尽，骨灰装进皮囊，上面压上黑石头，这才开始搬迁被掳的百姓和财产。

被妖怪抢来的女子。他们在蟒古斯的魔窟发现三位公主，都已被蟒古斯抢来三年。

仙药。他们给三位公主涂上白药，让她们起死回生。

英雄回家。他们娶了公主，带领百姓过上了安定的生活。

回忆记录者：托·巴德玛，男，55岁，蒙古族，乌苏县人，大专文化。翻译者：豪斯蒙哥，却拉布

吉。采录时间：1981 年。采录地点：乌苏县。新疆
卷，第 89—99 页。

0169. 和硕特部落的喇嘛庙

（蒙古族　博湖县）

神奇的工匠。①松赞干布在尼泊尔妻子布库鲁提
影响下信奉了佛教。②印度僧人寂护、莲花生在西藏
传教，喇嘛教发展很快。③布达拉宫要修正殿，请来
北京和印度的工匠。

托梦。①蒙古族中有一些佛教教徒，一心要去布
达拉宫取真经，正如唐朝唐僧要去印度取经一样。
②蒙古族教徒过不了唐古拉山口，有牛头马面的魔鬼
专在那里等候吃人。③布达拉宫正殿白天刚修好的地
方，晚上就坏了，第二天还得重修，工程没有一点进
展。④拉萨附近突然出现小海，海水上涨淹死了不少
人，快要逼近拉萨城。⑤达赖梦到一个神仙，告诉他
是博斯腾湖的黑龙、裕勒都斯山的牛头马面鬼在作怪，
只有和硕特部落的哈尔买买额王爷能制服这两个妖怪。

英雄出征。达赖从梦中惊醒，召集寺中智果、赤

巴、堪布、翁则们商量，经过七日七夜到了和硕特部落见到哈尔买买额王爷，请求为民除害。

杀死妖怪。①王爷带上祖传的喷火矛、三面斧、烟袋和十几个喇嘛前往西藏。②王爷在唐古拉山口遇到十几个牛头马面的妖魔。③王爷左手握喷火矛，右手拿三面斧，将九个牛头马面的妖怪降服了。④王爷到了林周，海水还在涨，就用烟袋装上裕勒都斯山上两千年炼成的雪莲烟丝，把海水抽干，海底出现了一条黑龙。⑤王爷用喷火矛连戳三下，将黑龙戳死了。⑥王爷和扎桑见到达赖，叙说一路降妖伏龙的事。

地名的由来。①王爷在布达拉宫参拜了天龙八部和金殿天王，学习了《妙法莲花经》《楞严经》《大藏经》等佛教经典。②王爷临走，请求在和硕特部落修建神庙。③达赖想到王爷降妖伏龙，答应了，还让王爷去宫里请神。④王爷在八百尊神像中挑选了药王神、将军神、财神。把药王神放在博湖的宝拉苏木，将军神放在和静的巴轮台，财神放在和硕的牛茨沟，这就是后来修建的博湖宝拉苏木的巴格希思随木庙、和静的黄庙、和硕的牛茨沟庙。

讲述者：巴图尔，男，60岁，蒙古族，博湖县政协顾问。采录者：田文成。采录时间：1989年。采录地点：博湖县城。新疆卷，第257—258页。

0490.王子寻药记

（蒙古族 博乐市）

英雄出征。①汗王有个独生子，王子长到十八岁，汗王得了重病，王子到处求医。②王子决定去更远的地方，寻找仙丹妙药，为父亲治病。

生命树。①王子发现一棵大檀香树，认为是神树，它的枝叶一定能治愈父亲的病。②王子骑着枣红马从树的正面接近并摘取了一条枝子。③王子把檀香枝叶熬成汤给父亲喝了以后，他的病不但没好转，反而加重了。

找金鸟。①王子来到另一个汗国，用羽毛扮成叫花子，被老汉收留，老汉家夜间发光。②这个国家的汗王把王子关进屋里，老汉家就不发光了，关王子的屋发光。③王子知道自己身上发光，这与羽毛有关系。④汗王让王子去把羽毛的鸟找回来。⑤王子被枣红马告知，可以等鸟来喝水的时候套住它。⑥王子抓住一只大鹦鹉，献给汗王。又有大臣提出，应抓住鹦鹉的主人。

英雄的助手帮他战胜敌人。①王子去找鹦鹉主人，一路上碰到两个乌鸦、两个妖婆、两个大汉、两个妖童，最后终于到达仙女的面前。②仙女不愿嫁给汗王，王子求教解决的办法。

用水果（毛巾）改变容貌。①王子按照仙女的嘱咐，让汗王从马群中挑来一匹最壮的公马，往马身上沾沙子，又请喇嘛给马诵经作法，牵到海边上，向前后往返跑七七四十九步，又用七匹母马和一匹公马驮来一口青铜锅，卸下大锅支好，挤那些母马的奶，倒在锅里煮沸。②汗王不敢跳下锅，就让王子跳了下去，王子变成英俊小伙。

英雄回家。①王子当上汗王，与仙女结婚，过上美满幸福的生活。②王子带着仙女返回自己的汗国。③王子亲手给父亲擦眼泪，老汗王的病痊愈。④老汗王把自己的王位传给了儿子，王子把两国合为一国。

讲述者：敖·巴亚卡，男，51岁，蒙古族，博乐市乌图布拉克乡人。采录者：策·敖图卡，男，57岁，蒙古族，博乐市教育局干部。翻译者：乌恩奇。采录时间：1989年。采录地点：博乐市乌图布拉克乡。新疆卷，第712—716页。

0515. 汗王的蛤蟆儿媳
（蒙古族　和布克赛尔蒙古自治县）

三兄弟（两兄弟、三公主）。汗王有三个儿子。

奇异的婚姻。①汗王给每个儿子发了一支箭，让他们蒙眼射箭，射中的就是各自的妻子。②老大射中了汗国公主的衣服，老二射中了富豪千金，老三射中了一只蛤蟆，他们各自开始了生活。

巧女。①汗王让三个儿媳织地毯，蛤蟆编织了一块很漂亮的地毯，受到汗王表扬。②汗王又让三个儿媳做饭，蛤蟆的手艺受到好评。③汗王提出要见三个儿媳，蛤蟆变成一位美女。

龙女妻子。原来蛤蟆是龙王的公主，为了躲避乌鸦汗国的可汗，才变成了蛤蟆。

兽皮（穿上或烧掉兽皮）。老三不想让妻子变回蛤蟆，烧毁了蛤蟆衣。

被妖怪抢来的女子。①蛤蟆妻子被黑旋风卷走。②老三骑马去乌鸦汗国找回妻子。③老三沿途救了大雕的幼雏，得到了一根羽毛；他还救了一只熊，也得到一根熊毛。

寄魂物。①老三住在一个老太婆家，老太婆被乌鸦汗国的汗王抓来，专门守护乌鸦汗王的命脉。②他从老太婆那里知道了乌鸦汗王命脉的藏匿处，在熊毛帮助下砍倒了大树，砸烂金匣子中的蛋，白兔跑出来，他又用大雕的羽毛将兔子摔死了。

杀死妖怪。他杀死乌鸦国的汗王，救出爱妻。

英雄回家。老三与妻子返回家乡，把老太婆也带上。

讲述者：哈·陶格陶夫，男，43岁，蒙古族，和布克赛尔蒙古自治县查干克勒乡牧民。采录者：那·布白，男，59岁，蒙古族，和布克赛尔蒙古自治县文化馆干部。翻译者：乌恩奇。采录时间：1990年6月。采录地点：和布克赛尔蒙古自治县。新疆卷，第783—785页。

0531. 面团勇士的故事

（蒙古族）

奇异出生。①一对夫妇没有子女，妻子用面做了一个面人。②妻子去河边挑水，喜鹊对她说孩子在哭泣，面人变成了婴儿。

神奇的苹果。丈夫回家，以为是别家的孩子，妻子让众位邻居家的女人都拿着苹果给孩子吃，只见孩子不理别的女人，只吃妻子手里的苹果，丈夫明白是自己的孩子，给他取名面团勇士。

英雄出征。①他长大后，去远方找乌拉和铁木尔的两个勇士，三人共同生活，以打猎为生。②小矮人妖怪蟒古斯到家里吃肉，其他两个勇士都无法制服它，他将蟒古斯抓住，绑在外面的大树上，蟒古斯拔树逃走。

地洞。①三人追赶蟒古斯，来到一个洞口。②他们拿出带来的长绳，顺着绳子下到地下。

杀死妖怪。①三人在地下发现了蟒古斯。②三人杀死蟒古斯。

被妖怪抢来的女子。①他们在地下发现蟒古斯抢来的姑娘。②他们在地下发现了金子。

把找到宝物的人留在井中。①他让姑娘抱着金袋子先上去。两个勇士把姑娘拉上去以后，看见还有金子，就割断绳子。②他摔了下去，回到地下。

仙药。他看到一只断了腿、瞎了眼睛的蚂蚁来到一块沙地上翻滚了几下，它的伤腿和瞎眼马上就治好了。他也爬到那块沙地上，翻滚了几下，他的骨伤立刻就治好了。

回到地面（抓住树冠、骑鸟）。他用工具挖出梯子回到地面。

英雄回家。他返回家乡，杀死背叛的朋友，与姑娘结为夫妻，过上幸福生活。

采录者：乔·巴哈尔。翻译者：乌恩奇。新疆卷，第852—855页。

0534. 蛇身儿子的故事

（蒙古族　博湖县）

奇异出生。①妻子怀孕三年，生了一条三尺长的花蛇，丈夫要把它掐死，妻子舍不得。②妻子将蛇儿子藏在蒙古包的墙角，告诉丈夫说已经掐死。③丈夫回家，蛇儿子从墙角出来，叫爸爸。丈夫舍不得杀儿子。

奇异的婚姻。①蛇儿子说要娶龙王的公主，夫妇为难，蛇儿子说转眼就把他们送到龙王府的门前。②夫妇因为没有见面礼为难，蛇念咒语，马上变出各种珍贵礼品。③蛇让父亲骑在黄牛背上，念三遍咒语，黄牛长翅起飞，把父亲驮到龙王府前。父亲按儿子的嘱咐，高喊让龙王将公主嫁给儿子。龙王派大臣出来，将老人砍成两半，放在牛背上带回。儿子向尸体吹三口气，父亲复活。儿子让父亲再去提亲，如此五次。

蛇郎。①龙王被感动，问三个女儿，哪个愿意嫁给蛇儿子，只有小女儿愿意。②结婚当天，蛇儿子变成了英俊青年，把大姐和二姐都给惊呆了。

寄魂物。蛇郎把灵魂寄放在小女儿的脊背上。

猎鹰。①大姐和二姐嫉妒小妹，将小妹推进油锅害死。②蛇郎变成雄鹰飞回，救活妻子。他让妻子去一个叫鸽子房的地方找他，说完飞走了。

英雄的助手帮他战胜敌人。①龙女公主在母盘羊、白胡子老人的指点下，走过高山大河，到达鸽子房。②龙女公主发现蛇郎躺在地上，身边留了字条，上面说让公主在他的尸首旁一连七天七夜念咒语，他就能复活。

英雄睡觉。龙女公主守了六天六夜，睡着了。妖婆进来，念了最后一天的咒语。

杀死妖怪。蛇郎醒来后，龙女公主与妖婆都称自己是妻子，蛇郎变出一个能分清真假的神力瓷盆。拿出一根针，让妖婆扎瓷盆。妖婆一扎，瓷盆破碎，妖婆现出原形。蛇郎杀死妖怪。

英雄回家。①蛇郎带龙女公主回家拜见父母，又去往龙王那里团聚。②龙王得知大女儿和二女儿的罪状，严加惩罚。③蛇郎继承了龙王的王位。

讲述者：敖其尔，男，58岁，蒙古族，博湖县本布图乡供销社职工。采录者：曲杰，男，27岁，蒙古族，博湖县县委，翻译。采录时间：1991年2月。采录地点：博湖县本布图乡。新疆卷，第862—867页。

0552. 渔翁的儿子

（蒙古族　博乐市）

动物朋友。①儿子打了一条鱼，鱼自称是龙王的儿子，请求放过，他将鱼放回水中，鱼拔下一根须给他，在需要时点燃，鱼就能出现。②他按照鱼的嘱咐，朝着太阳升起的方向跑，遇到受伤的狐狸，他救了狐狸，狐狸拔下三根毛，在需要时点燃，狐狸就能出现。

杀死树下的蛇。他看见一条毒蛇正往树上爬，要袭击树上的鸟窝，他用大刀把毒蛇砍成了几段。

救了树上的鸟。①凤凰飞来，得知他救雏鸟，很感激，从身上拔下一根羽毛，在需要时点燃，凤凰就能出现。②他看见公主与天下男人打赌，无数青年男子应征都败下阵来，人头落地。他也参加了应征，赌注是他自己藏匿，让公主找他，如果找得到，公主就砍他的头；如果找不到，公主、王位和军队就都归他。

英雄的助手帮他战胜敌人。①他向动物朋友求助。②第一次，他点燃鱼须，金鱼到来，将他藏入海底鳟鱼的腹中，让海面上游动无数小鱼，公主找不到他，他赢。③第二次，他点燃凤凰的羽毛，凤凰到来，将他驮到七重天，公主找不到他，他赢。④第三次，他点燃狐狸毛，狐狸到来，召集上千狐狸挖地洞，一直挖到公主的看台下面，将他藏在那里，公主找不到他，他赢。⑤他一下子从台下站起来，娶公主为妻，当了国王。

杀死妖怪。他在婚后从公主口中了解到，西方国家还有一位公主也在打赌杀人，他去往那里，在三个动物朋友的帮助下，杀死背后操纵的妖怪，这个国家恢复安宁的生活。

英雄回家。他返回自己的国家，发现国家已被敌人占领，公主也将被敌人迎娶。

猎鹰。公主挣脱敌人、小偷和秃子的纠缠，女扮男装行路。一只鸽子落在她肩上，众人拥戴她当国王。原来老国王去世，占星家预言说，谁的肩上落鸽子，谁就是国王。

会飞的画像（画中人）。公主国王将画像贴在宫门口，他根据画像找到公主，夫妻团圆。

英雄的宴会。公主举行盛大的宴会，把王位让给他，夫妇合力治理国家。

讲述者：敖·巴亚卡，男，51 岁，蒙古族，博乐市乌图布拉克乡人。采录者：策·敖图卡，男，54 岁，蒙古族，博乐市教育局干部。翻译者：乌恩奇。采录时间：1986 年。采录地点：博乐市乌图布拉克乡。新疆卷，第 913—918 页。

0614. 善有善报

（蒙古族 和布克赛尔蒙古自治县）

洪水。①有个国家的人靠吃从天上掉下来的面粉过日子。②天神变成一个要饭的老太太，到人间考察这个国家。③天神在那里只得到一个老人的帮助，就给了那个老人一张画，上面画着船，发洪水时，它可以变成木船，但只能救三个生灵。④没过几天发了洪水，老人用木船救了老鼠、蚂蚁和黄蜂。⑤老人的儿子将一个少年救上船。

被妖怪抢来的女子。①两个少年拾柴遇到旋风，发现地上有几滴血迹。②一群人过来找公主，他们觉得那个血迹可能是公主的。

地下世界。①他们追进深山老林中，来到大地穴边。两人分工，一个在地穴向上拉住绳子，一个顺绳下去。②下去的少年来到穴底，见到公主。

杀死妖怪。①公主告诉少年，只有用白斧能杀死妖怪，并把白斧递给少年。②少年提着白斧，去往黑洞，杀死妖怪，救了公主。③少年把公主拴在他下来的绳子上，让上面的少年将公主拉上去。④上面的少年把公主拉上来后，见公主美貌，想要独占，就将拉下面少年的绳子松了下去。⑤上面的少年向汗王提出要娶公主，还要得到汗位，公主告诉父亲，真正救她的人是另外一位少年，眼前的这位是无情无义的人。

仙药。①下面的少年摔到地穴底下，受了重伤，他发现受伤的蛇舔一块黑石头治好了伤。②就也去舔那块黑石头，他的伤口好了，人也不饿了。

英雄的助手帮他战胜人。少年在洞壁上看见一条被钉住的蛇，原来它也是被妖怪抓来的，少年救了蛇。

宝物（宝镜、宝毯、宝剑、宝壶）。①它原来是天王的儿子。②他变回英俊王子，先后送给少年宝瓶和宝碗，向他报恩。③少年向宝物要什么有什么。

英雄回家。少年回到了家乡，公主认出了恩人。

奇异的婚姻。在汗王面前，两个少年比赛，解决三个难题，谁赢谁娶公主。

动物朋友。①去过地下的少年得到从前搭救的动物的帮助。蚂蚁帮他一夜分开稻谷和麦粒，老鼠帮他一夜喝完两大缸水，黄蜂帮他从五百名打扮相同的女子中选出公主。②他大获全胜，娶了公主，当了汗王。

讲述者：哈·陶格陶夫，男，43 岁，蒙古族，和布克赛尔蒙古自治县查干库勒乡牧民。采录者：那·布白，男，59 岁，蒙古族，和布克赛尔蒙古自治县文化馆干部。翻译者：乌恩奇。采录时间：1990 年6 月。采录地点：和布克赛尔蒙古自治县查干库勒乡。新疆卷，第 1097—1101 页。

0622. 好汉库库勒代和他的朋友

（蒙古族　乌苏县）

英雄的助手帮他战胜敌人。①库库勒代是上界的好汉，一直想到尘世狩猎散心。②他骑着铁青马下凡，途中遇到了一个正在凿山的人。③凿山的人叫其策齐，说山挡住了去路，所以要凿穿它，以便直走过去。④凿山人知道库库勒代要去打猎，决定一同前往。⑤他们遇见一个能吞吐大海的人，也带他一起去狩猎。⑥他们又碰到一个找小虫的人，叫牟尔优齐，也让他一起加入。⑦他们又遇到一个捉黄羊的飞毛腿，也让他一起加入。⑧他们又遇到一个叫强纳齐的顺风耳，也让他一起加入。

寄魂物。他们六人下到凡界，各自做一个风轮插在河边，谁的倒下不转，谁就死亡。

杀死妖怪。①他们见到一位少妇，只有库库勒代一人起身走了。②库库勒代又遇到一个少妇，少妇被十五个脑袋的魔鬼俘获。③库库勒代杀死妖怪，与少妇成亲。④库库勒代用箭射死了魔鬼的巨鹰和恶狗，又用宝剑砍死了魔鬼。⑤少妇告诉库库勒代，自己原是九天神仙。⑥他们在一条大河边定居下来，少妇怀孕。⑦库库勒代妻子的头发顺着河水挂到魔王的网上，女巫告诉魔王，应娶库库勒代的妻子。

寄魂物。①女巫让少妇问库库勒代的灵魂，库库勒代说出机密。②女巫摘走了库库勒代的金瘊子，割下铁青马的瘤子，把它们埋在地下，又从上边跨了过去。库库勒代和铁青马都死了。③女巫将库库勒代的妻子装进木箱，木箱漂向魔宫。④与库库勒代一同下凡的五位好汉去找他，发现库库勒代的风轮已经倒了。⑤他们各自发挥所长，找到了库库勒代的灵魂，救活了库库勒代。⑥他们一起去找库库勒代的妻子。⑦他们在魔宫看到一个孩子，正是库库勒代的儿子。

在洞中与妻子相逢。①库库勒代给了孩子一个纽扣，让孩子交给自己的妻子。②别的孩子看到了，报告给魔王，魔王将库库勒代等六人俘虏了。③他们一起发挥所长，冲破了魔王的牢狱，淹没了魔宫，解救了库库勒代的妻子和儿子。④库库勒代认为妻子骗了他的灵魂，要杀掉妻子，其他兄弟都不同意。

星星丈夫（星星的来历）。①他们最后让库库勒代的妻子成了天上的启明星。②他们也回到天上，一起变成北斗七星。

讲述者：乔鲁达，男，70多岁，蒙古族，乌苏县天山牧场牧民。采录者：特·加木查。采录时间：1990年。采录地点：乌苏县天山牧场。新疆卷，第1125—1131页。

0700. 新可汗继位

（蒙古族　乌苏县）

奇异出生。①有一个汗国，继承汗位的人都过不了七天，就暴病身亡。②大臣们请来了占卜师占卜算卦，发现在边境有能当可汗的人。③老臣亲自到达那户人家请汗位继承人。④那一家有个刚满五岁的男孩儿，他就是汗位的新继承人。⑤男孩患有奇怪的病，夜晚啼哭不止，白天瘫躺不动。⑥父母此前的两个儿子也有这样的病，不到五周岁就夭折了。

寄魂物。①老臣晚上自己抱着男孩，发现有黑怪物从窗户溜了进来。②屋里顶梁柱子哀求黑怪物，让孩子在可汗大臣怀里睡一夜。③老臣和顶梁柱子说话，才知道它是白山水神，被房主人拉来做了顶梁柱子。④老臣得知黑怪物是黑山水神，想霸占这里。⑤老臣得知除恶方法就是将七七四十九车的柴火堆在泉眼上烧。⑥老臣按照方法消灭了黑山水神，发现男孩的身体完全康复了。⑦老臣向夫妻俩要了顶梁柱子，带孩子往回走。⑧老臣又问柱子，为何新可汗继位后，都过不了七天就亡故。

杀死妖怪。老臣被柱子告知，汗宫后面有座土山，山的阳面和阴面各有一个洞，洞里住着白毛和红毛的千年狐狸精，她们在害可汗。

神奇的苹果。①老臣得知除恶方法就是让新可汗不要理狐狸扮成的女子，更不能吃毒苹果。②新可汗继位后，可汗拉来七七四十九车蒿草，堆在洞口点燃，烧死了狐狸精。

讲述者：乌兰巴亚尔，男，24岁，蒙古族，乌苏县人。采录者：乌恩奇。采录时间：1988年。采录地点：乌苏县。新疆卷，第1404—1406页。

汉　族

《中国民间故事集成（新疆卷）》收入汉族故事167个。以下提供本书编制的汉族故事类型样本12个。

0140. 焉耆千佛洞的传说

（汉族　和硕县）

佛祖（佛像）。①佛教。南北朝时期，佛教经西域传入。②佛洞。新疆的吐鲁番、焉耆、库车等地都有千佛洞。

三兄弟（两兄弟、三公主）。1.佛徒。①南北朝时期，秦居士从原籍凉州出发，来到焉耆黎山定居。②山中有黎山老母。③秦居士有两个儿子，老大叫秦福，老二叫秦安。④两兄弟性情不同，老大一副修行人的样子，老二喜欢出风头。2.考验。黎山老母考验两兄弟。①黎山老母化作病驴，老大要去查看病驴，老二不管；驴倒下，驴驮的酒坛子打翻，老大去扶驴子，老二去喝酒；驴死了，老大哭驴，老二忙着埋驴，老大责备老二，老二争辩。黎山老母认为老大憨厚，老二本分，两人的争辩难分高下。②第二次，黎山老母变洪水，河水中有两女子呼救，老二跳下水救人，不会水的老大稍有犹豫也跳进水中救人；下雪天冷，老二让两女子脱下衣服烤火，老大也劝女子脱下外衣，但转身不看女子的身体；一女子肚子痛，另一女子帮她揉，老大不敢看，老二去帮忙，并劝老大也帮忙；两女子抱住他们，老大推开女子逃跑，老二扇了女子一巴掌。③两兄弟都通过了黎山老母的考验。

求助。1.朝见佛祖。①伯父告诉两兄弟，要去西天见佛祖。②两兄弟给伯父碎银，并剖出自己的心脏，让伯父带到西天去。2.佛祖的考验。①伯父遇老僧拦路，问是否带来秦福、秦安的真心。②伯父随老僧进寺，见老僧烧起油锅，口中念道："要成佛，快下锅。"③伯父夫妇将两兄弟的心投入油中，两兄弟成佛。

地名的由来。1.纪念成佛处。①焉耆王国的人纪念兄弟俩成佛。②人们在兄弟成佛处修了千佛洞。2.未成正果。①伯父夫妇犹豫了一下，才跳入油锅，

变成两条黄鳝。②老僧将黄鳝甩到东南区，如今东南
有黄鳝吃。

讲述者：唐成英，女，68 岁，汉族，原籍四川省，
教师，大学文化。采录者：朱鼎裔。采录时间：1968
年。采录地点：和硕县。新疆卷，第213—216页。

0141. 千佛洞的传说

（汉族 吉木萨尔县）

森林广场。①樵夫在森林中砍柴。②樵夫突然眼
睛肿痛。

偷听话。①他听远处三人的说话声，说以山下的
泉水洗目，就能治好眼睛。②他爬下山，又听远处传
来声音："三掬止痛，三掬消肿，再三掬明目。"

仙药。①他用山下的泉水洗目，果然双眼治好。
②他对空叩拜，感谢神灵。

地洞。①他在山上发现山洞，洞又深又黑。②洞里
有金色大佛，还有许多大小佛像。③明白刚才是佛祖
在洞中发出的声音。④他削发为僧，住到山里，感谢

佛祖的拯救。

地名的由来。①人们把这个佛洞叫作"千佛洞"。②人们把这座山叫作"千佛洞山"。③当地千佛山香火不断，善男信女求神拜佛人迹不绝。

讲述者：张玉凤，女，60岁，汉族，农民，不识字。采录者：黄继英，女，40岁，汉族，教师。采录时间：1991年。采录地点：吉木萨尔县吉木萨尔镇。新疆卷，第216—217页。

0147. 猩猩峡与星星峡

（汉族　哈密市）

英雄出征。①唐将征西。唐朝初期，樊梨花带兵征西。②猩猩当关。西域边关的守关大将叫苏宝童，是猩猩变的。

杀死妖怪。1. 杀死猩猩。①樊梨花与其几次交战之后，将苏宝童杀死。②为了纪念胜利，将士们把这个关口起名叫猩猩峡。2. 宝物（宝镜、宝毯、宝剑、宝壶）。①猩猩峡的山上，有一种上好的萤石，夜晚闪光时像星星。②酒泉城里有个商人，将萤石做成酒杯，进贡到长安，成了夜光杯。

地名的由来。①夜光杯出了名，"猩猩峡"便改为"星星峡"。②"星星峡"是由甘肃入新疆的必经之地。

讲述者：谢承新，男，汉族。采录者：孙爱新。采录时间：1990年。采录地点：哈密市。新疆卷，第225页。

0121. 妖魔山的传说

（汉族　乌鲁木齐市沙依巴克区）

聪明的狐狸。①农民发现山里头出来一个人，骑骡子去迪化城。②农民与山里人喝茶，山里人只说姓胡。

地洞。①农民发现山里人住在深洞里。②农民与山里人交往三年。③山里人离开时，送给农民一包东西。④农民去山里人的住处，发现一碗金沙，拿走了。⑤农民再也没见到山里人。

地名的由来。后来人们说那座山出了个狐狸精，是个妖魔，就把那山叫妖魔山。

讲述者：赵德学，男，71 岁，汉族，乌鲁木齐县沙尔乔克牧场农二队，大专文化。采录者：刘立人，赵宝玲。采录时间：1989 年。采录地点：乌鲁木齐市沙依巴克区。新疆卷，第 192—193 页。

0284. 西红柿的来历

（汉族　新疆生产建设兵团农三师）

地洞。①相传在很久以前，西域三十六个国家中有一个小国家，国王只有一个女儿，真是掌上明珠。②公主和八位仆人在山上采花草，公主落入洞中。③八位仆人用藤条拧成绳子，将公主拉出洞口。④公主在洞口发现一株草，上面结着鲜红的果实，非常漂亮。⑤公主将果实采回宫中，爱不释手。⑥国王把果实的种子种下去，结出了果实，但没人敢尝一尝。⑦画家觉得口渴，吃了果实，觉得味道甜美。

地名的由来。因为它很像内地的红柿子，又是从西域传来的，人们就叫它"西红柿"。

讲述者：张思涛，男，32岁，汉族，新疆生产建设兵团农三师麦盖提垦区，工人，初中文化。采录者：郝树之。采录时间：1991年。采录地点：麦盖提垦区。新疆卷，第399—400页。

0299. 龙女与焉耆马

（汉族　新疆生产建设兵团农二师）

龙女。①洛河龙王治理有方，玉帝赐给他天女为妃。②天女生出洛河的七公主。③洛河王后妒忌，迁怒七公主，让她嫁给渭河龙王的十公子。④十公子是鱼，寻花问柳，与七公主是挂名夫妻。⑤七公主遇到北海龙王的二公子，发现他是龙种。⑥七公主喜欢北海龙王的二公子，变成凡人接近他，他发现七公主也是龙种。⑦七公主害死与二公子订婚的河伯公主，被天庭问罪，贬为骒马。二公子被贬为天马，为玉帝驾车。⑧观音大士为寻去西天取经的唐僧，经过苇湖上空时，听到七公主的哀求声，心生怜悯。观音告诉七公主，唐僧取经将在此遇难，可帮他渡过难关，然后生一子服罪，此后子孙永世为马。后来七公主照办，产下马驹。⑨由于七公主暗中相助，北海龙王的二公子让一雏妓怀孕，生下龙子。龙子历经磨难，交由曲员外抚养，取名曲中意。曲员外是焉耆国信佛教的居士，陪取经僧人到焉耆后得病去世，临终前吩咐曲中意寻母。

龙马。曲中意发现自己放的骒马发情，跑到湖边，湖中跃出一匹金马。黎山老母告诉他，金马正是北海龙王的二公子，是他的父亲；骒马是七公主，这两匹马就要回到龙宫去了。

龙驹。①黎山老母告诉曲中意，待湖中的骒马生下小马驹，他可以骑着小马驹去见自己的生母。②他见到了生母，生母带他去焉耆，到七个星千佛洞修行。③他用小马驹当种马，育出了焉耆马。

讲述者：李金荣，男，72岁，汉族，河南人，小学文化。采录者：朱鼎裔。采录时间：1989年。采录地点：新疆生产建设兵团农二师24团。新疆卷，第421—425页。

0483. 员外儿子和仙女

（汉族　哈密市）

神仙的拜访。①员外生了儿子，有老道化缘，儿子就拜给老道当干儿子。②老道是个神仙，对员外儿子很好。

会飞的画像（画中人）。①员外儿子送老道回家，老道送他一幅画，画上有个漂亮姑娘，老道让他回去再看。②员外儿子回去看画，发现画中姑娘活了过来。③员外儿子发现姑娘为他们做饭，他把姑娘抱住，与她成亲。

仙妻。①姑娘是个仙女，她知道下凡的期限到了，就悄悄走掉了。②员外儿子抱上娃子去找仙女。

地下世界。①员外儿子来到河边。②碰见钓鱼人，钓鱼人告诉他媳妇在蟠桃园。③员外儿子无法过河，钓鱼人让他抓住钓鱼绳，把他甩过了河。④员外儿子在黑风口遇到大蟒，大蟒将他驮到了蟠桃园。⑤员外儿子走进蟠桃园，看见老道和七个仙女在里面，他们不搭理他。⑥看门人给员外儿子出主意，让他捏哭娃娃，他媳妇一心疼，他就能把她认出来。⑦员外儿子照做了，但是七个仙女还是无动于衷。⑧员外儿子见到老奶奶，告诉她事情的经过。⑨老奶奶给员外儿子指引媳妇的所在地。⑩员外儿子找到了媳妇，一起在洞里住下，白头到老。

讲述者：傅会章，男，45 岁，汉族，哈密市大泉湾乡三道城村二队农民。采录者：韩爱荣，卢华英。采录时间：1991 年。采录地点：哈密市大泉湾乡三道城村二队。新疆卷，第 682—684 页。

0567. 红柳娃送宝

（汉族　乌鲁木齐市天山区）

怪柳。乌鲁木齐南郊柴窝堡有个淡水湖，原来这地方长着茂密的红柳。

神的惩罚。①赌徒在这里砍伐红柳卖柴，红柳娃跟这伙赌徒算账。②放羊娃尤素儿的羊被大风刮到红柳丛边上，被赌徒们拖走了。③尤素儿找不到羊急哭了，一个赌徒引诱他赌钱赚钱来赔羊。④尤素尔和赌徒赌钱，将一群羊都输光了。⑤有两个红柳娃把尤素尔架进湖里，赌徒们不在乎。

地洞。尤素尔跳进湖中，红柳娃引他进一个大石洞。

宝物（宝镜、宝毯、宝剑、宝壶）。①红柳娃将一个装满珍宝的口袋送给他，送他上岸。②赌徒们看见珍宝，虎视眈眈，尤素尔将珍宝揣进兜里，把口袋丢入湖中，说谁捞着算谁的。③为首的四个大汉让赌徒下水去捞，赌徒们再也没上来。④四个大汉想往下跳，被红柳娃用红柳绳缠住，尤素尔教训他们在此看守红柳，他们答应。

地名的由来。四个大汉变成四块白石，红柳娃不见了。

回忆记录者：咎玉林，男，70 岁，汉族，乌鲁木齐市政协，退休干部。采录时间：1990 年。采录地点：乌鲁木齐市。新疆卷，第 965—966 页。

附记：红柳娃的传说在新疆由来已久，早在清代便已见诸文人吟唱。在此次民间文学普查中，乌鲁木齐市政协的咎玉林同志回忆记录了许多关于红柳娃的故事，本卷编选了其中的 4 篇。

0569. 红柳娃劝造堤

（汉族　乌鲁木齐市天山区）

生命树。①从前乌鲁木齐河常泛滥，雅玛里克山下的大片红柳也让洪水冲得稀稀疏疏。②老汉舍不得离开家园，在此造田种谷，某年丰收，稻谷却全被山洪冲走。

树干发出声音。①老汉听见红柳丛里传来回声，让他造河堤。②老汉一家在红柳中发现小孩脚印，认为是红柳孩留下的。③老汉夜晚出来，见门口有大绵羊，又听外面有人说，让他养羊造堤。④老汉从此蓄养绵羊，积资造堤。他去世后，很多乡亲从远方赶来送葬，不知是何人通知的。

回忆记录者：咎玉林，男，70 岁，汉族，乌鲁木齐市政协，退休干部。采录时间：1990 年。采录地点：乌鲁木齐市。新疆卷，第 968—969 页。

0570.红柳娃送鸟蛋

（汉族　乌鲁木齐市天山区）

树干发出声音。①李柱给地主做工，没拿到钱，返回路上，听见有人叫他，前面有片红柳。②他在红柳丛里睡着了。③他半夜被红柳娃推醒，红柳娃把他拉进红柳丛，给了他十五颗鸟蛋。④他醒来后，出了红柳丛。⑤他手里的鸟蛋变成银元宝。

模仿他人的幸运遭遇失败。①地主问李柱在哪里遇见的红柳娃，李柱告诉了他。②地主也到红柳丛附近睡觉。③地主半夜被红柳娃推醒，引入红柳丛中，得到了十五颗鸟蛋。④地主天亮回走，发现鸟蛋全部变成大白蛇。⑤地主倒在地上死了。

回忆记录者：昝玉林，男，70岁，汉族，乌鲁木齐市政协，退休干部。采录时间：1990年。采录地点：乌鲁木齐市。新疆卷，第969—970页。

0613. 王恩和石义

（汉族 哈密市）

洪水。①王恩遇见白胡子老人，老人告诉他将发大水，要他用苇条白纸造船，又告诉他看庙门口石狮眼红就发水。②白胡子老人告诉王恩，发水后见啥都可以救，但不要救人。③王恩看石狮眼睛红了，就让爹娘坐到船上，船在水里漂起来。④王恩在水中救了蛆虫和蚂蚁。⑤王恩见到石义在水上漂，本不欲救，但老娘以死相逼，他将石义救下。⑥王恩的父母听石义说没有父母亲人，就认了他当儿子。⑦王恩和石义以砍柴为生。

云中落绣鞋。①王恩砍柴时，遇到黑旋风卷走柴捆，就用斧头砍了旋风，旋风里掉下一只绣花鞋。②王恩顺着地上的血迹找到山洞，血迹消失，他回去了。③皇上贴出告示，说皇姑被妖怪抓走，脚上穿着绣花鞋。④王恩拿出绣花鞋看，被石义看见，告诉了娘，他就把事情说了出来。⑤石义到街上看见告示，告诉王恩，找到皇姑的下落，就能封官赏银。

朋友成为叛徒。①王恩带石义去领赏，进了朝被封官。②石义向王恩借官袍穿，穿上后，对众人说，王恩抢他的官袍，让人将王恩捆住。

地下世界。①石义带兵马把王恩押到妖洞前，让王恩坐筐下洞去探路。②王恩下到洞底，发现皇姑。

被妖怪抢来的女子。皇姑说她被妖怪掳到这里，妖怪被砍伤了腿，在洞中养伤。

杀死妖怪。皇姑从妖怪那里偷来宝剑，王恩将九头妖怪杀死，救出皇姑。

把找到宝物的人留在井中。①石义命人将筐放下，将洞填实。②王恩和皇姑到后院将小妖精全部杀死，又进厨房吃了两个面老虎和九头面牛。③王恩以九牛二虎之力搬开内院的石头，救出压在下面的青龙。

回到地面（抓住树冠、骑鸟）。王恩和皇姑骑在青龙的背上回到地面。

宝物（宝镜、宝毯、宝剑、宝壶）。①青龙邀请王恩和皇姑到龙宫做客，龙王感谢他们，请他们任选礼物。②王恩和皇姑按照青龙的嘱咐，只要了墙上挂的花，对着它要什么有什么。③王恩和皇姑返回家乡，临别时皇姑掰下半个金钗给王恩，作为信物。

奇异的婚姻。王恩拿着半个金钗去见皇上，皇上有意将他招为驸马，但遭石义反对。皇上考验王恩和石义，将混装的谷子和胡麻，分成两半，每人一半，要求一夜之内分开。朝臣帮石义，无人帮王恩。

动物朋友。①王恩在洪水中救起的蚂蚁召集同类来帮忙，天亮前分开。王恩赢。②王恩当了驸马，石义被点了天灯。③从此民间有"忘恩失义"的说法。

讲述者：余福宽，男，74岁，汉族，哈密市沁城乡黄宫二队农民。采录者：韩爱荣，卢华英。采录时间：1991年。采录地点：哈密市沁城乡黄宫二队。新疆卷，第1090—1097页。

0647 西方问卦

（汉族　哈密市）

求助。①他去西方佛爷那里问卦，找宝贝。②路上遇见老鸦，老鸦请他代问佛爷，为什么抱不成蛋。③路上遇见大姑娘，大姑娘请他代问佛爷，为什么有一头瘊疙疤。④路上遇见老龙，老龙请他代问佛爷，为什么不能上天。⑤路上遇见癞呱呱，癞呱呱请他代问佛爷，为什么睁不开眼睛，然后癞呱呱将他驮过河去。⑥他到达西方佛爷那里，先帮老鸦、大姑娘、老龙和癞呱呱提问题。⑦佛爷告诉他，老鸦不能抱蛋，是因为窝里有避火袍；大姑娘有瘤疙疮，是因为头上有避水帽；老龙不能上天，是因为嘴里有金箍棒；癞呱呱睁不开眼睛，是因为眼上有眼睫毛。⑧西方佛爷说完就睡着了，他来不及问自己的问题。⑨他返回家乡，一路上见到老鸦、大姑娘、老龙和癞呱呱，向他们转达西天佛爷的回话，得到了四件宝贝。⑩他带上四件宝贝，向陈员外求亲，陈员外答应这门亲事。

奇异的婚姻。①陈员外要求在接新娘的时候，新娘要脚下不沾土，头上不见太阳。②他按照小姐的嘱咐，在路中央埋些白毛，埋些红毛；在路左面埋上白杨树叶子，在路右面埋上些柳树叶子；从陈家门上一直埋到魏家门上。结果大树把天遮得严严的。中间一条红白毡子，一直从陈家铺到魏家门上。③陈员外同意把女儿嫁给他，还给了夫妻很多银子。

会飞的画像（画中人）。①他在婚后依然种地，可是回头看不清妻子的脸，把地犁得弯弯曲曲的。他画了一张妻子的画像，贴在犁头上，地就犁直了。

②一阵风把画吹走，吹到皇宫里。皇帝看见画像，要娶画上的美人。

兽皮（穿上或烧掉兽皮）。①皇帝派来差役，带走妻子。他按照妻子的嘱咐，花了三年，用老鼠皮缝皮褂，用鸟皮制帽子，穿戴停当。②他来到皇宫外，手敲梆子唱："卖春播韭菜。"③妻子在皇宫中三年不笑，听见外面的叫唱笑了，皇帝就把他请进宫中。④妻子让皇上与他互换衣服，皇上把黄袍脱给他，他把鼠皮衣和百鸟帽脱给皇上。⑤皇上变成老鼠，百鸟帽变成老鹰，老鹰把老鼠给叼走了。⑥他当了皇帝，坐了江山。

讲述者：刘建福，男，34岁，汉族，哈密市沁城西路三队农民。采录者：韩爱荣。采录时间：1991年。采录地点：哈密市沁城西路三队。新疆卷，第1221—1225页。

塔吉克族

《中国民间故事集成（新疆卷）》收入塔吉克族故事87

个。以下提供本书编制的塔吉克族故事类型样本 14 个。

0566. 乞丐、国王和思罕古羽

（塔吉克族 塔什库尔干塔吉克自治县）

找金鸟。 1. 乞丐。乞丐和老婆很穷，只有一件破皮袄，靠捉鸟过日子。2. 神奇的鸟。①乞丐捉住七只鸟，其中有一只叫思罕古羽。②思罕古羽让其他六只鸟装死，等人来打开鸟夹，就能趁机逃跑，最后因为其他鸟跑得太早，只有思罕古羽没有跑掉。③思罕古羽让乞丐不要吃它，让乞丐把它放到寺院的壁龛里，它会给乞丐带来财富。

动物报恩。 1. 树干发出声音。国王去寺院祈祷，思罕古羽在壁龛里说话，让国王和大臣把财富给乞丐。国王以为是真主的指示，把身上的钱财全部拿出来，并连续几天让他们供奉财物。2. 改变穷人的命运。①乞丐变得富有。②思罕古羽留在乞丐身边。3. 听懂鸟的语言。国王听说思罕古羽的神奇，要得到它。①国王让右丞相把思罕古羽带回王宫，思罕古羽揭露右丞相的丑事，右丞相失败。②国王派左丞相把思罕古羽捉回来，思罕古羽揭露左丞相的丑事，左丞相无功而返。③国王装扮成平民去乞丐的家，思罕古羽让国王周济穷人，并把乞丐也带回去。国王答应，思罕古羽和乞丐跟他回宫。

龙马的故事。1. 神奇的马。①国王要找千里马。②思罕古羽带着乞丐去找宝马。2. 龙马。思罕古羽找到一匹瘦马。

龙驹的故事。1. 龙驹。①瘦马生下龙驹。②龙驹生来就有牙。2. 千里马。①龙驹五天时奔跑的速度快得像闪电。②龙驹是千里马。

为娶亲满足国王苛刻条件。1. 被妖怪抢来的女子。①国王让思罕古羽帮助找王妃。②思罕古羽和乞丐找到一个美丽的姑娘，她被七头妖魔关在城堡里。2. 杀死妖怪。①思罕古羽和乞丐杀死七头妖怪，救出姑娘。②国王迎娶姑娘为王后，接姑娘回城。3. 忘记嘱咐。①在回城的路上，经过孤城，思罕古羽劝国王不要留宿，国王没有听。②强盗国的强盗抢走了王后和千里马，抢走了国王全部的财产，思罕古羽也受伤。

四十的风俗。1. 命运的转变。①思罕古羽让国王自己谋生路，它要等四十天恢复后，才能帮国王想办法。②国王被城里的富人招去当樵夫。③四十天后，思罕古羽帮国王弄到坐骑和衣服，一起去强盗国王的城里。2. 找龙驹。①国王听从思罕古羽的嘱咐，假扮成马夫，说要给强盗国王献神鸟。②强盗国王接受神鸟，让"马夫"在宫中驯马。③"马夫"养好千里马，对强盗国王说，应该骑马出去游玩，强盗国王赞同。3. 找姑娘。①强盗国王被千里马扔在离王宫几百里远的地方。②思罕古羽和千里马回来接走姑娘。③国王和姑娘成亲，过上幸福的生活。④思罕古羽离开。

讲述者：达发达尔，男，70岁，塔吉克族，塔什库尔干塔吉克自治县塔什库尔干乡，宗教人士。采录者：马达里汗，男，52岁，塔吉克族，干部，中专文化。翻译者：夏羿，朱华。采录时间：1992年。采录地点：塔什库尔干塔吉克自治县塔什库尔干乡。新疆卷，第958—965页。

0621. 神羊的儿子

（塔吉克族　塔什库尔干塔吉克自治县）

奇异出生。1. 神与人。①他的母亲是神羊。②他是神羊的儿子。2. 生命水。他的母亲有可使人起死回生的神奇乳汁。

英雄出征。1. 英雄的助手帮他战胜敌人。①他和力举大山的大力士、移栽森林的大力士和用拇指就可以随意舞弄磨盘的大力士结成兄弟。②他把仙女认作妹妹。2. 杀死妖怪。3. 出发。①他们外出狩猎。②他们遇到七头妖怪，妖怪折磨仙女妹妹。③他斩下七头妖怪的六个头，在砍第七个头时，妖怪钻入地下逃走了。4. 宝物（宝镜、宝毯、宝剑、宝壶）。①他在战死前捻动母亲给他的羊毛。②他的母亲赶来，用乳汁救活他和他的朋友。

地洞。1. 绣花（拴线）。他们用羊毛捻绳，准备下地洞。2. 地洞。他来到地洞，杀死七头妖怪。3. 把找到宝物的人留在井中。①他把洞里妖怪的财宝和仙女、百姓都运出来。②轮到他出来的时候，三个朋友见财起意，割断了毛绳，抛弃了他。③他在洞中杀死树下的蛇，救了树上的鸟。它们都是凤凰的孩子，凤凰报恩。

回到地面。①骑在鸟背上飞走。他骑在凤凰的背上飞，飞了七天七夜，飞回地面。②朋友成叛徒。他回到家乡，打败三个忘恩负义的朋友。他和仙女妹妹过上幸福的生活。

讲述者：马达里汗，男，52岁，塔吉克族，干部，中专文化。采录者：西仁·库尔班。翻译者：马德元，段石羽。采录时间：1992年。采录地点：塔什库尔干塔吉克自治县。新疆卷第1124—1125页。

0659. 勇敢的小王子

（塔吉克族　塔什库尔干塔吉克自治县）

英雄出发。1.三兄弟（两兄弟、三公主）。①国王有三个儿子，但偏爱两个大儿子。②国王不喜欢小儿子。2.托梦。①国王梦见仙女古莉喀赫。②国王让三个儿子去找仙女。3.生命的标记。①三个儿子在三岔路口分手。②他们分手前各在手背上做了记号。4.被妖怪抢来的女子。①小儿子来到一座宫殿，遇到公主。②公主被妖怪抢到这里。5. 杀死妖怪。①他杀死妖怪，但仙女告诉他，还有两个妖怪兄弟，一红一白。②他再上路，找到红妖怪的城堡，遇见一个公主，他杀死红妖怪。③他再上路，找到白妖怪的城堡，遇见一个公主，他杀死白妖怪。④他再上路，去找国王父亲要找的仙女，途中借住在老婆婆家。6. 忘记嘱咐。①老婆婆嘱咐他晚上不要到屋外去，他没有听劝告。②他杀死恶龙，救了公主，把剑鞘送给公主。③国王寻找杀死恶龙的青年，很多人冒充英雄，公主指认出他是英雄。④他和公主的剑与剑鞘吻合。⑤国王把公主许配给他。⑥公主随他一起去找仙女。

杀死妖怪。他杀死恶龙。

救了树上的鸟。他救了树上的雏鸟，它们都是大鹏鸟的孩子，大鹏鸟要报恩。

回到地面。1. 四十的风俗。①他准备水和四十头干净的牲畜肉、四十头不干净的牲畜肉，准备出发。②大鹏鸟驮着他往仙境飞。③肉和水没有了的时候，他用自己的双臂喂大鹏鸟。④大鹏鸟吐出他的双臂还给他。2. 仙女的秘密。大鹏鸟告诉他古莉喀赫在老妖

501

婆的箱子里，老妖婆头发有四十尺长，穿四十套衣服，盖四十床被子睡觉，他需要把老妖婆的头发绑在柱子上。

杀死妖怪。1. 救出仙女。他用大鹏鸟告诉他的方法从女妖手中救出仙女。2. 团聚。①婚礼。他回到杀死恶龙的村庄，国王给他和公主办了四十天的婚礼。②找到公主。他带着自己的妻子、仙女和路上杀死魔鬼救出的三个公主，一起回家。③找到哥哥。他来到了兄弟分手的三岔路口，发现哥哥们都还没回去。他找到哥哥，一起回家。3. 朋友成为叛徒。两个哥哥嫉妒他，砍断他的腿，把公主们骗走。

动物朋友。1. 动物救主。他在狗的帮助下活了下来。2. 生命水。①狗遇到白胡子老人，老人告诉它，山里有两眼清泉。一个流油，一个流奶。②狗找到泉水，带着他去两眼泉水边，治好了他的眼睛和腿。

英雄回家。1. 冒名顶替。①两个哥哥带着公主们回到王国，跟国王说是他们解救了公主和古莉喀赫。②女妖来到王国，要抢回仙女。③两个哥哥开始推脱，说是弟弟把仙女带来的，国王派人去找弟弟。2. 真相大白。①弟弟杀死女妖。②弟弟将真相告诉国王父亲。③国王让弟弟继承王位。

讲述者：艾黎达尔，男，60岁，塔吉克族，塔什库尔干塔吉克自治县达布达尔乡牧民。采录者：帕海塔依凯，男，60岁，塔吉克族，干部。翻译者：苏天虎。采录时间：1963年。采录地点：塔什库尔干塔吉克自治县达布达尔乡。新疆卷第1269—1277页。

0033. 人怎么离开天堂的

（塔吉克族 塔什库尔干塔吉克自治县）

创世纪。①相传，创世主安拉造人之后，让人在天堂生活。②人在天堂只是享受，但人不满足。

不洁的大便。人吃了天堂禁食的麦粒，解了大便，污染了纯净的天堂。

神的惩罚。①安拉愤怒，人被逐出天堂，到现在生活的这个世界。②人到现在的世界后，陷入困境，向安拉祷告。③安拉给人天堂的麦粒。

动物神灵。①人不知如何播种，安拉给人牛。②牛问安拉它吃什么，安拉让牛挑选，一大堆麦草和一小堆麦子。③牛选大堆的麦草，从此人吃麦子，牛吃麦草。④人整日奔波，安拉赐人类马。⑤安拉让马吃燕麦。

地名的由来。①野马凶野，人不会管教，去求安拉。②安拉赐人类智慧。人制出口嚼、笼头、鞍子将马管束起来。从此，有了耕作。③安拉对人说："只要劳作，就会有财富。"

讲述者：马达里汗，男，50 岁，塔吉克族，塔什库尔干塔吉克自治县提孜那甫乡干部，中专。采录、翻译者：西仁·库尔班，段石羽。采录时间：1990 年 8 月。采录地点：塔什库尔干塔吉克自治县提孜那甫乡。新疆卷，第 29 页。

0310. 大同人的祖先

（塔吉克族　塔什库尔干塔吉克自治县）

英雄出征。帕米尔东部，有一个被人称为"世外桃源"的峡谷，是现在的塔什库尔干塔吉克自治县的大同乡。

神奇的苹果。①传说唐僧取经路过大同，孙悟空将花果山带来的水果给唐僧解渴。②唐僧让孙悟空把果核种到大同河两岸。③果树随风而长，第二年就结出果实。④从此这里成为世外桃源。

命中注定的婚姻。①外国侵略者入侵，只有罕珠和她的三个女儿活下来。②柯尔克孜族牧民巴巴西，带着他的三个儿子，游牧来到大同河谷，遇到罕珠母女四人。

地名的由来。三对青年结为夫妻，大同人口越来越多，这就是"大同人的祖先"的由来。

讲述者：艾力甫，男，56岁，塔吉克族，塔什库尔干塔吉克自治县大同乡牧民。采录、翻译者：吕静涛，男，60岁，汉族，干部。采录时间：1985年2月。采录地点：塔什库尔干塔吉克自治县大同乡。新疆卷，第436—438页。

0388. 鹰笛的传说

（塔吉克族　塔什库尔干塔吉克自治县）

奇异的婚姻。①慕士塔格峰的山脚下有个村庄，有个吝啬的富人。②小伙子瓦法给富人放羊，姑娘古丽米赫热给富人看管小羊羔。他们相亲相爱。③富人要拆散他们。他让古丽米赫热做家务，让瓦法去很远的山上放牧。④古丽米赫热和瓦法互相思念对方。

杀死妖怪。瓦法放羊时看到苍鹰和饿狼搏斗，他射死饿狼。

猎鹰。①鹰快死了，让瓦法把自己的骨头做成笛子。②瓦法的笛声被古丽米赫热听到。③富人也知笛声是瓦法吹的，他让古丽米赫热做更重的活，没时间听笛声。④古丽米赫热在河边听笛声，看到小鸟，根据小鸟的动作，创作出一种舞蹈。⑤富人要给儿子办周岁生日，允许仆人长工都参加。⑥瓦法来参加生日会。⑦富人让仆人们找到最能制造热闹气氛的人，找到那人，富人就实现那人的心愿。人们找到瓦法。

音乐（乐器）的由来。①瓦法吹起鹰笛，古丽米赫热跳起鹰舞，客人十分尽兴。②富人满足他们的要求，瓦法和古丽米赫热在一起。

讲述者：达尔亚巴伊，男，48岁，塔吉克族，干部。采录、翻译者：段石羽，西仁·库尔班。采录时间：1992 年 4 月。采录地点：塔什库尔干塔吉克自治县。新疆卷，第 534—537 页。

0488. 玉枝金花

（塔吉克族　塔什库尔干塔吉克自治县）

三兄弟（两兄弟、三公主）。①有一个国王，有三个王子。②他喜欢大儿子和二儿子，不喜欢小王子。③受宠的大王子骄横，小王子心地善良。

托梦。国王梦见玉枝金花，说找到金花的人继承王位。

找金鸟。①三个王子上路找金花。②大王子选了畅通无阻的路。③二王子选艰难曲折的路。④剩下有去无回的路给小王子。

被妖怪抢来的女子。①小王子带着猎狗，走进一个红色洞窟，遇到浑身闪红光的姑娘。②姑娘是被红妖魔抢来的，她让王子快走。

地洞。①王子在魔窟前挖地洞。②在猎狗的帮助下杀死妖魔。

被妖怪抢来的女子。王子来到山崖，进入白色的

507

洞，看见一个白衣姑娘。

杀死妖怪。①姑娘是被白魔抢来的。②王子杀死白魔，救出姑娘。

被妖怪抢来的女子。①王子继续上路，走到黑色的峭壁前，看到峭壁上有黑森森的魔窟。②魔窟里有一个黑衣姑娘，姑娘是被黑魔掳来的。

杀死妖怪。①王子斩杀黑魔，救出姑娘。②王子把姑娘送回家乡。

森林广场。①王子在森林里路过茅屋，进屋发现一个白发老妪。②王子在茅屋留宿，老妪嘱咐他夜晚不要走出茅屋。③王子夜晚走出茅屋，看到奇异的景象。

四十的风俗。①老妪说王城南面的水潭里有一个长着四十个头的水怪，每天要供奉四十头牛和一位姑娘作为食物。②明天要吃的是公主，举国哀悼。

寄魂物。①王子要除掉水怪。②老妪告诉他水怪中间的头上有黑痣，这是水怪的致命点。

奇异的婚姻。①王子除掉水怪，救了公主。②公主以身相许。

四十的风俗。①王子向国王证明自己是杀死水怪的人。②国王把公主嫁给他。③婚礼举行了四十个昼夜。

杀死妖怪、四十的风俗。①王子向公主询问玉枝金花的下落，公主告诉他取到花需要杀死毒蟒，得到巨鹰的帮助。②王子启程，来到山下，杀死毒蟒，把幼鹰救出。③王子把幼鹰还给巨鹰，巨鹰吩咐他准备四十头牛的肉和四十个牛皮袋的水来喂它。

回到地面（抓住树冠、骑鸟）。①巨鹰带王子飞行，王子准备的肉被吃完了，巨鹰还要，王子割下自己腿上的肉给巨鹰。②巨鹰感动，给王子肉丸，王子的伤口愈合。③王子给看守玉枝金花的猎犬、骆驼、马和牛以食物、自由和阳光，它们放走他。④王子按照巨鹰的交代拿到了玉枝金花，巨鹰带王子飞走。

英雄回家。①王子带公主和玉枝金花回故乡。路上发现两个哥哥都遇到了灾难，他带着公主去寻找哥哥们。②小王子找到变成烧火工和乞丐的两个哥哥，带他们一起上路回家。

朋友成为叛徒。①回去的路上路过荒村，大王子、二王子设计砍下小王子的手臂。②大王子要杀害公主，小王子的猎狗咬住大王子，公主逃脱。③大王子和二

王子杀死小王子，把小王子的猎狗煮熟吃了，带上
玉枝金花回父王的宫殿。④国王把王位传给两个大
王子。⑤小王子死后，玉枝金花逐渐失去光泽，国
王愁眉不展。

动物朋友。①公主回家乡后，找到巨鹰去救王
子。②巨鹰找出小王子的尸体，乌鸦带领他们到泉水
边。③乌鸦喝了泉水，吐出王子的血肉。

生命水。①巨鹰让王子复活，王子喝了清泉水，
恢复了力气。②小王子回到家乡。父亲看到干枯的玉
枝金花突然开花，然后看到了小王子和公主。③小王
子告诉父亲两个哥哥的罪行，两个哥哥被流放。

地名的由来。①小王子继承王位。②他和公主死
后，玉枝金花凋谢了。③他们和玉枝金花一起葬在雪
山上。④雪山上长出雪莲花。

讲述者：古丽·买买提，女，56岁，塔吉克族，
塔什库尔干塔吉克自治县牧民。采录者：艾布力·艾
山罕，西仁·库尔班。翻译者：夏羿，朱华。采录时
间：1986年。采录地点：塔什库尔干塔吉克自治县。
新疆卷，第702—710页。

0506. 脚能踩出金砖的姑娘

（塔吉克族　塔什库尔干塔吉克自治县）

灰姑娘。①农夫和妻子女儿一起生活，妻子是女儿的后妈，对女儿很不好。②邻国国王的儿子来到农夫家，爱上农夫的女儿，娶了农夫的女儿。

忘记嘱咐。①王子带妻子回家时，农夫叮嘱王子，夜里不能借宿在独户人家，不然会有灾祸。②王子和妻子在回家的路上，傍晚经过独户人家，里面住着老奶奶和年轻姑娘，王子执意在这里借宿。③老奶奶是巫婆，用法术让屋外下大雪，第二天王子和妻子走不了了。④王子出门打猎，巫婆和巫婆的女儿把王子妻子的眼珠挖出来，把她埋到河滩的沙坑里。⑤巫婆的女儿假扮王子的妻子，巫婆骗王子自己的女儿被老虎吃了。⑥王子带着巫婆的女儿走了。⑦打柴的老爷爷和老奶奶在河边发现了王子的妻子，救了她。

神奇的工匠。①她走在地上能踩出金砖，老爷爷变得有钱。②她让老爷爷带着金砖去集市上找人换眼珠和七年没剪毛的公羊，巫婆用眼珠和羊交换金砖。③她的眼睛复明，在老爷爷家用脚踩出两百块金砖。

陵墓。①她让老爷爷帮她修了一座拱顶墓。②她在墓里生下王子的儿子，然后死去。

罗摩十二岁。①王子出门打猎，跟着猎鹰，来到拱顶墓。②王子看到墓里爬出小娃娃，把娃娃带回王宫。

在洞中与妻子相逢。①巫婆的女儿不愿意养这个娃娃，王子把娃娃带回拱顶墓，娃娃带王子找到王子的妻子。②王子抚摸自己的妻子，妻子活过来，讲述了自己的遭遇。

杀死妖怪。①王子回王宫，杀死了巫婆和巫婆的女儿。②王子夫妻过上幸福的生活。

讲述者：米娜，女，51 岁，塔吉克族，塔什库尔干塔吉克自治县达布达尔乡牧民，小学文化。采录者：马达里汗，西仁·库尔班。翻译者：陈荣良。采录时间：1992 年。采录地点：塔什库尔干塔吉克自治县达布达尔乡。新疆卷，第 752—755 页。

0587. 盛不满的小金杯

（塔吉克族　塔什库尔干塔吉克自治县）

托梦。有一个叫依斯坎坦尔的国王，贪婪吝啬。

四十的风俗。①他梦到地底下的四十王国的入口。②他醒来后带上士兵、粮食和用具去寻找四十王国。

地下世界。①依斯坎坦尔在自己身上绑上绳索，往地底走去。他到达四十王国，但和那里的人语言不通。②四十王国的国王请依斯坎坦尔进王宫，他们觉得依斯坎坦尔面相尊贵，建议国王把公主嫁给他，这样以后的王子能听懂父母的话，他们就能交流了。③依斯坎坦尔在四十王国度过十四年，女儿长到七岁。④四十王国的国王和依斯坎坦尔沟通，知道他是一个贪婪的人，问他愿意留下还是回去。

回到地面。依斯坎坦尔选择回去，四十王国的国王送了他很多财宝，运了一个月才运到地面上。

宝物（宝镜、宝毯、宝剑、宝壶）。①四十王国的国王让依斯坎坦尔回去后把小金杯装满金子捎回来。②依斯坎坦尔回去后成为最富有的国王，他往小金杯里装金子，金杯怎么都装不满。③他请全国臣民来想办法。烧火夫奴克曼找到小金杯的奥秘。④奴克曼告诉国王金杯用金子填不满，只有泥土才能填满。⑤国王醒悟。

讲述者：潘松，男，80岁，塔吉克族，塔什库尔干塔吉克自治县达布达尔乡牧民。采录者：塔比黎迪，塔什库尔干塔吉克自治县文化馆干部。翻译者：刘奉仉。采录时间：1963年采录地点：塔什库尔干塔吉克自治县达布达尔乡。新疆卷，第1023—1026页。

0625. 孤独的三姊妹

（塔吉克族　塔什库尔干塔吉克自治县）

三兄弟（两兄弟、三公主）。①有个穷人，有三个女儿。他妻子早逝，想再给自己找个老婆。②他出门寻找，遇到巫婆变的女人，他打算娶巫婆为妻。③穷人把巫婆带回家，让三个女儿出来看，大女儿看见的是母牛，二女儿看见的是乌鸦，三女儿看见的是喜鹊。④穷人生气，让三个女儿离开，给了她们一皮袋炒面，一皮袋油炸面果，一皮袋馕。⑤巫婆夜里把女儿们的食物换成了灰、骆驼粪和牛粪。⑥三姐妹上路后发现食物被调换，大姐和二姐认为是父亲的错，小妹认为是继母的错。

朋友成为叛徒。①大姐和二姐突然翻脸要杀小妹，小妹往山坡上跑，发现三个饼。②姐姐们都把饼吃完，小妹吃了一点就存起来。③小妹到城里查探，发现这里是魔王的城。

寄魂物。①小妹骗魔王说她是天女，魔王考验小妹，让她吃完一口有四十个耳朵的大锅里的抓饭。②小妹依靠姐姐的帮助通过了考验。③小妹问魔王他的命魂在哪儿，魔王告诉了她。④小妹吹灭魔王的命魂，魔王死去。姐妹得到魔王的财宝。

灰姑娘。①两个姐姐欺负小妹，让小妹当仆人，但是魔宫里的金库，只有小妹知道。②国王举行宴会，姐姐们打扮得美丽去参加。小妹取出金银，藏在自己的袖筒里，也去参加。③小妹边跳舞边舞出金银颗粒，姐姐没有认出她，所有人都羡慕她。④第二天，小妹继续去宴会，最后留下一只鞋在宴会厅。⑤国王看到美丽的鞋子，想娶鞋子的主人为妻，派人寻找鞋子的主人。⑥两个姐姐用刀削自己的脚，还是穿不进那只鞋。⑦小妹穿那只鞋正合适，国王娶她为妻，她成为王后，她把两个姐姐也带进王宫。

朋友成为叛徒。①两个姐姐嫉妒她，在她生完孩子后，把她生的孩子扔到大河里，用狗崽和磨刀石代替她的孩子。②国王回来看到这样的情况，依然疼爱王后。

罗摩十二岁（国王父子团聚）。①王后的孩子漂到磨坊主家，磨坊主看到他们头发的颜色是金色和银色，断定他们是皇家的后代，收养他们到七岁。②国王外出打猎，路过磨坊，听到两个小男孩对话。③小男孩说梦到自己的父母是国王和王后，后来被大姨妈迫害，他们被扔出来，幸亏磨坊主收养。④国王认出他们是自己的孩子，接回王宫，处死两个姐姐，赏赐了磨坊主。

讲述者：潘松，男，80岁，塔吉克族，塔什库尔干塔吉克自治县达布达尔乡牧民。采录者：塔比黎迪，塔什库尔干塔吉克自治县文化馆干部。翻译者：陈荣良，赵世杰。采录时间：1963年12月。采录地点：塔什库尔干塔吉克自治县达布达尔乡。新疆卷，第1136—1140页。

0654. 巴胡都尔和孜力娜

（塔吉克族 塔什库尔干塔吉克自治县）

奇异的婚姻（四十的风俗）。①国王拜合罗木没有公主，有四十位王子。②拜合罗木打猎看到四十位美丽的女子。③他知道四十位女子是迪也尔国王的公主，他决定帮助迪也尔国王开山引水，娶四十个公主给自己的四十个儿子。④拜合罗木国王最小的王子巴胡都尔娶了迪也尔国王最小的公主孜力娜为妻。⑤孜力娜怕老鼠。⑥孜力娜遇到老人，老人给她盘子和种子，让她边走边撒，撒完之前不要回头。⑦孜力娜撒下的种子变成粗壮的果树。⑧拜合罗木国王带四十位王子和公主回拜合罗木王国，在路上遇到妖魔。

地洞。妖魔把孜力娜公主和巴胡都尔王子带到魔洞。

寄魂物。孜力娜发现石盒里的老鼠是寄放妖魔灵魂的地方。

杀死妖怪。巴胡都尔杀死老鼠，妖魔死去。

英雄出征。①巴胡都尔和孜力娜逃出魔洞，和国王的队伍汇合。②国王回国，发现邻国入侵，任命巴胡都尔为大军的最高统帅。③孜力娜帮丈夫杀退敌军。

英雄回家。四十位王子和四十位公主治理着国家。

讲述者：库尔班·艾力。采录者：塔比勒地·吾守尔。翻译者：王景生。采录时间：1963年。采录地点：塔什库尔干塔吉克自治县。新疆卷，第1241—1246页。

0657. 瓦依迪热赫

（塔吉克族　塔什库尔干塔吉克自治县）

会飞的画像（画中人）。①古时候有位国王，他只有一个儿子。②王子在王宫的第四十个库房的箱子里，发现美人图，他对画里的姑娘一见钟情。③王后建议王子出门游历。

地下世界。①王子在戈壁滩上救了穷人瓦依迪热赫，瓦依迪热赫告诉王子他要找的姑娘是仙女，在魔窟里。②瓦依迪热赫让王子住在妖魔盖起来的房屋里，不要出去。

四十的风俗。①瓦依迪热赫去四十天路程以外的魔窟找仙女。②王子看到瓦依迪热赫把一个箱子放在河岸上，就心急出了屋子去扛箱子。③王子回头发现房子不见了，被一个七岁小孩带进一座建筑物。王子和箱子里的仙女被独眼妖魔抓住。

杀死妖怪。瓦依迪热赫发现七岁小孩是魔童，跟他到了魔窟，杀死魔童。

寄魂物。①瓦依迪热赫打伤独眼妖魔，拷问他他的命魂在哪里。②瓦依迪热赫救出王子和仙女，王子和仙女成亲。③瓦依迪热赫找到独眼妖魔命魂寄放的瓶子，独眼妖魔给他们看门守院。④国王和儿子重聚。⑤国王看中仙女美貌，想害死王子。⑥国王让仆人害王子，王子被迫戳瞎了自己的双眼。⑦国王骗公主说王子在打猎时掉下悬崖。

生命水。王子的狗把王子拖到泉水边。

英雄睡觉。①瓦依迪热赫找到王子，让王子在泉水边睡一会儿。②王子梦到白胡子老汉告诉他，用泉水洗眼睛，眼睛就会复明。③王子用泉水洗眼睛，眼睛复明。④王子回宫，揭露国王的罪行，成为新的国王，和仙女幸福地生活在一起。

讲述者：艾黎达尔，男，60岁，塔吉克族，塔什库尔干塔吉克自治县达布达尔乡牧民。采录者：塔比黎迪，塔什库尔干塔吉克自治县文化馆干部。翻译者：陈荣良，赵世杰。采录时间：1963 年 12 月。采录地点：塔什库尔干塔吉克自治县达布达尔乡。新疆卷，第 1260—1265 页。

0658. 国王的儿子和大臣的儿子

（塔吉克族　塔什库尔干塔吉克自治县）

奇异出生。国王艾赫米迪·贾米和大臣都没有子嗣，他们出门求子。

神奇的苹果。他们遇到乞丐，乞丐给他们一人一个苹果，让他们和自己的妻子一人一半吃下，就能生下孩子，但是孩子长大后爱情会有磨难。

地下世界。国王的儿子名叫夏扎旦·苏里唐，国王怕他遭受磨难，一直把他关在王宫的地下。

四十的风俗。①国王的儿子和大臣的儿子希望能生活在大地上，国王同意。②国王给他们办了四十天的盛宴。

地下世界。①世界的另一头有个魔窟，魔鬼抢天宫的两个仙女，让她们与世隔绝，仙女一个名叫赞尔狄，一个名叫赛瓦孜。②魔鬼只许她们夜里出门。

魔戒（磨石）。①仙女在花园里遇到王子和大臣的儿子，心生爱慕。②仙女偷偷交换了自己的戒指和小伙们的戒指，还各放了一封情书给他们。

英雄回家。①王子和大臣的儿子启程去魔窟救仙女。②大臣讲故事劝诫两位年轻人，年轻人不听，仍然上路。③国王当年遇到的乞丐带着王子和大臣的儿子去魔窟，带走仙女。④王子和大臣的儿子跟仙女结婚，国王感谢乞丐。

讲述者：奥斯坎克，女，50 岁，塔吉克族牧民。采录者：赫里穆。翻译者：陈荣良。采录时间：1964年 5 月。采录地点：塔什库尔干塔吉克自治县。新疆卷，第 1265—1269 页。

0873. 那甫宝德城

（塔吉克族　塔什库尔干塔吉克自治县）

父亲的遗嘱。①城堡里有一个园丁，死前交代儿子哈达木，说他一生诚实，印象里没有借人东西不还，但如果他忘记他曾借过东西，有人来讨债，请一定要给人家。②老园丁说遗嘱时在场的一个商人来向哈达木讨债，要五百银币。③哈达木凑钱还给商人。④财主找哈达木讨粮食，哈达木卖掉一部分果园，还了财主粮食。⑤来讨债的人越来越多，哈达木变卖家产，流落街头，带妻子孩子离开家乡。⑥哈达木一家走到海边，遇到船主。船主让他们住在船上。⑦船在海上遇难，哈达木一家人被海水冲散。

英雄睡觉。哈达木被吹到孤岛的海岸上，走到一棵枯树下睡着了。

托梦。哈达木梦到自己的妻儿被海魔劫走，一个老人出现，说孤岛是他的宝地，手伸进海里，抓到什么就拿回来。

魔戒（磨石）。哈达木醒来，伸手到水里，拿到很多宝石。

生命树。①哈达木走回枯树下，发现枯树发芽，长出果实。②路过海岛的商队发现哈达木，用宝石换来种子。③很多商人来小岛上跟哈达木交换东西，荒岛慢慢变成小镇，收留了很多穷人，一起修筑家园，成了有名的那甫宝德城。④哈达木在岛上重新找回了妻儿，过上了幸福的生活。

讲述者：库尔班·艾力，男，塔吉克族，塔什库尔干塔吉克自治县互尔西代村牧民。采录者：塔比勒地·吾守尔。翻译者：王景生。采录时间：1963 年。采录地点：塔什库尔干塔吉克自治县互尔西代村。新疆卷，第 1827—1832 页。

回　族

《中国民间故事集成（新疆卷）》收入回族故事 68 个。以下提供本书编制的回族故事类型样本 6 个。

0297. 巴里坤马的传说

（回族　巴里坤哈萨克自治县）

龙马的故事。1. 神奇的战马。①明朱洪武年间，巴里坤草原上出现一匹浑身上下雪白的儿马，个头不大，但其他马都服它。②牧场上很多套马手想将它抓起来，但都抓不到它。2. 龙种。①一年后，草原上的母马下的马驹都是高头龙身。②它们日行千里。

③人们都说它们是龙种。3. 龙马。这种马人称"巴里坤龙马"。4. 追踪龙马。①皇帝听说后，令巴里坤的县太爷在限期内务必悬赏抓住这种马。②马奉先揭掉榜文，说能抓到龙马。③他知道龙马急了会逃入巴里坤海子。④他来到马群里，龙马果然向巴里坤海子奔去，龙马跳进海子，他跟着跳进海子。⑤他十天后返回，没有抓住龙马。⑥他从巴里坤海子下水，从迪化盐湖出来，证明那确实是龙马。5. 空手交皇差。①县太爷向皇帝递交呈文，了却了一桩差事。②马阿訇追踪龙马的故事流传至今。

讲述者：马树华，男，回族。采录者：李富。采录时间：1990 年。采录地点：巴里坤哈萨克自治县。新疆卷第 416—418 页。

0298. 焉耆马的传说

（回族　焉耆回族自治县）

龙马。1. 培育龙马。①焉耆马慢慢地失传了。②伊哈决心培育出龙马。③他向蒙古族牧人和哈萨克族牧人请教。2. 龙马的故事。①蒙古族骑手和哈萨克族朋友告诉他龙马的来历。②龙马是母马与博斯腾湖里的海龙马交配后产下的马。3. 杀死妖怪。他骑马前往博斯腾湖，一路上杀死野猪、黑熊等妖怪，来到湖边。4. 初见龙马。①他在博斯腾湖边等了五年，等待海龙马的出现。②深秋夜晚，海龙马从水里出现，与一匹白玉马交配。③白玉马生下红色的小龙马。④小龙马只喝水，不吃草，死去了。5. 再见龙马。①大雁把小龙马的死讯告诉焉耆百姓。②各民族里见识广的老人带上礼品，到博斯腾湖看望他。③蒙古族老人告诉他，龙马要喝羊血、舔生铁。④哈萨克族老人带来了金马鞍。⑤过了一年，海龙马再次来到白玉马的身边，白玉马又生下一只小红龙马，他按照老人们的嘱咐，精心照顾小龙马，小龙马成了一匹宝马。

地名的由来。①他花了三年时间让宝马繁衍了后代，带着二代名马回到焉耆。②焉耆百姓为了纪念各族人民用心血培养名马的经历，给那些宝马取名为"合作"马，"和硕"马就是"合作"马的谐音。

采录者：姚金海。采录地点：焉耆回族自治县。

新疆卷，第 418—420 页。

0327. 阿舒拉节

（回族 新疆生产建设兵团农四师）

地名的由来。①伊斯兰教的阿舒拉节，即伊斯兰妇女节。②法蒂玛太太在世的时候，家境贫寒，怎么做礼拜孩子们还是饿得哭，她只好从沙堆中舀了半盆沙子洗净了倒进锅里煎着。③法蒂玛太太向真主祈祷，求真主赐予粮食。④仙女们送来了香油和菜，锅里是五谷、豆类。

纪念英雄的节日。法蒂玛太太把食物分送给了其他贫苦人。所以，现在人们每年过阿舒拉节的时候都要煮五谷、豆类，并分送给他人，以纪念法蒂玛太太。

讲述者：马发土买，女，76岁，回族，农四师64团加工厂，工人家属，不识字。采录者：马绍华，女，30岁，回族，农四师64团职工。采录时间：1990年。采录地点：新疆生产建设兵团农四师64团。

新疆卷，第 457 页。

0564. 兔姑娘
（回族　哈密市）

灰姑娘。①有一个名叫莫燕的姑娘，是父亲前妻的女儿。②莫燕被后母欺负。

动物神灵。①莫燕被后母逼婚，在后院遇到了已活了百年的白兔。②白兔同情她，临死时决定帮助她。③莫燕剥下白兔的皮，自己变成了兔子。

地洞（铁针通往地下）。①莫燕用九九八十一天挖了一个洞，从洞里逃出来，获得了自由。②莫燕遇到了一个年轻人和他的老母亲。③莫燕白天见年轻人家中没有人，就帮他们洗衣做饭，帮老母亲熬药，但她却从不现身。④小伙子和老母亲发现有人帮助他们，想办法骗莫燕现身。⑤莫燕和小伙子成亲，过上了幸福的生活。

讲述者：马氏女，回族。采录者：海明义。采录时间：1990 年。采录地点：哈密市。新疆卷，第

955—957 页。

0574. 宝贝山羊

（回族　沙湾县）

三兄弟（两兄弟、三公主）。老头有三个儿子。

动物神灵。①老头买回一只羊。②大儿子带羊去水草丰盛的地方放牧，天黑时问山羊有没有吃饱，山羊说吃饱了。③山羊回来对老头说，大儿子赶得它很累，老头赶走大儿子。④二儿子带羊去几个山梁上放牧，问山羊吃饱没，山羊说吃饱了。⑤山羊告诉老头，二儿子放牧更累，老头赶走二儿子。⑥三儿子去放牧，把山羊拴在树下，用树叶喂羊。天黑问羊饱了没，山羊说吃得好。⑦山羊告诉老头三儿子拴了它一天，老头赶走三儿子。⑧老头去放羊，问羊吃饱没，羊说饱了。回家后羊骂老头，老头把羊吃了。

屙金的动物。三年后，大儿子想回家了，他干活的主人送他能屙金子的毛驴。

模仿他人的幸运遭遇失败。①大儿子回家路上住店，店家换了他能屙金子的毛驴。②大儿子回家，告

528

诉父亲驴能屙金，父亲找来亲朋好友看。③大儿子的驴屙不出金，被人说骗人。

宝物（宝镜、宝毯、宝剑、宝壶）。 ①二儿子想回家，他的主人给他一张能上酒席的桌子。②二儿子经过换大儿子驴的店，被人把桌子也换了。

模仿他人的幸运遭遇失败。 二儿子回家，请来亲朋好友，结果桌子变不出来酒席，大家都生气了。

神奇的木棒。 ①三儿子回家，主人送他一根蹦蹦跳跳的棒子。②他来到哥哥们住过的店，他知道店家打他宝贝的主意。③三儿子带回屙金的驴、能上酒席的桌子。④三儿子把亲朋好友叫来，摆上酒席，驴屙了金子。⑤有的人打宝贝的主意，晚上来偷宝贝。三儿子蹦蹦跳跳的棒子把他们打回去。⑥三件宝贝都是从前那只山羊变的。从此，这父子四人团聚并和睦地生活在一起了。

讲述者：马全林，男，37岁，回族，沙湾县金沟河乡南干渠村农民。采录者：徐光勇，男，29岁，汉族，沙湾县金沟河乡文化站干部。采录时间：1990年。采录地点：沙湾县金沟河乡南干渠村。新疆卷，第 978—981 页。

0598. 禾克与主麻

（回族 米泉市）

三兄弟（两兄弟、三公主）。①主麻和禾克是兄弟，主麻是哥哥。主麻娶了媳妇，住在正房，禾克住在一间窄小的边房里。②嫂子觉得禾克是累赘，想赶他出去。③主麻和媳妇为了禾克的田地，打算除掉禾克。④主麻骗禾克到一个没有人烟的庄子，把禾克推进枯井。

偷听话。禾克在井里听到两个大仙在上面说话，一个说烧死蜘蛛精能治好刘员外女儿的病，一个说刘员外家门前的老榆树下有暗河。说完两位大仙就走了。

奇异的婚姻。①脚夫路过井边，救出禾克。②禾克到刘员外家，看到刘员外悬赏招婿，只要能治好他女儿的病。

仙药。①禾克烧了蜘蛛精，治好刘员外女儿莫燕的病。②禾克娶了莫燕。

生命水。①禾克找到了老榆树下的水源，庄子的百姓都在赞颂他。②刘员外觉得禾克的威信胜过了自己，想除掉禾克。③刘员外栽赃禾克偷元宝，赶走了禾克。④莫燕追赶禾克，两人相依为命，乞讨度日。

救了树上的鸟。①禾克救了树上神鹰的孩子，神鹰要报答他，给了他三根羽毛。②禾克和莫燕走过一个又一个庄子，莫燕病倒。

骑在鸟背上飞走。①禾克用了一根羽毛，向神鹰要农具谷种，神鹰带他们去了太阳金山装金子。②禾克只拿了一把金锄、一撮金谷子。神鹰见禾克不贪财，让他用了剩下的两根羽毛。③一只老神鹰送了禾克一座牲口圈和一栋新房子。④禾克和莫燕过上富裕美满的日子。⑤有一天，有人上门要饭，是刘员外、主麻夫妇。⑥禾克和莫燕让儿子招待了他们，分给他们土地和家产。

模仿他人的幸运遭遇失败。①他们不知足，知道禾克钱财的来历后，他们去找神鹰。②神鹰带刘员外和主麻去太阳金山。③他们太贪心，只顾装金子，被太阳烧死了。

讲述者：韩生元，男，70岁，回族，米泉市长山子乡马场湖村农民。采录者：祁文娟，女，28岁，回族，昌吉回族自治州教师。采录时间：1989年。采录地点：米泉市长山子乡马场湖村。新疆卷，第1053—1058页。

锡伯族

《中国民间故事集成（新疆卷）》收入锡伯族故事42个。以下提供本书编制的锡伯族故事类型样本9个。

0301. 伊犁马的传说

（锡伯族　察布查尔锡伯自治县）

龙马的故事。1.进贡龙马。①清朝末年，伊犁河南岸屯垦戍边的锡伯营里年年出龙马宝驹。②皇帝得知，传旨叫锡伯族人每年给朝廷进贡龙马。2.龙马的诞生。①一个春天的晚上，从土船泉的浪花中腾飞出一匹高头公马，长啸一声钻进母马群中。②这匹公马是土船泉的奥秘。③它是准噶尔时代的一匹龙马。

3. 龙马的愤怒。①两个牧马人要用套马环套住龙马，龙马腾空而去，跳进土船泉里不见了。②愤怒的龙马当夜又从土船泉里出来，一夜间把所有母马肚里的马驹都踢掉。③龙马跳进土船泉里再也没有出来。4. 龙种。①母马群里唯一没被踢掉马驹的母马，一胎生下两匹小马驹。②在哈达山的悉心照料下，它们长为两匹光溜英俊的宝马。5. 龙脉的遗传。①哈达山靠这两匹宝马龙驹，一代又一代繁殖了几十匹、几百匹龙马。②因锡伯营处在伊犁河畔，后来人们也管这些龙马叫伊犁马。

讲述者：西布产，男，82岁，锡伯族，察布查尔锡伯自治县人。采录者：赵春生，男，锡伯族。采录时间：1983年。采录地点：察布查尔锡伯自治县。新疆卷，第427—428页。

0618. 三兄弟

（锡伯族　察布查尔锡伯自治县）

英雄出征。①一家有三兄弟，家里牛马不翼而飞。②三兄弟出门去寻找牛马。

被妖怪抢来的女子。蟒古斯妖怪。①老三在路上遇见被七个蟒古斯掠走的姑娘。②他得知自家的牛马群也是被蟒古斯所抢，决定去杀死蟒古斯，救出姑娘，找回牛羊。

地洞。1.找到洞口。①姑娘带老三来到蟒古斯老穴的洞口。②老三守在洞口，砍下七个蟒古斯的头颅。2.朋友成为叛徒。①老三带着牛马群和姑娘返家途中遇到了两个哥哥，哥哥嫉妒他。②两个哥哥设计砍伤了老三的双腿，老三血流不止。

仙药。1.治愈。老三在打猎中发现能治愈伤口的大白石，他用大白石治好了自己的双腿。2.把找到宝物的人留在井中。①老三在返家途中追上哥哥。②哥哥把老三推入枯井中。

地下世界。1.老三来到地下世界。2.杀死树下的蛇。①老三看见一棵大树，树上缠着一条大蟒。②大蟒要吃树上的雏鸟。③他杀死大蟒。3.救了树上的鸟。①雏鸟得救。②老鹰赶回，感谢老三救了它的孩子。

回到地面（抓住树冠、骑鸟）。1.动物报恩。①老鹰让老三准备够它吃一百口的羊。②众人视老三为英雄，帮他找来老鹰要的羊。2.骑在鸟背上飞走。①老三把羊送给老鹰，老鹰让老三骑到它背上，告诉老三它每掉一次头就喂它一口羊肉。②老三照老鹰的话去做，快到井口时，羊肉没有了，老三就从大腿上割下一块肉喂给老鹰。③老鹰把老三送回地上，吐出了老三的肉，贴回他的腿上。

英雄回家。1.杀死妖怪。①老三与母亲和姑娘团聚。②母亲告诉他，两个哥哥都娶了妖婆，妖婆把她们赶出家门。③老三拔出短刀直闯家门，把两个哥哥剁成肉泥。2.牛虻等的来历。①锡伯族人传说，老大和老二贪心不死，碎尸大的变成牛虻，次大的变成马蝇，小的变成蚊子。②从此世间有了这些叮人吸血的害虫。

讲述者：灵梅，女，61岁，锡伯族，察布查尔锡伯自治县乌珠牛录人，家庭妇女。采录者：吴文龄。采录时间：1981年。采录地点：察布查尔锡伯自治县乌珠牛录。新疆卷，第1112—1117页。

0254. 老鼠、蛇、蚊子、燕子和人

（锡伯族　察布查尔锡伯自治县）

创世纪。①混沌时代，洪水淹没大地，天神阿布凯厄真为不使生灵绝种，派人造了一艘大船，从所有的生灵中选出公母各一放到船上，欲待洪水退后，再把它们放回大地繁衍生息。②老鼠在船上闲不住，竟把船底板啃出一个洞，大水顿时从洞口灌入舱内。③蛇挺身而出，用身体堵住洞口，避免了沉船之灾。④洪水退走，阿布凯厄真收回大船，发现船底有洞，查问得知是老鼠打的，便下旨让老鼠从此打洞过活，并让众生灵监督它白天不得乱跑。⑤阿布凯厄真得知是蛇堵住洞口救了大家，便将蛇传来，要重赏它。

弱小动物战胜大动物。①蛇向阿布凯厄真诉苦说凡间的各种生物都欺辱它，阿布凯厄真便赏它一套毒牙。②阿布凯厄真又问蛇喜欢吃什么肉，蛇说没吃过肉，说不上来。③阿布凯厄真派蚊子到凡间品尝各种肉的味道，回来禀报，以确定蛇的食物。④蚊子下凡三天还没回来，阿布凯厄真等得不耐烦了，便派燕子下去把蚊子找来。⑤燕子找到蚊子，得知蚊子通过三天三夜的品尝，认为

人肉最香。⑥燕子和人是好朋友，它怕蚊子回去向阿布凯厄真禀报后，人会成为毒蛇的食物，便设计骗蚊子伸出舌头，把蚊子的舌头咬断了。⑦燕子带蚊子来见阿布凯厄真，阿布凯厄真问蚊子什么肉最香，蚊子失去舌头只能"嗡嗡"。⑧阿布凯厄真听不懂蚊子的话便问燕子，燕子说蚊子说的是青蛙肉最香，阿布凯厄真便下旨今后蛇吃青蛙肉。⑨燕子受命陪蛇下凡吃青蛙肉，蛇觉得青蛙肉很难吃，才知道是燕子搞的鬼。⑩蛇很生气，猛扑过来，要用阿布凯厄真赏它的毒牙咬死燕子。

动物失去身体的一部分。燕子躲避不及，尾巴被蛇咬下一块。

讲述者：石头，男，30岁，锡伯族，察布查尔锡伯自治县人。采录者：佘吐肯、忠录。翻译者：忠录。采录时间：1981年。采录地点：察布查尔锡伯自治县。新疆卷，第366—367页。

0315. 老人为什么受尊敬

（锡伯族　察布查尔锡伯自治县）

动物神灵。①很早以前，大地上蚊虫成灾，每年都有人被它们夺走生命。②人们以为这是神在作怪，恐惧又崇敬，便每年挑选一对幼童，以供奉蚊虫。③那时连年干旱，人们的食物不足，便将年过半百的老人抬到山上扔下深沟摔死，以省下食物给年轻人吃。

花甲生藏（国王请教老人）。1. 把父亲藏在洞里。①村里有位年轻人很孝顺，不忍心把父亲抬到山上摔死，把他藏在地窖里悄悄敬养。②旱情严重时，父亲让儿子带上石锨、葫芦和木桶朝南走，直到看到一条沟壑里的一棵大树，坐在树下等，会看到一只乌鸦飞来。③儿子照父亲的话去做，果然等到了乌鸦，他追踪乌鸦来到一块芦苇地上。2. 生命水。①儿子在乌鸦落脚的地方挖土，挖出清泉，将葫芦和水桶灌满泉水，回到家中。②儿子将泉水的秘密告诉乡亲们，带领大家打来了救命的泉水。③年轻的君王听说了这件事，派人传来年轻人，年轻人向君王讲述了事情的经过。④君王叫年轻人将父亲领来，并询问老人从地下挖出水的智慧是如何得到的，老人坦言是他的祖父在世的时候告诉他的。⑤君王没有追究年轻人违抗宗法窝藏老人的罪过，但命第二年将老人背到山上摔死。⑥供奉幼童仪式的日子到了，这一年轮到君王的女儿和年轻人的儿子被供奉给蚊虫，幼童哭叫着求人搭救。⑦年轻人的父亲等众人离开后，悄悄拾来杂草树枝等点燃，用浓烟赶走了蚊虫，使两个幼童幸免于难。⑧消息传到君王耳中，君王下令废除了残忍对待老人的法规。

讲述者：维祖，男，57岁，锡伯族，察布查尔锡伯自治县依拉齐牛录人，农民。采录、翻译者：忠录。采录时间：1989年。采录地点：察布查尔锡伯自治县依拉齐牛录。新疆卷，第443—445页。

0476. 放牛娃和仙女

（锡伯族　察布查尔锡伯自治县）

动物神灵。①小伙子放牛来到大森林边，路遇一只被猎人追赶的受伤的小鹿。②小鹿向小伙子求救，小伙子帮助小鹿躲过猎人的追杀并为它治伤。

兽皮（穿上或烧掉兽皮）。①小鹿感激放牛娃，告诉他在日出方向第十道山梁顶上有一座美丽的湖泊，天上的七仙女常下凡到湖里洗澡，七妹最贤惠美丽，只要把她的衣裳偷偷藏起来，她就会成为他的妻子。②放牛娃照小鹿的话去做，来到七仙女洗澡的湖泊，藏起了小仙女的衣裳。③小仙女洗完澡找不到衣裳，只得被留在凡间。

牛郎织女。①放牛娃与小仙女结为夫妻，生活甜蜜，还生下了一双儿女。②转眼五年过去了，小仙女母亲的生日将至，小仙女不得不回天庭贺寿。③小仙女趁放牛娃醉酒问出了自己彩衣的下落，她找回彩衣，带着两个孩子飞回天宫。④放牛娃失去了妻子和儿女十分忧郁，在野地放牛时又遇到了小鹿，他把自己的遭遇向小鹿诉说。

生命树。①小鹿告诉放牛娃，在日落方向五百里以外有棵桃树，树上结了一个大桃，吃了大桃可以几个月不饿，再走五百里就可见到通天梯，沿梯攀登便可达天宫，天宫西边有一座宫门，在门外玩金银嘎乌骨游戏的两个孩子便是他的一双儿女。②他只要拿走他们的嘎乌骨，便可与妻子见面。

奇异的婚姻。①放牛娃照小鹿的话去做，果然来到天宫，与妻子团聚。②妻子嘱咐他无论岳母提出什么难题都要与她商量，切不可自作主张。

为娶亲满足国王苛刻条件。①放牛娃拜见岳母，岳母让他到北山顶上取一颗洁白的宝石。②放牛娃把岳母的任务告诉妻子，小仙女告诉他北山顶上的白宝石，是毒蛇国的命根子，由三头蛇精日夜守护，又取来一把镀金的宝剑和一块绸缎方巾给他。③放牛娃佩上宝剑，坐着绸缎方巾，来到北山顶，与毒蛇英勇搏斗，最终取回白宝石献给岳母。④岳母又让放牛娃到东山顶上取一朵牡丹花。

生命水。①放牛娃把岳母的条件告诉妻子，小仙女告诉他东山顶的牡丹花下有一窝成精的蜜蜂，又交给他一瓶神水，让他遇到蜂群追击时把水洒出去。②放牛娃坐着绸缎方巾来到东山顶，摘下牡丹花，并洒出神水躲过蜜蜂的追击，取回牡丹花献给岳母。③岳母又让放牛娃到西山猴子王国去取打更的金钟，才把女儿许配给他。

宝物（宝镜、宝毯、宝剑、宝壶）。放牛娃把岳母的话告诉妻子，小仙女告诉他金钟是西山猴子王国的国宝，又用马莲草叶编织了一匹小马，还拿出木梳、篦子各一把和一面铜镜交给他，并告诉他使用的口诀和方法。

猴地藏。①放牛娃照妻子的话去做，扮作泥佛被抬进猴子国，趁黑找到了金钟。②放牛娃带着金钟逃走，众猴追赶，放牛娃照妻子的话去做，果然得以逃脱，将金钟献给岳母。③小仙女和放牛娃带着两个孩子坐上神丝巾，逃出天宫。④小仙女的母亲前来追赶，她拔下头上的玉簪扔了过去，玉簪落在放牛娃和小仙女中间，变成了滔滔大江，隔开了这对恩爱的夫妻。⑤从此，放牛娃和小仙女只能隔江相望，每天都因不能相聚而哭泣。⑥夜深人静时，如果你到屋外屏息静听，就能听到他们夫妻俩呜呜的悲泣声。

讲述者：格吐肯，男，39 岁，锡伯族，察布查尔锡伯自治县人。采录、翻译者：忠录，锡伯族。采录时间：1983 年。采录地点：察布查尔锡伯自治县。新疆卷，第 647—655 页。

0537. 青蛙儿子
（锡伯族　察布查尔锡伯自治县）

奇异出生。①一对老夫妻家境贫寒，没儿没女。②老爷爷到井边打水，一只青蛙喊他爸爸，他把青蛙带回家，青蛙喊老奶奶妈妈，老两口很高兴，决定收留青蛙作儿子。

青蛙丈夫。①青蛙向老两口请求给自己娶个媳妇，还指名道姓地说东边嘎善巴音家有位容貌出众的小姐，要老爷爷去求亲。②老爷爷被青蛙儿子纠缠得没办法，只好答应去求亲。③老爷爷来到巴音家求亲。④巴音听说老爷爷的儿子是一只青蛙很生气，狠狠打骂了老爷爷，把他赶出家门。⑤老爷爷回到家，怪青蛙儿子害他被打，并劝他不要再做娶妻的美梦。

仙药。①青蛙儿子用黄纸包着的粉末治好了老爷爷的伤，恳求他再去求亲。②老爷爷被青蛙儿子纠缠得没办法，只好答应再去求亲。③老爷爷再次来到巴音家求亲，被巴音家的打手们毒打致死。④毛驴驮回老爷爷的尸体，青蛙儿子用黄纸包着的粉末使老人死而复活，恳求他再去求亲。⑤老爷爷看到青蛙儿子神奇的本领，答应再去求亲。⑥老爷爷又来到巴音家求亲，巴音挥动大棒打死了老爷爷，把尸体烧成灰烬装进褡裢，驮在毛驴背上，把它赶走了。

生命水。①青蛙儿子提来一盆清水，把灰烬和成泥团，捏成爸爸的模样，拿出黄纸包里的粉末吹了一口，老爷爷又复活了。②老爷爷决定再去求亲。

为娶亲满足国王苛刻条件。①老爷爷又来到巴音家求亲，巴音只得将老爷爷迎进屋里以礼相待，他提出条件，若能一夜间在两村的河上搭起金桥，便把女儿许配给青蛙儿子。②老爷爷回家后把巴音的条件告诉青蛙儿子，青蛙儿子夜晚来到井边，向二哥借来金刚神鞭，他在河上挥舞神鞭，一夜间金桥落成。③巴音见到金桥，只得把女儿嫁给青蛙儿子。④新娘被接到青蛙儿子家中，婚礼办完，晚上青蛙对新娘说他有事要出去。⑤午夜，新娘听到有人敲门，她从门缝里看到是一位仪表堂堂的小伙子，小伙子再三要求进门，都被新娘拒绝了。⑥新娘把夜里发生的事告诉青蛙丈夫，青蛙说应该放小伙子进来，新娘坚决拒绝了。⑦一连三个晚上，都发生了这样的事，新娘觉得很蹊跷。⑧第四天晚上，新娘悄悄跟在出门办事的丈夫后面，看到他来到一棵大树下，脱去青蛙的花皮衣，立刻变成了一位眉清目秀的英俊小伙子。

兽皮（穿上或烧掉兽皮）。①新娘一把夺下青蛙皮，要把它撕烂。②青蛙丈夫告诉新娘，自己本是天宫里的仙童，因和二哥一起违抗了天法，被发配到了人间。

神的惩罚。①丈夫说，自己一百年中不能脱掉青蛙花皮衣，否则就要受到加倍的惩罚，他恳求新娘再等三天。②新娘把花皮衣还给了丈夫。③三天后，青蛙儿子永远摆脱了苦刑，和心爱的妻子一起，孝敬父母，过上了幸福的生活。

　　讲述者：石头，男，30 岁，锡伯族，察布查尔锡伯自治县堆依齐牛录人，农民。采录者：余吐肯，忠录。翻译者：忠录。采录时间：1981 年。采录地点：察布查尔锡伯自治县堆依齐牛录。新疆卷，第 872-875 页。

0594. 瘸腿驸马

（锡伯族　察布查尔锡伯自治县）

三兄弟（两兄弟、三公主）。老人生养了三个儿子，老大、老二已娶亲，老三是个瘸子，尚未成亲，老人很为他担心。

父亲的遗嘱。①老人临终前把三个儿子叫到床前，问儿子们他死后打算给他做什么样的棺材。②大儿子说做木棺材，二儿子说做榆木棺材，三儿子说做铁棺材。③老人留下遗嘱，让三个儿子为他做一口铁棺材，出殡时不用车装，用一条铁链子拖，断在什么地方，就把他埋在什么地方。④老人死后，三个儿子按照他的遗嘱，把他装进铁棺材，用铁链才拖出南大门，大儿子就不想再往前拖，便回去了，到了南山坡，二儿子也放弃了。⑤老三坚持把父亲的铁棺材拖到南山坡的坟地，铁链断了，老三按照父亲的遗嘱，把他葬在这里。⑥父亲去世后，老大和老二不关心老三，把院里院外的活儿全推在他身上。⑦父亲的百日祭到了，老大和老二也不愿去上坟，老三只得独自来到坟地。

神奇的皮袋。①老三在父亲的坟前哭累了便睡着了，忽然看到父亲走到他面前，让他到上坟的小路上取一个神奇的口袋，告诉他不久他便会借助这个口袋成为驸马。②老三照父亲的话去做，果然找到了口袋，他把口袋藏在胸襟里带回家了。

为娶亲满足国王苛刻条件。①几日后，国王果然举行了选驸马仪式，规定在三天内，谁能骑着龙马上到九十九层楼阁中，与公主共饮一杯酒，取下公主手上的金戒指，谁便可成为驸马。②老大和老二争着骑上好马去应试，老三骑瘸腿马去应试。③老三骑着瘸腿马来到野外，用小口袋变出一匹黑色龙马、一件黑色长衫和一顶黑色礼帽，风驰电掣般地来到应试场。④第一天应试的人最多能上到三层，而老三骑着黑龙马飞奔到四十九层。⑤第一天的应试结束，老三换上破衣裳，骑着瘸腿马回家了。⑥第二天，两个哥哥争先恐后地出发了，老三又恳求了两个嫂子一番后，骑着那匹瘸腿马来到老地方。⑦老三用小口袋变出一匹白色龙马、一件白色长衫和一顶白色礼帽，赶到应试场。⑧老三骑着白龙马飞奔到九十九层。⑨第二天的应试结束，老三又换上破衣裳，骑着瘸腿马回家了。⑩第三天，老三再次用小口袋变出一匹黄色龙马、一件黄色长衫和一顶黄色礼帽，直奔应试场。⑪三这次骑着黄龙马直奔九十九层楼阁，喝下公主献上的酒，又戴上公主敬献的金戒指下来了。⑫为了保密，老三在戴戒指的手上缠上厚布，又换上破衣裳，骑着瘸腿马回家了。

魔戒（磨石）。 ①国王派人在全国寻找得到公主金戒指的人，终于找到了老三，把他接回皇宫。②国王嫌老三是个瘸子，但还是按照许诺招他为驸马。③公主爱上老三，二人结为夫妻。④老三的诚实和勤劳深深地感动了国王，他成了国王的得力助手。

讲述者：丰连，男，50岁，锡伯族察布查尔锡伯自治县堆依齐牛录农民。采录者：赵春生。采录时间：1982年。采录地点：察布查尔锡伯自治县堆依齐牛录。新疆卷，第1041—1044页。

0770. 芦笛

（锡伯族　察布查尔锡伯自治县）

音乐（乐器）的由来。①嘎善有个小伙子，父亲早故，母亲抚养他，他非常喜爱吹芦笛。②富户家有位姑娘，每天听到小伙子的笛声，很想去见见吹芦笛的人，可父母不许。③姑娘相思成疾，父母只得依照她的愿望，派人去请吹芦笛的小伙子。④小伙子对姑娘一见钟情，回家后也相思成疾，一病不起。⑤小伙子求母亲到姑娘家，请姑娘到他家探病。⑥姑娘的父母拒绝了，也没有把小伙子生病的事告诉女儿。

会唱歌的石头。①小伙子的病越来越重，临死前，他让母亲在他死后将他的腹腔剖开，用他的心血濡染芦笛，并把芦笛锁在柜子里，百日之后再拿出来，芦笛便自己会唱歌，母亲可以靠它过日子。②小伙子死后，母亲照他的遗愿去做，果然得到一只可以自己唱歌的芦笛。③母亲用芦笛在街市上挣钱糊口，笛声被姑娘听到了，立刻派人把吹笛人请进家。④母亲被带到姑娘面前，她把小伙子的事全部告诉了姑娘。⑤姑娘夺过芦笛，紧紧地抱在怀里，芦笛突然钻进姑娘的肉里，姑娘死了。⑥大伙儿把姑娘和小伙子埋在一个坟墓里，祝愿他俩死后能结成恩爱夫妻。

讲述者：伊丽华，女，60岁，锡伯族，察布查尔锡伯自治县堆依牛录农村妇女。采录者：忠录。翻译者：忠录。采录时间：1981年。采录地点：察布查尔锡伯自治县堆依牛录。新疆卷，第1574—1576页。

0834. 活佛

（锡伯族　察布查尔锡伯自治县）

求助。①贫穷的母子俩相依为命，儿子长大后却不孝敬母亲，成天挖空心思想进入佛门学法。②儿子抛下母亲，启程去寻访活佛学法。③儿子走遍名山大川，寻访活佛，但谁也不知道活佛在哪里。④一天，儿子来到一座名山，山中壮丽宏伟的庙宇里坐着一位和尚，儿子向他询问活佛在哪儿，他告诉儿子"活佛者，反穿衣，倒穿鞋者是也"。⑤儿子见寻找活佛无望，便垂头丧气地回家了。⑥夜里，儿子回到家，边喊娘边叩门，母亲又惊又喜，连忙来开门，慌忙中不觉把衣裳穿反了，鞋子穿倒了。⑦儿子见到因思念自己而反穿衣服、倒穿鞋的母亲，恍然大悟，原来母亲就是自己历经千辛万苦要找的活佛。⑧从此，儿子孝敬母亲，母亲疼爱儿子，被人们传为佳话。

讲述者：白洁尔，女，69岁，锡伯族，察布查尔锡伯自治县人。采录者：赵春生。采录时间：1985年。采录地点：察布查尔锡伯自治县。新疆卷，第

1760—1761 页。

达斡尔族

《中国民间故事集成（新疆卷）》收入达斡尔族故事 27 个。以下提供本书编制的达斡尔族故事类型样本 4 个。

0785. 年轻的夫妇

（达斡尔族　塔城市）

寻找金角羊。1. 为娶亲满足国王苛刻条件。①可汗和侍从们到深山峡谷狩猎，将波克乔路美丽的妻子抢入王宫。②波克乔路的妻子利用法术，帮助远在山中的丈夫猎取了一只巨大的金角鹿。③可汗答应，如果波克乔路将金角鹿献给他，便放了波克乔路的妻子。④波克乔路真的带回了金角鹿，可汗便放了他的妻子。⑤可汗忘不了波克乔路妻子的美貌，召波克乔路进宫，说金角鹿跑了，让他再去找，要害死他。⑥波克乔路照妻子的话去做，又逮住了那只金角鹿，送回宫殿。2. 仙药。①可汗让波克乔路去找白、棕、黑三色，与熊头一样大的熊胆，否则就绞死他，限期十五日。②波克乔路的妻子告诉他取熊胆的方法，但时间不够用。③波克乔路和妻子向亚得根老太婆求助，老太婆答应了。④他们看见三只不同颜色的大熊被铁链拴在树上，互相厮打。⑤他取到与熊头一样大的三色熊胆。⑥他把熊胆进献给可汗，可汗只好放走波克乔路。

英雄的助手帮他战胜敌人。1. 阴谋。①可汗假意将五十张熊皮制成的窝棚送给波克乔路。②可汗派人半夜去放火焚烧窝棚，想烧死波克乔路。2. 猎鹰。①一只巨大的黑鹰飞来，从火中叼起波克乔路，把他送回家。②波克乔路和妻子决定再次向亚得根老太婆求助，老太婆答应了。③次日，可汗在山中狩猎，飞来一只巨大的黑鹰，叼起可汗扔进深渊，把可汗摔死了。3. 从此，波克乔路夫妇过着幸福生活。

讲述者：郭·巴尔登，男，68岁，达斡尔族，塔城市地区电影公司，退休干部，中专文化。采录者：郭·白玲。采录时间：1985年3月。采录地点：塔城市。新疆卷，第1629—1631页。

0352. 佩带马罗神袋的传说

（达斡尔族　塔城市）

动物神灵。①达斡尔人在黑龙江时，与温库尔人同出打猎，温库尔人满载而归。②达斡尔人却一无所获。

神奇的皮袋。①达斡尔人问其缘故，温库尔人说他们有马罗神的帮助和保佑，并从腰中掏出一个用线系着的白口袋，告诉达斡尔人他们的马罗神就在这口袋里。②达斡尔人想要，温库尔人说可以买，于是达斡尔人出一头三岁牛把口袋买回。③从此，达斡尔人出外打猎也能猎取很多动物。

仙药。①白布口袋中装有各种各样的木头人、鸟、蚊、木梳等物，若家中有人生病，请巫师敬神用温库尔话念咒，并宰羊把羊血涂在这些木头人、鸟、蚊的口上，羊肉分给大家吃，据说可以消灾。②从此，达斡尔人有佩带马罗神袋的习惯。

讲述者：郭·巴尔登，男，68岁，达斡尔族，塔城市地区电影公司，退休干部，中专文化。采录者：郭·白玲。采录时间：1992 年 6 月。采录地点：塔城市。新疆卷，第 487—488 页。

0372. 端午节祭 "绰罗熬博"

（达斡尔族　塔城市）

森林广场。村里有一位勇敢的猎人与恶狼奋力搏斗，将恶狼赶出村庄，把恶狼朝深山老林撵去。

地洞。①猎人在途中发现一个山洞，他来到洞口，被一阵大风刮昏。②大风过后，猎人变成了一个石头人。③绰罗与财主的儿子布库上山捉雀迷路，被一阵大风刮入深洞。

地下世界。①绰罗在洞中摸索爬行，找到一块明亮耀眼的宝石。②一个长者的声音告诉他这里是龙宫，去年他的父亲带箭来到这里。③他若饿了，只要舔一舔身边的宝石，就不会饿。④等到明年的这一天，将有一个上天的龙子带他出洞，只要他有一颗善良的心，就一定会回到他母亲的身旁。⑤他在洞中熬过了一年。

　　回到地面。一天，绰罗入睡后又听到长者的声音，长者告诉他明天是龙子出洞上天的日子，只要他骑在小龙背上，就可以顺利出洞。

　　宝物（宝镜、宝毯、宝剑、宝壶）。长者还嘱咐他临走时务必带上一些宝石，宝石会帮助他孝敬母亲，给人间带来幸福。绰罗照话去做，拿了一小块儿宝石，骑龙出洞。

　　仙药。①绰罗回到家中，用从龙宫带来的宝石，使哭瞎双眼的母亲复明，但宝石遇到泪水不断融化，很快就用完了。②布库家遭遇大火，父亲病怒交加去世，布库母子靠要饭度日，绰罗帮助布库家。

　　模仿他人的幸运遭遇失败。布库的母亲十分贪心，她听说了绰罗在龙宫的经历，劝说儿子布库也到龙宫去寻宝。

　　地洞。①次年龙抬头的前夜，布库穿着母亲缝制的一件又肥又大满身是兜的衣服，进入黑洞。②布库进洞后，将龙宫的宝石尽情装进衣兜，坐等出洞之期到来。③一年后，出洞之期终于到来，布库因携带了太多的宝石，在出洞时撑塌了洞口，布库连同无数宝石重又掉进洞中，化成了清泉水，龙宫也不复存在了。④布库的母亲在洞外等待儿子取宝归来，见地下涌出清泉水，气死在泉眼旁边。⑤绰罗母子在泉眼边垒起一块石头，上面摆上最好的供品，以此感谢神龙相救之恩，告慰猎人和布库母子俩的亡灵。⑥村民得知这股泉水来历不凡，也纷纷效仿绰罗母子，来此祭奠龙神。

麻扎。①达斡尔人每逢端午节都要起早赶到神泉来，献上一颗代表自己忠心的石子，并摆上供品祭祀。②日久年长，熬博越垒越大，大家都把它称作"绰罗熬博"，相信祭奠"绰罗熬博"会给生者带来吉祥如意。

讲述者：郭·巴尔登，男，68岁，达斡尔族，塔城市地区电影公司，退休干部，中专文化。采录者：郭·白玲。采录时间：1992年6月。采录地点：塔城市。新疆卷，第512—514页。

0595. 兄弟仨

（达斡尔族　塔城市）

三兄弟（两兄弟、三公主）。老人有三个儿子，老大和老二不孝顺，老三是个秃子却十分孝顺。

父亲的遗嘱。①老人去世前把三个儿子叫到床前。②老人让儿子为他做一口铁棺材，拉到山顶上埋葬。③老人死后，三个儿子遵照父亲临终嘱咐，把老人的尸体装在铁棺材里套上铁链子往山顶上拉。④三个儿子从早上拉到太阳落山，也没能把棺材拉上山，天黑了，老大和老二把棺材扔在半山腰走了，老三坚持留下来为父亲守灵柩，在棺材旁睡着了。

托梦。①父亲托梦。让老三朝着太阳升起的地方一直走，会遇到三个一模一样的山岗，绕着三个山岗连拜三次，每个山岗就会有一扇门打开，每个门里都有一匹鞍具齐全，驮有盔甲、弓箭的好马。②老三把父亲的灵柩拖到山顶埋葬好就出发了。

神奇的战马。①老三朝父亲说的方向走，果然看到三个很特别的山岗。②他照父亲的话去连拜三个山岗，依次得到了雪白骏、白盔甲和弓箭，金黄骏、绿盔甲和弓箭，绒黑骏、黑盔甲和弓箭。

为娶亲满足国王苛刻条件。①管辖几个村落的头官为三女儿选女婿，广告天下要举行赛马比箭。②比赛第一天，老大和老二去参加比赛，但没有人能射中。③第二天，老三从东方唤来雪白骏，他骑

557

上雪白骏,穿上白盔甲,搭上箭,来到头官选女婿的赛场。

箭法超群。①老三骑着雪白骏超过了三女儿骑的六条腿的走马,连射三箭,有一箭射中了中萨克。②老三回到家,脱下白盔甲,放走了雪白骏,装作一切都没发生过。③第三天,老三从东方唤来金黄骏,他骑上金黄骏,穿上绿盔甲,搭上箭,又来到头官选女婿的赛场。④老三骑着金黄骏超过了三女儿骑的六条腿的走马,连射三箭,射中两箭。⑤老三回到家,脱下绿盔甲,放走了金黄骏,又装作一切都没发生过。⑥第四天,老三从东方唤来绒黑骏,他骑上绒黑骏,穿上黑盔甲,搭上箭,再次来到头官选女婿的赛场。⑦老三骑着绒黑骏超过了三女儿骑的六条腿的走马,连射三箭,箭箭射中,头官手下的人在他脑门上打下官印。⑧老三回到家,脱下黑盔甲,放走了绒黑骏,对两个哥哥说病了,不起炕,整天蒙头躺着。⑨三天后,头官手下人来到兄弟仨家查找脑门上有官印的小伙子,找到了老三,把他领走了。

讲述者：宁烁尔，女，56岁，达斡尔族，塔城市达斡尔民族乡农民，不识字。采录者：吉康。翻译者：英寿。采录时间：1993年6月。采录地点：塔城市达斡尔民族乡。新疆卷，第1044—1047页。

俄罗斯族

《中国民间故事集成（新疆卷）》收入俄罗斯族故事13个。以下提供本书编制的俄罗斯族故事类型样本2个。

374. 鸽子救耶稣

（俄罗斯族　乌鲁木齐市）

动物朋友。1.耶稣蒙难。①耶稣被他的反对者捉住，受尽磨难，被钉在十字架上，扔在荒野上。②士兵怕受刑者没有死，用刺刀去捅他们。2.获救。①当士兵去捅耶稣的心脏时，一只鸽子落在耶稣的心脏的位置。②耶稣得救。3.俄罗斯族把鸽子视为天使的化身，从不吃鸽子肉，并在教堂正面祭坛墙壁上雕刻了鸽子的图案。

地名的由来。①爱护鸽子、不吃鸽肉不仅成为俄罗斯族的习俗。②鸽子图案是俄罗斯族的宗教信物。

讲述者：娜佳，女，75 岁，俄罗斯族，乌鲁木齐市人，不识字。采录者：滕春华，女，俄罗斯族，新疆大学中文系教授。采录时间：1989 年。采录地点：乌鲁木齐市。新疆卷，第 516 页。

0633. 寒冷老人

（俄罗斯族　乌鲁木齐市）

灰姑娘。老太婆娇宠自己的女儿，想把丈夫的前妻的女儿害死。

森林广场。①冬天，老太婆叫前妻的女儿到森林里捡干树枝，想把她冻死在森林里。②女孩走进森林，来到一棵高大的柏树前。③寒冷老人从树枝上跳了下来，请女孩为他缝一件衬衫。④女孩缝了一夜，把衬衫缝好了。

宝物（宝镜、宝毯、宝剑、宝壶）。①寒冷老人看了衬衫非常满意，给女孩穿上貂皮大衣，围上花围巾。②寒冷老人给女孩一个铁皮箱子，把她送到了大路上。③老头回到家听说女儿到森林里去了，便去森林找女儿。④他看到女孩穿着漂亮的衣服坐在路边。⑤他带着女孩和礼物回家。

模仿他人的幸运遭遇失败。①老太婆得知了寒冷老人的事，让自己的女儿穿好衣服，围好围巾，又塞了一包油炸包子，把女儿送到了森林里。②老太婆的女儿在一棵高大的云杉树下等寒冷老人。③寒冷老人从树上跳了下来，老太婆的女儿向他要礼物，他请老太婆的女儿为他织一双手套。④老太婆的女儿把编织针扔在雪上，用脚把线团踢开，不肯织手套。⑤寒冷老人摇了摇头，刮起了暴风雪。⑥老太婆的女儿被埋在雪里。⑦老太婆去森林里寻找女儿，自己也被大雪吞没。

讲述者：娜佳，女，75岁，俄罗斯族，乌鲁木齐市人，不识字。采录者：滕春华，女，俄罗斯族，新疆大学中文系教授。采录时间：1989年。采录地点：乌鲁木齐市。新疆卷，第1175—1176页。

满　族

《中国民间故事集成（新疆卷）》中收入满族故事 3 个。以下提供本书编制的满族故事类型样本 1 个。

0057.　天下无敌
（满族　木垒哈萨克自治县）

英雄出征。①朝廷派大将军率兵出征西域平乱。②大将军率兵西征，在翻越天山前就地屯兵休整。

下棋娱乐。①大将军带随员便衣到县城游玩，见一酒楼悬挂"天下无敌"牌匾。②酒楼上有一座师，棋艺精湛，方圆百里无人能敌，故自书"天下无敌"牌匾。③大将军心中不服，上楼与座师下棋。④第一局座师胜，第二局大将军胜，第三局正杀得难解难分时，座师认输。

杀败敌人。①大将军让座师摘下"天下无敌"牌匾。②大将军认为对弈得胜是好兆头。便率兵启程，临行前，命手下人去确认座师已经摘下了牌匾。③大将军平乱三年，大获全胜。

比艺服输。①大将军要班师回朝，与座师下棋。②两人通宵对弈。③大将军败，亲自为座师书写"天下无敌"牌匾。

讲述者：关学林，男，55岁，满族，干部。采录者：佟进军，男，锡伯族，新疆民协。采录时间：1992年11月。采录地点：木垒哈萨克自治县。新疆卷，第62—63页。

柯尔克孜族与新疆各民族共享
70 母题统计表

　　附录三的统计方法，以附录二《以柯尔克孜族为主的新疆史诗故事类型（样本）》编制中所含全部母题为基础，选取前 70 个排序在前的母题，再次进行统计，提取出高频重复母题，统计结果用两份表表示，即表 1《新疆柯尔克孜族史诗故事高频重复母题 70 种统计表》和表 2《新疆其他各民族〈玛纳斯〉史诗故事高频重复母题 70 种统计表》。

表 1　新疆柯尔克孜族史诗故事高频重复母题 70 种统计表

排　序	母题数量	母题名称
1	70	求助
2	20	四十的风俗
3	18	英雄回家

续表

排　序	母题数量	母题名称
4	17	杀死妖怪
4	17	地名的由来
5	13	奇异的婚姻
5	13	猎鹰
5	13	托梦
6	11	找金鸟
6	11	英雄出征
7	10	仙药
7	10	英雄的助手帮他战胜敌人
8	9	寄魂物
8	9	动物朋友
8	9	宝物（宝镜、宝毯、宝剑、宝壶）
9	8	创世纪
9	8	奇异出生
9	8	英雄睡觉
9	8	为婆亲满足国王苛刻条件
9	8	忘记嘱咐
9	8	动物失去身体的一部分
10	7	兽皮（穿上或烧掉兽皮）
11	6	森林广场
11	6	龙马
11	6	生命树
11	6	命中注定的婚姻

续表

排　序	母题数量	母题名称
11	6	神奇的苹果
11	6	神奇的木棒
11	6	弱小动物战胜大动物
11	6	偷听话
11	6	三兄弟（三公主）
11	6	神的惩罚
12	5	地洞
12	5	怪柳
12	5	地下世界
12	5	被妖怪抢来的女子
12	5	纪念英雄的节日
12	5	树干发出声音
12	5	人的由来
12	5	朋友成为叛徒
12	5	骑在鸟背上飞走
13	4	生命水
13	4	超时间的成长
13	4	神奇的战马
13	4	音乐（乐器）的由来
13	4	魔女住在树中央
13	4	陵墓
13	4	会飞的画像
13	4	罗摩十二岁

续表

排　序	母题数量	母题名称
13	4	绣花（拴线）
14	3	寻找金角羊
14	3	杀死树下的蛇
14	3	救了树上的鸟
14	3	回到地面（抓住树冠、骑鸟）
14	3	质子
14	3	神奇的工匠
14	3	模仿他人的幸运遭遇失败
14	3	把找到宝物的人留在井中
15	2	动物神灵（动物崇拜）
15	2	父亲生气，把女儿嫁给穷人
16	1	找宝座
16	1	将怪柳种到王宫中
16	1	地下金树
16	1	问活佛
16	1	木师和画师
16	1	会飞的木马
17	0	在洞中与妻子相逢
17	0	佛祖（佛像）
17	0	观音
17	0	龙女
共　计		480

表2 新疆其他各民族《玛纳斯》史诗故事高频

重复母题70种统计表

排序	母题数量	母题名称
1	210	地名的由来
2	139	杀死妖怪
3	85	奇异的婚姻
3	85	四十的风俗
4	79	英雄出征
5	76	动物朋友
6	75	英雄回家
6	75	神的惩罚
7	68	托梦
8	64	三兄弟（三公主）
9	63	奇异出生
10	59	创世纪
11	57	英雄的助手帮他战胜敌人
12	54	仙药
13	52	为娶亲满足国王苛刻条件
14	51	宝物（宝镜、宝毯、宝剑、宝壶）
15	49	森林广场
15	49	弱小动物战胜大动物
16	45	模仿他人的幸运遭遇失败
17	40	生命水
17	40	地洞

续表

排序	母题数量	母题名称
18	36	猎鹰
18	36	音乐（乐器）的由来
19	35	生命树
20	34	被妖怪抢来的女子
21	33	动物神灵（动物崇拜）
22	31	寄魂物
23	29	兽皮（脱下或烧掉兽皮）
24	28	地下世界
25	27	英雄睡觉
25	27	陵墓
26	26	超时间的成长
26	26	动物失去身体的一部分
27	25	朋友成为叛徒
27	25	忘记嘱咐
28	24	神奇的战马
28	24	树干发出声音
29	23	偷听话
30	20	人的由来
31	19	神奇的苹果
32	18	会飞的画像
33	17	找金鸟
33	17	神奇的工匠
34	16	命中注定的婚姻
34	16	怪柳

续表

排序	母题数量	母题名称
34	16	骑在鸟背上飞走
35	15	神奇的木棒
35	15	回到地面（抓住树冠、骑鸟）
36	13	救了树上的鸟
36	13	把找到宝物的人留在井中
37	12	问活佛
37	12	龙马
38	11	杀死树下的蛇
38	11	父亲生气，把女儿嫁给穷人
38	11	绣花（拴线）
39	10	罗摩十二岁
40	9	纪念英雄的节日
41	7	佛祖
42	6	龙女妻子
43	5	寻找金角羊
43	5	魔女住在树中央
44	4	木师和画师
45	3	在洞中与妻子相逢
45	3	质子
46	2	观音
46	2	会飞的木马
47	1	找宝座
47	1	将怪柳种到王宫中
47	1	地下金树
48	0	怪柳与宝座
共　计		2 315

　　将表1和表2进行对比，可以看到柯尔克孜族史诗故事类型的特点，也可以看到新疆地区柯尔克孜族史诗故事与其他各民族故事的相互渗透状况。就本书讨论的中西史诗的差别看，西方史诗看重的"创世纪"母题，在这两张表中占据比例很低；相反"英雄睡觉"母题和"地下世界"母题占据比例很高，相互之间差别很明显，这对于本书的新疆史诗故事群所反映的中国史诗特质观有支撑作用。

　　对附录三统计排序结果的释读，是本书定性研究的方法之一，但这种统计结果只能相对地看，不能绝对化。绝对化就会变成简单化，反而不能说明新疆史诗故事群既有特质又能跨文化的性质。例如：两份统计表中的"地洞"和"龙马"数据都不高，但这只是现代口头文本的记录，而在中国历代经典和佛典文献对它们的记载却已超过千年。这类母题与民俗信仰仪式结合而成为民俗单元，数量不多，但重要性突出，而且不容易改变，这种精神在现实生活事实中往往发挥重要作用。

附录四

柯尔克孜族史诗故事主要
传承人信息表

新疆柯尔克孜族史诗故事主要传承人信息的资料来源有两种：（1）郎樱参与、曼拜特·吐尔地撰写《柯尔克孜文学史》中的《第五章 现代"玛纳斯奇"》❶，（2）《中国民间故事集成（新疆卷）》所附《新疆民间故事集成市、县（区）卷资料本一览表》和《新疆卷柯尔克孜族故事讲述人信息》❷。

---

❶ 曼拜特·吐尔地《柯尔克孜文学史》，乌鲁木齐：天马出版社，2005，第141-148页。

❷ 钟敬文主编《中国民间故事集成（新疆卷）》，北京：中国ISBN中心，2008。其中，阿力腾哈孜克·车奥玛依，见第1003-1006页和第2126页；居素普·玛玛依，见第439-441页；卡德尔阿洪·依布拉音，见第981-984和第2126页；苏力坦阿里·包宝带，见第2125页和第2126页；依斯拉依力·巴尔普，见第1246-1254页；托乎塔森·曼别特，见第691-692页；阿依提库力·克力木，见第1158-1161页；加哈力·阿普孜，见第1641-1644页。

新疆卷柯尔克孜族故事讲述人信息

序号	传承人家乡所在史诗流传地的地名	传承人姓名与学艺和传承系的背景	生卒年	《中国民间故事集成（新疆卷）》中传承人当年的年龄	尚未译成汉语的民族语言记录本的数量
1	乌恰县	艾什玛特，自幼跟父亲学艺，父亲是当地有名的玛纳斯奇，后师从多师。16岁登台演唱。掌握《玛纳斯》7部，其他史诗《艾尔托西图克》《库尔曼别克》《阔交加什》《加尼西与巴尔依西》等，演唱如行云流水，可以连唱数月，被国外誉为"永不停歇的歌者""中国的夜莺"	1880—1963	已过世	《玛纳斯》7卷
2	阿合奇县	居素普阿昆·阿帕依，柯尔克孜族著名的玛纳斯奇之一，曾与艾什玛特一起拜名师学艺。掌握《玛纳斯》三部，是后来居素普·玛玛依的三部的底本。多年游历国外和到国外演唱《玛纳斯》	？—1920	已过世	
3	阿合奇县	额布热依卡，跟舅舅学艺，柯尔克孜族著名的玛纳斯奇之一，他演唱的《玛纳斯》是居素普·玛玛依唱本后五卷的基础	？—1960	已过世	

续表

序号	传承人家乡所在史诗流传地的地名	传承人姓名与学艺和传承的背景	生卒年	《中国民间故事集成（新疆卷）》中传承人当年的年龄	尚未译成汉语的民族语言记录本的数量
4	特克斯县	阿力腾哈孜克·车奥玛依，出生于新疆特克斯县科克铁热克民族乡，牧民，不识字。他讲述故事近 100 篇，是一位柯尔克孜族著名的民间故事讲述家。本卷收录 20 多篇	1916—	67（1983 年）	柯尔克孜文15 万字
5	阿合奇县	居素普·玛玛依	1918—2014	65（1983 年）	
6	阿合奇县	卡德尔·阿洪·依布拉音，出生于新疆阿合奇县哈拉奇乡。1935 年到 1939 年识字读书，1987 年去世。他是柯尔克孜族民间著名的故事家，也是一个有名的玛纳斯奇。他共讲述民间故事 120 多篇，其中一部分在汉文书籍和刊物中发表	1922—	65（1987 年）	柯尔克孜文42.2 万字

续表

序号	传承人家乡所在史诗流传地的地名	传承人姓名与学艺和传承的背景	生卒年	《中国民间故事集成（新疆卷）》中传承人当年的年龄	尚未译成汉语的民族语言记录本的数量
7	阿合奇县	苏力坦阿里·包宝带，生于新疆阿合奇县。他是柯尔克孜族史诗先部落史诗的主要讲述者和传承者，他讲述的作品在民间有广泛的流传，并出版有专著《柯尔克孜史年历》。在传承部落史时的同时，他还讲述了大约100篇民间故事，均收录于各类民间故事作品集中	1922—1993	66（1988年）	
8	阿克陶县	依斯拉依力·巴尔普，生于新疆阿克陶县，牧民	1918—	74（1992年）	
9	乌恰县	托乎塔森·曼别特	1924—	63（1987年）	柯尔克孜文36.2万字
10	乌恰县	阿依提力·克力木，生于乌恰县，农民	1937—	52（1989年）	
11	阿图什市	加哈力·阿普孜，生于阿图什市吐古买提乡，农民，不识字	1934—	54（1988年）	维吾尔文20万字

　　我们在新疆地区出版的民族语言出版物中还会有其他讲述人的相关资料，但从本书研究所涉及柯尔克孜族主要传承人的资料看，上表大体可以提供基本准确的信息。

后　记

　　本书的撰写离不开多方学者的帮助和科研项目的支持，在此郑重致谢。

　　我在正文中一再说过，本书的主要研究目标不是史诗学和《玛纳斯》，但要完成本书就不能不涉及它们。提到《玛纳斯》，说我对它半点也不熟，那也不客观，它是我在北师大上课的内容，但谈到对它的研究，却还要从头学习。第一位要感谢的是中国社会科学院民族文学研究所的郎樱研究员。郎老师是我国《玛纳斯》研究的大专家，平生著作几乎都是关于这部史诗的。我们的专业不同，平时来往很少，但这一次我却几乎要天天去找她，见面的方式当然是读书，如此见面的次数也就不知有多少次。第二个要提到的是柯尔克孜族《玛纳斯》传承人居素普·玛玛依，1996 年召开第五次全国文代会时，他从新疆来北京开会，住在远望楼宾馆。这个宾馆距北师大只有一站地，钟敬文先生带我去见过他，还与老人合过影。这次写书要反复查看老人的唱本，于是我更能理解钟先生当年教育后学的深意。

本书使用了中华书局版的《列子》《搜神记》和《大唐西域记》等历史典籍，其中《大唐西域记》也是一部重要的佛学文献，由季羡林先生率领门下弟子张广达、蒋忠新、王邦维等完成校注。这次写书，让我从另一个角度领略了季门跨文化的硬实力，虽然本次引用它的条目不多，但都很关键。

研究《玛纳斯》这种国际性的文本至少需要两种以上的工作语言，即本民族语言和国际化的学术用语——英语。英语是我的工具，但民族语言是我的短板，所幸我的单位是一所招收多民族同学的综合性高校，有一批双语优秀的新疆青年人才来校就读。我由于工作的关系，成为几位新疆同学的指导教师。近八年来，我指导新疆柯尔克孜族博士研究生古丽巴哈尔·胡吉西完成了新疆汉柯对照故事类型编写、《玛纳斯》麻扎信仰仪式调查报告集和博士学位论文《新疆柯尔克孜族麻扎民俗志》；指导新疆维吾尔族本科生达吉古力·阿布都热合曼完成了新疆

汉维双语故事类型编写和《中国民间故事集成（新疆卷）
省县卷本故事类型编写与数据处理》的学士学位论文；
指导新疆哈萨克族本科生马尔江古丽·包拉提完成了《新
疆哈萨克族故事数据整理、汉哈双语故事类型编写与初
步研究》的学士论文，三篇论文都被评为校级优秀论文。
此外，还有4位新疆籍北师大本科生参加了双语释读工
作，她们是：古丽凯麦尔、买西旦、热孜宛古丽和肉山
古力。

　　查阅《中国民间故事集成（新疆卷）》的县卷本是本
项研究的必备步骤，在这个环节上，我有幸得到文化部
民族民间文艺研究中心李松主任的支持。这些县卷本都
是他率领同仁在"集成后"的时代漫天"搜神"找来的
宝贝，只为国家存藏和学术研究使用。另有11位新疆青
年学者参加了对它们的局部查阅工作，并在北师大初步
进行了编制故事类型的训练，他们是：新疆和田博物馆
的居麦尼亚孜·图尔苏尼亚孜，新疆和田民丰博物馆的
卡依木·阿布拉，新疆喀什大学的阿力木江·祖农、努尔
斯曼古·吐逊、努尔帕夏·艾尔肯、阿迪力江·克力木、
麦木提敏·库尔班、祖丽比努尔·阿不来提、阿依帕提古
丽·亚森、迪丽努尔·奥布力喀斯木和古丽加玛力·塔依

尔。他们来北师大参加"2016年多元民间文化遗产数字化寒假学校"的学习，寒假学校由北京师范大学研究生院批准并主管，由北京大学段晴教授主持的美国唐仲英基金社会公益项目"新疆民间文化的调查与传扬"给予部分资助，北京师范大学中国民间文化研究所、北京大学外国语学院与新疆大学喀什大学合办。在上述远道而来的新疆学员中，有2名新疆和田文博专业的青年学者经段晴教授特邀而来，其余9名喀什大学研究生由古丽娜尔教授选派而来。在新疆学员中，古丽加玛力·塔依尔是一位柯尔克孜族90后女研究生，与我在书中谈到的柯尔克孜族老一代玛纳斯奇艾什玛特是同村人，都出生在乌恰县黑孜苇乡阿克布拉克村，前方不远就是吉尔吉斯斯坦。她在我的面前表演了21世纪的《玛纳斯》，载歌载舞，不无自豪，我把她想象成下一代跨文化的女孩。

北京师范大学中国民间文化研究所的6位研究生随我参加了《中国民间故事集成（新疆卷）》故事类型编制的初期工作，具体分工如下：徐令缘（维吾尔族故事215篇），罗珊（回族与塔吉克族故事155篇），王文超（蒙古族故事151篇），谢开来（汉族故事167篇），高磊（哈萨克族故事151篇），赵娜（锡伯族、达斡尔族、俄罗斯族、塔塔尔族、满族和乌孜别克族故事97篇）。我个人负责全部柯尔克孜族94篇故事类型的编制和全书1 025个故事类型的校订和修改。采用这种方法工作会有双倍的劳累，有时感到不如使用自己写的稿子省事，但初学者也能冒出思想的火花，碰上了就会让人心动，这就是教学相长的意义。王文超曾协助搜集柯尔克孜民间文学作品集和玛纳斯唱本，吕红峰为编辑故事类型电子本的排版出了很多力，在此一并致谢。

最要感谢的是北京大学季羡林先生的女弟子段晴教授。她在2015年成功申请到了美国唐仲英基金项目之后，把我算作项目组成员，从此我们开始了纯粹为了新疆的合作。我在背后叫她"公主"，不是云南深山老林里的孔雀公主，而是研究新疆历史语言文化确有真知灼见的学术公主。没有她的拉动，我不一定要写这本书，至少不会非写新疆不可。

最后，感谢中国大百科全书出版社学术分社郭银星社长对出版本书的鼓励。

董晓萍

2017年5月23日